Miguel de Cervantes

Novelas ejemplares

·

모범소설집 1

창 비 세 계 문 학

76

모범소설집 1

미겔 데 세르반떼스

민용태 옮김

창비

차례

•

일러두기

1. 이 책은 Miguel de Cervantes Saavedra, *Novelas ejemplares I*, Edición de Harry Sieber, Ediciones Cátedra, Madrid 1984, sexta edición; *Novelas ejemplares II*, Edición de Harry Sieber, Ediciones Cátedra, Madrid 1981, tercera edición을 번역 저본으로 삼았다.
2. 본문 중의 각주는 옮긴이의 것이다.
3. 외국어는 되도록 현지 발음에 가깝게 표기하되, 일부 우리말 표기가 굳어진 것은 관용을 따랐다.

＊ ＊ ＊

| 오자에 관한 증명 |

나는 미겔 데 세르반떼스에 의하여 저작된 12편의 소설을 검토한바, 원문과 부합하지 않는 눈에 띌 만한 결함이 없는 것을 보았다. 1613년 8월 7일에 증명함.

프란시스꼬 무르시아 데 라 랴나 석사^{碩士}

| 감정가 |

승정원에 거주하는 우리 국왕 폐하의 왕실 서기인 본인 에르난도 데 바예호는, 미겔 데 세르반떼스 사아베드라가 저작한 '모범소설집'이라는 제목의 책이 승정원 관계자들이 보고 허가하여 인쇄된바, 이 서적의 가격을 각 장당 4마라베디[1]로 책정하였으며, 이 책이 71.5장이 되는 고로, 예시한 가격으로 합산하면 책값은 총 286마라베디임을 확인하고 증명하노라. 책은 종이로 만들어 팔아야 하며, 이 감정가로 판매하되 그 이상 받아서는 안 된다고 명하노라. 이 감정가는 언급한 책의 각 권 맨 처음에 표시할 것이며, 사람들이 이 가격으로 사고 가져갈 수 있도록 알려야 한다. 본인이 말하는 바는 본인의 권한에 속하는 판결과 법규에 명시된 바에 의한 것이다.

앞에 언급한 미겔 데 세르반떼스로부터의 청원과 앞에 언급한 승정

---

1 마라베디(maravedí)는 에스빠냐 옛 화폐 단위로 시대마다 가치가 많이 바뀌었다.

원 관계자들의 명으로 지시된 바를 명확히 하기 위해 이 증서를 발행하노라. 마드리드, 1613년 8월 12일.

에르난도 데 바예호

종이책값은 총 8레알[2] 14마라베디임.

이 책은 산띠시마 뜨리니다드 종파로부터 천거받은 신부 후안 바우띠스따 사제가 검토하되, 우리의 미풍양속과 기독교 신앙에 반하는 요소가 있는지 살피고 인쇄를 하여도 정당한지 판단하여 본인에게 말하도록 하라. 마드리드, 1612년 7월 2일.

세띠나 박사^{博士}

| 허가증 |

총대리인 구띠에레 데 세띠나 박사와 의회의 베르나르도 데 산도발 이 로하스 추기경 각하의 위임을 받아 미겔 데 세르반떼스 사아베드라가 저작한 12편의 『모범소설집』을 보고 읽은바, 성인 산또 또마스 박사의 평범한 어구, 즉 절제된 즐거움이 미덕이며 그것은 점잖게 즐기는 것이라 볼 때에, 이 『모범소설집』에는 진정으로 절제된 즐거움이 있다고 판단된다. 이 책은 새로운 방식으로 우리를 즐겁게 하며, 모범적 예를 통해 악습을 피하고 덕을 숭상하라는 가르침을 준다. 작가는 자신의 의도를 잘 지켜, 우리 표준 에스빠냐어를 고양하고 국가와 국

---

2 레알(real)은 에스빠냐 옛 은화 단위로 34마라베디에 상당한다.

민에게 몇가지 악습에 따르는 피해에 대한 경고와 그밖에 여러 다른 유용한 가르침을 준다. 따라서 본인으로서는 특별히 예외적인 경우가 아니면 청하는 허가를 내줄 수 있고 또 내주어야 한다고 사료된다. 마드리드, 아또차 거리, 산띠시마 뜨리니다드 수도원, 1612년 7월 9일.

추천 신부 후안 바우띠스따

| 허가증 |

국왕 폐하의 승정원 관계자들의 명령과 위임으로 이 책『모범소설집』을 검토한바, 우리의 신앙과 미풍양속에 위배되는 바가 없을 뿐만 아니라, 오히려 이같은 이야기로써 작가는 우리에게 중요한 것들을 가르치고 우리가 그 중요한 것들을 지켜 어떻게 처신하여야 하는가를 말하고 있다. 모름지기 모든 우화와 소설을 쓰는 자들은 이런 목적을 가질지어다. 따라서 본인은 이 책을 인쇄할 수 있도록 허가하기를 바라는 바이다. 마드리드, 1612년 7월 9일.

세띠나 박사

| 허가증 |

우리 국왕 폐하의 위임을 받아 본인은 미겔 데 세르반떼스 사아베드라의『모범소설집』이라는 책을 검토한바, 인쇄하지 못할 만한 신앙과 미풍양속에 위배되는 점을 발견하지 못하였다. 오히려 이 책 속에는, 작가의 풍성한 재능에 힘입어 호기심 많은 독자에게 대단히 재미

있고 유익한 교훈과 가르침이 출판된 다른 책들보다 적지 않게 많음을 보았다. 산띠시마 뜨리니다드 수도원, 1612년 8월 8일.

디에고 데 오르띠고사 사제

| 허가증 |

아라곤 최고회의 관계자들의 위임으로 작가 미겔 데 세르반떼스 사아베드라의 『모범소설집』이라는 책을 살펴본바, 이 책은 대단히 점잖고 절제된 즐거움을 주는 책으로, 우리 기독교 정신에 위배되는 어떤 것도 발견할 수 없었을뿐더러 우리 미풍양속을 해치는 점도 없었다. 또한 오히려 이 작품의 저자는 에스빠냐 국내와 국외에서 그 훌륭한 천재성에 합당하게 존경받고 있음을 다시 확인할 수 있었다. 이 책은 풍성한 언어와 놀라운 창의력이 어우러져 가르침과 감탄을 더하니, 이로써 우리 언어가 보잘것없고 풍성하지 않다고 비난하는 우리 에스빠냐어의 적수들에게 우리 어휘의 풍성함을 결정적으로 보여주고 있다. 따라서 이 책은 인쇄되어야 한다는 것이 본인의 견해이다. 마드리드, 1613년 7월 31일.

알론소 헤로니모 데 살라스 바르바디요

| 특허장 |

왕은

그대 미겔 데 세르반떼스로부터 '모범소설집'이라는 제목의 책을 저술하였다는 보고를 받은바, 그대는 저술에 무척 노고를 들여 이 책에서 표준 에스빠냐어의 고양된 품격과 어휘의 풍성함과 함께 매우 점잖고 절제된 즐거움을 보여주었다. 그대는 또한 우리 승정원에 청원하기를, 책을 인쇄할 수 있는 허가증과 우리 임기 동안 우리의 특권에 상당하는 특허장을 보내달라고 하였던바, 우리 승정원 의원들이 소정의 법령에 따라 언급한 책의 출판에 대해 심의한 결과, 청원한 특허장을 교부하는 것이 좋겠다는 데 합의하였다.

이에 따라 그대에게 특허장과 허가증을 발급하니, 이 허가증이 발급된 날로부터 계산하여 10년 동안 그대와 그대의 권한을 전수한 자에게 언급한 책을 인쇄하고 판매할 수 있도록 허가한다.

또한 본 증서로써 그대가 지명하는 우리나라 안의 어떤 인쇄소 인쇄공에게나 언급한 기간 동안 우리 승정원에서 허가한 원고를 인쇄할 권한을 부여하는 뜻에서, 본 증서 끝에 공증인 안또니오 데 올메도와 우리 승정원에 거주하는 관계자 한 사람이 관인을 찍고 서명한다. 이 증서에 따라 책을 판매하기 전에, 이 책이 원본에 의거하여 인쇄되었는지 알 수 있도록 원고와 함께 책을 관계자들 앞에 제출해야 한다. 그렇지 않을 경우 우리가 임명한 원고 수정관이 언급한 원고에 대해 인쇄가 수정, 검토되었다고 확인한 인증서를 가져와야 한다.

우리는 그에 따라 인쇄소에 언급한 책을 인쇄하도록 명할 것이다. 인쇄하는 자는 책의 처음과 첫장은 인쇄하지 말 것이며, 저자나 책의 출판비용을 부담하는 자, 혹은 다른 사람에게 책을 한권 이상 절대 전달해서는 안된다. 언급한 책의 수정과 감정가에 있어서는, 먼저 반드시 우리 승정원 의원들이 정한 감정가를 받고 수정되어야 한다.

다른 방법이 아니고 반드시 이렇게 한 후에 책의 처음과 첫장을 인쇄할 수 있으며, 이어서 그 책 안에 우리의 특허장, 허가증, 감정가, 오자에 관한 증명을 실어야 한다. 언급한 책이 여기 말한 형태로 되기 전에는 그대나 다른 어느 누구도 책을 팔 수 없으며, 이를 위반할 경우 우리나라 출판법에 열거된 법규와 시행령에 따른 형벌을 받게 될 것이다.

그대의 특허를 주재하는 우리 승정원 의원들에게 명하노니, 이 책을 인쇄하거나 판매하면서 이 사항을 위반하는 경우, 이 책을 인쇄하거나 파는 자에 대해서는 모든 지형과 인쇄물을 빼앗고 법을 위반할 때마다 5만 마라베디의 벌금형에 처할 것이다. 이 벌금 중 3분의 1은 우리 승정원에, 다른 3분의 1은 위반 선고를 한 재판관에게, 나머지 3분의 1은 고발자에게 돌아갈 것이다.

우리 승정원 의원들, 우리 법정의 위원장, 판관, 시장, 우리 왕실과 의회, 대심원의 수장들, 그리고 우리 제국의 왕국과 영토 내의 도시, 읍, 마을의 모든 재판기구 하나하나와 해당 기구의 지금 현직에 있는 자들과 앞으로 임명받을 자들에게 명하노니, 그대를 지키고 우리가 그대에게 부여한 이 허가와 특권을 이행하도록 할 것이며, 어떤 경우에도 이를 위반하거나 거스르는 일이 없도록 할 것이다. 이를 위반할 경우 벌금 1만 마라베디를 우리 승정원에 지불해야 한다. 마드리드, 1612년 11월 22일.

국왕
우리의 주인이신 국왕의 명에 따라, 호르헤 데 또바르

| 아라곤의 특허장 |

우리는, 주님의 은혜를 입은 까스띠야의 왕 돈 펠리뻬, 아라곤의 왕, 두 시칠리아, 예루살렘, 뽀르뚜갈, 헝가리, 달마시아, 크로아시아, 나바라, 그라나나, 똘레도, 발렌시아, 갈리시아, 마요르까, 세비야, 세르데냐,

꼬르도바, 꼬르세가, 무르시아, 하엔, 알가르베, 알헤시라스, 히브랄따르, 까나리아제도, 북·중남미와 동양의 필리핀 등의 에스빠냐 식민지, 오세 아니아 바다의 육지와 섬들, 오스트리아 대공, 보르고냐 공작, 브라반떼, 밀라노, 아테네와 네오빠뜨리아, 아브스푸르그 백작, 플랑드르, 티롤, 바 르셀로나, 로세욘과 세르데냐, 오리스딴 후작과 고세아노 백작임.

그대 미겔 데 세르반떼스 사아베드라가 우리에게 전해온 공문서에 의하면, 그대는 노력과 정성을 기울여 점잖고 절제된 즐거움을 주는 『모범소설집』이라는 책을 저술하였고 이 책은 우리 사회에 대단히 유 익하고 교육적이므로 우리 왕국 아라곤 나라들에서 출판하기를 바라 는바, 그대에게 출판 허가를 내주십사 청하였다.

그리하여 우리는 이 청원을 심의한바, 문학에 정통한 인사에 의하 여 이 책은 그대에게 도움이 될 것이며 일반적 교육을 위해서도 유익 하다는 인정을 받았다.

따라서 우리의 확고한 지식과 권한에 준하여 심사숙고하고 협의한 결과 우리는 그대, 미겔 데 세르반떼스에게 이 증서를 주어 책의 출판 승인과 허가 권한을 부여하기로 한다. 이에 오늘 날짜로부터 앞으로 10년 동안 그대와 그대의 권한을 위임받은 사람 혹은 사람들이 앞에 언급한 절제된 즐거움을 주는 『모범소설집』을 앞에 언급한 우리 아라 곤 왕국들에서 출판하고 판매할 수 있도록 허가한다. 또한 그대의 인 가, 허가 없이는 다른 어떤 사람도 언급한 기간 내에 이 책을 출판, 판 매하는 행위에 대해 공개적으로 방지하고 금하는 바이다. 이외에 다 른 자들이 이 책을 우리 아라곤 왕국에 들여올 수 없으며, 다른 곳에서 인쇄하였더라도 우리 왕국에서는 판매할 수 없다.

이 허가서가 공표된 뒤 어떤 자나 어떤 자들도 언급한 기간 동안 언급 한 책을 판매용으로 출판하거나 인쇄해서는 안 되며, 이를 위반할 경우

아라곤 금화 500플로린의 벌금형에 처할 것이다. 이 벌금은 3등분하여 3분의 1은 우리 왕실 금고에, 다른 3분의 1은 그대 미겔 데 세르반떼스 사아베드라에게, 나머지 3분의 1은 고발자에게 돌아갈 것이며, 이상 언급한 벌금형 외에, 인쇄한 자는 지형과 인쇄물을 압수당할 것이다. 이 허가서에 준하여 모든 대리인, 군사령관, 교황청 법원 주임, 직업적 섭정자, 그리고 우리 총독의 각 부처, 경찰, 순사, 문지기, 기타 직원과 장관, 이미 언급한 우리 왕국과 형성되었거나 형성될 영지의 크고 작은 지도자와 그 대리인, 언급한 직책의 재판관들에게 명하노니, 이를 위반할 경우 우리의 화와 분노를 사게 될 것이며, 위법한 경우 요구되는 재산 중 아라곤 금화 1천 플로린의 벌금을 우리 왕실 금고에 납부토록 할 것이며, 그대로 하여금 이 허가서에 포함된 모든 특혜와 금기 사항을 어떤 위반도 없이 잘 지키고 이행하도록 해야 할 것이다. 어떤 경우에도 이에 위배되는 일이 용납되거나 발생하지 않도록 해야 할 것이며, 이에 반하는 경우 예상 이상의 무서운 화와 우리의 분노를 사고 언급한 벌금형에 처해질 것이다.

이를 증명하기 위해 이 허가서 뒷장에 왕의 공식 인장을 날인하여 송부하노라. 산 로렌소 엘 레알, 예수 그리스도 서력 기원 1613년 8월 9일 발행.

짐, 국왕

우리의 주인이신 국왕의 명에 따라, 프란시스꼬 가솔,

교황청 추기원장 산하 떼사우라리오 일반위원회

과르디올라, 폰따네뜨, 마르띠네스, 그리고 뻬레스 만리께, 집정자들

책머리에

친애하는 독자여, 가능하면 저는 이 머리말을 쓰지 않으려고 했습니다. 하지만 실은 제가 『돈 끼호떼』에 쓴 머리말이 그다지 제 마음에 들지 않았던 탓에 이 글로 좀 보완할 생각이 있긴 했어요. 이렇게 쓰게 된 죄는 제가 인생을 살면서 만난 많은 친구들 중 한 친구에게 있습니다. 그 친구, 저 유명한 돈 후안 데 하우레기가 제 신분보다는 저의 재주를 보아서, 요즘 관습으로 그리하듯이 이 책 첫장에 제 초상화를 그려넣겠다고 하니, 이것으로 제 야심도 충족되고, 이 넓은 세상에서 감히 그 많은 독창적 이야기를 들고 나다니는 사람이 도대체 어떤 얼굴과 모습을 가졌는지 알고 싶어하는 사람들 눈앞에 호기심도 채워주리라 생각하게 된 것입니다. 초상화 밑에는 이렇게 쓰려 합니다. "여기 보시는 이 사람, 얼굴은 독수리 같고 머리칼은 밤색에, 이마는 탁 트이고 눈매는 유쾌하고, 코는 잘 균형 잡혔지만 매부리코, 수염은 한 20년 전만 해도 황금빛이었지만 지금은 은색이 다 되었고, 콧수염은 풍성하고 입은 작고, 치아는 너무 작지도 크지도 않지만 그나마 여섯개밖에 없는데다 상태가 아주 안 좋고 비뚤게 나 있지요. 위아래가 들어맞지 않으니까요. 몸은 두 극단 사이, 크지도 작지도 않고, 생기 있는 안색에 피부는 가무잡잡하다기보다는 흰 편이고, 등판에는 약간 살이 붙었고 두 발은 그다지 가볍지 않습니다. 제가 말하는 이 사람이 『라 갈라떼아』와 『라 만차의 돈 끼호떼』와 시인 체사레 까뽀랄리 뻬루시누스[3]를 모방한 『시인들의 성지 파르나소스로의 여행』,[4] 그리고 어쩌면 제 주인의 이름도 없이 여기저기 길을 잃고 헤매는 기타 다른 작품들의 작가의 얼굴이올시다. 보통 사람들이 미겔 데 세르반떼스 사아베드라라고 부르지요. 여러해 동안 군인이었고, 5년 반 동안 포로였으며, 그 생활에서 역경 속에서 인내를 가지고 사는 법을 배웠습니다. 레빤또 해전에서 화승총 한방에 왼손을 잃었는데, 이 부상은 보기에 흉하지만 그 자신은 아름다운 것으로 여기고 있지요. 전쟁의 신의 아들, 모두가 행복하게 기억하는 까를로스 5세 황제의 승리의 깃발 아래서 전투를 하면서 앞으로 다시 볼 수 없을 지난 시대의 가장 기억할 만한 드높은 역사적 순간에 얻은 상처이기 때문입니다." 저를 귀찮게 한 그 친구의 말을 듣고 제 이야기를 하려니, 지금 말한 이것들밖에 생각이 나지 않습니다. 저 자신을 일으켜세우기 위해 20, 30개의 증거를 대고 은밀히 사람들에게 전하라고 할 수도 있겠지요. 그렇게 해서 제 이름을 퍼뜨리고 저의 천재성을 믿게 하려 한다면 말이지요. 하지만 그런 칭찬들이 정확한 사실을 말한다는 생각은 터무니없습니다. 칭찬이나 비난은 분명하게 정해진

---

3 Cesare Caporali Perusinus(1531~1601). 이딸리아의 시인.
4 Miguel de Cervantes, *Viaje del Parnaso*, Madrid 1614.

기준이 없으니까요.

하지만 이 기회는 이미 지나갔고 저는 초상화 한장 없이 백지로 남았으니 어쩔 수 없이 제 입으로 모든 걸 대신해야겠는데, 내 비록 말은 더듬지만 진실을 말하는 데서야 더듬거릴 수 없지요. 보통 징후나 기미를 보면 이해가 될 테니, 내 다시 하는 말인데, 인자하신 독자여, 그대에게 바치는 이 소설들은 어찌해도 싸구려 잡탕밥 취급은 당하지 않을 터. 왜냐하면 여기에는 발도 없고 머리도 없고 내장도 없고 그 비슷한 것도 없으니까 말이지요.

제 말뜻은, 어느 소설인가에서 발견할지도 모르는 사랑의 말과 수작은 모두 몹시도 절제된 기독교적 언변과 사려 깊은 어조여서, 소설을 읽는 예민한 선비나 무절제한 사람에게도 나쁜 생각을 갖도록 충동하지는 않으리라는 것입니다.

저는 이 책에 '모범'이라는 말을 썼습니다. 그리고 이 책을 잘 보시면 어느 것 하나 인생에 유익하지 않은 예를 찾아볼 수 없을 것입니다. 이 주제를 너무 길게 설명하고 싶지 않아서 말씀드립니다만, 어쩌면 아주 재미있고 잘 정리된 결실의 예도 꺼내서 보여드릴 수 있겠지요. 모든 작품을 한꺼번에 모아서 보여드려도 되고 하나하나 설명드려도 되겠습니다.

제 뜻은, 우리나라 큰 광장에 큰 당구대를 하나 놓아두어 거기서 누구든지, 재미 삼아 부수지만 말고 놀았으면 하는 것입니다. 몸과 마음 어디든 부러뜨리거나 다치지만 말고 즐겨달라는 얘기지요. 재미있고 점잖은 놀이나 운동은 몸과 마음에 해롭기보다 오히려 이로운 것이니까요.

그래요, 좋은 것이 늘 사원에만 있는 것은 아니고 늘 설교대에만 있는 것은 아니지요. 아무리 좋은 일이라도 꼭 그런 곳에 가야만

하는 것은 아닙니다. 오락의 시간도 있어야 고통받는 정신이 휴식을 취할 수 있지요.

이런 효과를 얻기 위해서 포플러 나무를 심고, 시원한 샘물을 찾고, 산비탈을 헐고 개간하여 신기한 정원들을 가꾸기도 하지요. 그대에게 감히 한가지만 말씀드리고 싶네요. 어떤 형태로든 이 소설들의 교훈이 이 책을 읽는 사람에게 나쁜 욕구를 일으키거나 나쁜 생각을 하게 만든다면, 저는 대중 앞에 이걸 내놓기보다 차라리 이 소설들을 쓴 제 손을 자르겠습니다. 저는 이제 다른 삶을 두고 장난을 칠 나이는 아니지요. 그때 나이 쉰다섯에 비하면 지금은 아홉 살은 더 먹었네요.

저는 제 재주를 여기에 쏟았습니다. 제 성향이 저를 이쪽으로 이끌고 가지요. 더구나 제가 이해하기로는, 사실 그대로 말씀드리자면, 에스빠냐어로 많은 소설이 출판되어 나돌아다니지만 표준 에스빠냐어로 제일 처음 소설을 쓴 것은 바로 저입니다. 다른 모든 소설은 외국어에서 번역한 것들이며, 이것들만이 제가 쓴 저의 것입니다. 모방하거나 훔쳐온 것이 아닙니다. 저의 재주가 이 소설들을 잉태했고 저의 붓이 이들을 낳았습니다. 그리고 인쇄의 품에서 자라났지요. 이 소설들 다음에는, 제 목숨이 저를 버리지 않는다면, 『뻬르실레스의 모험』을 독자들께 바칠까 합니다.[5] 그리스의 저 유명한 모험소설, 비잔틴 소설가의 원조인 헬리오도로스의 책과 감히 겨뤄볼 생각이랍니다. 만용이 지나쳐 다 끝내놓고 책이 나오지 않을 수도 있지만요. 그리고 그보다 먼저는 곧바로 돈 끼호떼의 행

---

5 『뻬르실레스와 시히스문다의 모험』(*Los trabajos de Persiles y Sigismunda*)은 세르반떼스 사후인 1617년에야 발간되었다. 원고는 이때 이미 집필 중이었다고 봐야 한다.

적과 산초 빤사의 구수한 이야기가 더욱 불어나서 큰 책으로 나오게 될 것입니다. 그다음에는 『정원의 몇주간』이 나오겠지요.

아무 힘도 없으면서 약속이 많습니다. 지금의 저처럼 말이지요. 그러나 누가 이 욕망에 고삐를 달겠습니까? 이 점만 생각해주시기 바랍니다. 이 소설을 저는 감히 위대한 레모스 백작께 바치기로 했으니, 이 소설들에 이것들을 쓰게 한 신비스러운 힘이 숨겨져 있기를 바랍니다.

제 말은 이뿐입니다. 하느님께서 독자님과 저에게 가호를, 그리고 네댓명은 넘을 교활하고 빤질빤질한 자들의 저에 대한 험담을 듣고 참아낼 인내심을 주시기를. 안녕히!

| 돈 뻬드로 페르난데스 데 까스뜨로,

안드라데와 비얄바의 레모스 백작,

사리아의 후작, 황제 폐하의 승정원 신하,

나뽈리 왕국의 총독 및 통치자, 부왕,

알깐따라 종파 라 사르사의 위탁 기사단장님께 |

귀하신 분께 자기 작품을 바치는 사람들이 자칫 빠지기 쉬운 잘못이 두가지 있습니다. 그 하나는 소위 헌사라고 바치는 편지에서, 그 내용이 칭송이든 진실이든 간에 아주 의미 있고 자상하면서도 아주 짧고 간략해야 함에도 불구하고, 그것을 불리고 키워서 그분의 부모, 조부모의 공적뿐만 아니라 모든 친척, 친구, 후원자 들의 치적까지 상기시키면서 늘어놓는 것이지요. 또 하나는 욕 잘하고 남의 험담 잘하는 혓바닥들이 함부로 그들을 물어뜯거나 해치는 일이 없도록 자신의 방어와 보호 아래 그 행적들을 써놓는다고 말하는 것입니다.

그리하여 저는 이 두가지 잘못을 피해서, 귀하의 유구한 왕족의 혈통과 위대함, 여러 작위와 타고나거나 습득하신 끝없는 미덕과 재능에 대한 이야기는 그냥 조용히 넘어갈까 합니다. 대리석이나 청동을 찾아 공적들을 파고 새겨서 긴긴 세월과 맞서 싸울 기록들을 남기는 작업은 페이디아스나 리시포스 같은 앞으로 나올 새로운 작가들에게 맡기기로 하고 말입니다.

또한 귀하께 이 책의 후견인 자리를 맡아주십사고 간청하지도 않겠습니다. 이 책이 그렇게 좋은 책이 아닌 것을 알고 있기 때문입니다. 비록 아스톨포의 히포그리프[6] 밑이나 헤라클레스의 가장 빛나는 그늘

---

6 히포그리프(hippogriff)는 말의 몸통에 독수리의 머리와 날개를 가진 상상의 생물. 샤를마뉴 황제의 12기사 중 한 사람인 아스톨포가 히포그리프를 타고 달에

에 놓더라도 남을 헐뜯고 비웃기 좋아하는 냉소주의자들이나 소일로스, 아레띠노스, 베르니아스 일가의 비난의 칼날을 피할 수는 없을 것입니다. 그들은 아무에게도 예의를 지키거나 존경심을 갖지 않는 사람들이기 때문입니다. 다만 귀하께 책을 보내면서 이 말 저 말 없이 부디 눈여겨봐주십사고 청하니, 여기 총 12편의 단편은 미천한 저의 지혜의 산실에서 만들어지지 않았다면 세상의 가장 훌륭한 작품들 옆에 버젓이 자리하고 뽐낼 만한 것들입니다.

그런 것들이어서 보내오니 받아주십시오. 이로써 저는 귀하를 저의 진정한 주인이자 보호자로서 늘 모시고 싶은 마음을 조금이라도 표했다고 생각되어 대단히 기쁩니다. 우리 주님의 가호가 있으시기를. 마드리드에서, 1613년 7월 14일.

귀하의 충복忠僕

미겔 데 세르반떼스 사아베드라

| 알까니세스 후작[7]이
미겔 데 세르반떼스에게 |

소네트

숙련된 엄숙한 서정시의
도덕적 모범과 달콤한 충고 속에

가서 오를란도의 지혜를 찾아 지상으로 돌아왔다고 한다.

7 *Viaje del Parnaso*, 30면 참조. 세르반떼스는 그를 세계 5대 시인 중의 한 사람으로 보았다.

세르반떼스여, 그대가 그린 독자는
현학적인 말 속의 천재성, 천국을 본다.

그대의 재능이 예술로 거짓 속
진리를 꺼내 보여주고 싶은 마음
잘 보이나니, 그 불길은 스스로 명확하게
보여주려는 소망 하나뿐이었으리.

시간이 모든 기억을 모아 소재를
제공하고, 그 짧은 총체적 기록 속에
극단적 이야기까지 모두 모였나니,

그대의 성공과 영광은 실로 고귀한 것
그 하나는 그대의 붓의 덕이요, 다른 하나는
레모스 백작의 위대함 덕이리니.

| 페르난도 베르무데스 이 까르바할[8] 세사 공작의 시종이
미겔 데 세르반떼스에게 |

그 천재적 미궁, 유명한
미로의 명확한 기억이,
희한하고 신기한 문학

----
8 같은 책 78면 참조.

작품을 만들었지. 그러나
잔인한 괴물 속 크레타섬에
그대의 이름이 올라가, 그 붓과
청동에 이름을 남기리라
다시 12개의 미로에
또다른 언어로, 전의 미로보다
더 큰 능력을 보일 때.

그리고 만일 자연이
그 많은 변덕 속에서
보다 큰 아름다움
더 많은 수사와 미를
보여준다면, 더욱 빨리
희귀와 현묘의 세르반떼스가
그 꽃핀 사월을 칭송하겠지,
꽃밭의 다양성이 좋아
그곳에서 수천의 변화를 보는
재빠른 시인의 명성답게.

| 돈 페르난도 데 로데냐[9]가
미겔 데 세르반떼스에게 |

소네트

인어공주 네레이데스여, 떠나라, 그 어두운 은신처
가벼운 물거품으로 지붕도 아닌 지붕을
수정 조각으로 만든 바닷속 동굴,
거기 아름다운 산호를 간직한다지만

아무의 손도 닿지 않은 밀림 속 정령들이여
그 즐겁고 쾌락에 찬 장소로부터 나오라
그리고 너희, 오 칭송받은 뮤즈들이여!
풍성한 술이 나오는 샘물을 떠나라.

모두 함께 모여 꽃다발 하나를 가져오라,
황금빛 신 앞에 그토록 무정한 계수나무로
변한 다프네, 그 나무에서 얻은 꽃다발을

아폴론을 위한 것이 아닐진대, 오늘
월계관을 만들어 미겔 데 세르반떼스의
머리에 아름답게 씌워주리라.

9 같은 책 61~62면 참조.

| 후안 데 솔리스 메히아[10] 궁중의 선비가
독자들에게 |

소네트

오 그대 독자여, 이 이야기들을 읽었는가
이 이야기들의 비밀을 살펴보았다면
진실의 소리를 새겨놓은 걸 보리라,
그대 즐기라고 즐거운 옷을 입었을 뿐!

좋아, 불멸의 세르반떼스여, 그대 인간의
취향을 알아 달콤함에 절제를 섞고
그것을 잘 조리하여 몸과 마음에
아주 좋은 음식을 만들었구려.

철학적 교훈이여, 그대는 예쁘고 복장이 화려하구나.
이제 도덕 교육도, 이런 예쁜 옷차림이니,
누가 너를 멸시하거나 비웃지는 못하리.

이제 너에게 친구가 없거든, 절대로
그대의 미덕과 그대의 위대함을 알아줄
세속의 혈통에 기대를 걸지 마라.

----

10 같은 책 75면 참조.

집시 소녀에 관한 소설
Novela de la gitanilla

집시 여자나 집시 남자 들은 오직 도둑이 되기 위해서 세상에 태어난 것 같다. 도둑 부모에게서 태어나 도둑들과 함께 자라고, 도둑 수업을 받고, 마침내 어디를 가나 어느 순간에나 잘나가는 보통의 도둑들이 되고 마니까. 훔치려는 마음이나 훔치기는 그들에게서 떼려야 뗄 수 없는 일들로, 죽지 않으면 버리지 못한다. 이런 민족 중의 한 여인, 한 늙은 집시가 도적질 학문에서 은퇴하시고, 손녀 명색으로 한 소녀를 키웠다. 그 이름을 '예쁘다'는 뜻으로 '쁘레시오사'라 붙이고 소녀에게 모든 집시의 버릇을 가르쳤다. 훔치는 기술하며 사기 치고 속이는 방법까지 전부. 이 쁘레시오사라는 소녀에게는 모든 집시들 중에서 제일 춤을 잘 추는 기발한 재주가 있었다. 또한 집시 중에서뿐만 아니라 예쁘고 얌전하기로 이름날 만한 모든 여인들 가운데서 제일 예쁘고 얌전했다. 하늘의 햇볕과 바람, 갖은 비와 눈보라에 집시들은 다른 사람들보다 더 많이 노출되어 있지만, 그런 것도 그녀의 얼굴을 검게 만들거나 손을 태우지 못했다. 더군다나 거친 환경에서 자랐음에도 그녀는 집시의 피를 받았다기보다 어느 귀한 집안에서 태어난 태가 역력했다. 지극히 예의 바르고 말이 아주 조리 있었기 때문이다. 그러나 아무리 그렇다고는 해도 그녀는 상당히 자유분방한 데가 있었다. 어떤 정숙하지 못한 기질 때문은 아니었고, 그보다 오히려 그녀는 섬세한데다 매우 정숙해서, 그녀가 있는 데서 집시 여인은 늙거나 젊거나 아무도 음탕한 노래를 부르거나 천박한 말을 감히 꺼내지 못했다. 그리고 마침내 그 할머니는 손녀에게 보물이 감추어져 있음을 알아차렸다. 그리하여 그 늙은 독수리는 자기의 새끼 독수리를 끌어내어 나는 법을 가르치고 자기 발톱으로 사는 법을 가르치기로 결심했다.

쁘레시오사는 민요와 춤을 다 잘했다. 세기디야, 사라반다,[1] 그리고 다른 노래들, 특히 옛 사랑 노래를 독특한 매력을 섞어 잘 불렀다. 그 의뭉스러운 할머니는 손녀의 어린 나이와 아름다운 몸매, 대단한 재주와 매력이 자신의 재산을 불려줄 아주 훌륭한 미끼요 수단이라는 것을 알아차렸다. 그리하여 가능한 모든 방법을 동원해서 도와줄 사람들을 찾으려 애썼다. 그런 중에도 특히 그녀에게 노래를 가르쳐줄 시인을 기다릴 필요는 없었다. 집시들에게 잘 맞춰주고 때에 따라서는 그들에게 자기 작품을 파는 음유시인들이 있었던 것이다. 마치 맹인을 위한 시인들이 있어 거짓 기적을 만드는 기술을 가르쳐주고 돈 벌러 시장으로 나가게 하는 것과 마찬가지였다. 세상에는 있을 게 다 있는 법이어서, 이 배고픔이라는 것이

---

1 세기디야(seguidilla), 사라반다(zarabanda)는 에스빠냐의 전통 노래와 춤으로 5음절, 7음절의 4구 혹은 7구의 가사와 가락으로 되어 있다. 현대 플라멩꼬에 나오는 사랑 노래와 춤의 가락에서도 흔히 세기디야의 정취를 느낄 수 있다.

어쩌면 천재성을 불러일으켜 지도에 없는 일들로 사람을 내모는지 모를 일이다.

쁘레시오사는 까스띠야의 여러 곳을 돌아다니며 자랐다. 나이가 열다섯살이 되었을 때 그 가짜 할머니는 소녀를 왕이 있는 수도로 데려왔다. 그곳 교외에 그들의 오래된 오막살이가 있었는데, 마드리드 산따 바르바라 들판의 집시들이 모여 사는 움막촌이었다. 궁중에서는 뭐든지 팔고 사니까 그들은 자기들 물건을 내다팔 생각으로 거기에서 살았던 것이다. 쁘레시오사가 처음 마드리드 나들이를 한 것은 마드리드의 수호신인 산따 안나 축제일이었다. 축제에서는 여덟명의 집시 여자, 즉 네명의 노파와 네명의 소녀, 그리고 춤 잘 추는 멋진 집시 남자가 춤을 이끌었다. 모든 여자들이 깨끗하게 잘 차려입고 나왔으나 치장한 쁘레시오사는 특히 아름다워서 점점 더 그녀를 바라보는 사람들의 시선을 끌고 모두를 반하게 만들었다. 북소리와 딱딱거리는 캐스터네츠와 춤의 리듬 사이로 이 집시 소녀의 아름다움과 맵시에 환호하는 소리가 흘러나왔다. 젊은이들이 그녀를 보려고 달려왔고 남자들이 정신없이 그녀를 바라보았다. 그러나 이 집시 소녀의 명성이 절정에 달한 것은 그녀가 춤추며 부르는 노랫소리를 들었을 때였다. 그것은 정말이지 굉장했다! 축제 대표들이 일제히 동의하는 바람에 당연히 그녀에게 상이 돌아갔고 그녀는 최고의 춤의 보석으로 인정받았다. 산따 마리아 성당의 산따 안나 성상 앞에서 모두들 춤추고 난 뒤, 쁘레시오사가 탬버린을 들었다. 탬버린 소리에 맞추어 그녀는 가벼운 춤사위로 넓게 원을 그리며 돌면서 이런 노래를 불렀다.

예쁘디예쁜 나무

늦게 열매 맺더니
몇년 늦어 마침내
상복으로 덮였다네,

희망도 없는 배우자의
소망은 너무 순수하고
아주 확실한 것은
아무것도 없고

그 늦어짐에서
태어난 불쾌감이
가장 올바른 사내를
사원에서 쫓아냈다네.

성스러운 불모의 땅,
그 땅에서 마침내
세상을 먹여살릴
대단한 풍년이 들었네.

조폐공사에서
화폐 틀을 만들었지
신에게 사람의 형상을 가진
거푸집을 주었지.

한 딸의 어머니, 그녀 안에서

신은 바람대로 인간의 길 위에
자신의 능력과 자신의
위대성을 보여주었지.

그대와 그대의 딸
안나, 그대는 안식처라네,
거기서 불행한 우리는
불행을 걷고 살길을 찾네.

어떤 면에서 그대는
의심할 나위 없이,
위대한 손자 위에, 자비롭고
정의로운 제국을 거느렸네.

최고의 성곽城郭의 공동
여주인으로서 수천 친척들
그대와 한마음으로
합심하여 일하도다.

아, 정말 훌륭한 딸, 훌륭한 손자!
그리고 훌륭한 사위, 참으로
제대로 정의가 이루어지니
너희는 승리를 노래하리.

하지만 그대는 겸손하게

공부를 시켰고, 거기
그대의 위대한 딸
인간의 과정을 공부하여,

지금 그의 곁에서
하느님 바로 옆에서,
우리는 생각할 수도 없는
높은 삶을 누리시네.

쁘레시오사의 노래는 주위에서 듣던 모든 사람들을 감동시켰다. 어떤 사람들은 말했다. "세상에, 아가씨, 하느님께 복받을 거야!" 다른 사람들은 말했다. "이렇게 예쁜 소녀가 집시라니 참 안됐구먼! 참말이지, 어느 높은 귀족의 딸이라 해도 되겠어." 또다른 좀 상스러운 자들은 말했다. "고 계집애 좀더 크면 한몫하겠구먼! 두고 보라구. 벌써 저애에게는 사람 마음을 송두리째 잡아 홀리는 우아한 그물이 있다구!" 또다른 좀더 인간적이고 순박한 부끄럼쟁이는 날아갈 듯 춤추며 걷는 그녀의 발을 보고 한마디 했다. "바로 그거야, 얘야, 바로 그거! 가요, 가요, 사랑하는 님, 예쁜 먼지 밟고 가요!"[2] 그러자 그녀가 계속 춤을 이어가며 답했다. "가요, 가요, 바삐 바삐, 예쁜 먼지 밟고 갈래요!"

전야제와 산따 안나 축제가 끝날 무렵 쁘레시오사는 약간 지쳤다. 그러나 그녀가 정말 예쁘다, 얌전하다, 춤 잘 춘다는 칭찬이 온 장안에 퍼져나갔다. 그로부터 보름 뒤에 그녀는 다른 세 소녀와 함

----
[2] 세르반떼스가 늘 인용하는 당대 민요의 후렴구다.

34

께 새로운 춤과 탬버린을 들고 마드리드에 다시 왔다. 모두 사랑 노래와 로만세로,[3] 즐거우면서도 정숙한 민요들에 맞추어 준비된 것들이었다. 쁘레시오사는 자기와 함께 있을 때 난잡한 노래를 부르는 것을 용납하지 않았고 그녀 자신도 그런 노래는 절대 부르지 않았다. 많은 사람들이 그녀의 그런 모습을 눈여겨보고 그녀를 대견하게 생각했다. 나이 든 집시 여인은 남들이 쁘레시오사를 숨기거나 훔쳐갈까 두려워하여 절대 그녀 곁에서 떨어지지 않고 세심하게 그녀를 지켰다. 노파는 소녀를 손녀라 불렀고, 그녀도 노파를 할머니로 모셨다. 집시들은 똘레도 거리 그늘에서 춤을 추기 시작했다. 그녀를 따라온 사람들이 금방 커다랗게 원을 그리며 둘러섰다. 집시들이 춤추는 동안 노파는 주위 사람들에게 동냥을 했다. 동전이며 은전이 돌무더기에 돌 쏟아지듯 쏟아졌다. 아름다움은 또한 사람들의 잠든 자비심을 깨우는 힘도 있으니까.

춤이 끝나자 쁘레시오사가 말했다.

"나한테 동전[4] 네개만 주면 나 혼자 최고로 아름다운 사랑 노래를 한곡 불러드리지요. 우리 왕비 마르가리따님께서 바야돌리드에서 임산부 미사를 드리러 산 로렌떼로 갈 때의 이야기인데요, 그러니까 아주 유명한 노래라는 말이지요. 시인 부대의 대장 같은 내로라하는 시인 중 한 사람이 지은 노래거든요."

그녀가 이 말을 하자마자 둘러선 사람들 거의 모두가 합창하듯 말했다.

"어서 불러줘, 쁘레시오사. 자, 여기 동전 네개 받아!"

그녀에게 우박 쏟아지듯 동전이 쏟아졌고, 노파는 그것을 다 주

---

3 로만세(romance)는 16세기 에스빠냐에서 유행한 세속 성악곡이다.
4 에스빠냐 동전 꽈르또(cuarto)를 '동전'으로 옮겼다. 4마라베디에 상당한다.

울 손이 모자랄 지경이었다. 8월은 포도가 익는 달이고 9월은 수확하는 달이라, 수확도 한 철이니 노래도 하고 돈도 모으고. 쁘레시오사는 탬버린을 치며 미친 듯이 흐르는 소리에 맞춰 이런 로만세를 불렀다.

임산부 미사를 올리러
유럽 최고 왕비가 납시는데,
명성도 가치도 최고로
예쁘고 놀라운 보석이라.

바라보는 사람마다
눈길을 보내고 마음을 빼앗기고
그 화려함과 그 신앙심에
감격하고 감탄하네.

하늘의 일부가 지구상에
있다는 것을 보여주기 위해
한쪽으로 오스트리아의 태양을 끌고
다른 쪽에 고운 여명을 끄네.

그녀 등 뒤에 때아닌
샛별이 나와 뒤를 따르고,
대낮의 밤을, 온 하늘과
땅이 울고 있다네.

그리고 하늘에 반짝이는
수레를 만든 별들이 있다면
다른 수레에는 살아 있는
별들이 하늘을 치장하네.

여기에 늙은 토성이
수염을 다듬어 젊게 보이고,
느리지만 가벼운 걸음으로 가네.
즐거움은 통풍痛風도 낫게 하지.

말 많은 귀신은 부드러운
아부의 혓바닥을 타고 가고,
큐피드는 여러가지 숫자에
루비며 진주를 수놓네.

저기 성난 화성께서
신기한 모습으로 가네.
멋쟁이 젊은이 한 사람이
그 그림자에 놀라네.

태양의 집 옆에 붙어
제우스가 가네. 덕 있는 작품에
뿌리 내린 사랑의 집념에
어려운 일이 무엇이겠는가.

하나둘 인간의 여신의
두 볼을 타고 달이 가네.
이 하늘을 이루는 아름다움
순결한 금성, 베누스여.

제우스의 꼬마 시종들이
오가고 지나가고 돌아오고
신비한 천체의 장식
끈으로 묶은 허리띠로.

모두가 놀랍고 모두가
감탄스러운, 자유인에게
극도의 방탕까지 놀라움
아닌 게 없다네.

밀라노는 아름다운 옷감으로
멋지게 치장하고 저기 가네.
동양은 그 빛나는 금강석,
아라비아는 그 향수가 자랑.

나쁜 뜻을 품고 남을
물어뜯는 시기 질투가 가네,
그러나 에스빠냐 충성의
가슴에는 선한 마음뿐.

고통을 피해 달아나는
온 세상의 즐거움이
미친 듯이 소란을 피우며
광장과 거리를 누비네.

침묵은 수천의 말없는
축복에 입을 여네.
젊은이들은 어른들의
소리를 되풀이 노래하네.

누군가 말하네. '풍성한 포도야,
어서 자라, 올라가, 껴안아, 만져
너의 행복한 느릅나무를,
수천년 네게 그늘이 돼주리.

너 자신의 영광을 위해
우리 에스빠냐의 행운과 명예를 위해,
마호메트의 경악이 되고
우리 교회의 의지가 되기를!'

또다른 혀가 외치고 말하네.
'만세, 오 하얀 비들기여!
너는 우리에게 두 왕관의
독수리를 새끼들로 주렴,

성난 약탈자 새들을 대기로부터
쫓아내고, 그들의 날개로
벌벌 떨며 선과 덕을
보호하고 감싸게 하라.'

또 한 소리, 더 점잖고 엄숙한
더욱 예리하고 호기심 많은
헛바닥이 두 눈으로 입으로
기쁨을 내뿜으며 하는 말

'우리에게 준 이 진주, 그 오스트리아의
자개, 오직 하나뿐인 보석,
아, 기막히게 잘 깨뜨려 만드는 기계들!
아, 기막히게 잘 잘린 디자인!
아, 기막히게 불어넣는 희망들!
아, 기막히게 이루어내는 소망들!
아, 기막히게 커지는 공포들!
아. 임신부들 유산시킬 만한……!'

이때 성스러운 불사의 신
피닉스의 사원에 다다르네.
로마에서 불에 타 살아남은
영광과 명예의 신 피닉스.

생명의 성상에, 하늘의

성상에, 성모여, 겸손하게
지금 별들을 밟고 가는,
여인, 성상에, 성모에게

순결한 성모 마리아 옆에
하느님의 아내이자 딸인
마르가리따 무릎 꿇고
이렇게 말하네.

'저에게 주신 것을 드립니다.
항상 도와주시는 손길이여,
그대의 은총이 모자라면
항상 가난이 넘칩니다.

저의 과일의 햇것을
바치옵니다, 아름다운 성모여
올해 첫 수확이오니, 보시고
받으시고 보호하고 좋게 하소서.

그녀의 아버지께 그대를 부탁합니다.
인간적 아틀라스여, 그 많은 왕국들
그렇게 다른 기후의 먼 제국들을 짊어지고
허리가 휜 영웅이여.

제왕의 마음은 하느님의

손에 사는 것을 압니다.
뭐든지 자비롭게 원하는 것은
하느님과 함께면 다 되지요.'

이 기도가 끝나고, 다른
비슷한 기도와 찬송가
목소리를 높이니, 천국이
땅에 왔음을 보여주네.

왕궁의 성스러운 예식으로
제식이 끝나고, 이 하늘과
황홀한 천체가 모두
제자리로 돌아가네.[5]

쁘레시오사가 노래를 끝내자마자 그 이야기를 노래로 듣고 있던 엄숙한 좌중의 많은 사람들이 한목소리를 이루어 말했다.

"앙코르, 다시 불러요, 이쁜이 쁘레시오사. 여기 동전이야 흙처럼 물처럼 많으니까!"

200명 이상이 집시 여인들의 춤과 노래를 듣고 보고 있었다. 분위기가 한창일 때 우연히 도시의 장관들 중 한 사람이 그곳을 지나가다가 사람들이 많이 모여 있는 것을 보고 무슨 일이냐고 물었다.

---

5 이 노래는 비유를 사용한 에스빠냐 제국 왕가의 이야기이다. 왕비 마르가리따는 펠리뻬 3세의 아내이며 금성, '샛별'은 1605년 1월 8일 바야돌리드에서 태어난 왕자 돈 펠리뻬이다. '오스트리아의 태양'은 필립 3세, 에스빠냐어로 펠리뻬 3세, '고운 여명'은 도냐 안나 공주이며, '토성'은 공주에게 세례를 준 똘레도의 주교, 그리고 '제우스'는 당대 최고 권력자 레르마 공작을 가리킨다.

예쁜 집시 소녀 하나가 노래하는 걸 보고 있다는 대답에 그 장관은 가까이 오더니 호기심을 가지고 한참 동안 노래를 들었다. 자신의 점잖음을 잃지 않으려고 끝까지 다 듣지는 않았지만 그는 전체적으로 그 집시 소녀가 노래를 대단히 잘하는 것을 보았다. 그는 하인 하나를 시켜 집시 노파에게 밤이 되면 다른 집시 여인들과 함께 자기 집으로 오라고 전했다. 그의 아내 도냐 끌라라가 들었으면 한다는 것이었다. 하인은 시킨 대로 전했고, 노파는 그러겠다고 답했다.

춤과 노래가 끝났다. 집시들이 장소를 옮기려 할 때 옷을 잘 차려입은 하인 하나가 쁘레시오사에게 와서는 접은 쪽지 하나를 건네면서 말했다.

"쁘레시오사, 여기 쓰인 가사를 노래해줘요. 아주 좋거든요. 내가 가끔씩 다른 작품도 줄게요. 이걸로 당신은 세상에서 제일가는 유명한 로만세 가수가 될 거예요."

"이건 제가 아주 기쁜 마음으로 외우겠어요." 쁘레시오사가 대답했다. "그런데 말이에요, 말씀하신 가사는 꼭 주시되, 조건이 있다면 내용이 정숙한 거라야 한다는 거예요. 값을 지불해야 한다면 한곡씩 계산하기로 해요. 열두곡 부르면 열두곡에 대해 지불하기로요. 만약 선불로 하자고 하시면 그건 불가능한 생각이고요."

"쁘레시오사 아씨가 종이 한장이라도 주신다면," 하인이 말했다. "나는 만족이지요. 점잖고 좋은 가사가 안 나오면 계산에서 빼겠어요."

"선택권은 저에게 주세요." 쁘레시오사가 대답했다.

이렇게 말하고 그들은 윗길로 걸어갔다. 길가 창문에서 신사 몇 사람이 집시 여자들을 불렀다. 창문이 낮아서 쁘레시오사가 그 안쪽을 들여다보았다. 잘 꾸며진 아주 쾌적한 응접실에 많은 신사들이 보였다. 어떤 남자들은 왔다 갔다 서성이고 다른 사람들은 카드놀이며 여러 놀이를 하며 재미있게 놀고 있었다.

"저한테 개평은 주실 건가요, 나리님들?" 쁘레시오사가 말했다. 집시라서 발음이 사투리였다.[6] 이런 발음은 타고난 자연스러운 것이 아니라 그녀들이 일부러 집시 티를 내는 말투다.

쁘레시오사의 목소리를 듣고 그녀의 얼굴을 보자 카드놀이를 하던 남자들은 놀이를 그만두었고, 서성이던 사람들은 발을 멈추었다. 이 사람 저 사람 모두 창문 가까이로 그녀를 보러 모여들었다. 그들도 소문을 들어서 알고 있었다. 그들이 말했다.

"들어오시도록 하오, 집시 여인들, 어서 들어오시오. 여기 우리가 개평을 줄 테니까."

"우리를 잡거나 꼬집으시면 비싸게 치일 텐데요." 쁘레시오사가 답했다.

"신사로서 그런 짓은 절대로 안 하지." 한 사람이 대답했다. "들어와도 좋아요, 아가씨. 아무도 그대 신발끈 하나도 만지지 않을 거야. 내 가슴에 달고 있는 신사 배지를 보아서라도 말이야."

그러면서 그는 자기 가슴 위 그 유명한 깔라뜨라바 기사[7] 배지에 손을 얹었다.

---

6 원문은 ceceoso, 즉 s음과 z, ce, ci음을 혼동해서 발음하는 집시 특유의 사투리를 쓰는 현상을 말한다. 역자는 그냥 '사투리'로 번역한다.

7 깔라뜨라바 기사(Caballero de Calatrava)는 12, 13세기에 이베리아반도에서 가장 뛰어났던 기사군단 명칭으로, 이슬람으로부터의 영토회복운동(Reconquista)을 수행했다. 오늘날 '신사'(caballero)라는 말은 원래 '기사'를 의미하는 caballero에서 왔다. 16, 17세기에는, 시대착오적 환상에 빠진 '돈 끼호떼'를 제외하고는 이미 군사적 의미의 '기사'란 뜻은 사라지고 '신사'의 의미로 통용되었다. 그러나 같은 신사여도 역사적 기사 전통을 이어받은 '깔라뜨라바 신사'는 신사 중의 신사이다.

"너 들어가고 싶으면 들어가, 쁘레시오사." 그녀와 함께 가던 세 집시 소녀 중의 하나가 말했다. "괜찮으니 들어가봐. 나는 저렇게 남자들이 많은 데는 안 들어갈 테야."

"이봐, 끄리스띠나." 쁘레시오사가 말을 받았다. "네가 조심해야 할 것은 한 남자가 혼자 있을 때야. 저렇게 남자들이 많이 모여 있으면 괜찮아. 남자들이 많으면 오히려 희롱당할 위험도 두려움도 덜해. 잘 들어, 끄리스띠나, 이거 한가지는 확실해. 정숙하게 살겠다고 결심한 여자는 남자 군인들이 득실거리는 군대에서도 자신을 지킬 수 있어. 사실 나쁜 기회는 피하는 게 좋다는 말이 맞긴 하지만, 지키는 것은 은밀하게 스스로 해야지 공공연하게 내놓고 하는 게 아니야."

"들어가자, 쁘레시오사." 끄리스띠나가 말했다. "너는 무슨 도사보다 더 잘 아네."

집시 노파가 소녀들을 부추겨서 그녀들은 들어갔다. 쁘레시오사가 들어가자마자 깔라뜨라바 신사는 그녀가 가슴에 품고 온 쪽지를 보았다. 신사는 그녀에게 다가와 그 쪽지를 빼앗았다. 그러자 쁘레시오사가 말했다.

"어머, 그걸 가져가지 마세요, 나리. 지금 제가 받은 노래 가사구먼요. 아직 보지도 못했어요!"

"그런데 너 글은 읽을 줄 아니, 얘야?" 한 사람이 물었다.

"읽고 쓸 줄 알아요." 노파가 말했다. "우리 손녀는 내가 양반 집안 딸처럼 키웠구먼요."

신사는 쪽지를 펴 보다가 쪽지 안에 금화 1에스꾸도[8]가 있는 것

---

8 에스꾸도(escudo)는 옛 에스빠냐, 뽀르뚜갈의 금화다.

을 발견했다. 그가 말했다.

"정말이구나, 쁘레시오사. 이 편지 안에는 우편요금이 있네. 노래 가사 안에 있는 이 금화를 받으렴."

"됐네요." 쁘레시오사가 말했다. "그 시인이 저를 가난뱅이로 보았구먼요. 하지만 시인이라는 사람이 저한테 금화 한냥을 준 것이 제가 그걸 받는 것보다 더 기적이네요. 이렇게 돈을 붙여서 노래 가사를 줄 양이면 우리 『로만세 민요집』을 다 보내라지요. 하나씩 하나씩 저에게 보내오면 제가 다 가치를 달아보고, 거기 훌륭한 게 담겼으면 안 받을 이유가 없지요."

그 작은 집시 소녀가 하는 말을 듣고 거기 있는 사람들이 모두 그 정숙한 자태와 재치에 놀랐다.

"읽어보세요, 나리." 그녀가 말했다. "큰 소리로 읽어주세요. 어디 그 시인이 관대하신 만큼 노래가 점잖고 좋은가 보지요."

그러자 신사가 이렇게 읽기 시작했다.

작은 집시 아가씨야, 예쁜 걸로 보아서는
그대를 축하할 만한 일이다만
돌같이 차가운 데가 있어
세상이 보석처럼 '쁘레시오사'라 부르는구나.

이 사실을 보고 내가 확실히 안 것은
그대에게서 본 이 사실이란다.
아름다움과 차가운 태도는
절대로 떨어져서는 안돼.

그대의 가치가 올라갈수록
그대의 오만함도 커져가지.
그대의 나이로 보아
그대에게 큰 걸 걸진 않겠다.

눈빛으로 사람 죽이는 전설 속
독사가 그대에게서 자라고 있지.
그리고 하나의 제국이, 비록 부드럽지만
우리에게는 횡포할 듯한……

가난뱅이 오막살이에서
어떻게 저런 아름다움이 태어났나.
마드리드, 척박한 만사나레스강江이
어떻게 저런 물건을 키웠나.

그래서 황금빛 따호강과 함께
유명한 마드리드강일 테지.
보석 같은 쁘레시오사 덕분에
물 많은 갠지스강보다 좋지.

그대는 점을 치지. 계속
나쁜 점괘만 나오지. 그대의
뜻과 그대의 아름다움은
한길로 가지 못하는가.

그대를 보거나 감상하는
무서운 위험 속에서,
그대의 뜻은 자신에게 용서를 비네.
그대의 아름다움 죽음을 가져오네.

그대 집시족은 모두가
마법사들이라고 말하지.
그러나 그대의 마법은
더욱 강력하고 더욱 진실하네.

그대를 보는 모든 사람들에게서
전리품을 가져갈 욕심으로
그대는, 오, 그대의 마법이
그 두 눈 속에 있게 했지.

마법의 힘에서 그대는 앞서가지.
그대는 춤추며 우리를 감동시키고
우리를 바라보며 우리를 죽이지,
노래하며 우리를 홀리지.

수천가지 방법으로 홀리지.
말하거나, 노래하거나, 바라보거나
입 다물거나, 다가오거나, 물러가거나
마음 휘저어 사랑의 불씨를 살려내지.

가장 제멋대로 사는 가슴 위에서도
그대는 명령하고 주인이 되네.
내 가슴이 그 증인이니,
그대의 지배에 행복하다네.

쁘레시오사, 사랑의 보석이여,
그대를 위해 죽고 사는,
가난하지만 사랑하는, 겸손한
시인이 엎드려 이 시를 쓰오.

"'가난하지만'이라고 마지막 시구가 끝나네요." 이때 쁘레시오
사가 말했다. "나쁜 징조지요! 사랑에 빠진 연인들은 절대 가난하
다고 해서는 안 돼요. 왜냐하면 제 생각에는, 처음에는 가난이 사랑
의 적이거든요."

"누가 그런 걸 가르쳐주었니, 애야?" 한 사람이 물었다.

"가르치긴 누가 가르쳐주어요?" 쁘레시오사가 대답했다. "저는
제 몸에 영혼이 없나요? 저는 열다섯살이 아닌가요? 전 절름발이
도 외팔이도 아니구요, 정신이 흩어진 아이도 아니에요. 우리 집시
들의 재주는 다른 사람들의 재주와는 향하는 길이 달라요. 우리는
항상 나이보다 앞서가지요. 집시치고 바보 없고 집시 여자치고 미
련퉁이는 없어요. 집시들은 먹고살려면 예리하고 약삭빠르고 속일
줄 알아야 하기 때문에, 발자국 하나 옮길 때마다 머리를 잘 쓰고
정신을 바짝 차려야 하거든요. 그래서 절대 머리에 곰팡이 필 시간
이 없지요. 이 여자아이들 보이시죠? 제 친구들인데요, 말없이 저
렇게 있으니까 바보 같지요? 진짜 바보인가 어디 손가락 하나 입에

넣어보세요, 영리한지 아닌지 사랑니를 더듬어보시라구요. 그러면 진짜 볼 장 다 보실 거예요. 열두살짜리 여자애치고 스물다섯살 여자가 하는 짓을 모르는 애가 없어요. 습관이나 악마를 선생이나 교사로 모셔요. 그래서 사람들이 일년에 배울 것을 한시간 안에 다 배우지요."

이런 말로 작은 집시 소녀는 그녀의 말을 듣고 있던 사람들과 카드놀이 하던 사람들의 이목을 사로잡았다. 그들은 그녀에게 개평을 주었고, 카드놀이를 하지 않던 사람들까지도 돈을 주었다. 집시 노파의 주머니에는 은화 30레알이 들어갔다. 부활절보다 더욱 즐겁고 부자가 된 노파는 그녀의 순한 양들을 앞세우고 아까 그 장관의 집으로 향했다. 그 집의 관대한 양반들에게는 다음날 다시 와서 더욱 즐겁게 해드리겠다고 약속했다.

장관의 부인 도냐 끌라라는 집시 소녀들이 자기 집에 온다는 소식을 이미 듣고서 오월 가뭄에 단비 기다리듯이 소녀들을 기다리고 있었다. 그녀의 하녀들과 상급 하녀들, 그리고 이웃의 부인들도 쁘레시오사를 보고 싶어 모두 모였다. 집시 소녀들이 들어오자, 그들 중에서 다른 누구보다 쁘레시오사가 작은 불꽃들 중의 횃불처럼 빛을 발했다. 그러자 모든 여자들이 그녀를 보러 몰려왔다. 어떤 여자는 그녀를 껴안고, 다른 여자는 그녀를 바라보고, 이 여자는 소녀에게 축복의 기도를 하고, 저 여자는 감탄했다. 도냐 끌라라가 말했다.

"이런 머리를 진짜 금발이라고 할 수 있을 거야! 이런 눈이 진짜 에메랄드 눈이라구!"

이웃 친구 부인은 소녀의 몸을 요모조모 자세히 훑어보고 그녀의 손과 발이며 뼈 마디마디에까지 모두 감탄에 감탄을 섞어 찬사를 늘어놓았다. 쁘레시오사의 턱에 있는 조그만 보조개를 칭찬하면서 이렇게 말했다.

"아이고, 보조개도 이뻐라! 이 보조개에는 보는 남자마다 넘어가겠구나."

이 말을 듣고 거기 있던 수염이 길고 나이깨나 든 도냐 끌라라 부인의 수행 하인이 한마디 했다.

"저걸 마님께서는 보조개라고 하시는감요? 소인은 저런 구멍에 대해서는 아는 것이 별로 없지만, 저것은 구멍이 아니라 팔팔한 욕망의 무덤이라구요! 세상에나, 저 집시가 저렇게 이쁘다니. 은으로 도배하고 설탕으로 입혀도 더 이쁠 순 없겠구먼요! 그런데 점은 칠 줄 아니, 애야?"

"서너가지는 아는구먼요." 쁘레시오사가 대답했다.

"그렇게 많이?" 도냐 끌라라가 말했다. "우리 남편, 우리 장관님을 생각해서 제발 내 점 좀 봐주렴, 은같이 고운 아가, 진주 같은 아가, 불타는 석류석 같은 아가, 하늘에서 온 아가야. 이것은 나의 최상의 칭찬이란다."

"이 아이에게 손바닥을 보여주세요. 성호를 긋도록요." 노파가 말했다. "어떤 점괘가 나오는지 보세요. 이 아이는 무슨 의사나 박사보다도 더 잘 안다니까요."

장관 부인은 호주머니에 손을 넣어보았으나 땡전 한푼 없었다. 하녀들에게 동전 하나만 달라고 했으나 아무도 가진 게 없었고 이웃 부인도 돈이 없었다. 그것을 보고 쁘레시오사가 말했다.

"모든 성호는 성호니까 다 좋은 거예요. 하지만 금화 은화로 긋는 성호면 더욱 좋지요. 구리로 만든 돈으로 손바닥에 성호를 긋는 것은 점괘의 효험을 떨어뜨려요. 최소한도 저의 점괘에서는요. 그래서 저는 처음 성호를 그을 때는 금화 1에스꾸도나 8개짜리 은화 1레알, 아니면 최소한도 4개짜리 은화로 하지요. 저는 성당지기들하고 똑같아요. 헌금이 많을수록 더욱 좋아하지요.”

“저런, 말도 구수하게 잘하네.” 이웃 부인이 말했다. 그리고 하인 한 사람을 돌아보며 말했다.

“꼰뜨레라스, 어디 4개짜리 1레알 손에 없나? 저 아이한테 하나 주게. 우리 남편 박사께서 오시면 곧 돌려줄게.”

“예, 있습니다.” 꼰뜨레라스가 대답했다. “하지만 어제 저녁을 먹느라 22마라베디에 저당 잡혀놓았거든요. 저에게 그 돈만 주시면 그걸 찾으러 얼른 갔다오겠습니다.” “우리 모두에게 동전 한푼 없는데,” 도냐 끌라라가 말했다. “22마라베디를 내놓으라고? 이봐요, 꼰뜨레라스, 자네는 언제 봐도 얼간이네.”

처녀 하나가 그 집에 땡전 한푼 없는 걸 보고는 쁘레시오사에게 말했다.

“얘야, 그 성호 긋는 걸 은골무로 하면 효과가 있지 않을까?”

“오히려,” 쁘레시오사가 대답했다. “은골무로 성호를 긋는다면 세상에서 최고지요. 많기만 하면요.”

“골무 하나는 내가 가지고 있어.” 그 처녀가 말했다. “이걸로 충분하다면, 여기 있어. 다만 내 점도 봐준다는 조건이야.”

“은골무 하나로 그 많은 점을요?” 집시 노파가 말했다. “손녀야, 빨리 끝내거라. 밤 되겠다.”

쁘레시오사는 은골무를 받아 장관 부인의 손을 쥐고 말했다.

이쁜이야, 이쁜이야,
금손 은손 이쁜이야,

그대 남편 그대 사랑하기를
알뿌하라스의 왕[9]보다 더하단다.

그대는 착하디착한 비둘기.
하지만 때로는 오랑의
사자처럼 사납기도 하지
오까냐 호랑이처럼 사납지.

하지만 한순간 휘리릭
그대 화는 풀리고
꽈배기처럼 몸을 꼬거나
아니면 순한 양이 되지.

투정은 많고 잘 먹지는 않고
약간 질투하면서 살지
장관이 장난꾸러기여서,
주도권을 쥐고 흔들려고 하지.

그대가 처녀였을 때, 좋은 얼굴
가진 남자 그대를 사랑했는데,
저주받을 중매쟁이들,
좋아하는 마음 망가뜨렸지.

---

9 중세 안달루시아 지역을 통치했던 아랍의 술탄을 가리킨다.

혹시 수녀가 되었다면
오늘은 수도원 원장일 텐데,
400줄 넘는 손금이
그대는 수녀원장감이래.

그대에게 말 안 해야 하는데……
하지만 무슨 상관이야, 아이고
과부 되겠네, 그리고 또 한번 더
그리고 다시 두번 결혼해.

울지 마요, 귀한 마님,
집시 여자라고 항상 좋은
소식만 전하는 건 아니지.
울지 마요, 마님, 그만 뚝

장관 남편보다 그대가
먼저 죽으면, 다가올
과부 신세, 그 상처를
충분히 보상받을 수 있지.

그대는 유산을 받게 될 거야,
조만간에, 대단히 많은 재산을.
아들은 성직자가 될 거야,
교회는 정해져 있지 않지만.

똘레도에서는 불가능해.
하얀 피부, 금발의 딸을 하나
갖게 될 거야. 수녀가 되면,
그녀 또한 수녀원장이 돼.

그대 남편이 4주 안에
죽지 않으면, 그분은 곧
북쪽 수도 부르고스나
살라망까의 시장이 될 거야.

점이 하나 있구면, 아유 예뻐라!
아, 휘영청 밝은 달이네!
이건 해 지는 양쪽 끝에서
어두운 골짜기를 밝게 비추는……

그 점 보려고 맹인이라도 둘이
네댓냥은 더 주겠는데……
지금 웃는 저 웃음이 진짜야!
아, 몹시도 매력적이어라!

넘어지는 것 조심하고, 특히
뒤로 넘어지는 것 조심,
귀하고 높은 부인들에게
위험한 것이 낙상이라.

그대에게 할 이야기가 더 많은데,
금요일까지 나를 기다리면,
또 말해드리지요, 기꺼이
이따금 불행한 이야기도 있지만……

쁘레시오사가 점치기를 마치자 주변에 있는 모든 사람들이 자기 점괘를 알고자 하는 욕망에 불이 날 지경이었다. 모두들 자기 것도 봐달라고 졸랐으나 그녀는 다음 금요일로 미루었다. 여자들은 성호를 긋기 위한 은화 레알을 꼭 준비해 오겠다고 약속했다.

이때에 장관이 들어왔다. 사람들이 그에게 작은 집시 소녀의 황홀한 재주를 털어놓았다. 그는 집시들에게 춤을 추라고 했고, 사람들이 쁘레시오사에게 한 칭찬이 거짓이 아니고 진짜임을 확인하고서 호주머니에 손을 넣어 소녀에게 무언가 주고 싶다는 시늉을 했다. 그러나 주머니를 샅샅이 뒤지고 몇번이고 털어보아도 결국 잡히는 것 없는 빈손이었다.

"세상에, 돈이 한푼도 없네! 여보 끌라라, 은전 1레알만 쁘레시오사에게 줘요. 내가 다음에 당신에게 줄게."

"그것참 좋으신 말씀이네요, 여보! 어디 은전 1레알이 버젓이 나와 있는 게 있답니까? 우리 여자들이 성호를 그으려고 동전 한푼 찾으려 해도 못 찾았답니다. 그런데 우리가 은전 1레알을 가지고 있길 바라세요?"

"그러면 당신 깃장식이라든지 뭐든 하나 주어요. 다음에 또 쁘레시오사가 우리를 보러 온다니까 그때 더 좋은 걸 선사하지요."

그 말에 도냐 끌라라가 말했다.

"그래요, 그럼 다음에 꼭 쁘레시오사가 한번 더 오도록 지금은 아무것도 주지 말기로 해요."

"아무것도 안 주시면 오히려," 쁘레시오사가 말했다. "절대 다시 여기 오고 싶지 않네요. 이렇게 귀하신 분들이니 모시러 오기는 해야겠지만, 그러나 아무것도 주시지 않으리라는 것을 알고 작심하고 오겠지요. 그래야 기대하는 수고라도 덜지 않겠어요? 재판에도 뇌물이 들어가야죠, 장관님. 돈이 들어가야 돈이 들어오지요. 그러니까 새로운 습관을 만들지 마세요, 굶어 죽게 되실 겁니다. 이보세요, 마님, 제가 어디선가 들었는데요, (어릴 때라도 좋은 말이 아닌 줄은 알았지만) 무슨 일을 해서든 돈을 모아야 법정 출석 문제로 벌금도 내고[10] 더 높은 자리를 넘볼 수 있다고요."

"양심도 없는 사람들이 그런 짓을 하고, 그런 말을 하지." 장관이 말을 받았다. "그러나 출석 잘하는 장관은 아무런 벌금도 낼 필요가 없지. 자기 일을 잘했으면 그걸 인정받고 다른 좋은 자리를 얻게 되지."

"대단히 성인처럼 말씀하시네요, 장관님." 쁘레시오사가 말했다. "그럼 그렇게 사세요. 장관님의 누더기라도 잘라서 뇌물로 바치시고요."

"아는 게 많구나, 쁘레시오사." 장관이 말했다. "가만있거라. 내가 작전을 짜서 황제 폐하께서 너를 보시도록 만들어주지. 너는 진짜 물건이니까."

"'물건'이라면 막 노는 여자로 알겠지요." 쁘레시오사가 대답했다. "그런데 전 그런 건 할 줄 몰라요. 그러다간 신세 망치지요. 저를 얌전한 여자로 봐주신다면 따라갈 수 있겠네요. 그러나 어떤 궁

---

10 원문 residencias를 '법정 출석'으로 번역한다. 장관이 해당 재판관 앞에 임지 귀임을 보고하는 형식이며 늦게 출석하면 벌금을 낸다.

중에서는 점잖은 이들보다 망나니들이 더 잘나가요. 저는 그저 이 대로 집시이고 가난한 게 좋구먼요. 좋은 운이야 하늘이 원하는 대로 가라지요."

"아이고, 얘야." 집시 노파가 말했다. "더 말하지 마라. 네가 말이 너무 많았어. 내가 가르쳐준 것보다 더 많이 아는구나. 그렇게 잘난 소리 많이 하다가 큰코다친다. 네 나이에 맞는 이야기나 하고 분에 넘치는 일에 끼어들지 마라. 그러다가 나중에 자빠지지 않는 사람 없어."

"이 집시란 것들은 몸에 귀신이 들어 있구나!" 장관이 말했다.

집시 여자들은 그들과 작별했다. 떠나려고 할 때 은골무를 준 처녀가 말했다.

"쁘레시오사, 내 점도 봐주어야지. 아니면 내 골무를 돌려주든지. 안 그러면 나는 바느질을 할 수가 없잖아."

"아씨," 쁘레시오사가 말했다. "점은 이미 봐드렸다고 생각하세요. 그리고 골무를 하나 더 구해놓으세요. 아니면 금요일까지 쓸데없는 짓은 하지 마시구요. 그때 다시 올게요. 그리고 당신에게 운수며 모험이며, 기사소설보다 더 많은 이야기를 해드릴게요."

그들은 떠나갔다. 해거름쯤 자기 마을에 닿기 위해 마드리드에서 나오는 수많은 농사꾼 여자들과 섞여 가게 되었다. 그 여자들과 같이 가면 안전해서 집시들은 늘 함께 다니곤 했다.(왜냐하면 집시 노파는 누가 자기의 쁘레시오사를 데려갈까봐 늘 두려워했으니까.)

어느날 아침, 마드리드에서 돌아오면서 일어난 일이었다. 시내로 들어가려면 500보 정도 남은 작은 마을에서 다른 집시 여자들과 함께 도둑신에게 바칠 공물을 좀 훔쳐오는 길에 여행 복장을 멋지게 차려입은 우아한 청년 하나를 보았다. 그가 차고 있는 칼과 단검은, 흔히 하는 말로 다 금덩어리였다. 모자도 어여쁜 테에다 여러가지 색깔의 깃털로 장식한 것이었다. 그 청년을 보자 집시들의 눈이 멈추었고 그들은 아주 찬찬히 그를 살펴보기 시작했다. 그 시각에 그렇게 아름다운 청년이 그런 곳을 혼자 걷고 있다는 게 놀라웠다.

그는 그들에게 다가오더니 그중 나이 많은 집시에게 말했다.

"제발 부탁인데요, 나이 드신 친구분, 그대와 쁘레시오사가 여기 좀 떨어져서 내 이야기 딱 두마디만 들어주시면 안 될까요? 그대들에게 도움이 될 텐데요……"

"너무 멀리 떨어져 가지 않고 시간이 많이 걸리지 않는다면, 좋아요." 늙은 집시가 말했다.

그리고 쁘레시오사를 불러서 다른 집시들과 스무걸음쯤 떨어진 곳으로 갔다. 그대로 선 채로 청년이 그들에게 말했다.

"나는 쁘레시오사의 아름다움과 정숙함에 반해서 여기 온 사람이에요. 여기까지 오지 않으려고 무척 노력을 했지만 마침내 오지 않는 게 불가능할 정도로 더욱 사랑에 빠지고 말았습니다. 귀부인들이여(나는 항상 그대들을 이렇게 부를 겁니다, 하늘이 나의 뜻을 받아주신다면), 이 복장을 보시면 알겠지만 나는 신사입니다." 그러고서 그가 두건 없는 긴 망또를 젖히자 가슴에 우리 에스빠냐에서 가장 인정받는 귀족 배지가 보였다. "나는 누구누구라는 분의 아들로서(존경의 표시로 여기서 그 이름은 밝히지 않겠다), 그분이 나의 후견인이고 보호자이십니다. 나는 그분의 외아들이고, 상속에 해당하는 적당한 유산을 기대하고 있습니다. 내 아버지는 여기 궁중에 계시며 어떤 직책을 찾고 있는데, 이미 왕의 재가만 남았으니 그 일이 잘될 거라는 거의 확실한 희망이 있지요. 말씀드린 것처럼 내가 귀족인데다 신분이 이러하므로, 그대들이 이미 알아차렸을 줄 알지만, 어떻든 쁘레시오사와 결혼하여 그녀의 낮은 신분을 나의 고귀한 신분으로 높여 나와 동등하게 만드는 훌륭한 사람이 되고 싶습니다. 나는 그녀와 한때 즐기려는 생각에 이러는 게 아닙니다. 그녀를 사랑하는 이 진실한 마음에 그녀를 놀리려는 생각은 전연 있을 수가 없지요. 그녀가 가장 좋아하는 방식으로 그녀를 섬기고 싶을 뿐입니다. 그녀 마음이 다 내 마음입니다. 그녀와의 일이라면 내 마음은 양초처럼 녹아서 그녀가 원하는 것이면 무어든 만들고 새겨도 좋습니다. 그리고 그걸 간직하고 지키는 마음은 양초에 새겨진 것처럼이 아니라 대리석에 각인된 것처럼 긴 세월이 가도 버틸 만큼 영원할 것입니다. 이 사실만 믿어준다면 나의 희망은 절대 무너지지 않을 겁니다. 하지만 나를 믿지 못한다면, 그대들의 의심이 항상 나를 두려움과 공포로 괴롭힐 것입니다. 내 이름은 이겁니다." 그리고 그는 그들에게 이름을 말했다. "또한 내 아버지 이름은 이미 말씀드렸지요. 아버지 집은 어디어디 거리이고, 주소는 이러이러합니다. 그 집 이웃들은 그대들도 알아볼 수 있을 겁니다. 이웃이 아닌 사람들까지 말이죠. 내 아버지의 이름과 신분, 그리고 나의 이름이 궁중과 광장, 마드리드 전체에서 모를 만큼 무명은 아니지요. 약혼 비용 내지 내가 그대들에게 줄 언약의 명목으로 여기 금화 100에스꾸도를 가져왔습니다. 온 마음을 바치는 남자가 재산이 없다고 해서는 안 되니까요."

그 신사가 이런 말을 할 때 쁘레시오사는 열심히 그를 바라보고 있었다. 틀림없이 그의 태도며 말하는 품이 그렇게 나쁘게 생각되지는 않았던 것 같다. 그녀가 노파를 돌아보며 말했다.

"할머니, 죄송하지만 이렇게 사랑에 빠졌다고 하시는 분에게 제가 대답할 수 있도록 허락해주시겠어요?"

"네 맘대로 대답해주려무나, 손녀야." 노파가 대답했다. "네가 모든 일을 잘 알아서 하는 것을 나도 아니까 말이지."

그러자 쁘레시오사가 말했다.

"저는요, 신사분, 비록 가난하고 천한 집시 출신입니다만, 여기 이 속마음에는 큰일이 있을 때마다 저를 이끄는 어떤 환상적인 정령 같은 게 있구먼요. 저를 움직이는 것은 언약도 약속도 아니고요, 많은 선물도 저를 무너뜨리지 못해요. 제 앞에 굽신거려도 마음이 끌리지 않고, 미묘한 사랑의 표현에도 놀라지 않는구먼요. 비록 열다섯살(우리 할머니 계산으로는 이번 산 미겔 날에 만 15세가 된다니까)밖에 안 되었지만요, 생각은 이미 노인이 다 되었구먼요. 경험에서라기보다는 제가 타고나길 머리가 좋아 보통 제 또래보다 훨씬 더 많은 것을 터득하고 알아요. 그러나 어떻든 어느 쪽으로 보아도, 금방 사랑에 빠진 사람들에게 있어서 열정적 사랑의 감정은 그냥 점잖지 못한 충동 같은 것이어서 함부로 마음의 궤도를 벗어난 일을 하게 만들지요. 그런 마음은 불편한 것은 걷어차고 정신 없이 자기 욕망을 좇아 덤벼들게 만들어요. 아름다움을 좇는 행복과 영광에 맞추려다 걱정과 고민의 지옥에 빠지고 말지요. 원하는 것을 얻으면 바라던 것을 소유함으로써 소망이 줄어들지요. 어쩌면 그때는 지혜의 눈을 뜬다고 할까요. 전에 그토록 사랑했던 것도 이제는 싫어하는 것이 좋을 거라는 생각이 들게 되지요. 이렇게 되는 것에 대한 두려움이 큰 탓에 저는 무척 걱정이 되고 예민해져서 어떤 말도 믿을 수가 없고 수많은 행동을 의심하게 되어요. 저에게는 단 하나의 보석이 있어요. 목숨보다 더욱 아끼는 보물이지요. 그것은 제 행동이 올바르고 제가 순결하다는 거예요. 그 보물을 무슨 언약이나 선물에 팔아넘길 수는 없지요. 결국은 팔려 누구에겐가 넘어가게 되면 값이 뚝 떨어질 테지만, 그러나 무슨 계략이나 술수에 넘어가 팔려가고 싶지는 않아요. 그보다는 차라리 그 보석을 안고 무덤까지, 어쩌면 하늘까지 가져갈 생각이에요. 그 보석을 키메라 같은 괴물이나 꿈꾸는 환상의 귀신들이 덤벼 주무르게 하는 위험에 빠뜨리기보다는요. 꽃 중의 꽃이 순결이니 가능하면 상상으로도 강탈하게 내버려두어서는 안 되지요. 장미밭에서 꺾인 장미는 잠깐 사이 너무도 쉽게 시들어요! 이 사람이 만지고, 저 사람이 냄새 맡고, 다른 사람이 꽃잎을 뜯고, 마침내 거친 손아귀 속에서 없어지게 되지요. 신사님, 그대가 오직 이 보물 때문에 오셨다면, 그것을 앗아가려 하지 마시고 결혼의 끈이나 리본으로 묶어 가져가셔야 해요. 순결에 관심이 있으시다면 결혼이라는 성스러운 굴레를 쓰고서야 가능해요. 그렇게 되면 순결은 그저 잃는 것이 아니라 행복한 결실을 약속하는 축제에 쓰이는 게 되지요. 그대가 저의 남편이 되기를 바라신다면 저도 그대의 것이 되겠지만, 먼저 여러 조건을 살피고 시험해보고 싶네요. 우선 제가 알고 싶은 것은 그대가 그대 말대로 그런 사람인가 하는 것이에요. 그것이 사실로 밝혀지면, 그대는 부모의 집을 버리고 그 대신 우리 움막촌으로 거처를 바꾸셔야 해요. 집시 복장을 하고 우리 종족의 학교에서 2년을 배우셔야 합니다. 그러는 동안 제가 당신의 품행에 만족하고 당신도 제게 만족하시고, 그대가 저를 좋아하시고 저도 그대를 좋아하게 되면, 저는 당신의 아내가 되는 것을 받아들이겠어요. 그러나 그때까지는 대외적으로 저는 당신의 누이동생이고 그대를 모시는 천한 여자입니다. 그대는 이 견습기간 동안에 지금은 제게 정신이 빠져

혼미해진 눈이 새로 뜨이고 이제까지 그렇게 열심히 따라오던 길에서 벗어나는 게 좋겠다는 생각이 들 수도 있다는 점을 생각하셔야 합니다. 그러면 잃어버린 자유를 되찾고 진정으로 참회하여 어떤 잘못도 다 용서받으실 거예요. 이런 조건으로 우리 집시 견습생으로 들어오시고자 하면, 모든 것은 그대 손에 달려 있습니다. 이 조건 가운데 어느 하나라도 모자란다면 당신은 내 손가락 하나도 만져서는 안 돼요."

청년은 쁘레시오사의 말에 크게 놀랐고, 땅바닥을 내려다보며 당황한 듯 대답할 말을 생각하는 눈치였다. 그 모습을 보고 쁘레시오사는 다시 말을 이었다.

"이런 것은 짧은 순간에 내릴 결정이 아니고 시간을 갖고 해야겠지요. 신사님, 일단 마을로 돌아가셔서 어떻게 하는 것이 좋을지 천천히 생각을 해보시고, 여기 이 장소에서 마드리드를 오가며 원하시는 대로 찬란한 담화를 나눠보자고요."

그 말에 그 신사가 대답했다.

"하늘이 그대를 사랑하도록 했으니, 사랑하는 쁘레시오사, 나는 그대가 원하는 것이면 무어든 그대를 위하여 다 할 결심이오. 사실 나는 한번도 그대가 그런 청을 하리란 것은 생각해보지 못했어요. 하지만 그것이 그대의 마음이고 원하는 거라면 내 마음을 그대 마음에 맞추어 좋도록 하면 되는 거니까, 물론 나를 집시로 생각해주시오. 그리고 나에게 그대가 원하는 것을 모두 시험해보시오. 지금 그대에게 말하는 이 마음 이 자리에 나는 항상 있을 거요. 이봐요, 내가 언제 옷을 바꿔 입길 바라오? 내 마음은 당장 했으면 좋겠지만 우선 우리 부모님에게 플랑드르전쟁[11]에 참전한다고 둘러대고 얼마간 쓸 돈을 얻어내야겠어요. 내가 떠날 준비를 하려면 여드레

정도는 걸릴 거예요. 내 결심을 성사시키기 위해서 어떻게든 나와 함께 가는 사람들을 따돌릴 거예요. 그대에게 내가 청하는 것은(사실 그대에게 무언가를 청할 용기가 감히 나진 않지만), 오늘이 아니면 더이상 내 신분과 우리 부모님의 사정을 알아보러 마드리드에 가서는 안 된다는 거요. 왜냐하면 우리 집에서 너무나 여러가지 상황이 벌어질 텐데, 내게는 너무도 귀중한 이 행운을 혹시라도 앗아갈 일이 생기는 것을 원치 않기 때문이오."

"그런 일은 없을 거예요, 멋쟁이 신사님." 쁘레시오사가 대답했다. "어디서든 저는 아무 걱정 없이 자유롭게 행동할 거예요. 질투의 걱정으로 자유를 억압하거나 마음을 흐리는 일은 없을 거예요. 제가 걱정시켜드리지 않을 거라는 걸 알아주세요. 하지만 아주 멀리서 봐도 제가 자유만큼이나 정직함을 중요하게 여긴다는 걸 아실 거예요. 그대에게 드리고 싶은 첫번째 부탁은 저를 믿으시라는 거예요. 보세요, 연인들이 질투를 일으키고 시기하는 것은 그들이 바보들이거나 너무 자신만만하기 때문이에요."

"네 가슴에 무슨 사탄이라도 들어앉아 있나보구나, 얘야." 이때 늙은 집시 여인이 말했다. "이봐라, 세상에 어느 살라망까 대학생이라도 너처럼 그렇게 멋진 말은 못 할 거야! 너는 사랑에 대해서도 알고, 질투에 대해서도 알고, 신뢰에 대해서도 아니, 이게 어찌된 일이냐? 내가 정신이 없구나. 네 말을 듣고 있으니, 잘 알지도 못하는 라틴어로 씨부렁대는 신들린 사람하고 있는 것 같구나."

"할머니, 그런 말씀 마세요." 쁘레시오사가 말했다. "저한테 들

---

11 플랑드르전쟁(1568~1648)은 해가 지지 않는 대제국 에스빠냐에 저항하여 일으킨 식민지 네덜란드의 독립운동이다. 이 전쟁에서 에스빠냐가 패함으로써 에스빠냐 대제국의 해가 기울기 시작한다.

으신 모든 이야기는 아무것도 아니에요. 정말로 제 가슴속에 들어 있는 이야기는 수없이 많고, 이것은 그저 하는 소리예요."

쁘레시오사가 하는 모든 말, 그녀가 보여주는 모든 사려 깊은 모습은 사랑에 빠진 신사의 불타는 가슴에 장작을 얹어주는 것일 뿐이었다. 마침내 그로부터 여드레 뒤에 같은 장소에서 만나기로 약속이 되었고, 신사는 직접 그들의 일이 어떻게 되어가는지 알리러 오겠다고 했다. 그사이 집시 여자들은 그가 한 말이 사실인지 알아볼 터였다. 청년은 금실로 수놓은 비단 주머니를 꺼내서 거기에 금화 100에스꾸도가 들어 있다고 말하고 노파에게 그것을 주었다. 그러나 쁘레시오사가 절대로 그 돈을 받아서는 안 된다고, 자기는 싫다고 하자 노파가 그녀에게 말했다.

"가만있어, 얘야. 이분이 항복했다는 가장 좋은 표시는 무기를 내어주는 것이야. 준다는 것은 어떤 경우에도 마음씨가 너그럽다는 표시지. '하느님께는 기도가 최고, 일에는 망치가 최고'라는 속담 기억하니? 그리고, 나로 인해서 우리 집시들이 긴긴 세월 동안 얻은 욕심 많고 돈벌이 좋아한다는 명성을 잃어서는 안 되겠지. 금화 100에스꾸도를 그냥 버리라는 소리냐, 쁘레시오사? 그것도 은화 2냥도 안 나가는 속옷 안단에다 실로 꿰매서 가지고 다녀도 되는데? 거기 숨겨놓은 것은 에스뜨레마두라 영감이 풀 위에 토지상속권을 숨겨놓은 것처럼 안전하지. 게다가, 우리 자식들, 손자들, 아니면 친척들 누군가 어쩌다 불행히 죄를 범해 잡혀들어가면, 재판관이나 사무관 귀에 주머니에 넣으라고 이런 금화 몇냥으로 슬쩍 부탁하는 것보다 더 효과적인 게 있을 것 같아? 나도 세가지 범죄로 세번씩이나 당나귀 위에 얹혀 태형을 받을 뻔했는데, 한번은 은항아리로 매를 면했고, 또 한번은 진주 목걸이로, 또다른 한번은 은화 40레알을 동전 여덟개로 바꿔서, 그것도 바꾸는 값으로 20레알을 더 주고서야 풀려났지. 이봐 얘야, 우리 하는 일이 대단히 위험하고 뜻밖의 일이나 어쩔 수 없는 사고가 많아. 이런 일에는 우리 펠리뻬 황제의 무적함대같이 재빨리 우리를 방어하고 구원해줄 방편은 돈밖에 없어. 그냥 봐줘서 넘어가는 일은 없어. 우리 가톨릭 대제의 얼굴 두개가 포개진 두까도 금화 둘이면 변호사의 슬픈 얼굴이나 모든 죽음의 사자들의 얼굴도 즐거운 표정으로 바꿔놓을 수 있지. 그것이 우리 불쌍한 집시 여자들의 수호천사야. 법을 다루는 놈들은 길거리 산적들보다 무섭게 우리 집시 여자들의 살과 껍질을 다 벗기려 들지. 우리가 아무리 불쌍하고 초라하게 보여도 그놈들은 절대 우리를 가난한 사람으로 보지 않아. 우리 집시들은 벨몬떼의 프랑스놈[12] 조끼 같다는 거야. 겉으로는 다 떨어지고 누덕누덕 때가 끼었어도 안에는 금화가 두둑하다는 거지.”

“아유, 할머니, 이제 그만하세요. 그 돈을 가지려고 어느 제왕의 법보다 더한 갖가지 법들을 갖다대시네요. 그 돈 가지시고, 잘 쓰세요. 제발 어디 무덤에다도 잘 묻어서 절대 밝은 빛은 못 보도록, 그럴 필요도 없는 곳에 잘 간직하세요. 우리 친구들에게는 얼마쯤 나눠주셔야겠네요. 오랫동안 우리를 기다리고 있으니 지금쯤 화가 나 있을 거예요.”

“그 친구들도,” 노파가 말을 막았다. “이 돈을 맛보게 되겠지, 지금 여기 많은 터키 사람 보듯이 말이야. 이 좋은 분께 혹시 은화나

---

12 ‘프랑스놈’(gabacho)은 원래 ‘삐레네 산기슭 촌놈’이라는 뜻으로 에스빠냐인들이 프랑스인 전체를 비하해서 쓰던 표현이다. 한편 프랑스 사람들은 에스빠냐인을 ‘삐레네 넘으면 아프리카’라고 비하하며 아프리카인 취급을 했다. 벨몬떼 백작은 일부러 헌옷을 바꿔 입고 다녀 돈을 모은 갑부이다.

동전 남는 게 있는가 보시라고 하렴, 친구들에게 나누어주게. 조금만 주어도 다들 만족할 거야."

"있을 거예요." 멋쟁이 신사가 말했다.

그러고는 호주머니에서 8냥짜리 은화 3레알을 꺼내서 세 집시 소녀에게 나누어주었다. 연극 제작자가 다른 제작자와 경쟁하여 '최고야, 최고!'라는 칭송을 받고 돈을 나누어줄 때처럼 모두들 기뻐하고 만족했다.

결국 이미 말한 것처럼 그로부터 여드레째 되는 날 거기에 오기로 하고, 집시가 되는 날 그의 이름은 안드레스 까바예로로 부르기로 합의했다. 왜냐하면 집시 중에 이런 성을 가진 사람이 흔한데다 거기 또 한 사람이 있었기 때문이다.

안드레스(지금부터는 이 신사를 이 이름으로 부르기로 한다)는 쁘레시오사를 감히 껴안지는 못했다. 그보다는, 말하자면 눈길로 온 마음을 실어보내고 그들을 떠나 마드리드로 돌아갔다. 집시들은 대단히 만족해서 똑같이 눈짓으로 인사했다. 쁘레시오사는 사랑이라기보다는 좋은 마음으로 안드레스의 우아한 태도에 호기심을 품었고, 그가 말한 대로 그런 사람인지 알아보고 싶었다. 그들은 마드리드 시내에 들어가 거리 몇개를 지나다 시를 노래하는 하인을 만났다. 그는 쁘레시오사를 보자 얼른 다가와서 말했다.

"어서 와요, 쁘레시오사. 지난번에 내가 준 노래들 혹시 읽어봤어요?"

그 말에 쁘레시오사가 대답했다.

"대답하기 전에 먼저 제발 부탁인데, 이 사실 하나만 말해줘요."

"맹세를 해야 한다 해도," 하인이 대답했다. "내 말에 목숨을 걸고라도 반드시 진실을 말해줄게요."

"내게 답해주길 바라는 사실 하나는 이거예요." 쁘레시오사가 말했다. "혹시 당신은 시인인가요?"

"내가 시인이라면," 하인이 말했다. "정말 행운 중의 행운이겠지요. 하지만 쁘레시오사, 그대가 알아야 할 것은 시인이라는 이름으로 불릴 자격이 있는 시인은 많지 않다는 거예요. 그렇다면 나는 시인은 아니지요. 그저 시를 좋아하는 사람일 뿐. 내게 필요한 시라면 남의 시를 청하거나 찾으러 다니지는 않지요. 그대에게 준 시구들은 내 것이고, 지금 주는 이 시들도 그래요. 하지만 그렇다고 내가 시인은 아니에요. 천하에 그런 일은 없어야죠."

"시인이 되는 것이 그렇게 나쁜가요?" 쁘레시오사가 물었다.

"나쁜 게 아니에요." 하인이 말했다. "하지만 그냥 단순히 시인이 된다는 것은 나는 그렇게 좋게 보지 않아요. 시를 아주 귀한 보석으로 사용할 줄 알아야 하고, 시의 주인은 그 보석을 날마다 가지고 다니지 않고, 모든 사람에게 어딜 가나 보여주지도 않고, 알맞은 때에, 꼭 시를 보여주어야 할 때에만 보여줘야지요. 시는 아주 아름다운 소녀예요. 순결하고, 정숙하고, 얌전하고, 예민하고, 다소곳이 물러나, 가장 높은 정련의 한계에서 몸을 가다듬지요. 시라는 소녀는 고독의 친구예요. 샘물이 그녀와 놀아주고, 풀밭이 그녀를 위로해주고, 나무가 그녀를 달래주고, 꽃들이 그녀를 즐겁게 해주지요. 그리고 마침내 그녀는 그녀와 교류하는 모든 사람들을 가르치고 즐겁게 합니다."

"아무리 그렇다 해도," 쁘레시오사가 대답했다. "내가 듣기로 시인은 굉장히 가난하다면서요. 거지나 다름없다고 들었어요."

"오히려 그 반대지요." 하인이 말했다. "부자 아닌 시인은 없어요. 모두 자기 조건과 극히 소수만 아는 철학에 만족하며 사니까요.

그런데 어떻게 이런 질문을 할 생각을 했어요, 쁘레시오사?"

"그런 생각이 떠오른 건," 쁘레시오사가 대답했다. "나는 모든 시인, 아니면 대부분의 시인을 가난한 사람이라고 생각했는데, 당신이 시들 사이에 금화 1에스꾸도를 넣어주셨기 때문이에요. 나는 깜짝 놀랐어요. 하지만 지금 당신이 시인이 아니고 시를 좋아할 뿐이라고 하니, 당신은 부자일 수도 있겠네요. 시와 노래를 짓는 취미를 가졌다면 아무리 재산이 있어도 그쪽으로 돈이 샐 테니 의심스럽긴 하지만요. 사람들 말이 시인치고 가진 재산을 잘 지키거나 돈을 벌어들이는 사람은 없다고 하던데요."

"그렇다면 나는 그런 종류의 시인은 아닙니다." 하인이 말을 받았다. "시는 쓰지요. 그리고 나는 부자도 아니고 가난한 사람도 아니며, 그렇다고 그에 대해 마음 아파하는 것도 아니고 모른 척하는 것도 아니지요. 마치 제노바 은행가들이 아무나 연회장에 초대하듯 금화 1에스꾸도나 2에스꾸도 정도는 내가 원하는 사람에게 줄 수도 있지요. 받아요, 쁘레시오사, 어여쁜 진주 아씨. 두번째 쪽지와 그 안에 드리는 두번째 금화입니다. 내가 시인인지 아닌지 곰곰이 생각할 필요 없이, 이것을 드리는 사람의 마음으로는 손에 닿는 것은 모두 황금으로 만든다는 미다스의 부富를 다 드리고 싶은 심정이라는 것을 알아주시기 바랍니다."

이런 말과 함께 그는 쪽지를 주었다. 쁘레시오사는 그것을 만져보고 그 안에 금화가 있는 것을 알아채고 말했다.

"이 쪽지는 오랜 세월을 살 겁니다. 그 속에 두개의 영혼이 들어 있으니까요. 하나는 금화의 영혼이고 또 하나는 시의 영혼이지요. 거기에는 늘 그렇듯 영혼과 마음이 가득하네요. 그러나 하인 나리께서 아셔야 할 것은, 저에게는 그렇게 많은 영혼이 필요하지 않다는 겁니다. 영감 하나를 꺼내지 않으면 다른 것을 또 받을지 두려워하고 싶지 않아요. 시인의 마음만 받겠습니다. 돈 선물은 사양하고요. 이래야 우리의 우정이 오래가지요. 당신의 금화는 당신의 시보다 더 빨리 바닥날 테니까요."

"쁘레시오사, 그것이 정말" 하인이 말했다. "그대가 원하는 거고 어쩔 수 없이 내가 가난해야 하는 거라면, 그 쪽지에 담아 드리는 마음은 버리지 말고 금화만 돌려주세요. 그대의 손으로 만진 것만으로도 내 평생 추억의 기념물로 간직하리다."

쁘레시오사는 쪽지에서 금화를 꺼내고 쪽지만 간직했는데, 길거리에서는 그 시를 읽으려고 하지 않았다. 하인은 작별인사를 하고, 쁘레시오사가 그렇게 상냥하게 말하는 걸 보고 그녀가 자기에게 마음을 준 거라고 믿었기 때문에 대단히 기분이 좋아서 갔다.

그러나 그녀는 안드레스의 아버지 집을 찾을 작정으로 나온 터라 빈둥대며 시간을 보내지 않고 잠깐 사이에 그녀가 아주 잘 아는 거리에 당도했다. 거리를 절반쯤 걸어가서 눈을 들어 사람들이 가르쳐준 주소의 황금빛 철제 발코니가 있는 곳을 올려다보았다. 그 집에는 쉰살 정도 되어 보이는 신사 한 사람이 가슴에 빨간 십자가가 있는 옷을 입고 근엄한 자세에 엄숙한 표정으로 서 있었다. 그는 작은 집시 소녀를 보자마자 말했다.

"올라들 와요, 애들아. 여기서 너희에게 자비를 베풀 거야."

이 소리에 또다른 신사들 셋이 발코니로 나왔는데, 그들 중에는 사랑에 빠진 안드레스도 있었다. 그는 쁘레시오사를 보자 얼굴빛이 창백해졌고 거의 정신을 잃을 지경이었다. 그녀가 찾아온 것을 보고 그만큼 충격을 받고 놀란 것이다. 집시 소녀들은 모두 올라갔고 노파만 밑에 남아서 안드레스가 한 말이 사실인지 하인들에게 알아보기로 했다.

집시 소녀들이 응접실에 들어서자 나이 든 신사가 다른 사람들에게 말하고 있었다.

"이 여자아이가 틀림없이 마드리드 거리에서 유명하다는 그 아름다운 집시 소녀일 거야."

"그 소녀예요." 안드레스가 대답했다. "틀림없이 세상에서 가장 아름다운 사람입니다."

"사람들이 다들 그러지요." 들어오면서 모든 이야기를 들은 쁘레시오사가 말했다. "하지만 사실은 절반 정도만 정확한 평가이고 다들 속고 있는 거예요. 저도 예쁜 데가 있다고는 생각해요. 그러나 사람들이 말하는 만큼의 아름다움은 추호도 생각해본 적이 없어요."

"저런, 내 아들 후아니꼬도 여기 있지만," 나이 든 신사가 말했다. "소문보다 훨씬 더 아름답구나, 어여쁜 집시 아가씨야!"

"그런데 누가 아드님 후아니꼬인가요?" 쁘레시오사가 물었다.

"네 옆에 있는 저 멋쟁이지." 신사가 대답했다.

"정말이지, 제가 생각하기로는," 쁘레시오사가 말했다. "어르신께서 무슨 두살짜리 어린애를 두고 말씀하신 줄 알았어요. 아, 이애 돈 후아니꼬, 어디 한번 뛰어보렴! 그런데 실은 벌써 결혼할 나이가 다 되었네요. 이마에 주름살이 몇개 있는 걸 보면 삼년 안에 마음에 꼭 드는 여자를 만나 결혼하겠구먼요. 지금부터 그때까지 그 사람을 잃어버리거나 혹은 바꾸지 않는다면요."

"그만 됐다, 얘." 거기 있던 사람 하나가 말했다. "조그만 집시가 무슨 관상을 볼 줄 안다고……"

이때 쁘레시오사와 함께 온 세 집시 소녀는 모두 응접실 한구석에 붙어 서서 서로 입과 입을 바싹 대고 남에게 들리지 않게 속삭였다. 끄리스띠나가 말했다.

"애들아, 저 신사가 오늘 아침 우리에게 8냥짜리 은화 셋을 주신 분이야."

"그래, 진짜네." 다른 소녀들이 대답했다. "하지만 그 사람이 아는 척하지 않으면 우리도 아무 말 하지 말고 입도 벙긋하지 말자. 혹시 숨기고 싶은지도 모르잖아?"

셋 사이에 이런 이야기가 오가는 동안, 쁘레시오사는 관상에 대해서 이야기했다.

"저는 눈으로 본 것을 가지고 손가락으로 점을 치지요. 주름살을 보지 않아도 저는 후아니꼬님을 알아요. 사랑에 빠지기 쉽고, 충동적이고, 성질이 급하고, 불가능해 보이는 것도 약속하기를 대단히 좋아하죠. 하느님께서 그가 거짓말쟁이가 아니게 하셨기를…… 그렇다면 최악이니까요. 이제 여기서 아주 멀리 여행을 하시겠네요. 한 사람은 갈색 털의 말을 생각하는데, 다른 사람은 말안장을 생각하고, 사람은 저지르고 하느님은 수습하고…… 오네스 시를 가려고 생각했는데 어쩌다 동떨어진 감보아에 도착하고……"

이때 돈 후아니꼬가 대답했다.

"집시 소녀여, 정말로 그대가 나의 처지에 대해서 많이 맞췄지만 그 거짓말쟁이라는 말은 사실과 달라요. 나는 모든 일에서 진실을 말하는 것을 자랑으로 여기거든요. 긴 여행을 떠난다는 것은 맞췄어요. 사실 하느님만 도와주신다면, 나는 4, 5일 안에 플랑드르로 떠나거든요. 비록 그대는 내가 길을 잘못 갈 것이라고 위협하지만, 나는 불상사가 생겨 이번 여행에 방해되는 일은 없었으면 해요."

"그런 말 마세요, 도련님." 쁘레시오사가 대답했다. "하느님의 가호를 청하세요. 모두 잘될 겁니다. 그리고 저는 제가 하는 말에 대해서 아무것도 모른다는 걸 알아주세요. 제가 대체로 말을 많이 하니까 어쩌다 맞는 말도 있을 수 있는 게 놀라운 건 아니죠. 제가 하고 싶은 말은, 그렇게 떠나지 마시라고 설득하려던 거예요. 마음을 가라앉히고 부모님 옆에 머물면서 부모님이 행복한 노후를 보내도록 해드리셔야죠. 저는 청년들이 전쟁터인 플랑드르에 오가는 것을 찬성하지는 않는구먼요. 특히 도련님처럼 어린 나이의 청년들이라면 말이지요. 전쟁의 노고를 짊어지시려면 좀더 크셔야지요. 그냥 집에 계셔도 전쟁의 기회는 싫토록 있으실 텐데요 뭐. 말하자면, 사랑의 갈등과 싸움이 가슴을 침범할 거라구요. 침착하시고 침착하세요, 소란꾼 도련님. 결혼 전에 무엇을 하실지나 생각하세요. 그리고 참말이지, 이제 양반의 명예를 걸고 우리들에게 적선해주셔야죠. 저는 당신이 정말 훌륭한 집에 잘 태어나셨다고 생각해요. 이런 출신에다 진실하신 성품까지 함께 갖추신 분이니 축하해야겠네요, 제가 한 모든 말이 맞았다는 기쁨을 위해."

"아가씨, 내 다시 말하는데," 안드레스 까바예로가 될 돈 후아니꼬가 말을 받았다. "그대의 말이 다 맞은 건 사실이지만 내가 아주 진실하지 못하리라는 그대의 두려움, 그것은 틀렸어요. 내가 교외에서 한 약속은 누가 청하지 않아도 어딜 가든, 어느 도시에서도 꼭 지킬 거요. 거짓말하는 것처럼 나쁜 버릇이 있는 자는 신사로 존경받을 수 없어요. 내 아버지가 그대에게 하느님과 나를 위해서 자선을 베푸실 거예요. 사실은 오늘 아침 내가 가진 모든 돈을 몇몇 귀부인들에게 드렸거든요. 아주 아름답고 내게 잘해주셨지요, 특히 그분들 중 한분이. 이런 내가 얻은 소득을 되돌려받고 싶지 않아요."

이 말을 듣던 끄리스띠나가 아까처럼 조심스럽게 다른 집시 소녀들에게 말했다.

"아이고, 얘들아, 저 이야기가 오늘 아침 우리한테 준 8냥짜리 은화 3레알 때문에 한 이야기지? 아니면 내 손에 장을 지져."

"그건 아냐." 다른 두 소녀 중의 하나가 말했다. "그걸 귀부인에게 줬다잖아? 우리는 귀부인이 아니야. 저분이 자기 말처럼 그렇게 진실하다면 이런 일에 거짓말할 리 없어."

"그렇게 깊이 생각하고 한 거짓말이 아냐." 끄리스띠나가 대답했다. "어떻든 누굴 다치지 않고 자신의 신망과 이익을 지키려 한 거짓말이지. 그런데 그런 모든 것 때문인지 우리에게 아무것도 주려 하지 않고 춤을 추라고 하지도 않네……"

이때 집시 노파가 목소리를 높였다.

"손녀야, 이젠 끝내라. 늦었어. 그리고 할 일도 할 이야기도 많잖니."

"애라도 낳나요, 할머니?" 쁘레시오사가 물었다. "딸이에요, 아들이에요?"

"아들이다, 그것도 아주 예쁘게 생긴." 노파가 대답했다. "이리 와봐, 쁘레시오사. 내가 진짜 놀라운 이야기를 해줄게."

"제발 산모가 산후통에 죽지 않기를!" 쁘레시오사가 말했다.

"우리가 다 잘 돌볼 거야." 노파가 대답했다. "더구나 지금까지는 아주 순산이었고 왕자님도 황금 같아."

"어느 부인께서 출산하셨나요?" 안드레스의 아버지가 물었다.

"예, 나리." 집시가 대답했다. "하지만 출산이 아주 비밀스러워서 쁘레시오사와 저, 그리고 다른 사람 하나밖에는 아무도 몰라요. 그래서 누구라고는 말씀드릴 수 없네요."

"여기 우리 중에는 알고 싶어하는 사람이 없네." 거기 있던 사람 중 하나가 말했다. "하지만 자네들의 혀 놀림에 자기 비밀을 맡기고 자네들의 도움에 명예를 걸다니, 그 여자도 참 불쌍하게 됐구먼."

"우리라고 다 나쁜 것은 아닙니다." 쁘레시오사가 말했다. "우리 중에도 비밀을 잘 지키고 진실한 것을 좋아하는 사람이 있을 수 있지요. 이 방에서 제일 잘나가는 분처럼요. 가십시다, 할머니. 여기서는 우리를 무시하는구먼요. 정말이지 우리는 도둑도 아니고 누구한테 구걸하는 사람들도 아닌데 말이에요!"

"화내지 마라, 쁘레시오사." 그 아버지가 말했다. "최소한 너만큼은 나쁜 구석이 있어 보이지 않는구나. 네 착한 얼굴이 그걸 증명하고 네 착한 행실을 믿게 해주는구나. 제발, 쁘레시오사, 친구들하고 춤 한번 추어보렴. 여기 페르난도와 이사벨 두 가톨릭 제왕이 얼굴을 마주 보는 금화가 있어. 비록 두 제왕의 얼굴이라도 다 네 얼굴만은 못하지만."

노파가 이 말을 듣자마자 말했다.

"어서, 애들아, 치맛자락 걷어올려 허리띠 잡고 춤을 추어 이분들을 즐겁게 해드리렴."

쁘레시오사가 탬버린을 잡았고 집시들이 춤을 추었다. 서로의 팔들을 잡았다 놓았다, 얼마나 멋지고 우아하게 춤을 추는지 그녀들을 바라보는 모든 사람의 눈이 그녀들 발끝을 따라 끌려다녔다. 특히 안드레스의 눈길은 마치 거기 천당의 중심이 있는 것처럼 쁘레시오사의 발길 사이로 움직였다. 그러다 운이 뒤틀려 천당이 지옥으로 바뀌었다. 돌면서 춤을 추는 중에 쁘레시오사에게서 우연히 하인이 준 쪽지가 떨어진 것이다. 한 사람이 그걸 집어들었는데 그는 집시들을 좋게 보지 않는 이였다. 쪽지를 펼쳐 보고서 그가 말했다.

"어렵쇼, 소네트 한편이구먼! 춤들 그만두고 이 시 좀 들어보자구. 첫 구절로 보아서는 사실 그렇게 형편없는 것은 아니야."

거기에 무슨 말이 쓰여 있는지 몰랐기 때문에 쁘레시오사는 걱정스러웠다. 그녀는 제발 읽지 말고 돌려달라고 애원했다. 그러나 아무리 열심히 애원을 해도 그것은 오히려 안드레스의 알고 싶은 욕망을 부채질할 뿐이었다. 마침내 그 신사가 큰 소리로 읽기 시작했다. 시는 이러하였다.

쁘레시오사가 탬버린을 칠 때
달콤한 소리 헛된 대기를 울리네,
손끝에서 떨어지는 것은 진주
입에서 떨어지는 것은 꽃들.

마음은 긴장하고, 정신은 미치네,
인간이 아닌 듯 달콤한 몸짓에
그 깨끗하고 정숙하고 건강한
춤의 명성이 높은 하늘에 닿네.

그녀의 작은 머리칼에 매달려
수많은 영혼이 따라가네. 그녀 발밑에
사랑의 화살이 몇번이고 엎드리네.

그녀의 아름다운 두 해를 비춰 사랑의 신이
영토를 밝히고 눈멀게 하니 모두 다 받드네

그녀의 존재 제국보다 더 위대하지 않은가……

"어이쿠!" 소네트를 읽던 신사가 소리쳤다. "이걸 쓴 시인이 멋진 데가 있네요!"

"시인은 아니에요, 나리. 아주 멋진 하인이죠. 아주 좋은 사람이에요." 쁘레시오사가 말했다.

(이봐, 쁘레시오사, 그대가 지금 무슨 말을 한 줄 알아? 그리고 지금 하려고 하는 말은? 그것은 하인에 대한 칭찬이 아니라 그 말을 듣고 있는 안드레스의 심장을 꿰뚫는 창끝이라네. 꼭 보고 싶어, 애야? 그럼 눈을 돌려 의자 위에 죽을 듯 식은땀을 흘리며 기절해 있는 그를 봐. 아가씨야, 안드레스가 그대를 사랑하는 것이 장난이라고 생각하지 마. 그대 작은 부주의가 그를 놀라게 하지 않을 거라 생각하지 마. 그 사람에게 좋은 마음으로 다가가 몇마디 가슴에 가닿는 말로 기절에서 깨어나도록 귓가에 속삭여줘. 아니야, 날마다 그대를 칭송하는 소네트를 가져오게 만들어! 그리고 그 사람이 어떻게 하는가 봐야지!)[13]

혼잣말하듯 이런 말들이 맴돌았다. 안드레스는 그 소네트를 듣자 수천가지 질투 어린 상상이 엄습해왔다. 기절한 건 아니지만 안색이 새하얗게 변한 그를 보고 아버지가 말했다.

"무슨 일이냐, 돈 후아니꼬? 얼굴색이 창백한 걸 보니 곧 기절할 것 같구나."

이때 쁘레시오사가 말했다. "다들 기다려봐요. 제가 몇마디 귀띔할 말이 있어요. 그러면 기절하지 않을 거예요."

---

13 작가 세르반떼스의 독백이다. 이 책에는 작가가 직접 개입하는 대목이 더러 있다.

그리고 그녀는 그에게 다가가서 거의 입술도 움직이지 않고 속삭였다.

"집시가 되려면 큰 용기가 있으셔야지요, 안드레스! 종이 쪽지 하나도 못 참아내면서 어떻게 입 코 막는 수건 고문을 견뎌내겠어요?"

쁘레시오사는 그의 가슴에 대고 여섯번 성호를 긋고 그로부터 떨어졌다. 그러자 안드레스가 숨을 내쉬었고 쁘레시오사의 말은 효험을 보이는 듯했다.

마침내 두 가톨릭 제왕의 얼굴이 마주 보는 금화가 쁘레시오사에게 주어졌다. 그녀는 동료들에게 그 금화를 바꿔서 모두들 사이 좋게 나누어 갖자고 했다. 안드레스의 아버지는 자기 아들 돈 후아니꼬에게 한 말을 적어달라고, 어떻든 그 말들을 알아야겠다고 했다. 쁘레시오사는 아주 기꺼이 그 말들을 가르쳐드리겠다고 하면서 비록 장난스러워 보이지만 그것이 가슴 통증과 현기증을 예방하는 데 효과가 있다는 걸 알아달라고 했다. 그 말은 이러했다.

머리야, 머리야,
그대로 참아, 미끄러지지 마.
성스러운 인내의 버팀대
두개를 준비해.
아름다운
믿음을
달라고 해.
헛된 생각들에
말려들지 마.

하느님 앞에서
위대한 산 끄리스또발께서
기적을 만드시는
세상을 볼 거야.

　"현기증이 있는 사람에게 이 말을 전해주고 가슴에 여섯번 성호를 그어주면" 쁘레시오사가 말했다. "말짱해질 거예요."
　집시 노파는 그 기도문과 속임수를 듣고 기절할 뻔했다. 안드레스도 모든 것이 그녀의 교묘한 재치의 산물인 걸 알고서 크게 놀랐다. 사람들이 그 소네트를 가져갔다. 사실 쁘레시오사는 안드레스에게 더이상 골칫거리를 안겨주고 싶지 않아서 그것을 도로 달라고 하지 않았던 것이다. 배우지 않았어도 그녀는 사랑에 빠진 연인들의 무서운 질투와 충격, 사랑받으려는 몸짓이 어떤지를 알고 있었다.
　집시 소녀들은 그 집과 작별했다. 떠나면서 쁘레시오사는 돈 후아니꼬에게 말했다.
　"이봐요, 신사님, 이번 주 어느 날도 출발하기에 운이 좋은 날들이고 손 있는 날이 없어요. 가능한 대로 빨리 떠나도록 하세요. 적응하시려고만 들면 당신에게 넓고 자유롭고 아주 마음에 드는 삶이 기다리고 있어요."
　"내 생각에 군대 생활이 그렇게 자유로울 것 같지는 않네요." 돈 후아니꼬가 대답했다. "자유보다 속박이 더 많을 테니까요. 하지만 어떻든 하는 데까지 해보지요."
　"생각보다 더 많은 것을 보실 거예요." 쁘레시오사가 말을 받았다. "하느님이 도우셔서 다 잘될 거예요. 당신의 훌륭한 풍모에 걸

맞게요."

이 마지막 말을 듣고 안드레스는 기분이 좋았다. 집시 소녀들도 아주 만족해서 돌아갔다.

소녀들은 금화를 바꾸어서 모두 똑같이 나누어 가졌다. 모두를 지키는 노파는 항상 모든 돈에서 한 사람 몫의 반을 더 가져갔다. 가장 어른이고 자신이 실의 바늘, 소녀들이 춤추고 예쁜 짓 하고 속임수 쓰는 것까지 만사를 지도하는 사람이니까.

마침내 안드레스 까바예로가 오는 날이 되었다. 그날 아침 그는 처음 모습을 보였던 장소에 하인도 거느리지 않고 빌린 노새를 타고 나타났다. 그곳에서 쁘레시오사와 할머니를 만난 그는 그녀들이 그를 아주 반갑게 맞이하는 것을 알았다. 그는 그녀들에게 날이 밝기 전에 집시 부락으로 인도해달라고 했다. 날이 밝으면 혹시 그를 찾는 사람들이 그의 발자국을 쫓아 그 장소를 알아낼지도 모른다고 했다. 그녀들은 이미 그런 눈치를 채고 둘이서만 왔고, 그들은 왔던 길을 되짚어 얼마 지나지 않아 집시들의 움막에 도착했다.

안드레스가 움막 하나로 들어갔는데, 부락에서 제일 큰 움막이었다. 즉시 열두어명의 집시들, 모두 잘생기고 멋진 청년들이 그를 보러 왔다. 노파가 이미 새로운 동료가 올 거라고 알려주었던 것이다. 그들에게 비밀로 해달라고 부탁할 필요는 없었다. 이미 말했듯이 그들은 빈틈없는 교활함과 정확성으로 비밀을 지키니까. 그들은 즉시 그의 노새를 훔쳐보더니 그중의 한 친구가 말했다.

"요놈은 목요일 장 서는 날에 똘레도에서 팔 수 있겠구면."

"그건 안 돼요." 안드레스가 말했다. "빌린 노새라 에스빠냐에서 장사하는 노새 임대업자들이라면 모두 알아볼 거예요."

"어이구, 안드레스 이 양반아." 집시 중 하나가 말했다. "노새에게 최후의 심판 전에 드러날 갖가지 징후 같은 표시가 있다 해도, 여기서는 완전히 바꾸어버리니까 괜찮아…… 그 녀석을 키운 주인도, 그 녀석을 낳은 어미도 못 알아봐."

"아무리 그래도," 안드레스가 말을 받았다. "이번만은 내 의견을 따라주어요. 이 노새는 죽여서 어디 뼈도 못 찾을 곳에 묻어야 합니다."

"그런 무서운 죄를!" 다른 집시가 말했다. "아니, 아무 죄 없는 노새의 목숨을 빼앗다니? 그런 소리 말아요, 선한 안드레스. 이렇게 하지요. 지금부터 이 짐승을 잘 살펴 모든 흔적을 머리에 새겨두는 거예요. 그리고 나한테 이걸 맡겼다가, 앞으로 두시간 뒤에 당신이 이 노새를 알아볼 수 있으면 도망가는 검둥이 잡아 족치고 돼지기름 바르듯이 날 혼내도 좋아요."

"그건 절대로 용납 못 해요." 안드레스가 말했다. "당신이 아무리 변장을 잘 시킨다고 장담해도 그 노새는 죽이지 않으면 안 돼요. 노새를 땅에 묻지 않으면 들킬까 무서워요. 노새를 파는 게 확실히 더 이익이라는 의견을 따른다 치면 난 이 집단에 맨몸으로 오지는 않았을 거예요. 나는 여기 들어오는 대가로 노새 네마리 값 이상은 낼 수 있거든요."

"안드레스 까바예로 씨가 꼭 그런 생각이시라면," 다른 집시가 말했다. "죄 없는 짐승이라도 죽으라 하지요. 마음 아프지만 어떡하겠어요. (빌려주는 노새에게는 드물게도) 아직 앞니에 홈도 나지 않은 어린놈이고, 아직 양 옆구리에 박차로 인한 상처도 흉터도 없어 잘 걸을 것 같지만 말이에요."

밤이 될 때까지 노새 죽이기가 늦춰졌다. 그날 어둡기까지의 남은 시간에 안드레스의 집시 되기 입단식이 치러졌다. 집시촌의 제

일 좋은 움막 하나를 말끔히 치우고 안드레스를 꽃가지와 사초로
치장한 뒤, 떡갈나무 한구석에 앉게 했다. 두 손에는 망치와 집게를
쥐여주고, 집시 둘이 치는 기타 소리에 맞추어 두번 공중제비를 돌
게 했다. 그러고는 그의 팔소매를 걷어올리고 짧은 막대로 새 비단
끈을 부드럽게 두바퀴 감았다.

이 모든 예식에 쁘레시오사가 있었다. 그리고 다른 여러 집시들,
늙은이와 젊은이 들이, 어떤 사람들은 놀라운 표정으로, 또 어떤 이
들은 사랑스럽게 바라보았다. 안드레스의 우아한 풍모에 집시들은
그를 대단히 마음에 들어했다.

앞서 말한 의식이 끝나자 늙은 집시 하나가 쁘레시오사의 손을
잡아 안드레스 앞에 세운 뒤 말했다.

"이 소녀는 에스빠냐에 사는 모든 우리 집시 여인들 중에서 꽃
중의 꽃이니, 아내로건 친구로건 그대에게 맡긴다. 이제 그대가 가
장 좋을 대로 하려무나. 우리의 넓고 자유로운 삶은 지나친 예식
과 구차한 기교에 얽매이지 않기 때문이다. 이 여자를 잘 보고 마
음에 드는가 살펴보아라. 무엇이든 맘에 들지 않는 구석이 있으면,
여기 있는 소녀들 중에서 가장 네 마음에 드는 아이를 골라라. 그
대가 고르는 그 여자를 줄 테니. 그러나 명심해야 할 것은, 일단 한
여자를 선택하면 다른 여자로 바꾸기 위해 그녀를 버려서는 안 된
다는 거야. 유부녀나 처녀하고 달아나거나 그들 사이에 끼어들어
서도 안 되지. 우리는 절대불가침으로 우정의 규칙을 준수하거든.
즉 누구도 남의 여자나 물건을 탐내면 안 되지. 우리는 질투나 시
기라는 혹독한 전염병 없이 자유롭게 산다네. 우리들 사이에는 근
친상간이 흔하지만 간통은 한 건도 없어. 아내가 그런 짓을 하거
나 남편이 다른 여자에게 망나니짓을 하면, 우리는 법으로 처벌해

달라고 재판을 청하지 않아. 우리 자신이 우리 아내나 여자친구의 재판관이고 사형집행관들이지. 죄 지은 여자들은 흔히 죽여 해로운 짐승처럼 산이나 허허벌판에 묻어버리지. 그런 여자들을 죽인다고 친척이 복수를 하거나 그런 남자를 부모가 죽인다고 애걸하는 일은 없어. 이런 공포와 두려움 때문에 여자들은 순결하려고 노력하고, 이미 말했듯이 우리들도 마음 편히 살고 있지. 아내와 여자친구 빼놓고는 대부분을 우리 모두가 공유하지만, 여자는 인연으로 함께하게 된 사람의 것이 되기를 바라지. 우리들 사이에서는 죽음만이 아니라 늙음도 이혼의 사유가 돼. 어떤 사람이 나이가 젊고 자기가 원한다면, 늙은 아내를 버리고 자기 나이에 맞는 다른 여자를 선택할 수 있어. 이런 법 저런 규칙으로 우리는 우리 자신을 지키고 즐겁게 살지. 우리는 들판과 밭과 숲, 산, 샘물, 강 들의 주인이야. 산은 우리에게 장작을 공짜로 주고, 나무는 과일을, 포도밭은 포도를, 밭은 채소를, 샘물은 마실 물을, 강은 물고기를, 사냥 구역은 사냥감을, 바위는 그늘을 주고, 바위 사이 갈라진 틈은 시원한 바람을 주고, 동굴은 집을 주지. 우리에게 하늘의 비바람은 통풍장치고, 내리는 눈은 우리 청량제요, 비는 목욕물, 천둥은 음악이고, 번개는 우리 도끼들이지. 우리에게는 딱딱한 땅바닥이 부드러운 깃털 이불이고, 우리 몸의 단련된 살갗은 우리를 방어하는, 무엇도 뚫을 수 없는 갑옷 역할을 하지. 우리의 날렵한 팔다리에는 족쇄도 장애가 안 되고, 낭떠러지도 우리를 멈추지 못하며, 벽도 우리에게 맞서지 못하지. 우리의 용기에는 밧줄도 우리를 무릎 꿇리지 못하고 채찍도, 물고문, 돌고문도 우리의 기를 죽이지 못했어. 물수건도 우리를 질식시키지 못하고, 조랑말이 질질 끌고 가도 우리는 굴복하지 않아. 우리한테 적당하기만 하면 옳고 그른 것에 차이를 두지 않아. 우리는 고백하는 자들보다 저 스스로 순교하는 자들을 더욱 존경하지. 시골에 가야 짐 지는 짐승들을 키우듯 우리는 도시에 가야 호주머니를 털 수가 있지. 어떤 독수리나 맹금류라도 사냥감만 있으면 우리보다 빨리 덮치는 새는 없어. 우리에게 관심이 있어 덮칠 기회가 주어지면 말이야. 우리는 재주가 아주 많아서 우리를 기다리는 건 항상 해피엔드지. 감옥에서는 노래하고 도둑질하는 말 위에서는 입 다물고, 낮에는 일하고 밤에는 도둑질하니까. 그러니까 좋은 말로 하자면, 누구든 자기 재산이 있는 곳에 신경 쓰고 살피라고 경고하고 다니는 거지. 우리는 명예를 잃을까 두려워서 떨지 않고, 명성을 떨치려는 야심에 잠 못 자는 일은 없어. 떼거리를 먹여살릴 일도 없고, 청원서를 내려 새벽에 일어나지도 않아. 거물들을 따라다니지도 않고 봐달라고 연줄을 대지도 않아. 황금빛 찬란한 고대광실이나 궁전이 우리에겐 이 움막집이나 이사하기 쉬운 텐트지. 우리 제국이 지배하는 그 넓은 플랑드르 평지가 우리에겐 이 자연이 주는 우뚝 솟은 암석이며 눈 덮인 바위 들이고, 눈 닿는 데마다 펼쳐진 무성한 숲이며 초원이지. 우리는 시골뜨기 천문학자이기도 해. 왜냐하면 거의 날마다 우리는 야외에서 자고, 언제든지 낮에 뜨는 별이 무엇인지, 밤에 뜨는 별이 무엇인지 아니까. 우리는 새벽 여명이 어떻게 하늘의 모든 별을 한데 몰아 쓸어가는지 눈으로 보지. 여명이 동반자인 서광과 더불어 어떻게 땅을 적시고 물을 차갑게 하고 대기를 즐겁게 하는지 보지. 그리고 이윽고 여명의 뒤를 따라 해가 '산 정상들을 황금빛으로 물들이며'(다른 시인이 말했듯이) '산들을 주름잡으며' 나타나는 걸 보지. 우리는 해가 사라지며 마지막 햇살들이 곁눈질로 우리를 아프게 할 때 얼어 죽을까 걱정하지 않지. 또는 햇살이 유난히 강하게 내려쪼일 때 불타

죽을까 걱정하지도 않아. 얼음을 보나 해를 보나 우리 얼굴은 똑같아. 흉년이 드나 풍년이 오나 우리 표정은 똑같아. 결론적으로 우리는 우리의 기량과 우리의 재치로 먹고사는 사람들이고, 옛 속담처럼 '교회나 바다나 왕가'의 일에는 참견하지 않아…… 우리는 원하는 것은 모두 가졌고 우리가 가진 걸로 만족하니까. 내가 이런 말을 하는 것은, 너그러운 젊은이, 그대가 적응하러 온 삶이나 함께하게 될 사람들과의 관계에 대해 몰라서는 안 되니까 대충 그려준 것이지. 시간이 가면 우리 삶 속에서 그대가 들은 것보다 더욱 중요한 다른 많은 일들을 끝없이 발견하게 될 걸세."

이렇게 말하고서 말솜씨 좋은 나이 든 집시는 입을 다물었고, 그러자 신참은 그렇게 훌륭한 계율들을 알게 되어서 대단히 기쁘다고 말했다. 그리고 자신도 그렇게 정치적 바탕이 있고 정당성을 갖춘 집시 계율을 잘 지켜 수련할 생각이라고, 다만 그렇게 즐거운 삶의 양식을 더 빨리 알지 못한 것이 후회스럽다고 했다. 그 순간부터 자기의 유명 가문의 허영과 신사로서의 행동양식을 접고 모든 것을 그 새로운 굴레 아래, 그러니까 그들 삶의 양식의 규칙에 따라 살겠다고 했다. 그들을 섬김으로써 그 높은 보상으로 성스러운 쁘레시오사를 얻는 소원을 이루기 때문이었다. 또한 그녀를 위해서라면 그는 왕관도 제국도 포기할 것인데, 그런 것들은 오직 그녀를 사랑하기 위해서만 필요하기 때문이라고 했다.

그 말에 쁘레시오사가 대답했다.

"여기 율사들께서 그들의 법에 따라 내가 그대의 것이라고 했고 나를 그대의 것으로 그대에게 넘겼다면, 나는 나의 뜻에 따른 법, 모든 법보다 더욱 강력한 법으로 여기 오기 전에 우리 둘 사이에 약속한 조건을 당신이 이행하지 않으면 그렇게 하고 싶지 않다는 것을 말씀드립니다. 나를 당신의 것으로 즐기기 전에 먼저 우리 부락에 와서 2년을 사셔야 합니다. 그렇게 해야 당신이 경솔했다고 후회하지 않을 것이며 나 또한 너무 서두르다가 속았다고 하는 일이 없을 것입니다. 조건이라는 것은 법을 우선할 수도 있는 겁니다. 내가 당신에게 건 조건은 아시지요. 그 조건을 지키고자 하시면 나는 당신의 것이 되고 당신은 나의 것이 될 수 있습니다. 그러지 못하겠다면, 아직 노새도 죽이지 않았고 당신의 옷도 멀쩡하고 당신의 돈도 한푼 없어지지 않았으니, 마음대로 하세요. 당신이 집을 나온 지 아직 하루도 안 되었고 남은 시간을 이용하실 수 있으니, 무엇이 그대에게 가장 적당한 방법인지 고려해볼 시간은 남았지요. 이분들이 나의 몸을 그대에게 넘겨줄 수는 있을 겁니다. 그러나 나의 마음은 자유롭게 태어났으니 내가 원하는 한 늘 자유로울 겁니다. 당신이 여기 남으시겠다면 나는 당신을 무척 존경할 겁니다. 돌아가신다면, 섭섭해하지는 않겠습니다. 왜냐하면 내 생각에, 사랑의 충동이란 냉철한 이성을 만나 깨어날 때까지는 고삐 풀린 말처럼 뛰어다니는 거니까요. 나는 당신이 쫓던 토끼를 따라가 잡으면 곧 놓아주고 달아나는 다른 토끼를 잡으러 뛰어가는 사냥꾼처럼 나와 그런 사냥놀이를 하길 바라지 않으니까요. 눈은 잘 속는 것이어서 첫눈에는 가짜 금이 순금처럼 보여도 조금 지나면 가짜와 진짜를 구별하게 되지요. 당신이 말하는 내 아름다움도, 그것을 해 위에 놓고 더욱 밝다고, 황금 위에 놓고 더욱 반짝인다고 추켜세우다가 가까이에서 보아 어둡거나 더럽게 보이면 당신은 무슨 연금술에 속은 게 아니냐고 할지 누가 알겠어요? 2년의 여유를 드리는 것은 이 여자를 택하는 것이 좋은가, 아니면 버리는 것이 옳은가를 더듬어 헤아려보라는 이야기입니다. 보석은 한번 사면 죽지 않고는 아무도 버릴 수가 없으니 말입니다. 좋은 점은 아직 시간이 있다는 거고, 그러니 보고 또 보아 어떤 결점이나 미덕이 있는지 살펴봐야지요. 나는 우리 친척들이 자기들 마음 내키는 대로 여자를 버리거나 벌주는 책임을 갖는 그런 야만적이고 불합리한 권한에 지배받지 않겠습니다. 나는 벌받을 만한 짓을 하지 않을 것이기 때문에 자기 멋대로 동반자를 내쫓는 그런 사람은 되고 싶지 않습니다.”

“그대 말이 맞아, 오 쁘레시오사!” 이때 안드레스가 말했다. “그러니 그대의 의심을 덜고 두려움을 잠재우길 원한다면, 내가 그대에게 맹세를 하지. 그대가 나에게 내린 명령에서 단 한치도 벗어나는 일이 없을 거라는 걸 말이야. 이봐요, 내가 어떤 맹세를 하길 바라? 아니면 어떤 다른 확실한 말을 해줄까? 뭐든지 나는 받아들일 준비가 되어 있어요.”

“포로가 자유를 얻기 위해 하는 맹세나 언약은 지켜진 일이 거의 없어요.” 쁘레시오사가 말했다. “내 생각에는 연인의 맹세도 그런 것이에요. 사랑에 빠지면 자기가 원하는 것을 얻으려, 어떤 시인이 나에게 말했듯이, 신의 사자 헤르메스의 날개를 가져다주겠느니 제우스의 번개를 가져다주겠느니 약속하고, 에스띠히아 늪지[14]를 걸고 맹세하기도 하지요. 나는 맹세 같은 거 바라지 않아요, 안드레스. 언약도 필요 없어요. 오직 이번 집시 견습기간의 경험에 모든 것을 맡길 거예요. 혹시 그대가 나에게 덤벼들려 하면 나를 지키는 일은 내게 달렸지요.”

“그러도록 하지요.” 안드레스가 말했다. “다만 한가지, 이분들과

---

14 laguna Estigia, 그리스 신화에서 저승 주위를 감싸고 흐른다는 스틱스(Styx)강을 말한다.

나의 동료들에게 청이 있는데, 단 한달만이라도 내게 도둑질하도록 강요하지 말아달라는 거예요. 먼저 충분히 교육을 받지 않으면 내가 도둑이 되는 데 성공하지 못할 것 같아서요."

"시끄러워, 이 녀석아." 집시 노인이 말했다. "그 일에 독수리가 되도록 여기서 우리가 다 가르칠 것이야. 네가 그걸 알게 되면 맛을 붙일 거고, 그때는 뭘 훔치지 못해서 손이 근질거릴걸. 아침에 빈손으로 나갔다가 밤에 한짐 지고 부락으로 돌아오는 것이 이미 재미고 장난이지!"

"빈손으로 오는 몇몇 친구들에게 매질하는 것을 보았어요." 안드레스가 말했다.

"신발 안 적시고는 송어 못 잡아.[15] 노인이 말을 받았다. "인생사 모든 일에는 늘 여러가지 위험이 도사리고 있어. 도둑질을 하면 전함 노 젓기나 매 맞기나 교수형까지 당할 수 있어. 하지만 배가 폭풍을 만나거나 난파당한다고 다른 사람들까지 항해를 멈추진 않지. 전쟁이 사람과 말을 잡아먹는다고 군인이 안 된대서야 말이 아니지! 더구나, 우리들 사이에서는 법에 따라 끌려가서 매를 맞은 사람은 등에 훈장을 단 것과 같지. 가슴에 그런 흉터를 지닌 사람이 아무것도 없이 멀쩡한 사람보다 훨씬 낫다는 거야. 요는, 한창 젊을 때 허공이나 후벼파며 첫 범죄도 안 저지르고 보내지 말아야 한다는 거지. 등판에 매 좀 맞고 모기 자국 있는 거라든지 전함에서 노 젓는 정도는 우리는 아무것도 아니라고 생각해. 이 사람 안드레스, 지금은 우리들 날개 밑 보금자리에서 푹 쉬고, 때가 되면 나는 연습을 시켜줄 걸세. 사냥감 없이 빈손으로 돌아오는 일이 없

<hr>

15 모든 일에는 대가가 있다. 먹으려면 일을 해야 한다는 뜻의 속담이다.

도록 말이야. 말은 말이고, 한번 해보면 도둑질 재미에 손가락을 빨 게 될 걸세."

"그럼 저에게 도둑질을 면해주는 기간만큼" 안드레스가 말했 다. "보상을 해드리기 위해서 우리 집시 부락 사람 모두에게 금화 200에스꾸도를 나눠드리겠습니다."

이 말을 하자마자 수많은 집시들이 그에게 달려들어 얼싸안고 어깨 위로 들어올려 "위대한 안드레스, 최고, 최고!" 하고 소리쳤고 이어서 "안드레스의 보물 쁘레시오사 만세, 만세!" 하고 환호했다.

집시 여자들도 똑같이 쁘레시오사를 들어올려 환호했고 거기 있던 끄리스띠나와 다른 집시 소녀들은 부러워 질투가 날 지경이 었다. 시기 질투는 왕자의 궁전에서나 목동의 초막에서나 집시의 움막에서나 똑같이 일어나는 법. 이웃이 잘되는 걸 보고 참는 것은 나, 피로라는 것밖에 장사가 없지.

그런 다음 그들은 한껏 배불리 식사를 하고 약속한 돈을 똑같이 공정하게 나누어 가졌다. 모두 안드레스에 대한 칭찬을 다시 늘어 놓았고 쁘레시오사의 아름다움을 하늘까지 추켜올렸다.

밤이 왔다. 사람들은 노새의 뒤통수를 쳐서 죽여 땅에 묻었고 안 드레스는 노새 때문에 발각될까 하는 두려움에서 벗어났다. 노새 를 묻을 때, 인디언들이 노새와 그의 가장 화려한 마구를 함께 묻 는 식대로 안장이며 고삐, 박차 같은 마구를 함께 묻었다.

안드레스는 그가 보고 들은 모든 것과 집시들의 재주에 감탄했 고 가능한 한 집시들의 관습에 간섭하지 않고 자신의 목표를 이루 고자 했다. 그는 자기 돈을 써서라도 온당치 못한 일을 따라야 하 는 영역에서는 가능한 한 면제를 받아가며 수련을 했다.

어느날 안드레스는 장소를 옮겨 마드리드에서 먼 곳으로 가자고 했다. 거기 있을 경우 자기를 알아볼까 두렵다는 것이었다. 친구들은 이미 똘레도의 산으로 갈 작정이었다며 거기로부터 근교의 모든 지방을 돌아다니면서 훑어올 계획이었다고 말했다.

집시들은 움막을 걷고 안드레스에게는 조그만 나귀 한마리를 타고 가라고 주었다. 그러나 그는 나귀를 원치 않았고 걸어가면서 쁘레시오사의 하인 노릇을 하겠다고 했다. 다른 나귀를 타고 있던 그녀는 멋진 하인을 거느리고 의기양양해서 대단히 행복한 모습으로 가게 되었다. 안드레스도 자기 마음의 주인으로 섬기는 아가씨와 함께 가게 되어 말 그대로 아니 즐거울 수 없었다.

오, 쓰라림의 달콤한 신이라고 불러야 할 이 사랑의 신의 강력한 힘이여!(우리의 부주의와 게으름이 만들어 붙인 이 '쓰라림의 달콤한 신'이라는 이름이라니.) 무슨 진실의 힘으로 우리를 신하로 만들고 이렇게 무시하며 우리를 대접하는가! 안드레스는 어엿한 신사요 대단히 지혜로운 청년이라, 거의 온 생애를 궁중에서 커왔고 부자 부모의 환대를 받으며 살았지. 그런데 어제부터 지금까지 이렇게 변할 수가 있다니…… 자기 하인들과 친구들을 속이고, 그에게 건 자기 부모들의 희망을 저버리고, 자신의 용맹을 발휘하여 가문의 명예를 드높이겠다던 플랑드르로 가는 길을 버리고, 한 소녀의 발밑에 엎드려 하인이 되겠다고 왔으니…… 결국 참으로 아름다운 것은 이 집시 소녀라, 아름다움의 특권이 모든 운명의 길을 바꾸고, 머리끝에서 발끝까지 바람 부는 대로 내맡겨진 사랑의 뜻에 따라가게 만드는구나.

그로부터 나흘이 지나서 그들은 옛 수도 똘레도에서 2마장쯤 되는 한 마을에 도착했다. 거기에 자기들 부락을 차리고 먼저 그 마을 이장에게 은제품 몇개를 선물했다. 그 마을과 인근에서 아무것도 훔치지 않겠다는 보증이었다. 이렇게 하고는 나이 든 집시 여자와 젊은 처녀, 그리고 집시 남자 모두가 여기저기 사방으로 흩어져 그들의 부락을 세운 곳에서 적어도 4, 5마장쯤 떨어진 곳으로 나아갔다. 그들과 함께 안드레스도 처음으로 도둑질 훈련을 하러 갔다. 그러나 출발할 때 많은 교육을 받았음에도 그의 머리에는 하나도 제대로 들어오지 않았다. 그보다는 오히려 그의 좋은 혈통에 호응하듯, 선생들이 시범으로 도둑질을 할 때마다 그의 마음이 찢어지는 것 같았다. 어떨 때는 도둑맞은 주인들이 눈물을 흘리는 걸 보고 마음 아파서 자기 돈으로 동료들이 훔친 만큼 갚아주기도 했다. 그걸 보고 집시 친구들은 크게 실망했다. 가슴에 자비심을 품는 것은 집시 규율에 위반되는 것이었는데, 그런 마음을 갖게 되면 도둑이 될 수 없기 때문이었다. 그것은 절대 안 되는 일이었다.

이걸 보고 안드레스는 동료들 없이 혼자 훔치러 가겠다고 했다. 자신에게 위험에서 벗어날 만한 민첩함이 없지 않고, 도둑질을 감행할 만한 용기가 없는 것도 아니라고 했다. 그리고 훔친 것에 대한 상이나 벌은 자기에게 주어야 한다고 했다.

집시들은 그렇게 해서는 안 된다고 그를 설득하려 애썼다. 무슨 일이 생길지 모르니 훔치기 위해서도 방어하기 위해서도 동료들이 반드시 필요하며, 혼자서는 큰 성과를 낼 수 없다고 말했다. 그러나 아무리 말해도 안드레스는 반드시 혼자서 도둑질을 하겠다고 고집했다. 그는 집시 무리에서 벗어나서 자기 돈으로 물건을 사서 훔친 거라고 말할 작정이었다. 이렇게 함으로써 양심의 짐을 좀 덜어보자는 생각이었다.

이렇게 재주를 부려서, 한달도 못 되어 안드레스는 집시 부락에서 가장 잘나간다는 도둑들 넷이 가져온 것보다 더 많은 수익을 올렸다. 쁘레시오사는 자기의 다정하고 멋진 애인이 그렇게 멋진 도둑이 된 것을 보고 좋아서 어쩔 줄 몰라했다. 그러나 한편으로 그러다가 어떤 불행이 닥칠까봐 걱정이 되기도 했다. 부자 동네 베네찌아의 보물을 다 준대도 그녀는 그가 모욕당하는 것은 보고 싶지 않았다. 자신의 안드레스가 자신을 섬기고 그 많은 선물을 해주었는데 그런 그에게 좋은 마음을 갖는 것은 당연했다.

그들은 한달이 좀 지나서도 똘레도 지역에 머물고 있었는데, 9월이었음에도 그 나름대로 상당한 수확을 거두고 그로부터 부유하고 따뜻한 고장인 에스뜨레마두라로 들어갔다. 안드레스는 쁘레시오사와 점잖고 정숙하게 사랑의 대화를 나누었고 그녀는 차츰 애인의 점잖음과 환대에 반하게 되었다. 그도 똑같이 한껏 사랑을 키워갔다. 그만큼 쁘레시오사의 아름다움과 정숙함이 좋았기 때문이다. 그는 어디를 가든 누구보다도 잘 뛰고 잘 달려서 경주에서 언제나 상은 그의 것이었다. 볼링과 공차기를 특히 잘했고 힘이 좋고 재주가 좋아서 쇠뭉치 끌어올리기도 아주 잘했다. 마침내 얼마 안 있어 그의 명성은 온 에스뜨레마두라에 퍼졌다. 어디를 가도 집시 안드레스 까바예로의 재주와 매력, 멋진 풍모에 대해서 소문이 자자했다. 이런 그의 명성과 함께 집시 소녀의 아름다움에 대한 소문도 널리 퍼졌다. 어느 마을, 시골구석이라도 복을 구하는 축제의 흥을 돋우거나 그밖의 개인적인 여흥을 위해 이들을 부르지 않는 곳이 없었다. 이렇게 해서 집시 부락은 번창하고 부자가 되고 행복해졌다. 두 연인은 서로 바라보는 것만으로도 즐거웠다.

그러던 어느날, 집시들이 큰길에서 좀 떨어진 떡갈나무숲에 있을 때였다. 한밤중이 다 되어서 개들이 여느 때보다 훨씬 맹렬하게 짖어대기 시작했다. 집시들 몇명이 나왔고 그들과 함께 안드레스도 개들이 무슨 일로 짖는가 싶어 나와보았다. 흰옷을 입은 한 남자가 개 두마리에게 다리 하나를 붙들린 채 개들에 맞서 싸우고 있는 게 보였다. 집시들이 와서 그들을 떼어놓고서 집시 하나가 물었다.

"이 사람아, 무슨 지랄이 났다고 이 시간에 여기 길도 아닌 데로 온 것이여? 혹시 뭐 훔치러 온 거 아녀? 그래, 그렇담 제대로 잘 찾아왔구먼."

"훔치러 온 게 아니에요." 개에 물렸던 사람이 말했다. "길을 벗어난 건지 아닌지도 몰랐는데 이제 보니 길을 벗어나 잘못 온 거네요. 그런데 여러분, 여기 혹시 객줏집이나 오늘 밤 쉬어갈 장소는 없겠습니까? 개가 문 상처도 치료해야겠고요."

"우리에겐 당신을 데려갈 만한 객줏집이나 숙소는 없어요." 안드레스가 대답했다. "하지만 당신의 상처를 치료하고 오늘 밤 묵어가자면 우리들 움막에서 편의를 봐줄 수도 있겠네요. 우리를 따라오세요. 우리가 집시이기는 하지만 자비를 베푸는 데는 집시 같지 않은 데가 있지요."

"하느님의 복을 받으실 겁니다, 여러분." 그 남자가 말했다. "어디든 원하는 데로 데려가주세요. 이 다리가 너무 아파 힘듭니다."

안드레스와 다른 자비로운 집시 하나가 그에게 다가갔다. "악마들 중에도 이런 개도 있고 저런 개도 있는 법. 수많은 악한 사람들 중에도 어쩌다 좋은 사람도 있는 법이지." 그리하여 그들 둘이 그를 데려갔다.

달이 밝은 밤이었다. 달빛에 그들은 다친 사람이 점잖게 생긴 얼굴에 몸집도 좋은 청년임을 알아볼 수 있었다. 모두 하얀 천으로 된 옷을 입고 천으로 된 배낭과 셔츠 같은 것을 등과 허리에 둘러 묶고 있었다. 안드레스의 천막인지 움막인지에 다다른 그들은 얼른 불을 켰다. 이미 연락을 받은 쁘레시오사의 할머니가 즉시 다친 사람을 치료하러 왔다. 그녀는 개의 털 몇개를 뽑아 기름에 튀기고, 왼쪽 다리의 두군데 물린 자국을 술로 씻고 거기에 기름을 발라 그 털을 붙인 후 그 위에 파란 로즈메리 잎을 조금 씹어 붙이고 깨끗한 천으로 잘 묶고는 상처에 성호를 그으며 기도하고 나서 그에게 말했다.

"이제 자게나, 친구. 하느님의 도움으로 말짱해질 거야."

할머니가 다친 사람을 치료하는 동안 쁘레시오사는 그 앞에서 아주 열심히 치료하는 것을 지켜보았다. 그리고 그 청년도 그녀를 그렇게 지켜보았다. 그러는 동안 안드레스는 그 청년이 그녀를 바라보는 것을 눈치챘으나 쁘레시오사가 하도 아름다워서 늘 따라다니는 눈길이려니 했다. 마침내 청년의 치료를 마치자 그들은 마른 건초로 된 침대 위에 청년을 홀로 두었다. 그들은 청년에게 어디를 가는 길이었는지 하는 등의 질문은 아무것도 하지 않았다.

그 사람으로부터 떨어지자마자 쁘레시오사가 안드레스를 따로 불러 말했다.

"안드레스, 당신 집에 있을 때 내게서 떨어진 쪽지 생각나요? 내가 집시 친구들하고 춤추고 있을 때 말이에요. 그때 내 생각에는 당신이 아주 기분이 안 좋았었지요. 기억나요?"

"그래, 생각나요." 안드레스가 대답했다. "그건 당신을 칭송하는 소네트였지요, 상당히 잘 쓴……"

"그러니까 당신도 알아야 해요, 안드레스." 쁘레시오사가 말을 받았다. "그 소네트를 쓴 사람이 지금 움막에 두고 온 개에 물린 청년이에요. 그 사람은 결코 나를 속일 수 없어요. 마드리드에서 서너번 나와 말을 나눈 일이 있었거든요. 그리고 심지어 나에게 아주

고운 노래를 선사하기도 했어요. 내가 알기로 그는 거기에서 누구 하인으로 일하나봐요. 하지만 보통 사람들 하인이 아니고 왕자의 총애를 받는 어느 귀족을 위해서 일하는 거죠. 사실 당신에게 이런 이야기를 하는 것은 그 청년이 점잖고 말이 조리 있고 무척 예의 바르기 때문이에요. 그런데 그런 옷을 입고 이렇게 온 것은 어떻게 생각해야 할지 나도 모르겠네요.”

“어떻게 생각하기는, 쁘레시오사.” 안드레스가 대답했다. “나를 집시로 만들었듯이 그와 똑같은 사랑의 힘이 그자를 방앗간지기처 럼 만들어 그대를 찾아오게 한 거죠. 아아, 쁘레시오사, 당신은 나 한 사람만이 아니라 그 이상을 사랑에 빠뜨렸다는 걸 이제 이렇게 자랑하고 있구먼요! 사정이 그렇다면 나부터 끝장내고, 그다음에 그 다른 사람을 죽여줘요. 당신의 사랑의 속임수에 빠뜨려 우리 모 두를 함께 희생시키려 하지는 말아요.”

“에구머니나!” 쁘레시오사가 말했다. “안드레스, 왜 그리 예민하 게 굴어요? 당신의 희망과 나의 믿음을 그렇게 가는 머리카락 한 올에 걸고 있다니요. 그렇게 쉽게 무서운 질투의 칼로 마음까지 꿰 뚫게 하다니요! 말해봐요, 안드레스, 내 이 말에 어떤 속임수나 거 짓이 있다면 내가 저 청년이 누군지 감추고 입 다물지 않았을 것 같아요? 혹은 내가 그렇게 바보여서 당신에게 내 좋은 마음과 좋은 결과를 의심할 기회를 주었을 것 같아요? 제발 그만해요, 안드레 스. 내일은 그 가슴에서 그가 어디로 가는지, 뭐 하러 온 건지 하는 의심을 꺼내서 버리기 바라요. 나는 내가 말한 사람이 틀림없다는 것을 알지만, 당신은 당신의 의심에 속고 있을 수도 있어요. 그리고 당신이 만족할 수 있도록 내가 방법을 생각해냈는데, 그 청년이 어 떤 의도나 계략을 가지고 온 거라면 즉시 그에게 떠나라고 하세요.

우리 편에서는 모두들 당신 말을 따를 테고, 당신 마음에 들지 않으면 아무도 그를 우리 부락에 받아들이자는 사람은 없을 거예요. 꼭 이 말대로 하지 않으면, 당신에게 약속하는데, 나도 내 움막에서 나오지 않을 거고 그의 눈에 뜨이지 않게 할 거예요. 당신이 보이지 않았으면 하는 모든 다른 사람들에게도 얼굴 한번 비치지 않을 거예요. 이봐요, 안드레스, 나는 당신이 질투하는 걸 보는 것보다 혹시 당신이 점잖지 못한 짓을 할까봐 마음이 아프네요."

"내가 미치지 않고는, 쁘레시오사," 안드레스가 대답했다. "질투의 이 쓰라리고 혹독한 추측이 얼마나 힘들고 어디까지 가는지 이해가 가도록 표현할 말이 없소. 하지만 어떻든 나는 당신이 시키는 대로 하겠소. 그리고 가능하다면, 그 시인 하인이 원하는 게 무언지, 어디를 가려 하고 찾는 것이 무엇인지 알아보겠소. 혹시 그가 실수처럼 어떤 실마리를 보여, 내가 두려워하듯 나를 엮으려는 올가미를 끌어낼지도 모르지요."

"내 짐작으로, 절대로 질투는" 쁘레시오사가 말했다. "사물을 제대로 판단할 수 있도록 지혜를 자유롭게 놓아두질 않아요. 질투하는 사람은 항상 사소한 것도 크게 부풀려서 보지요. 난쟁이도 거인으로 보고, 의심스러운 것도 진실로 이해하지요. 제발 안드레스, 당신을 위해서도 나를 위해서도, 우리들의 약속에 관한 한 이 일이나 다른 모든 문제에 있어서 찬찬히, 침착하게 행동하기 바랍니다. 그렇게 해준다면 나는 당신이 내가 지극히 조신하고 얌전하고 진실하다고 주는 보상이라고 알겠어요."

이렇게 말하고 그녀는 안드레스와 작별했다. 안드레스는 날이 밝기를 기다려 다친 남자에게서 자백을 받으리라 생각했다. 마음은 수천가지 상반된 상상으로 온통 뒤죽박죽이었다. 그 하인이 쁘레시오사의 아름다움에 이끌려 거기까지 왔다는 사실을 믿지 않을 수 없었다. 왜냐하면 도둑은 항상 모든 사람이 자기와 성격이나 조건이 같다고 생각하기 마련이니까. 다른 한편으로는 쁘레시오사가 제안한 방법이 대단히 설득력 있어 보여서, 그는 할 수 없이 자기의 운명을 그녀의 착한 마음의 손에 맡기고 마음을 놓기로 했다.

날이 밝자 그는 개에 물린 사람을 찾아갔다. 이름이 무엇이고 어디를 가던 길인지, 어떻게 그렇게 늦게 길을 벗어나서 가게 되었는지 물었다. 물론 처음에는 아픈 데가 어떠냐고, 물린 곳에 통증은 없느냐고 물었고, 그 질문에 청년은 몸이 좋아졌고 이제 아픈 데가 없으니 길을 떠날 수 있으리라고 했다. 이름이 무엇이고 어디로 가느냐고 묻는 말에는 알론소 우르따도란 이름만 말하고 다른 말은 없이, 살라망까 근방의 프랑스 바위산의 성모 마리아상에 일이 있어 가는 길이라고 했다. 하루빨리 가고 싶어 밤에도 길을 가다가 어둠이 깊어 길을 잃었다고 했다. 어쩌다가 집시 부락 근처에 닿게 되었으며, 거기에서 그를 지켜보던 개들이 모두 보았듯이 자신을 그 모양으로 만들어놓은 것이라고 말했다.

그가 이렇게 밝히는 것이 안드레스에게는 제대로 된 답변이 아니라 꾸며낸 것이고 엉터리 같았다. 다시 의혹이 그의 마음을 근질거리게 만들었다. 그래서 그는 말했다.

"형제여, 내가 재판관이고 그대가 어떤 죄를 져서 내 관할에 들어오게 되었는데 내가 그대에게 한 질문을 그대로 하고 그대가 그런 대답을 했다면, 나는 그대의 고삐를 더욱 조일 수밖에 없을 걸세. 내가 알고 싶은 것은 그대 이름이 무엇이고 어디를 가는지가 아니야. 그러니까 그대에게 경고하는 것은, 그대가 이 여행에 대해 거짓말하고 싶은 게 있으면 겉으로라도 더욱 진실처럼 보이게 거짓말을 하란 거지. 프랑스 바위산을 간다고 하고서 자네는 그 산을 오른쪽에 두고 왔어. 그곳은 여기서 뒤쪽으로 족히 30마장이나 떨어진 곳에 있다구. 자네는 빨리 가려고 밤에 길을 갔다는데, 길이라고는 작은 오솔길조차 없는 숲이며 떡갈나무들 사이로 길을 벗어나 가고 있었잖아. 이 친구야, 어서 일어나서 거짓말하는 것부터 배워. 그리고 잘 가시게나. 하지만 내가 이렇게 좋은 말로 일러주는 대가로, 진실 하나만 말해주지 않겠어? (그래, 자네는 틀림없이 말할 거야. 거짓말도 잘할 줄 모르니까.) 이봐, 그대는 혹시 궁중에서 내가 여러번 본 일이 있는 하인인지 신사인지 하는 그 사람 아니야? 대단한 시인으로 유명하고 사랑 노래와 소네트를 써서 지난날 마드리드에서 돌아다니며 뛰어난 미모로 각광받던 집시 소녀에게 바친 그 사람 아니야? 이봐, 진실을 말해보게. 내 집시 신사로서 자네가 비밀로 하는 게 좋겠다고 하면 그건 지켜드리겠다고 약속할 테니까. 이봐, 자네가 진실을 부정하고 내가 말하는 사람은 자네가 아니라고 하면 그건 말이 안 되네. 왜냐하면 지금 보는 이 얼굴이 내가 마드리드에서 본 그 얼굴이니까. 아마 틀림없이 그대가 아주 지혜롭다는 명성이 나로 하여금 그대를 드물게 고귀한 사람으로 보게 만들었겠지. 그래서 그대의 그 모습이 내 기억에 남은 걸 거야. 내가 그대를 보았을 때와는 지금 완전히 다른 복장을 하고 왔다 해도 그 소녀 때문에 내가 그대를 알아보게 된 거지. 그렇다고 너무 난처해하지는 말고 힘을 내요. 무슨 도둑들 소굴에 왔다고는 생각하지 말고, 그대를 세상 사람들로부터 방어하고 지켜줄 보호소에 왔다고 생각해요. 이봐, 내 짐작은 이래요. 그러니까 내 짐작이 맞는다면, 그대는 나를 만나게 된 것이 좋은 인연이자 큰 행운이지. 내 짐작으로 그대는 그 시들을 바친 아름다운 집시 소녀 쁘레시오사에게 반해서 그 소녀를 찾으러 온 거야. 그렇다고 그 때문에 그대를 무시하지는 않겠어. 오히려 훨씬 존경하지. 내 비록 집시지만, 경험으로 사랑의 강력한 힘이 어디까지 미치는지, 사랑이 사랑의 명령과 영향권 아래 떨어진 사람들을 어떻게 변화시키는지 알거든. 사정이 그렇다면, 내 짐작이 틀림없겠지만, 그 집시 소녀는 여기 있다네."

"그래요, 여기 있어요. 지난밤에 나도 봤어요." 그 친구가 말했다. 그 말은 안드레스를 죽은 사람처럼 굳어지게 만들었다. 자신의 의혹이 마침내 사실로 밝혀진 것 같았기 때문이다. "엊저녁에 그녀를 보았어요." 청년은 다시 그렇게 말했다. "하지만 감히 내가 누군지 말을 못 했어요. 상황이 좋지 않아서요."

"그러니까," 안드레스가 말했다. "그대가 내가 말한 시인이다, 이거지."

"그렇습니다." 그 청년이 말을 받았다. "부정하기도 싫고 부정할 수도 없네요. 나는 어쩌면 죽으려고 온 곳에서 삶을 만난 거네요. 밀림 속에 행복이 있고 산중에 나를 받아줄 쉼터가 있다면요."

"있긴 있지, 틀림없이." 안드레스가 대답했다. "우리들 집시 사이에서는 세상의 가장 큰 비밀도 지켜지지. 그러니까 친구, 확실히 믿고 속 시원히 그대의 비밀을 털어놓게. 알겠지만 나는 아무 사심이 없으니 나를 믿으시고. 그 집시 소녀는 나의 친척이네. 그녀에게 그대가 하고 싶은 일은 다 따를 걸세. 그대가 그녀를 아내로 원한다면 나와 친척들은 모두 좋아할 거야. 여자친구로 원한다면, 사소한 조건 같은 것은 달지 않겠고, 돈만 있으면 되네. 우리 집시 부락에서는 탐욕 말고는 앞세우는 게 없으니까."

"돈이야 가지고 왔지요." 청년이 대답했다. "내가 몸에 두르고 온 이 셔츠 소매에 금화 400에스꾸도가 들어 있어요."

이 말은 또다시 안드레스에게 크나큰 충격을 주었는데, 그가 그렇게 많은 돈을 가져온 것은 바로 자기가 찾는 보물을 정복하거나 아예 사버리겠다는 계획으로 보였기 때문이었다. 안드레스가 더듬거리는 혀로 말했다.

"그 정도면 많은 돈이군요. 이제는 다 털어놓고 작업에 들어가기만 하면 되겠네요. 그 소녀도 절대 바보가 아니니까, 그대의 여자가 되는 것이 얼마나 좋은 일인지 알 겁니다."

"아, 친구여!" 이때 청년이 말했다. "하나 아셔야 할 것은, 나로 하여금 옷을 바꿔 입게 한 힘은 당신이 말하는 사랑의 힘이 아니고, 나는 쁘레시오사를 얻기 바라지 않는다는 겁니다. 그녀가 세상에서 가장 아름다운 집시 소녀라 해도, 남자의 마음을 잘 훔치고 정신을 홀랑 빠지게 만드는 아름다운 여자는 마드리드에 더 많지요. 비록 당신 친척 아가씨의 아름다움은 내가 본 모든 여자들 중에서 뛰어나게 아름답다고 고백해야겠습니다만…… 내가 이런 옷을 입고 걸어서 개에 물리면서 여기까지 오게 된 것은 나 자신의 불행 때문입니다."

이런 말로 그 청년은 이야기를 시작했고, 안드레스는 잃었던 정신을 되찾았다. 이야기가 자기가 생각한 것과는 다른 방향으로 흘러가는 것 같았기 때문이었다. 그는 혼란스러운 마음에서 벗어나고 싶어 다시 한번 청년에게 안심하고 다 털어놓으라고 부추겼다. 그리하여 청년은 말을 이어갔다.

"나는 마드리드에서 작위가 있는 어느 분을 모시고 그 집에 있었습니다. 주인으로 모시는 것이 아니라 친척으로 섬겼지요. 이분에게는 유일한 상속자인 외아들이 있는데, 그 친구가 친척이기도

하고 우리 둘이 나이도 신분도 같아서 우리는 한 가족처럼 친하게 우정을 쌓았지요. 그런데 우연히 이 신사 친구가 어느 귀족 아씨에게 반했어요. 효자로서 부모님의 뜻을 따를 의향만 아니라면 그 친구는 그녀를 아주 기꺼이 아내로 삼고자 택한 거지요. 부모들은 물론 그를 더욱 높은 집안과 결혼시키고 싶어했지요. 그러나 어떻든 그 친구는 가능한 한 사람들의 눈을 피해서 그 아씨를 사랑했어요. 오직 나만이 내 친구의 생각의 증인이었어요. 그러던 어느날 밤, 재수가 없어 그랬는지 이제 이야기하려는 일이 일어났습니다. 우리가 그 아씨네 집이 있는 거리와 문을 지나가다가 보니, 외양이 그럴듯한 두 남자가 그녀에게 붙어 있었습니다. 내 친척 친구가 그 남자들이 누군지 살펴보려는데 그때 그들이 재빠르게 칼과 작은 방패를 꺼내들고 우리를 향해 왔습니다. 우리도 똑같이 칼을 뽑았고 다 같이 무기를 들고 한판 붙었습니다. 싸움은 얼마 가지 않았어요. 상대편 두 사람의 목숨이 오래가지 못했으니까요. 내가 방어하고 내 친척의 질투의 칼이 두번 찌르자 그들은 쓰러지고 말았습니다. 별로 본 적이 없는 이상한 경우였지요. 별로 원하지도 않았던 싸움에 이기고 나서 우리는 집으로 돌아와 비밀리에, 가능한 대로 많은 돈을 가지고 법망을 피해 산 헤로니모 교회로 갔습니다. 거기에서 날이 밝기를 기다렸습니다. 날이 밝으면 사건이 일어난 것을 발견하고 살인자들에 대한 추측과 추적이 있겠지요. 우리는 우리에 대한 아무 증거가 없다는 것을 알고 있었습니다. 점잖은 사제님들은 우리더러 그냥 집으로 돌아가라고 충고했습니다. 우리가 없어진 것이 도리어 우리에 대한 의심을 불러일으킨다는 거였지요. 우리가 그 의견을 받아들이려 결심했을 때, 궁중의 시장이 그 아씨의 부모와 아씨까지 체포했다는 소식이 전해졌습니다. 또한 우리 하인들을 조사하던 중에 아씨의 한 여종이 말하기를 내 친척이 밤이고 낮이고 아씨를 찾아 산책에 데리고 다녔다고 했어요. 그들이 이것을 증거로 우리를 찾으러 사람을 보냈는데, 우리를 찾지 못하고 우리가 도피한 증거를 많이 발견하여 우리가 실제로 신사이며 대단한 귀족인 그 두 사람을 죽인 자들이라는 것이 확인되었고 그 사실이 온 궁중에 퍼졌습니다. 마침내 백작인 내 친척의 의견과 사제들의 의견을 따라 우리는 그 수도원에서 열닷새 동안 숨어 지내다가, 내 친척은 사제 복장을 하고 다른 사제와 함께 아라곤으로 가기로 했지요. 일단 이딸리아로 넘어가 거기에서 플랑드르로 가서 사건의 결말이 어떻게 되는가 보기로요. 나는 우리가 가진 돈을 나누어 그와 떨어져 가기로 했습니다. 함께 가다가 우리가 똑같이 낭패를 당하는 운명이 되지 않도록요. 나는 그 친구와 다른 길을 따라가기로 하고 젊은 사제 복장을 하고 한 신부와 걸어서 떠났습니다. 신부는 나를 딸라베라에 두고 갔어요. 거기에서부터 여기까지 나는 혼자서 큰길을 피해 오다가 마침내 엊저녁에 이 떡갈나무 숲에 이르게 되었고, 여기에서 그대도 보았듯이 이런 일이 벌어진 거예요. 그리고 내가 프랑스 바위산을 말한 것은 묻는 말에 무어라도 대답해야 해서 한 말이에요. 사실 프랑스 바위산이 어디쯤에 있는지는 나도 몰라요. 내가 아는 건 살라망까 위쪽에 있다는 것 정도예요."

"그게 사실이군요." 안드레스가 대답했다. "당신은 그곳을 여기서부터 오른쪽으로 20마장쯤 지나쳐 왔어요. 그러니까 제대로 갔으려면 곧장 갔어야죠."

"내가 가고 싶었던 곳은," 청년이 말을 받았다. "실제로는 세비야예요. 거기 내 제노바 신사 친구가 있거든요. 내 친척 백작의 절

친한 친구지요. 그분은 제노바로 다량의 은을 보내곤 하는데, 나는 은을 싣고 가는 사람들과 함께 그들의 일원인 척 길을 갈 생각을 가지고 있어요. 이런 방식으로 안전하게 까르따헤나까지 넘어갈 수 있을 거예요. 그리고 거기에서 이딸리아로 가면 두척의 함선이 은을 실으러 급히 올 거고요. 좋은 친구여, 이것이 나의 이야기입니다. 그러니 내가 물 좋은 사랑놀이로 온 게 아니라 순전히 불행 때문에 이 모양이 되었다고 말할 수밖에요. 하지만 여기 집시분들이 나를 세비야까지 데려다준다면, 거기 가게 되면 사례는 후하게 해드리지요. 보아하니 당신들과 함께 가면 안전하게 갈 것 같습니다. 내가 겪는 이런 공포 없이 말이에요."

"당신을 데려갈게요." 안드레스가 대답했다. "지금은 아직 우리가 안달루시아로 갈지 나는 모르지만, 우리 일행과 가지 않는다면 내 생각에 이틀 안에 만날 다른 일행과 갈 수 있을 거요. 그들에게 가진 돈을 얼마쯤 주면 그들과 다른 어려운 일도 해결할 수 있을 거요."

그렇게 말하고 안드레스는 그와 헤어져 다른 집시들에게 그 청년이 한 이야기를 알려주러 갔다. 청년이 하려고 하는 일과 그를 도와주면 후하게 보상해주겠다고 제의한 것까지 말했다. 모두들 그 청년이 부락에 머무는 데 의견을 같이했다. 다만 쁘레시오사는 반대였고, 할머니는 자기는 세비야나 그 주변에는 가지 못한다고 했다. 지난 세월 세비야에서 유명한 뜨리기요스라는 모자장이에게 심한 짓을 했기 때문이라고 했다. 그자를 온통 벌거벗겨 머리에다 삼나무 왕관을 씌운 뒤 물독에 목까지 집어넣게 했던 것이다. 정확히 한밤중까지 기다렸다가 물독에서 나오도록 해서, 그 사람 집 어딘가에 있다고 믿게 해놓은 보물을 파내라고 시켰다. 그녀의 말로,

그 착한 모자장이는 새벽 기도 종소리를 듣자마자 기회를 놓칠세라 물독에서 급하게 나오다가 부딪혀 땅에 굴렀다. 충격과 함께 부서진 항아리 조각들로 온몸이 상처투성이가 되었고 그 사람은 쏟아진 물에 허우적대며 죽는다고 고래고래 소리쳤다.

그 아내와 이웃들이 불을 들고나와 그가 허우적대는 꼴을 보았다. 그는 불룩해진 배를 땅에 끌며, 팔과 다리를 휘저으며 큰 소리로 "사람 살려, 여러분, 나 빠져 죽어요!" 하고 외쳐대고 있었다. 겁에 질려 정말 물에 빠져 죽는다고 생각했던 것이다. 사람들이 그를 안아 위험에서 끌어냈다. 정신이 들자 그는 집시 여자가 자신을 가지고 놀았다고 이야기했다. 어떻든 그는 보물이 있다고 알려준 장소를 한자 이상 깊이 팠다. 모든 사람들이 그것은 집시 여자의 속임수라고 말했지만 그는 계속 파들어갔다. 그의 이웃 한 사람이 벌써 자기 집 밑바닥까지 닿았다고 막지 않았으면 그는 그들과 함께 땅에 쓰러졌을 것이다. 이 이야기는 온 도시에 퍼져서 아이들까지 손가락질하며 집시 여자의 속임수와 그의 맹목적 믿음을 이야깃거리로 삼았다.

집시 노파는 이 이야기를 하면서 이 때문에 세비야로는 갈 수 없다고 설명했다. 안드레스 까바예로를 통해 그 청년이 많은 돈을 가지고 온 것을 알고 있던 집시들은 쉽게 그를 동행으로 받아주었고 청년이 원하는 기간만큼 얼마든지 그를 숨겨주고 지켜주겠다고 나섰다. 그들은 왼쪽으로 길을 틀어, 라 만차 지방에 들어가 무르시아 왕국으로 가기로 했다.

그들은 청년을 불러 그를 위한 계획을 알려주었다. 그는 감사하며 다들 나누어 가지라고 금화 100에스꾸도를 주었다. 이 선물로 모두들 담비털보다 더욱 부드러워졌다. 오직 쁘레시오사만은 이름이 돈 산초라는 그 청년이 머무는 것을 마음에 들어하지 않았다. 집시들은 돈 산초라는 이름을 바꾸어 끌레멘떼라고 부르게 했고 그로부터 그는 그렇게 불렸다. 안드레스도 약간 심사가 틀어져 끌레멘떼가 남게 된 것을 불만스러워했다. 그가 보기에는 끌레멘떼가 처음 계획을 별다른 이유나 근거 없이 버린 것으로 보였기 때문이었다. 하지만 끌레멘떼는 마치 그 마음을 읽기나 한 것처럼 다른 여러 얘기 중에 까르따헤나와 가까워서 무르시아 왕국으로 가게 된 것이 참 좋다고 했다. 거기에 있다가 그의 예상대로 함선들이 오면 쉽게 이딸리아로 갈 수 있을 거라고 했다. 마침내 안드레스는 눈앞에 두고 그의 행동과 생각을 살피기 위해서 끌레멘떼와 동료가 되기로 했고, 끌레멘떼는 이렇게 친구가 되는 것을 자기에게 베푸는 큰 은혜로 생각했다. 둘은 항상 함께 다녔고 풍성하게 돈을 써서 금화가 비처럼 쏟아졌다. 그들은 달리고 뛰어오르고 춤추고, 집시들 중에 누구보다도 방앗간의 무거운 쇠막대를 잘 당겼다. 집시 여자들 중에 절반 이상이 그들을 사랑했고, 집시 남자들도 그들을 무척 존경했다.

그리하여 일행은 에스뜨레마두라를 떠나 라 만차 지방에 들어갔다. 조금씩 무르시아 왕국에 가까이 가고 있었다. 지나는 모든 마을과 고장마다 공차기, 펜싱, 달리기, 뜀뛰기, 쇠기둥 잡아당기기, 다른 힘 쓰는 운동경기들에서 모두 그 기교며 민첩함으로 안드레스와 끌레멘떼가 우승을 했다. 그러나 이미 말했듯 오직 안드레스의 독차지인 게 있었다. 한달 반이 넘는 이 기간 동안 끌레멘떼에게는 쁘레시오사와 말할 단 한번의 기회도 없었다. 그러다 어느날 안드레스와 그녀가 함께 있는 순간에 그가 대화에 끼어들었다. 쁘레시오사가 그에게 말했다.

"그대가 우리 부락에 처음 왔을 때부터 난 그대를 알아봤어요, 끌레멘떼. 마드리드에서 나에게 준 그 시구들이 머릿속에 떠올랐 거든요. 하지만 아무 말도 하고 싶지 않았어요. 당신이 무슨 의도로 우리가 머무는 곳까지 왔는지 알 수가 없었으니까요. 그러다 그대 의 불행을 알았을 때는 정말 마음이 아팠어요. 그리고 놀란 가슴이 좀 진정이 되었죠. 돈 후안이 집시 안드레스로 삶을 바꾸듯이 돈 산초도 다른 이름으로 바꾸어 살 수도 있는 거로구나 하고요. 당신 에게 이렇게 말하는 것은, 안드레스가 나에게 말하기를, 당신에게 자기가 누군가를 밝히고 무슨 의도로 집시가 되었는가를 말했다 고 했기 때문이에요." 그리고 그것은 사실이었다. 안드레스는 자기 사연을 그에게 모두 알리고 그와 생각을 털어놓으려 했던 것이다. "그리고 당신도 나를 안 것이 적잖게 도움이 되었다고 생각해야 해 요. 당신이 나를 존중하고 내가 당신에 대해서 말한 것을 생각해서, 우리 집시 무리에서 당신을 환영하고 편의를 봐준 거예요. 당신이 원하는 게 있다면 우리와 있으면서 소원대로 잘 이루어지길 바라 요. 내가 이런 좋은 뜻을 가지고 있으니 보답으로 당신도 내게 안 드레스가 천한 의도를 가지고 있다느니 욕하지 말고, 이런 신분으 로 계속 지내는 것은 정말 나쁜 짓이라느니 비난하지 말아요. 비록 내 마음의 자물쇠 아래 그의 마음이 있다고 짐작은 가지만, 아주 조금이라도 그가 후회하는 표정이 보이면 나는 무척 마음이 아플 거예요."

이 말에 끌레멘떼가 대답했다.

"그런 생각 말아요, 특별히 아름다운 쁘레시오사. 돈 후아니꼬가 가볍게 내게 자기 정체를 밝힌 것은 아니에요. 내가 먼저 그를 알 아보았지요. 처음부터 그의 두 눈이 나에게 그의 의도를 털어놓았거든요. 내가 먼저 그가 누군지를 말했고, 그의 마음이 당신이 말한 대로 당신의 포로가 되어 있는 것을 알아차렸어요. 그는 나를 믿었어요. 나의 비밀을 믿고 자기 비밀을 맡겼지요. 내가 그의 결심과 그 스스로 선택한 직업을 칭찬한 것은 그 사람이 누구보다 잘 알지요. 오, 쁘레시오사! 나는 그렇게 머리가 나쁜 사람이 아니에요. 아름다움의 힘이 어디까지 영향을 미치는지 내가 모를 것 같나요? 특히 당신의 미모는 지극한 아름다움의 한계를 넘어서기 때문에 아무리 큰 잘못을 저질러도 충분히 용서가 되지요. 그렇게 어쩔 수 없는 강력한 이유로 하는 일을 잘못이라고 부를 수 있다면 말이에요. 쁘레시오사, 나를 믿고 해준 모든 말에 대해서 당신에게 감사해요. 나 자신 얽히고설킨 이런 사랑의 실타래가 행복하게 끝나기를 바라는 것으로 당신에게 보답할게요. 당신은 당신의 안드레스와 행복하고, 안드레스는 그의 쁘레시오사와 행복하고, 부모들의 동의와 허락으로 맺어지도록요. 그 아름다운 맺어짐으로 선의善意의 자연이 만든 세상에서 가장 예쁜 새싹을 보기를요. 이것이 나의 소망이에요, 쁘레시오사. 이 말을 당신의 안드레스에게도 해줄 거예요. 무슨 일이 있어도 그의 훌륭한 결심으로부터 벗어나는 일이 없도록요."

끌레멘떼가 이렇게 애정을 가지고 이제까지의 일들을 말하자 안드레스는 의심이 들었다. 그가 연인으로서 그런 말을 한 것인지 심사숙고해서 신중하게 한 말인지 알 수가 없었다. 지옥 같은 질투의 병은 그렇게 교묘한 것이어서 태양의 작은 먼지에도 붙고, 그것들이 사랑하는 것에 닿기만 해도 연인은 고민에 빠지고 초조해지는 법. 그러나 어떻든 확실한 근거가 있는 질투는 아니었고, 안드레스는 자신의 운명보다 쁘레시오사의 선함을 더욱 믿었다. 사랑하는 사람들은 언제나 원하는 것을 얻지 못하면 스스로 불행하다고 느끼는 것이다. 아무튼 안드레스와 끌레멘떼는 동료이자 좋은 친구들이었으며, 안드레스는 끌레멘떼의 좋은 뜻을 믿었고 쁘레시오사의 덕성과 조신함은 안드레스가 질투할 만한 기회나 동기를 만들지 않았다.

쁘레시오사에게 준 시에서도 드러났듯이 끌레멘떼는 시인으로서의 자질이 있었다. 안드레스는 만돌린 같은 것을 좀 칠 줄 알았고 둘 다 음악을 좋아했다. 무르시아로부터 4마장쯤 되는 어느 골짜기에 집시 부락을 만들고 기거하고 있을 때였다. 어느날 밤 안드레스는 코르크나무 밑에, 끌레멘떼는 떡갈나무 밑에 앉아서, 각자 기타를 들고 밤의 고요의 초대를 받아 심심풀이로 노래를 했다. 안드레스가 시작하고 끌레멘떼가 답하는 형식이었다.

안드레스
이보게, 끌레멘떼, 이 차가운 밤이
대낮과 경쟁하며
예쁜 불빛 별들의 베일로
하늘을 치장할 때,
그대의 성스러운 재능이
이와 비슷한 모습을 만들어
지극한 아름다움이 있는 곳
그 얼굴 그 모습에 이르게 하네.

끌레멘떼
지극한 아름다움이 있는 곳

쁘레시오사가 있는 곳
아름다운 지조
지극한 덕으로 닦아
한몸에 지녔으니
인간 재능으로 다 칭송할 수 없다네,
성스럽게, 높게, 기묘하게
엄숙하게 순례하듯 연주하지 않으면.

안드레스
높게, 기묘하게, 엄숙하게, 순례하듯
하늘처럼 떠받들린
전에 없던 모습은
세상에는 달콤하지만, 같은 길은 없네
그대의 이름은, 오 작은 집시 소녀!
놀라움, 경악, 황홀함을 일으키네.
나는 그 명성을
제8의 천체까지 가져가리.

끌레멘떼
제8의 천체까지 가져가리라,
옳고 사리에 밝다면,
하늘의 신들을 즐겁게 하리,
그녀 이름 소리가 거기 들린다면.
그리고 온 땅에는
그 달콤한 이름이 메아리치는 곳마다

귀에는 음악이 들리고
마음에는 평화, 감각에는 영화가 오리.

안드레스
마음에 평화, 감각에 영화를
느끼네, 인어공주가
노래할 때, 그 노래는
가장 지각 있는 자들을 매혹하고
잠들게 하네, 우리 쁘레시오사는
아름다운 것이 가장 큰 단점이라네.
달콤한 우리의 선물이여,
활기의 영광, 우아함의 왕관이여.

끌레멘떼
활기의 영광, 우아함의 왕관이오
그대는, 예쁜 집시 소녀여.
새 아침의 신선함,
불타는 여름의 부드러운 산들바람.
가장 눈 많이 덮인 가슴도 불덩이로 바꾸는
눈먼 사랑의 신의 번개.
그렇게 그녀를 만든 힘은
부드러운 고통과 행복을 주네.

　　자유로운 자도 사로잡힌 자도 금세 끝낼 것 같은 기미를 보이지
않았다. 이윽고 등 뒤에서 그들의 노래를 듣던 쁘레시오사의 소리

가 들렸고 그녀의 소리에 그들은 노래를 멈추었다. 그들은 움직이지 않고 황홀하게 귀를 기울이며 그녀의 노래를 들었다. 그녀는 지극히 매력적으로, 그들 노래에 화답하기 위해 만들기라도 한 듯(그게 즉흥적이었는지는 모른다), 다음과 같이 노래했다.

이 사랑의 사업에
나는 사랑을 걸고 즐기네.
아름다움보다는 얌전함을
나는 더 큰 행운으로 여기네.

가장 초라한 식물인 여자는
올라가기로 몸을 일으키면
매력으로든 천성으로든
하늘까지 높이 올라가네.

나의 이 값싼 동전에
반짝이는 세공이 지조라네.
좋은 소망도 없지 않고
남는 보옥도 없다네.

나를 사랑하지 않거나
존경하지 않는 것은 아프지 않네.
나는 스스로 내 운명과
내 행복을 만들어내겠네.

내 마음속에 있는 대로 하고
착한 여자의 길을 가겠네.
그 뒤에는 하늘이 알아서
원하는 대로 결정하시기를.

아름다움에 특권이 있어
나를 높이 정상에 올릴지
더 높은 신분을 바랄 수
있는지 보고 싶네.

영혼들이 다 같다면,
시골 농부의 영혼도
제왕만큼 높은 자들의
영혼과 가치가 같으리니

내가 느끼는 내 영혼은
나를 더욱 높은 층으로 올리네,
왕처럼 높은 신분과 사랑은
같은 한자리일 수 없으니까.

여기에서 쁘레시오사는 자기 노래를 마쳤다. 안드레스와 끌레멘
떼는 그녀를 맞이하러 일어섰다. 세 사람 사이에 점잖은 말들이 오
갔다. 쁘레시오사는 말씨에서 얌전함과 사려 깊음, 예리함을 드러
냈고, 따라서 끌레멘떼 생각에 안드레스의 의도는 화해를 이룰 수
있었다. 그때까지 안드레스는 자신이 허겁지겁 결정한 것이 사려

깊어서가 아니라 젊기 때문이었다고 생각했던 것이다.

그날 아침 집시들은 천막을 걷고 무르시아의 어느 구역으로 머물 장소를 찾아갔다. 도시에서 3마장쯤 되는 곳으로, 그곳에서 우연히 불행한 사고가 터져 안드레스는 자칫하면 목숨을 잃을 뻔했다. 사건은 여느 때처럼 그 구역에 보증금으로 은으로 만든 물건들과 은잔 몇개를 주고 나온 뒤에 일어났다. 쁘레시오사와 그녀의 할머니, 끄리스띠나와 다른 두 집시 소녀, 그리고 안드레스와 끌레멘떼 들이 한 부자 노파의 여인숙에 묵고 있을 때였다. 그 노파는 열일고여덟살쯤 되는 딸이 하나 있었는데, 아름답다기보다는 좀 자유분방한 아이였다. 더 자세히 말하면 이름은 후아나 까르두차로, 이 소녀가 집시 여자 집시 남자 들이 춤추는 것을 보고는 귀신이 붙었는지 그만 안드레스에게 반하고 말았다. 얼마나 홀딱 반했는지 그에게 사랑을 고백하겠다고 나섰고, 그가 원하면 그를 남편으로 삼겠다고 작정했다. 그러나 그녀의 친척들은 다들 걱정할 뿐이었다. 그러거나 말거나 소녀는 사랑을 고백할 기회를 찾다가, 안마당에서 마침내 기회를 얻었다. 안드레스가 나귀 두마리가 필요해서 안마당에 들어와 있었던 것이다. 소녀는 그에게 다가가 누가 보지 않게 서둘러 말했다.

"안드레스(소녀는 이미 그의 이름도 알고 있었다), 나는 처녀이고 부자예요. 우리 어머니에게 자식이라고는 나 하나밖에 없거든요. 이 여인숙도 엄마 것이고, 이 집 외에 포도밭도 많고 집 두채가 더 있지요. 당신이 내 마음에 들었어요. 나를 아내로 사랑하고 싶으면 맘대로 하세요. 빨리 대답해주기 바라요. 당신이 생각이 깊다면 여기 머물러요. 우리는 진짜 멋지게 살 거예요."

안드레스는 까르두차의 대담함에 놀라 급히 청하는 말에 대답했다.

"아씨, 나는 결혼을 약속한 사람이 있어요. 우리 집시들은 집시들하고만 결혼해요. 나에게 베풀려던 은혜는 제발 그대로 간직해주세요. 나는 그런 걸 받을 자격이 없습니다."

까르두차는 안드레스의 무뚝뚝한 대답을 받고 금방 죽어 자빠질 지경이었다. 다른 집시 여자들이 마당에 없었더라면 그 말을 받았으리라. 그녀는 쫓기듯 뛰쳐나갔다, 가능하면 마음껏 복수를 하리라고 결심하고서. 안드레스는 사려 깊은지라, 이런 불운한 경우를 벗어나기 위해 벽을 쌓기로 마음먹었다. 안드레스는 까르두차의 두 눈에서 결혼으로 맺어지지 않더라도 원하면 언제든 몸을 바치겠다는 기색을 분명히 읽을 수 있었다. 그곳에 혼자 있다 난처한 꼴을 당하고 싶지 않았던 그는 모든 집시들에게 그날 밤 즉시 그곳을 떠나자고 청했다. 그들은 항상 그의 말을 잘 따랐기 때문에 곧 실행에 옮기기로 하고, 그날 오후 보증금을 돌려받고 떠나기로 했다.

까르두차는 안드레스가 떠나려 하자 미련 절반이 남아 있는데 자기 욕망을 채울 시간이 없는 것을 알았다. 안드레스가 제 뜻으로 그곳에 남아 있지는 않을 테니 억지로라도 붙들어두려는 술책을 세웠다. 그리하여 그녀의 나쁜 의도가 가르쳐준 약삭빠르고 은밀하고 민첩한 작업으로, 그녀는 자기 것처럼 익히 알고 있던 안드레스의 귀중품 사이에 몇개의 예쁜 산호 목걸이와 두개의 은 성체 접시, 그밖에 다른 자기 보석 장신구를 넣었다. 그리고 집시들이 여인숙을 나서자마자 저 집시들이 자기 보석을 훔쳤다고 소리쳤다. 그 소리를 듣고 온 동네 사람들과 경찰들이 달려왔다.

집시들이 멈췄다. 훔친 물건을 가져가는 것은 하나도 없다고 모두들 맹세하고 자루며 가방이여 천막의 세간을 확실히 보여주겠다고 했다. 이걸 보고 집시 노파는 고민스러웠다. 그렇게 조사를 하다가 그녀가 그토록 정성을 다해 조심스레 간직해두었던 안드레스의 옷가지며 쁘레시오사의 보석들이 모두 발각되지 않을까 걱정이었다. 약삭빠른 까르두차는 이 모든 문제를 단번에 아주 간단히 해결했다. 그들이 두번째 보따리를 들췄을 때, 그녀는 자기 방에 두번이나 들어가는 것을 본 그 춤 잘 추는 집시의 가방이 어느 것이냐고 물었다. 어쩌면 그 집시가 보석을 가져갔을 수 있다고 말이다. 안드레스는 자기를 보고 하는 말인 것을 알고서 웃으면서 말했다.

"아씨, 이것이 내 세간이고, 이것이 내 나귀예요. 내 물건이나 나귀에서 아씨가 잃어버린 물건을 발견하면 내가 법으로 도둑에게 주는 벌 이외에 일곱배로 갚아드리겠습니다."

법의 집행자들이 즉시 당나귀며 모든 것을 샅샅이 뒤졌다. 그리고 몇군데 뒤지지 않아 잃어버린 물건을 찾았다. 그걸 보고 안드레스는 기절초풍할 지경이었고 너무도 당혹하여 딱딱한 돌로 된 소리 없는 석상 같았다.

"내 의심이 맞죠?" 이때 까르두차가 말했다. "세상에, 얼굴도 뻔뻔하지, 이렇게 큰 도둑이 저 얼굴에 숨어 있다니요!"

그 자리에 있던 읍장은 안드레스와 다른 모든 집시들에게 갖가지 욕설을 퍼부으며 그들을 공공의 적이고 도둑놈들이며 길거리 들치기들이라고 했다. 이 모든 말에 놀라 안드레스는 입을 꼭 다물고 생각에 잠겨 있었다. 까르두차가 배신했으리라는 것까지는 생각이 미치지 못했다. 이때 읍장의 조카인 오만한 군인 하나가 그에게 다가와 말했다.

"이 썩은 집시 녀석, 도둑질하다 걸린 꼴 안 보여? 이제 틀림없이 살살거리면서 그것들이 어쩌다 손에 걸린 거지 도둑질한 건 아니라고 우길 테지. 너희들은 그저 모두 전함에 처넣고 노 젓는 형을 살게 해야 해. 이 망할 놈은 전함을 저으며 황제 폐하를 위해 일하는 게 낫지. 이곳저곳 춤이나 추고 다니며 여관에서 산으로 도둑질이나 하고 다녀서야 되겠어? 내 군 복무를 하는 몸으로서 명예를 걸고 이놈 따귀를 쳐서 내 발바닥 밑에 엎드리게 하겠다."

이렇게 말하면서 그는 다짜고짜 손을 들어 안드레스의 따귀를 세게 쳤다. 그 바람에 당황해서 어리벙벙하던 안드레스의 정신이 돌아왔다. 그는 자신이 안드레스 까바예로가 아니라 돈 후아니꼬이며 신사라는 생각을 떠올렸고, 분노를 터뜨리며 무섭게 빠른 속도로 군인에게 덤벼들었다. 그가 칼집에서 칼을 빼 군인의 몸통을 찔렀고 군인은 땅에 죽어 넘어졌다.

여기서 동네 사람들이 고함지르고, 저기서 시장 아저씨가 분통을 터뜨리고, 여기에서 쁘레시오사가 기절하고, 저기에서 그녀가 기절하는 걸 본 안드레스가 어쩔 줄 몰라하고…… 모두들 무기를 빼들고 살인자를 쫓았다. 혼란이 커지고 고함 소리가 커졌다. 안드레스는 기절한 쁘레시오사를 돌보려 자기를 방어하지도 못하고 달려갔다. 다행히 끌레멘떼는 그 불행한 사건 현장에 없었다. 짐들을 싣고 이미 동네에서 떠났기 때문이다. 마침내 사람들은 안드레스를 실컷 두들겨팬 끝에 체포하여 두개의 커다란 쇠고랑을 채웠다. 읍장은 자기 관할이었다면 즉시 교수형을 시키고 싶었으나 무르시아 시의 관할이므로 그를 넘겨줄 수밖에 없었다. 실은 다음날까지 갈 필요도 없이 그 자리에서 안드레스는 수많은 욕설과 폭력의 희생물이 되었다. 화가 난 읍장과 관리들, 거기 있는 모든 사람들이 그를 짓밟았다. 읍장은 가능한 한 모든 집시들을, 집시 여자들까지 체포하도록 했다. 그러나 집시들은 대부분 도망쳤는데, 그중에도 끌레멘떼는 잡혀서 들통날까 두려워하며 먼저 도망을 갔다.

마침내 사건의 고발장과 수많은 떠돌이 집시들과 함께 읍장과 관리들, 무장한 다른 많은 사람들이 무르시아로 들어섰다. 그 사람들 중에 쁘레시오사와 불쌍한 안드레스도 있었다. 안드레스는 노새 위에서 쇠줄에 묶인 채 두 손에 쇠고랑, 목에서 허리까지 내려오는 쇠줄 두개를 차고 있었다. 군인 하나가 죽었다는 소식을 알고 있던 무르시아 사람들이 죄수들을 보러 전부 나왔다. 그러나 그날 쁘레시오사의 아름다움은 너무 빛나서 그녀를 바라보는 사람치고 감탄하지 않는 사람이 없었다. 그녀의 미모에 대한 소문은 시장 부인의 귀에까지 들어가서 그녀는 집시 소녀를 보고 싶은 호기심에 남편인 시장한테 다른 사람들은 다 감옥에 보내도 그녀는 보내지 말아달라고 부탁했다. 안드레스는 아주 어둡고 좁은 감방에 넣어졌다. 방은 빛 한줄기 없는데다 특히 쁘레시오사를 보지 못한다는 사실이 그를 괴롭히는 바람에 그는 무덤이 아니면 영영 나가지 못할 것 같은 생각뿐이었다. 쁘레시오사는 할머니와 함께 시장 부인 앞으로 끌려갔다. 부인은 그녀를 보자마자 말했다.

"아름답다고 칭송이 자자하더니 과연 그 말이 맞는구먼."

부인은 다가와서 소녀를 사랑스럽게 껴안았고 지치도록 한없이 그녀를 바라보았다. 그리고 할머니에게 소녀의 나이가 얼마쯤 되느냐고 물었다.

"열다섯이에요." 집시 노파가 대답했다. "그리고 두달 정도 지났지요."

"우리 불쌍한 꼰스딴사 나이가 이제 그쯤 되었을 거야. 아이고 세상에, 이 여자아이가 우리 불행한 기억을 떠올리게 하는구려!" 시장 부인이 말했다.

이때 쁘레시오사는 시장 부인의 두 손을 꼭 잡고 몇번이고 키스하며 온통 눈물로 적셨다. 소녀가 부인에게 말했다.

"마님, 지금 잡혀 있는 집시 청년은 죄가 없습니다. 그 사람은 도둑이 아닌데 도둑이라고 몰렸거든요. 사람들이 도둑이라 몰고 얼굴에 따귀를 때리고 그러니, 그이의 착한 마음에도 한계가 드러난 거지요. 좋으신 분인 줄 아오니 제발 부인, 그 사람이 정의로운 판결을 받도록 해주세요. 시장님께서 서둘러 법의 처벌을 집행하지 않도록 해주세요. 저의 아름다움이 조금이라도 시장님께 위안이 되셨다면, 죄인의 목숨을 좀더 부지해서 이 아름다움이 좀더 위안이 되게 하소서. 그분의 목숨이 끝나면 저의 목숨도 끝나기 때문입니다. 그이는 저의 남편이 될 사람인데 정당하고 명예로운 사유가 있어서 지금까지 결혼식이 지연되었을 뿐입니다. 소송 당사자의 용서를 얻기 위해 돈이나 보증금이 필요하다면, 우리 집시 부락을 다 팔아서라도 그분들이 청하시는 것보다 더 드릴 수도 있습니다. 존경하는 마님, 지금 마님께도 남편이 있으시니 제 아픔을 아실 겁니다. 저는 저의 그이를 참으로 온 정성을 다하여 사모하고 있습니다."

이렇게 소녀가 말을 하는 동안 내내 부인은 한순간도 그녀의 손을 놓지 않고 계속 바라보며 눈을 떼지 않았고, 가슴 아파하며 자비에 겨운 눈물을 쏟았다. 그러는 한편으로 소녀의 손을 꼭 잡고서 찬찬히 소녀를 살피고 있었다. 이런 순간에 시장이 들어왔다. 쁘레시오사와 자기 아내가 꼭 붙어 함께 눈물을 흘리는 것을 보고 시장은 한동안 그 울음과 그 아름다움에 감동했다. 시장이 그렇게 마음 아파하는 이유를 물었다. 쁘레시오사는 시장 부인의 손을 놓고 시장의 발을 붙들고 애원했다.

"시장님, 자비를, 자비를 베푸소서! 제 남편이 죽으면 저도 죽습니다! 그이는 죄가 없습니다. 그이에게 죄가 있다면 저에게 벌을 주세요. 그것이 불가능하다면 제가 가능한 방도를 찾기 위해 백방으로 노력할 수 있도록 재판이라도 늦춰주세요. 악의를 가지고 죄를 저지르지 않은 자라면 하늘도 은총을 내려주시겠지요."

이 작은 집시 소녀의 간절한 말을 듣고 시장은 다시 한번 감동했다. 마음 약한 모습을 보이지 않으려 애썼지만 함께 따라 울고 싶은 심정이었다. 이런 일이 벌어지는 동안, 집시 노파는 심각하게 이것저것 수많은 생각에 잠겨 있었다. 긴장 속에 많은 추측과 짐작을 한 끝에 노파가 말했다.

"어르신들, 조금만 기다리세요. 제가 그 통곡을 웃음으로 변하게 해드릴게요. 자칫하면 제 목숨이 걸린 일이 되겠지만요……"

이렇게 말하고는 가벼운 걸음으로 밖으로 나갔다. 거기 있던 사람들은 노파의 말을 듣고 어리둥절했다. 노파가 돌아올 때까지 쁘레시오사는 눈물을 멈추지 않고 계속해서 자기 남편의 재판을 늦춰달라고 애원했다. 남편의 아버지에게 알려 어서 와서 이 일에 힘을 써달라고 하려는 뜻이었다. 잠시 후 집시 노파는 조그만 상자를 팔에 끼고 돌아왔다. 그녀는 시장에게 은밀히 말씀드릴 중요한 일이 있다며 부인과 함께 시장의 방으로 가자고 청했다. 시장은 죄인의 판결에 유리하도록 집시들이 훔친 물건 이야기를 털어놓으려나보다 생각하고, 즉시 노파와 아내와 함께 자기 방으로 갔다. 방에 들어서자 노파는 두 사람 앞에 무릎을 꿇고 말했다.

"어르신들께 이 좋은 소식을 전해드림으로써 저의 크나큰 죄를 용서받는 것까지는 바라지 않습니다. 저는 여기 그저 벌을 받을 각오로 있습니다. 그러나 제 고백을 들으시기 전에 먼저 여쭈어볼 것이 있습니다. 혹시 어르신들께서는 이 보석들을 아시는지요?"

노파는 작은 상자를 열어 쁘레시오사의 보석들을 보여주고 그
것들을 집어 시장의 손에 놓았다. 시장이 어린아이들이 하고 다니
는 그 작은 장신구들을 보았다. 그러나 그것들이 무슨 의미인지는
눈치채지 못했다. 시장 부인도 그 보석들을 보았으나 역시 알아차
리지 못했다. 그녀는 다만 이렇게 말했다.

"이것들은 어린아이의 장신구군요."

"그렇습니다." 집시 노파가 말했다. "그리고 어떤 어린아이의 것
인지는 거기 접은 쪽지에 적혀 있으니까 보세요."

시장은 황급히 쪽지를 폈다. 거기에는 이렇게 적혀 있었다.

"이 아이는 이름이 도냐 꼰스딴사 데 아세베도 이 메네세스이다.
어머니는 도냐 기오마르 데 메네세스, 아버지는 돈 페르난도 데 아
세베도, 명문 깔라뜨라바 기사이다. 나는 1595년 오전 8시, 주님의
승천일에 그녀를 데려왔다. 이 여자아이는 이 상자에 보관한 보석
들을 달고 있었다."

시장 부인은 이 쪽지를 읽자마자 그 보석들을 알아보고 금방 입
에 가져가 끝없이 입을 맞추다가 그만 기절하고 말았다. 시장이 그
녀를 부축했다. 노파에게 자기 딸에 대해서 물어보려던 그녀는 정
신이 돌아오자 말했다.

"이 착한 여인아, 당신은 집시가 아니라 천사야. 그 주인, 그러니
까 그 보석을 찼던 아이는 어디 있는가?"

"어디라니요, 부인?" 집시 노파가 말했다. "부인 댁에 있지요. 부
인의 눈에서 눈물을 쏟게 한 그 집시 소녀가 보석 주인이에요. 그
녀가 틀림없는 부인의 딸이올시다. 그 쪽지에 적힌 그날 그 시각에
제가 부인의 마드리드 댁에서 그애를 훔쳤어요."

이 말을 듣자 부인은 어쩔 줄 몰라 슬리퍼를 내동댕이치고 날개 돋친 듯 자기가 떠나온 쁘레시오사가 있는 방으로 달려갔다. 소녀는 하녀들이며 하인들에게 에워싸여 여전히 울고 있었다. 부인은 소녀에게 달려들어 아무 말도 없이 급히 그녀 가슴의 단추를 열어 젖혔다. 태어날 때 달고 나온 왼쪽 가슴 밑의 하얀 점 같은 조그만 표시가 있는지 보려는 것이었다. 그리고 시간이 지나 더 커진 표시가 거기 있었다. 부인은 똑같이 재빨리 그녀의 구두를 벗겼다. 상아로 만든 것 같은 눈처럼 흰 발이 드러났고, 부인은 거기서 자신이 찾던 것을 발견했다. 오른발 마지막 발가락 둘이 살짝 서로 붙어 있었는데, 아이가 어려서 너무 고통스러울 것 같아 잘라주지 않았던 것이다. 가슴이며 발가락, 보석들, 도둑맞은 날짜, 집시 노파의 고백과 부모가 쁘레시오사를 처음 만났을 때의 충격과 기쁨으로 보아 시장 부인은 그녀가 자기 딸임을 확신하게 되었다. 그리하여 부인은 쁘레시오사를 품에 안고 시장과 노파가 있는 곳으로 돌아갔다.

쁘레시오사는 어리둥절했다. 자신에게 그렇게 잘해주는 것이 무슨 영문인지 모르는 가운데 시장 부인이 그녀를 품에 안고 한번 두번 수백번 키스를 했던 것이다. 부인 도냐 기오마르는 그 보석같이 아름다운 짐을 안고 남편 앞에 다가가 그녀를 시장의 품에 안겨주면서 말했다.

"여보, 당신의 딸 꼰스딴사를 받으세요. 이 아이가 틀림없는 꼰스딴사예요. 서로 붙은 발가락들, 가슴의 점을 다 보았으니 의심의 여지가 없어요. 더구나 내 눈으로 이 아이를 본 순간부터 내 마음이 말을 하더라구요."

"내가 어찌 의심을 하겠소?" 시장이 쁘레시오사를 품에 안으면서 말했다. "당신 마음이 그랬듯이 내 마음도 똑같은 것을 느꼈소. 더구나 그렇게 정확한 흔적들이 다 있으니, 기적이 아니라면 어떻게 이런 일이 일어날 수 있겠소?"

모든 집안사람들은 놀라 어쩔 줄 몰랐고 서로 이것이 무슨 일인지 물었으나 모두 정답과는 상당히 거리가 먼 추측일 뿐이었다. 그 작은 집시 소녀가 자기들 주인의 딸이라는 것을 누가 상상이나 할 수 있었으랴.

시장은 부인과 딸에게, 그리고 집시 노파에게 그 사건을 자신이 밝힐 때까지 비밀로 해달라고 말했다. 또한 그는 노파에게 자신의 영혼을 훔쳐갔던 그 도둑질과 죄에 대해서는 용서하겠다고 말했다. 딸을 되돌려받는 더 큰 행복을 안겨준 대가라고 했다. 다만 유일하게 마음 아픈 것은 그녀가 쁘레시오사의 신분을 알고도 한 집시 따위와 결혼시킨 것, 더구나 도둑이자 살인자의 아내가 되게 만든 것이었다.

"맙소사!" 이 말에 쁘레시오사가 말했다. "나리님, 아니에요, 그이는 집시도 아니고 도둑도 아니에요. 비록 사람을 죽였지만, 그것도 자신의 명예를 앗아갔기 때문이었어요. 그래서 자신이 누군가를 보여주고 죽일 수밖에 없었답니다."

"어떻게 집시가 아니라는 거냐, 얘야?" 도냐 기오마르가 물었다.

그때 노파가 간단하게 안드레스 까바예로의 이야기를 들려주었다. "그는 명문 산띠아고의 기사 돈 프란시스꼬 데 까르까모의 아들 돈 후아니꼬 데 까르까모로, 똑같이 명문 기사이며 신사지요. 우리 집시에게 와서 집시 옷으로 갈아입기 전까지는 그 복장으로 왔었어요." 노파는 또한 쁘레시오사와 돈 후아니꼬의 언약, 결혼에 대해 2년의 유예기간을 두자는 약속을 말하고 두 사람의 명예와 정숙함, 돈 후아니꼬의 결단력이 맞아떨어졌다고 했다.

부모는 이 이야기에 딸을 되찾은 것만큼이나 놀라고 감동했다. 시장은 집시 노파에게 돈 후아니꼬가 입었던 옷을 가져오도록 했고, 노파는 다른 집시 하나와 함께 옷을 가지고 돌아왔다.

노파가 왔다 갔다 하는 동안 부모는 쁘레시오사에게 수천가지 질문을 했다. 그녀는 모든 질문에 몹시도 사려 깊고 얌전하게 대답해서 그녀를 딸로 알고 만나지 않았더라도 반할 지경이었다. 부모는 그녀더러 돈 후아니꼬에게 좋은 감정을 가지고 있느냐고 물었다, 그녀는 자신을 위해서 그 스스로를 낮추어 집시가 되겠다고 한 사람에 대해 감사하는 마음뿐이라고 하고, 그 감사의 마음이 부모님이 원하는 것 이상으로 확장되는 것은 바라지 않는다고 말했다.

"그만해라, 내 딸 쁘레시오사야." 그녀의 아버지가 말했다. "쁘레시오사라는 이름을 그대로 갖도록 하려무나. 너를 잃고 너를 되찾은 기념으로 말이야. 나는 네 아버지로서 책임지고 너의 진짜 신분에 걸맞은 위치에 너를 회복시켜주마."

이 말을 들으면서 쁘레시오사는 한숨을 쉬었다. 사려 깊은 그녀의 어머니는 딸이 돈 후아니꼬에 대한 사랑 때문에 한숨짓고 있음을 알고서 남편에게 말했다.

"여보, 돈 후아니꼬 데 까르까모가 실제로 그런 귀족 신분이라면, 우리 딸을 그토록 사랑하니 아내로 맞도록 해주는 것도 그리 나쁘지 않을 것 같네요."

그러자 그가 대답했다.

"아니, 오늘에야 딸을 찾았는데 벌써 딸을 잃자는 말이오? 우리 얼마 동안 딸과 함께 즐겁게 삽시다. 결혼시키면 우리 아이가 아니라 남편의 것이 되니까."

"당신 말이 맞아요." 그녀가 말했다. "하지만 돈 후아니꼬를 꺼내주라고 명하세요. 지금 감방 어딘가에 처박아놓았을 거예요."

"그럴 거예요." 쁘레시오사가 말했다. "도둑놈에다 살인자, 게다가 특히 집시이니 더 좋은 데다 집어넣었을 리가 없지요."

"내가 보러 가지. 내가 직접 자백을 받아야 하니까." 시장이 말했다. "그 대신 부탁하는데, 부인, 내가 말할 때까지 이 이야기는 아무도 알아서는 안 되오."

그러면서 쁘레시오사를 껴안은 뒤 시장은 즉시 감옥으로 갔다. 돈 후아니꼬가 있는 감방에 들어가서는 아무도 그 방에 들이지 못하게 했다. 돈 후아니꼬는 두 발에 차꼬를 차고 두 손은 쇠고랑에 묶인 채 목에는 아직 쇠줄을 매달고 있었다. 어두컴컴한 방이었다. 시장이 위로 난 채광창을 열도록 하자 아주 작은 빛줄기나마 빛이 들어왔다. 시장이 그를 보고 말했다.

"아, 좋은 방이 어떠신가? 내 마음 같아서는 네로가 로마를 끝장내듯이 우리 에스빠냐에 있는 집시들을 전부 밧줄로 묶어 여기 끌고 와 단번에 없애버릴 텐데 말이야! 이봐 좀팽이 도둑 나리, 나는 이 도시의 시장인데, 내가 여기 온 것은 그대 아내가 그대와 함께 온 작은 집시 소녀라는 게 사실인가 알고 싶어서야."

이 말을 듣자 안드레스는 아마 시장이 쁘레시오사에게 반해서 여기 온 것이리라고 짐작했다. 질투라는 것은 작고 묘한 몸을 가져서 다른 몸에 들어갈 때도 몸을 부수거나 열거나 가르고 들어가는 것은 아니지만, 어떻든 안 들어가는 데가 없는 것. 그가 대답했다.

"그녀 말이 내가 자기 남편이라고 하면 그것은 사실입니다. 그녀가 아니라고 하면 그것 또한 사실이지요. 왜냐하면 쁘레시오사는 거짓말을 할 사람이 아니거든요."

"그녀가 그렇게 진실한 여자인가?" 시장이 말을 받았다. "집시 여자치고 진실하다면 보통이 아닌데…… 그럼 좋아. 청년, 그녀 말이 자기가 그대 아내라고 하네. 하지만 그대에게 청혼을 받거나 그대와 결혼한 일은 없다면서, 그녀가 알기로 만약 이번 일이 그대 잘못이라면 그대는 그 때문에 죽어야 할 것이라고, 그대가 죽기 전에 그대와 결혼시켜달라고 청했어. 그대처럼 위대한 도둑의 아내로 남아 영예롭게 살고 싶다고 말이야."

"그럼 결혼시켜주세요, 시장 나리. 그녀가 그렇게 간청했다면요." 안드레스가 말했다. "제가 그 여자하고 결혼만 하면 저는 그 여자의 것이라는 이름으로 기꺼운 마음으로 다른 세상으로 건너가겠습니다."

"무척 그 여자를 사랑하는 모양이구먼!" 시장이 말했다.

"죽도록 좋아합니다." 죄수가 말했다. "말로 할 수 있다면 얼마나 좋겠습니까? 시장 나리, 정말이지 제 사건을 종결해주세요. 저는 저의 명예를 앗아가려는 놈을 죽였습니다. 저는 그 집시 소녀를 참으로 사랑합니다. 그녀의 사랑과 은총 속에 죽는다면 기꺼이 죽겠습니다. 반드시 하느님도 우리에게 은총을 주시리라 믿습니다. 우리 둘은 정직하고 정확하게 서로 약속한 것을 지켰으니까요."

"그럼 오늘 밤에 그대를 데리러 보내겠네." 시장이 말했다. "우리 집에서 그대를 쁘레시오사와 결혼시킬 걸세. 그리고 내일 정오에 그대는 교수대에 있을 거야. 이렇게 함으로써 나는 법이 정한 내 임무를 제대로 이행하고 그대 둘의 소원도 이루어준 것이 되겠지."

안드레스는 시장이 말한 모든 것에 감사했다. 시장은 집으로 돌아가 부인에게 돈 후아니꼬와 나눈 이야기와 앞으로의 계획을 알려주었다.

시장이 없는 동안 쁘레시오사는 어머니에게 자신의 인생 역정을 들려주었다. 항상 그 노파가 자기 할머니이며 자기는 집시라고 믿었다는 것과, 그러나 동시에 스스로 한 사람의 집시 여자보다 더 나은 사람이라는 자존심을 지켜왔다는 것을 이야기했다. 그 어머니는 그녀에게 사실대로 말해달라고, 돈 후아니꼬를 정말로 사랑하느냐고 물었다. 그녀는 부끄러워하며 눈을 땅으로 내리깔고 자신이 집시라고 생각했기 때문에 돈 후아니꼬 데 까르까모 같은 명문 기사이자 신사와 결혼하면 운수가 트일 것이라고 생각했다고, 그가 성격이 착하고 자신을 명예롭게 대접해주어서 때때로 애정의 눈길로 그를 보아온 게 사실이나 이제 결과적으로는 부모님이 원하는 대로 따르겠다는 생각밖에 없다고 말했다.

밤이 왔다. 거의 밤 열시가 다 되어 안드레스를 감옥에서 데려왔는데, 그는 쇠고랑도 목에 매단 쇠줄도 없었으나 발부터 온몸을 감싸는 커다란 쇠사슬을 매단 초라한 모습으로 아무도 보지 못하는 가운데 도착했다. 동행이라곤 그를 시장 집까지 데려온 자들밖에 없었다.

그들은 침묵 속에서 조심스럽게 그를 어떤 방으로 데려가서는 혼자 두었다. 그로부터 한참 뒤 한 사제가 들어오더니 다음날 죽음을 앞두고 고해성사를 하라고 했다. 그 말에 안드레스가 대답했다.

"즐거운 마음으로 고해성사를 하겠습니다. 하지만 왜 먼저 저를 결혼시키지 않으시는 겁니까? 그리고 저를 결혼시키실 거라면, 정말이지 저를 기다리는 신혼 침대가 너무 슬프군요."

도냐 기오마르는 이 모든 것을 알고 남편에게 돈 후아니꼬를 너무 크게 놀라게 하는 것이 아니냐고, 적당히 하지 않으면 그 집시들과 함께 죽어버릴 수도 있지 않느냐고 말했다. 시장에게는 아내의 말이 좋은 충고로 여겨졌다. 그리하여 그는 안으로 들어가 신부를 불러 먼저 집시 남편과 집시 쁘레시오사를 결혼시킨 다음에 고해성사를 받도록 하고, 안드레스에게는 희망이 다 고갈되었을 때도 하느님은 자비를 비처럼 베푸시니 신께 온 정성으로 가호를 청하라고 했다.

안드레스가 도냐 기오마르와 시장, 쁘레시오사, 집안 하인 두 사람만 있는 응접실로 나왔다. 그러나 쁘레시오사는 커다란 쇠사슬에 매인 돈 후아니꼬를 보자 얼굴이 창백해지고 두 눈은 금세 울 것처럼 되었다. 그녀는 가슴을 움켜쥐고 곁에 있는 어머니 품에 기댔다. 어머니가 딸을 껴안으며 말했다.

"정신 차려, 얘야, 네가 보는 모든 것은 다 네게 이롭고 좋으라고 한 거란다."

그녀는 그것이 무슨 말인지 몰랐고 어떻게 마음을 추슬러야 할지도 몰랐다. 집시 노파는 어리둥절했고 주위 사람들도 그 사건이 어떻게 끝날지 말없이 지켜만 보았다.

시장이 말했다.

"부장 신부님, 이 집시 남자와 이 집시 여자가 당신께서 결혼시킬 사람들입니다."

"이런 경우에 필요한 조건이 먼저 갖춰지지 않으면 저는 이 일을 할 수 없습니다. 어느 교회에서 결혼 공지가 있었습니까? 제 상관의 허가가 있어야 결혼식을 올릴 수 있는데, 허가증은 어디 있습니까?"

"그건 내 부주의구먼요." 시장이 대답했다. "그러면 내가 대리 사제에게 말해서 허가증을 내주도록 하지요."

"그럼 허가증을 보기 전까지는," 부장 신부가 말했다. "이분들께

양해를 구해야겠군요."

신부는 더이상 말하지 않고 소란이 일지 않도록 응접실에서 나갔고 모두는 어리둥절했다.

"신부님이 아주 잘하셨네." 이때 시장이 말했다. "이것은 어쩌면 안드레스의 처형을 늦추라는 하늘의 명일지도 몰라. 그와 쁘레시오사의 결혼을 먼저 공지하려면 시간이 걸릴 텐데, 이로써 시간을 번 셈이니까. 이런 경우는 수많은 쓰라린 곤경에 빠진 사람들에게 해피엔드를 가져오게 마련이거든. 어떻든 간에 두고 봐야지, 안드레스의 운명이 일을 이런 식으로 끌고 가서 더이상의 놀라움이나 뜻밖의 사건 없이 쁘레시오사의 신랑이 되면, 안드레스 까바예로 이건 돈 후아니꼬 데 까르까모이건 그저 행복하게 여길지."

그때 자기를 본디 이름으로 부르는 걸 듣고 안드레스가 말했다.

"그러니까 쁘레시오사가 침묵의 한계를 깨고 제가 누구인지 밝혔군요. 이 행운이 저를 당장 세상의 제왕이 되게 한다고 해도, 제가 바라는 것은 오직 그녀뿐입니다. 저의 소원은 이것이니 이제 하늘이 주시는 행복밖에 더 바라는 게 없네요."

"그렇다면 그대가 보여준 그 훌륭한 용기에, 돈 후아니꼬 데 까르까모, 때가 되면 쁘레시오사가 그대의 정식 배필이 되도록 하겠네. 이제 그대에게 그녀를 넘겨주겠네. 우리 집의 가장 아름다운 보석이며 나의 생명이자 영혼인 그녀를 희망을 가지고 주는 걸세. 그대 말대로 사랑하고 존경해주게나. 그대에게 내 유일한 딸 도냐 꼰스딴사 데 메네세스를 주니, 내 딸은 사랑으로 그대와 동급이 되었지만 혈통으로도 전연 모자람이 없지."

모두가 자신에게 보여주는 애정에 안드레스는 어리둥절했다. 도냐 기오마르는 짧은 말 몇마디로 딸을 잃어버린 이야기와 다시 찾게 된 기쁨을 말해주었다. 집시 노파가 자기가 훔쳐갔다는 명확한 증거를 보여주었다고 했다. 그 말을 듣고 돈 후아니꼬는 당황과 긴장을 풀었고 무엇보다도 기쁘고 행복했다. 그는 장인 장모를 껴안고 그들을 어머님, 아버님이라고 불렀고, 쁘레시오사의 두 손에 키스했다. 그녀는 눈물을 흘리며 신랑의 손을 잡았다.

비밀은 풀렸다. 그 자리에 있던 하인들이 나가서 이 사건의 소식을 퍼뜨렸다. 죽은 자의 삼촌인 읍장이 이 소식을 알고 복수의 길에 나섰다. 안드레스가 시장의 사위가 되었으니, 제아무리 법이 혹독하다 해도 제대로 집행이 될 것 같지 않았기 때문이다.

돈 후아니꼬는 집시 여인이 가져온 여행복을 입고 금목걸이를 했다. 쇠사슬과 쇠고랑은 풀어서 돌려주었다. 잡혀 있던 집시들의 슬픔은 기쁨으로 바뀌었고, 다음날 보석금을 내고 그들은 모두 풀려났다. 죽은 자의 삼촌은 금화 2천 두까도를 받고 고소를 취하하고 돈 후아니꼬를 용서하기로 했다. 돈 후아니꼬는 자기 동료 끌레멘떼를 잊지 않고 그를 찾으려 했다. 그러나 그의 소식도 모르고 찾지도 못하다가 마침내 그로부터 나흘 뒤 까르따헤나 항구에 정박하던 제노바의 두 전함 중 하나에 타고 이미 떠났다는 분명한 소식을 들었다.

시장은 돈 후아니꼬에게 그 부친 돈 프란시스꼬 데 까르까모가 그 도시의 시장으로 오게 되었다는 분명한 소식을 전하고, 그러니 기다렸다가 아버지의 동의와 승인과 함께 결혼식을 올리자고 했다. 돈 후아니꼬는 그의 명을 벗어나지 않겠다고 대답했다. 무엇보다도 쁘레시오사와 결혼을 하게 되어 있지 않은가.

대주교는 단 한번의 공지로 결혼하도록 허가해주었다. 온 도시에 축제가 벌어졌다. 시장이 아주 인기가 좋아서 결혼식날은 등불이며 투우, 피리 들이 법석이었다. 집시 노파는 집에 남아 있었다. 자기 손녀 쁘레시오사로부터 떨어지고 싶지 않았던 것이다.

궁중에 집시 소녀의 결혼과 사건의 모든 소식이 전해졌다. 돈 프란시스꼬 데 까르까모도 그 집시가 자기 아들이며 그가 본 집시 소녀가 쁘레시오사라는 것을 알게 되었다. 그녀가 너무 아름다웠기에 그는 아들의 경솔함을 용서해주었다. 플랑드르전쟁에 간다고 해놓고 사라진 것 때문에 그는 아들을 이미 버린 자식으로 생각하고 있었던 것이다. 더욱이 돈 페르난도 데 아세베도가 부자이고 아들이 명문인 위대한 신사의 딸과 결혼한다는 것을 알게 되어 더없이 좋았기 때문이었다. 그는 자식들을 빨리 볼 생각에 출발을 서둘러 20일도 안 걸려 벌써 무르시아에 닿았다. 그가 도착하자 즐거움은 더욱 커졌고 곧 결혼식이 거행되었으며 그들의 인생 이야기가 입에서 입으로 떠돌았다. 그 도시의 몇몇 시인들, 특히 훌륭한 시인들이 그 신기한 인연을 축하하고 그 작은 집시 소녀의 비할 데 없는 아름다움과 함께 칭송한 것은 물론이다. 그리하여 무르시아의 유명한 석사 뽀소가 시를 썼는데, 그의 시를 통해 자자손손 쁘레시오사의 명성이 전해지리라고 했다.

내가 잊어버리고 말하지 않은 것이 하나 있는데, 그 사랑에 빠진 여인숙 여인이 경찰에 진술하기로 집시 안드레스가 도둑질을 했다는 것은 사실이 아니라고 밝혔으며, 또한 자신이 그를 사랑했고 잘못했다는 것도 고백했다는 것이다. 그녀는 아무 벌도 받지 않았다. 신랑 신부를 되찾은 즐거움이 복수를 땅에 묻고 자비를 부활시켰기 때문이다.

마음씨 좋은 연인에 관한 소설
Novela del amante liberal

"터키군에 침략당한 불행한 니꼬시아의 오, 그 비참한 폐허여! 우리의 용감하고 불운했던 방어진의 핏기조차 마른 처참한 땅이여! 그대들은 의식이 없으니, 우리가 있는 이 고적한 곳에서 지금 눈을 뜬다면, 우리 함께 우리의 불행을 한탄이라도 할 수 있으련만. 어쩌면 폐허 속에 동무라도 만났다면 우리의 고통을 덜어주었을 것을…… 오, 처참하게 무너진 탑들이여! 그대들은 대단히 훌륭한 정당방위로 무너졌지. 그렇게는 아니라도, 그대들은 다시 일어날 때가 있으리라는 희망이 남아 있을 수도 있었겠지. 하지만 나는, 불행하게도 빈궁하기 짝이 없는 나는, 비록 이전의 처지로 되돌려준다 할지라도 무슨 행복을 기다린단 말이냐. 나의 불운한 처지가 늘 이 모양이니, 자유의 몸일 때도 행복이 없었고, 포로 생활 속에서는 행복은커녕 그런 기대도 않나니……"

한 에스빠냐 포로가 이런 소리를 하면서 비탈길에서 이미 빼앗

긴 니꼬시아의 무너진 성벽을 바라보고 있었다. 그는 마치 그 벽들
이 자신의 말을 이해할 능력이나 있다는 듯이 성벽과 그런 이야기
를 나누면서 자신의 처참함과 성벽의 처참함을 견주어보았다. 그
것은 슬픔에 몸부림치는 자들의 전형적 특성, 스스로의 상상에 이
끌려 모든 이성과 지각과는 전연 거리가 먼 짓이나 말을 해대는 것
이었다.

이때 그곳 야영지에 친 네개의 천막인지 움막인지 중 하나에서
한 터키 사람이 나왔다. 아주 멋지고 잘생긴 청년이었다. 그는 그
에스빠냐 사람에게 다가와 말했다.

"틀림없이 당신의 그 끝없는 생각이 또 당신을 이 근방으로 오
게 한 거지, 이 친구 리까르도?"

"그렇긴 하지." 리까르도가 대답했다. 이것이 이 포로의 이름이
었다. "하지만 내가 가는 곳 어디에도 휴식도 휴전도 없는데 어쩌
겠어? 오히려 여기부터 드러나는 이 폐허가 나의 고통을 더욱 키우
기만 하는데."

"니꼬시아의 폐허 말이지?" 터키인이 말했다.

"그래. 아니면 무엇 때문에 내가 그러겠어?" 리까르도가 되풀이
했다. "여기서 보이는 게 그거밖에 뭐가 더 있어?"

"그런 광경에는 눈물 흘리게 되지." 터키 친구가 말을 받았다.
"그렇게 곰곰이 생각할 기회가 있다면 말이야. 2년 전에 이 이름난
풍요로운 땅의 고요와 평화, 인간에게 주어질 수 있는 모든 행복
을 누리고 살던 주민들의 모습을 본 사람이라면 누구나 지금의 모
습을 보고 생각할 때, 혹은 그 땅으로부터 추방당하고 혹은 포로가
되어 처참하게 살아갈 때, 어찌 자신의 불행과 재난을 아파하지 않
을 수가 있겠어? 하지만 이런 문제는 제쳐놓자구, 다른 방도가 없

으니까. 그보다는 자네 문제로 돌아가자구. 나는 어떤 방법이 있는 가 알고 싶어. 내가 당신에게 보여준 좋은 마음을 생각해서, 그리고 우리 둘 다 같은 조국의 사람들이고 어린 시절을 함께한 것을 생각 해서 부디 간청하건대, 정말로 자네를 그렇게 지나치도록 슬프게 하는 게 무슨 연유인지 말해주겠어? 물론 포로 생활이라는 것만으 로도 세상에서 가장 즐거운 마음이라도 슬퍼지기 마련인 것이 사 실이지만, 여전히 내 생각에는 자네의 불행감은 그보다 좀더 오래 전 감정의 원천에서 온 것 같거든. 왜냐하면 자네처럼 관대한 영혼 을 가진 사람들은 일반적 불행에 쉽게 좌절하지 않거든. 그런데 자 네는 지나치리만큼 과도한 감정적 반응을 보여서 말이야. 그래서, 내 생각은 이거야. 내가 알기로 자네는 가난해서 몸값을 모두 내지 못할 처지도 아니고, 그렇다고 늦게든 아니면 죽어서든 그토록 원 하는 자유의 몸이 되지 못하는 흑해의 탑 속에 갇힌 것도 아니잖 아. 그러니까 자네는 재수 없어서 자유로워질 희망이 사라진 것도 아닌데, 그렇게 자네의 불행을 처참하게 느끼는 표정을 보면 그 아 픔은 자유를 잃어서 오는 것이 아니라 어떤 다른 이유로 그런 것이 라고 생각할 수밖에 없다는 거지. 그래서 부탁인데, 그 이유를 내게 말해보라구. 내가 할 수 있는 한 모든 걸 바쳐서 도와줄 테니까. 어 쩌면 운명의 신이 내게 자네를 도우라고 내가 싫어하는 이런 복장 으로 여기까지 돌아서 오게 한 것인지 모르지. 자네도 알듯이, 리까 르도, 우리 주인께서는 이 도시의 재판관이시지. 말하자면 우리 시 의 주교라는 소리야. 자네도 알듯이 굉장히 중요한 분이고 권력도 많지. 게다가, 내가 이 겉치레의 종교적 신념에 죽을 때까지 머물지 는 않으리라는 나의 불타는 욕망을 자네도 모르지 않지? 더이상 견 딜 수 없을 때는 나도 나의 예수 그리스도 신앙을 고백하고 큰 소리로 공표할 거야. 이 기독교 신앙은 내가 어린 나이에 철도 들지 않았을 때 떠나왔지만 말이야. 물론 그런 고백을 하면 내 목숨을 걸어야 한다는 것도 알아. 영혼의 생명을 잃지 않는다면 육체의 목숨 정도는 잃어도 당연하다고 생각할 거야. 이렇게까지 말했으니, 내 우정이 자네에게 무어든 도움이 될 거라는 것을 알 수 있겠지. 내가 자네의 불행에 어떤 도움이나 위안, 혹은 처방이 가능한지 알려면 나에게 그 이유를 이야기해야지. 의사가 환자의 이야기를 필요로 하듯 말이야. 내 자네에게 확실히 말하는데, 그 이야기는 가장 은밀한 침묵 속에 간직할 거야."

이렇게 이야기하는 동안 리까르도는 줄곧 입을 다물고 있었다. 이제 말을 해야 할 필요성을 느끼자 어쩔 수 없이 이런 말로 대답했다.

"자네가 알아맞힌 것 같네, 오, 친구 마하무드!" 그 터키인 이름이 마하무드였다. "나의 불행에 대한 자네의 짐작이 좋은 처방을 발견한다면, 내가 자유를 잃은 것도 잘했다고 볼 수 있을 거야. 그러면 나의 불행은 세상의 어떤 환상적인 커다란 행복과도 바꿀 수 없는 것이 되겠지. 하지만 내가 알기로 내 슬픈 이야기는 세상 누구라도 어디서 비롯되는지 근원을 알 수 있지만 아무도 감히 그 처방이나 위안을 발견할 수 없는 그런 것이지. 이 사실에 대해서 자네가 만족하게 이해할 수 있도록 가능한 한 짧게 답함세. 그러나 나의 불행의 이 혼란한 미로 속으로 들어가기 전에 내가 알고 싶은 것은, 우리의 주인 하산 바하께서 터키 사람들이 왕 밑의 부왕을 부르는 대로 바하bajá인지 부왕인지가 되어 이곳 임지 니꼬시아에 들어가기 전에 왜 이 야영장에 이런 천막인지 움막인지를 치게 했는지 하는 거야. 그 이유를 말해주게나."

"내가 간단하게 설명하지." 마하무드가 대답했다. "그러니까 자네가 알아야 할 것은, 우리 터키 사람들의 관습으로 어느 주에 부왕으로 갈 때는 전임 부왕이 나가기 전까지 그분 계시는 도시에 들어가지 못하게 되어 있다는 거야. 전임 부왕이 업무를 보고하고 자유롭게 일을 수행하도록 말이야. 새로운 부왕 혹은 바하께서 임지 부임 보고를 하면 전 부왕은 야영지에서 자기 임무의 심사를 기다리고 있지. 그런 것은 전임 부왕이 처음 보고하지 않았다면, 친분이나 뇌물을 써서 간섭할 수 없도록 반드시 이행되어야 하는 것들이야. 새 부왕이 부임 보고를 하고 임지를 떠나는 전임관에게 심사 결과를 적은 양피지에 관인을 찍어 그것을 전달하지. 그리고 그 보고서를 소지하고 위대한 전하의 문에 제출하게 되어 있어. 이런 격식은 마치 우리 궁전에서 터키인의 궁중회의라고 말할 수 있지. 그것을 부왕 바하와 그 밑에 있는 하위 바하들 넷이 검토한 뒤에, 우리 식으로 말하자면 각료와 판관들 대표 앞에서 인준을 받는 거지. 그리고 그 보고서에 따라 상을 줄 것인지 벌을 줄 것인지 결정한다구. 비록 죄를 졌어도 돈으로 구제하여 벌을 면해주지만 말이야. 보통 그러듯이 죄를 짓지 않고 상도 받지 않으면, 보상으로 제일 자기 마음에 드는 직책을 얻게 돼. 거기서는 직책이나 직무를 능력으로 받는 게 아니라 돈으로 주고받거든. 모든 걸 사고팔 수 있어. 직책을 주는 자들은 받는 자들에게서 도둑질하고 그들의 껍질을 벗기며 살지. 이렇게 산 직책으로 더 많은 수익을 약속하는 다른 직책을 살 자본을 얻을 수 있으니까. 모든 것이 내 말처럼 이렇게 되어가는 거야. 이 제국 전체가 황포하고, 오래가지 못할 것 같은 징조가 보여. 하지만 내 생각에는, 그게 사실이겠지만, 그들 어깨에 짊어진 죄는 우리들 죄라고 할 수 있지. 그렇게 철면피로 제멋대로 하느님을 모독하는 자들의 죄를 옹호하는 건 말이야. 하느님은 하느님이시니까 나를 기억하시겠지. 내가 말한 이유 때문에 자네의 주인 하산 바하는 이 야영지에 나흘 동안 있었어. 니꼬시아의 그분이 제때에 떠나지 못한 것은 많이 아팠기 때문이지. 그러나 이제는 좋아졌으니 오늘이나 내일쯤은 틀림없이 떠날 거야. 이 비탈길 뒤에 있는 막사에서 머물겠지. 그리고 자네의 주인이 곧바로 시내에 들어갈 거야. 이것이 내게 한 질문에 대해서 자네가 알아야 할 것들이야."

"그럼 들어보게." 리까르도가 말했다. "그런데 내가 간략히 얘기하겠다는 약속을 지킬 수 있을지 모르겠어. 내 불행을 이야기하자면 한없이 길어서 말 몇마디로 헤아릴 수가 없거든. 어떻든 시간이 허락하는 대로 가능한 만큼 해보지 뭐. 우선 자네에게 물어보는데, 우리나라 시칠리아섬 서쪽 끝에 있는 뜨라빠나라는 곳의 처녀를 아느냐는 말이지. 그 처녀로 말하면 온 시칠리아에서 가장 아름답기로 유명한 여자란 말일세. 내가 말하는 처녀는 호기심에 찬 모든 혀들과 가장 보기 드문 지성인들까지 지난 세기가 가졌던 미녀들, 현재, 다가오는 미래가 기대하는 모든 미인들 중에서 가장 완벽한 아름다움이라고 인정하는 여자야. 시인들이 칭송하기로 머리는 황금 머리칼, 눈은 두개의 반짝이는 태양, 볼은 진홍빛 장미, 이는 진주, 입술은 루비, 목은 새하얀 설화석고라는…… 그래서 그녀의 얼굴 부분부분은 전체와, 전체는 부분과 황홀한 혼연일체의 조화를 이룬다고 하지. 자연은 참으로 완벽하게 자연스러운 색깔을 참으로 부드럽게 퍼뜨려, 아무리 시기 질투가 나더라도 그녀는 어디 흠 잡을 데 하나 없다고 하지. 그런데 마하무드, 아직도 내게 그 아가씨가 누구라고, 이름이 뭐라고 말해주지 않을 수가 있는 거야?

내가 보기에는 자네가 틀림없이 내 말을 듣고 있지 않거나, 아니면 뜨라빠나에 있을 때 눈코가 없었나보군."

"사실은 리까르도," 마하무드가 대답했다. "자네가 그렇게 아름답다고 극찬하니, 로돌포 플로렌시오의 딸 레오니사가 아닐까, 그 처녀가 아니면 누가 그런 아름다움의 명성을 가졌을까 생각했어."

"바로 그 아가씨야. 오, 마하무드!" 리까르도가 대답했다. "그 여자야, 이 친구야. 그녀가 나의 모든 행복과 나의 모든 불행의 근원이라네! 잃어버린 자유가 아니라 그녀가 나의 눈에 눈물을 흘리게 했고, 눈물을 흘리게 하며, 앞으로도 끝없이 흘리게 할 여인이야. 그녀 때문에 나의 한숨이 가까이서나 멀리서나 대기를 불태우고, 그녀 때문에 내 말을 듣는 하늘을 지치게 하고 내 말을 듣는 귀를 지겹게 한다네. 그녀 때문에 자네가 나를 미친 사람이라고 보고, 최소한의 용기도 없고 힘도 없는 자로 본 거야. 이 레오니사가 글자 그대로 나에게는 암사자요, 남에게는 온순한 양이라 나를 비참한 상황에 처하게 만들었지. 자네가 알아야 할 것은, 내가 아주 어릴 때부터, 최소한 철이 들었을 때부터 그녀를 좋아했을 뿐만 아니라 정말로 사랑해서, 얼마나 간절하게 그녀를 사모했는지 그녀 없이는 땅에도 하늘에도 믿고 섬길 만한 다른 신은 없다고 할 정도였다는 거야. 그녀의 친척들과 부모가 나의 이 사랑을 알았지만 결코 싫어하는 기색은 없었어. 내 사랑은 도덕적이고 순결한 뜻을 향하고 있는 것을 알았기 때문이지. 그래서 여러번 레오니사에게 나를 남편으로 받아들이도록 마음을 열라고 말을 한 걸로 아네. 하지만 그녀는 자네도 잘 아는 아스까니오 로뚤로의 아들 꼬르넬리오에게만 눈을 주고 나는 거들떠보지 않았지. 그 친구는 멋지고 말끔하고 손이 하얗고 곱슬머리에 달콤한 목소리, 사랑스러운 말씨의 청년이거든. 온몸이 맵시 있고 호박빛의 고급 옷감에 금실 은실로 장식한 청년이니 내가 그녀의 눈에 찼겠어? 내 얼굴은 꼬르넬리오처럼 여리고 곱지도 않으니, 내가 계속 그렇게 잘해주어도 그녀는 감사하기조차 싫어했지. 나의 좋은 뜻에 나를 지겨워하고 업신여기는 것으로 답했어. 그녀를 지극히 사랑했기에 나는 그 경멸과 배은망덕으로 차라리 그 자리에서 죽었으면 행복하리라는 생각까지 했어. 그렇게 되면 공공연하게는 아니라도 꼬르넬리오를 순순히 도와주는 것이 되겠지. 이봐, 경멸과 천대의 고뇌에 가장 잔인하고 격심한 질투의 분노가 맞부딪치니 그 두 치명적 페스트의 싸움 속에서 내 영혼이 어떻게 되었겠는가 상상해봐! 레오니사의 부모는 그녀가 꼬르넬리오를 믿고 좋아하는 것을 내게 모른 척 숨겼던 거야. 물론 그들이 생각한 대로 그 청년이 그녀의 비할 데 없이 아름다운 미모에 매력을 느껴 그녀를 아내로 선택하리라고 믿은 거지. 그렇게 되면 그들은 나보다 더 부자인 사위를 얻게 되겠지. 충분히 그럴 수 있어…… 그러나, 자만심을 빼고 말하는데, 그는 나처럼 성격 좋고 진취적인 생각에 이름난 용기를 가진 사위에는 못 미치지. 어떻든 내가 구애하는 과정에서 우연히 알게 되었는데, 지난해 5월 어느날, 오늘로 치면 1년 3개월 5시간 전에 레오니사와 그 부모, 꼬르넬리오와 그의 부모가 그들의 모든 친척과 하인을 데리고 아스까니오 정원으로 놀러 가게 되었어. 살리나스 가는 길에 있는 해변 가까운 곳이지."

"나도 잘 알아." 마하무드가 말했다. "예전에 좋은 시절에 나도 나흘 넘게 거기 있었지. 나흘의 기막히게 좋은 순간들에 말이야. 계속해봐, 리까르도."

"그 사실을 알게 되었어." 리까르도가 말했다. "그들이 놀러 간다는 것을 아는 순간 내 마음은 화가 치밀고 분통이 터져 온통 질투의 지옥이 되고 말았지. 얼마나 열이 받쳤던지 제정신이 아니었지. 내가 한 일을 보면 알겠지만, 나는 곧장 그 정원으로 갔어. 모두가 즐기는 가운데 레오니사와 꼬르넬리오는 다른 사람들과 조금 떨어져 호두나무 밑에 함께 앉아 있는 걸 발견했지. 내 시선에 그들 중 누가 들어왔는지는 몰라. 내가 아는 것은 내가 그들의 시선과 마주쳤다는 거야. 나는 내 시각을 잃어버렸고, 움직임도 목소리도 없는 석상이 되어 서 있었어. 하지만 얼마 안 가서 분노가 울화로 치밀고 울화가 심장의 피로 솟구쳐올랐어. 피가 분통으로, 분통이 손과 혀로 올라왔어. 비록 앞에 있는 아름다운 얼굴에 대한 내 감정을 존중해서 두 손은 꼭 붙들어 깍지를 끼고 있었지만 말이야. 그러나 혀는 이런 말로 침묵을 깼지. '아주 행복하시겠구려, 내게서 휴식을 빼앗는 치명적 적이여! 내 이 두 눈은 영원한 고통스러운 통곡 속에 살게 해놓고 말이오. 다가와요, 좀더. 그대의 담쟁이 덩굴을 그대만 찾는 이 쓸모없는 나무둥치에 얽어매주오. 머리를 빗어 당신에게 따스하게 구애하는 당신의 새로운 가니메데스[1]의 머리칼에 감아주오. 이제 그만 그대가 눈을 주고 있는 그 변덕스러운 청년의 품에 몸을 던지시오. 그 청년 때문에 나는 그대에게 가까이 갈 수 있다는 희망조차 잃었으니, 절망에 차서 이제 나에게도 지겨운 이 생명을 끝내게 해주오. 오만하고 생각 없는 아가씨, 이런 경우에 세상에 적용되는 법이나 규칙이 모두 오직 그대를 위해 길을 터줘야 한다고 생각하는 것은 아니겠지요? 내 말은, 부자여서

---

1 가니메데스(Ganymedes)는 그리스 신화에서 독수리에게 납치당해 하늘로 올라가 제우스의 술시중이 되었다고 한다. Juan Pérez de Moya, *la Filosofía secreta*, 1585 참조.

거만하고 잘생겨서 우쭐대며 나이 어려 아직 서투르나 가문을 믿고 설치는 이 청년이 사랑의 굳건한 약속을 지킬 수 있고, 가치 없는 것을 귀하게 여길 줄 알고, 경험 많고 성숙한 사람들이 아는 것을 알고 있다고 생각하는 거요? 그런 건 기대도 생각도 마시오. 이 세상에 다른 좋은 것은 없지만 단 한가지, 일관되게 행동하면 자신의 무지에 속지 않는 한 아무도 속지 않는다는 거요. 나이가 적으면 변덕이 많은 법입니다. 부자는 거만하기가 쉽고, 허영이 많으면 오만하지요. 아름다우면 남을 무시하기 쉽고, 이 모든 것을 다 가지면 어리석어져서 모든 나쁜 일이 다 생기지요. 그러니 그대, 청년! 당신이 심심풀이 욕심으로 내가 간절한 소망을 다해 모셔온 보상을 독차지할 생각이라면, 어찌하여 지금 누워 있는 꽃방석에서 일어나 당신의 여인이 그토록 지겨워하는 이 내 영혼을 당장 꺼내가지 않는 거요? 그리고 그것은 당신이 하는 행동이 나를 모욕해서가 아니라, 당신에게 주어진 행복이 얼마나 큰지 당신이 모르기 때문이오. 그 행복을 지키기 위해 일어나거나 꿈쩍하지 않으니, 그까짓 거 아무것도 아니라는 태도가 분명해. 당신의 그 멋진 옷과 잘 치장한 모습을 흐트러뜨릴 위험 같은 건 피하고 싶겠지. 아킬레스가 당신 같은 태평한 성격을 가졌다면 율리시스는 틀림없이 그가 번쩍이는 무기와 날이 선뜩한 반달칼을 들고나올지라도 그런 식으로 하지 못하게 했을 거야, 꺼져, 이 친구야. 가서 그 알량한 아가씨들 사이에서나 노닥거려. 그들이 그 고운 머리칼을 꾸미고 튼튼한 칼을 쥐기보다 부드러운 비단이나 어루만져야 어울릴 그 손을 보살펴줄 테니까.'

이 모든 말에도 꼬르넬리오는 앉은자리에서 절대 일어나지 않았어. 조용히 앉아서 당황한 듯 꼼짝 않고 나를 바라보았어. 아까 말한 대로 내가 목소리를 높여 소리치자 거기 과수원에 있던 사람들이 다가왔어. 사람들은 내가 꼬르넬리오에게 퍼부어대는 말도 안 되는 말들을 들었지. 모여든 사람들 대부분이 그의 친척이나 하인, 집안 식구들이었기 때문에 그는 용기를 얻어 일어설 기미를 보였어. 하지만 그가 일어서기 전에 내가 칼을 잡고 그에게 덤벼들었지. 그 청년만이 아니라 거기 있는 모든 사람들을 공격한 거야. 그러나 내 칼이 번쩍이는 것을 보자마자 레오니사가 완전히 기절하고 말았어. 그 꼴을 보자 나는 더욱 분노와 울화가 치밀어올랐지. 나에게 덤벼든 그 많은 사람들이 성난 미치광이 한놈을 피하듯이 그냥 방어만 했는지는 모르겠어. 아니면 내가 영리해서 운이 좋았던지, 아니면 하늘이 더 큰 불행이 일어나지 않도록 나를 지켜주었는지 모르겠지만 나는 내 손으로 7, 8명을 찔렀지. 꼬르넬리오는 용케도 금세 도망치는 통에 내 손을 빠져나갔어. 나는 적나라한 위험 속에서 적들에게 에워싸여 있었지. 그들도 모욕감을 느껴 복수하려고 했어. 그런데 그때 운이 나를 구했어. 사실 매시간 죽을 뻔하기보다 거기서 목숨을 버리는 게 더 좋았겠지만 생각지도 않던 일로 살아남게 되었지. 갑자기 정원에 튀니지 비제르타 해적들을 태운 전함 두 척에서 터키 사람들이 엄청나게 많이 들이닥쳤어. 가까운 선적 창고에 숨어 있다가 해변 첨탑의 보초병이나 도망자 추격병, 해변의 탐색병 들에게 들키지 않고 배에서 우르르 뛰어내렸지. 그들을 보자마자 반대편 사람들은 나만 혼자 두고 자기들 살겠다고 날쌔게 달아났어. 터키인들은 정원에 있던 모든 사람들 중에서 세 사람과 레오니사밖에 포로로 잡지 못했어. 그녀는 아직도 기절해 있었지. 나는 네 사람의 일그러진 부상자들과 함께 잡혔는데, 그 전에 내가 복수로 쓰러뜨린 놈들이야. 터키인들은 이렇게 습관처

럼 공략을 감행한 뒤 비싼 대가를 치른 승리에 크게 만족하지 못하
고 배로 돌아갔어. 즉시 돛을 세우고 노를 저어 항해를 시작해 잠
깐 사이에 시칠리아 서쪽 파비아나섬에 당도했어. 거기서 사람이
얼마나 부족한가 점호를 해보니 죽은 자들은 자칭 해별님들이라
하던 가장 훌륭하고 존경받을 만한 해적 넷이었어. 그들은 끌고 온
사람들 중에서 나를 골라 복수를 하려고 했어. 기함旗艦의 두목이
즉시 나를 목매달려고 돛대를 내리라고 명했지.

　이 모든 광경을 겨우 정신이 돌아온 레오니사가 보고 있었어. 해
적들의 손에 잡힌 걸 알고 그녀는 홍수처럼 아름다운 눈물을 흘렸
지. 그리고 말 한마디 없이 그 연약한 손을 모아 터키인들이 하는
말소리를 알아들으려고 열심히 귀를 기울였지. 그때 노를 젓던 기
독교인들 중 한 사람이 이딸리아말로 그녀에게, 두목이 나를 가리
키며 저 기독교인을 목매달아 죽이라고 명했다고 일러주었어. 내
가 방어하면서 작은 함선에서 노 젓는 죄수들 중 가장 좋은 네명을
죽였기 때문이라고 말이야. 그녀는 그 말을 이해한 뒤 처음으로 내
게 안됐다는 듯이 불쌍해하는 표정을 지었어. 그리고 그 포로에게
터키인들더러 아주 큰 몸값을 잃게 될 테니 나를 죽이지 말라고 하
라고 애원하고, 이어서 지금 바로 뜨라빠나로 그 사람을 돌려보내
면 거기에서 그들에게 몸값을 지불하게 할 거라고 했어. 이것이 레
오니사가 나를 위해서 베푼 처음이자 어쩌면 마지막 자비였어. 그
리고 이 모든 것이 내게는 더욱 큰 불행이 된 거지. 터키인들은 그
포로가 전하는 말을 믿었고 그들의 분노를 이익으로 바꾸기로 했
지. 다음날 아침 그들은 평화의 깃발을 올리고 뜨라빠나로 되돌아
갔어. 그날 밤 나는 상상할 수 없을 만큼 괴롭고 고통스러웠어. 내
가 입은 부상이 아파서가 아니야. 나의 원수 같은 잔인하고 사랑스

러운 여인이 저 야만인들 사이에서 위험에 처해 있다는 생각 때문이었지.

내가 말한 대로, 도시에 도착하자 전함 한척은 항구로 들어가고 다른 한척은 앞바다에 머물렀어. 항구와 해변이 전부 기독교인들로 가득 찼고 멋진 꼬르넬리오는 멀리서 전함에서 벌어지고 있는 일을 바라보고 있었지. 내 집사가 즉시 나의 몸값을 흥정하러 다가왔어. 나는 그에게 절대 내 석방을 위해 흥정해서는 안 되고 레오니사를 먼저 석방하도록 흥정하라고 했지. 그녀를 석방하기 위해서라면 나의 전재산을 다 주어도 좋다고 했어. 또 하나 내 집사에게 명하기를, 육지에 가서 레오니사의 부모에게 딸 석방은 전적으로 내가 맡을 것이니 그 일을 위해 애쓰지 마시라고 말하라고 했지. 그때 가장 우두머리인 그리스인, 이수프라는 이름을 가진 개종자는 레오니사 석방의 대가로 금화 6천 에스꾸도, 내 석방의 대가로는 4천 에스꾸도를 요구했어.[2] 덧붙여서 한 사람 없이 나머지 한 사람만 석방할 수는 없다고 했지. 이렇게 엄청난 돈을 요구했다는 것을 나는 나중에 알았는데, 그 두목이 레오니사에게 반했기 때문이었지. 그래서 그녀를 몸값과 교환하지 않고, 노획물을 절반씩 나눠 갖기로 한 다른 두목에게 나와 함께 1천 에스꾸도를 더해 넘겨주고 레오니사는 자기가 갖기로 한 거야. 이것이 우리 둘을 결국 1만 에스꾸도로 몸값을 매긴 이유야. 레오니사의 부모는 내 집사가 내 부탁으로 전한 약속을 믿고 자기들은 한푼도 내놓지 않았지. 꼬르넬리오도 자기 이익만 생각하고 입 한번 벙긋하지 않았어. 그리하여 여러번 흥정 끝에 나의 집사가 레오니사 몫으로 5천, 그리고

2 이 이야기는 세르반떼스 자신의 포로 경험을 상기시킨다. 세르반떼스는 교회단체 모금으로 금화 500에스꾸도를 내고 석방되었다.

내 몫으로 3천을 내주기로 결론이 났어.

이수프는 다른 두목들과 부하들의 설득으로 어쩔 수 없이 이 계약을 받아들였지. 하지만 나의 집사가 그렇게 많은 돈을 한꺼번에 가지고 있지 않으니 사흘 동안 여유를 주면 그 돈을 모으겠다고 했지. 몸값을 완납하기 위해 내 재산을 싸게 팔 생각이었어. 이수프도 이 결정을 좋아했는데, 이 기간 동안 그는 합의가 더이상 진전되지 않도록 할 기회를 찾고자 했던 거야. 파비아나섬으로 돌아가면서 그는 사흘이 지나면 돈을 받으러 다시 오겠다고 했어. 그런데 이 무정한 운수가 나를 학대하는 것만으로 분에 안 찼는지 사건이 벌어진 거야. 터키인 보초 하나가 섬의 가장 높은 곳에 설치한 초소에 있다가 바다 깊숙한 곳에서 우리 라틴계 배 여섯척을 발견한 거야. 그가 생각하기로, 그게 사실이었지만, 우리 산하에 있는 몰타의 부대거나 아니면 시칠리아의 해군 배로 보였지. 보초는 그 소식을 전하러 달려 내려갔어. 육지에서 터키인들이 어떤 놈들은 요리와 식사를 하고 어떤 놈들은 옷을 빨다가 순식간에 배에 올라타서는 바람에 돛을 올리고 노를 저으며 쏜살같이 베르베리아 쪽을 향해 간 거지. 두시간도 안 되어 그 전함들이 눈에서 사라졌어. 생각해보라구, 마하무드 이 친구야! 내가 기대한 것과는 정반대로 흘러가는 그 여행에 내 마음이 어땠겠어! 섬에 숨어서 밤은 가까이 다가오고 공포가 에워싸는 게 확실히 느껴졌지. 하지만 다음날 우리 식민지의 작은 섬 빤따날레아에 두 전함이 도착하자, 그들 말처럼 장작과 고기, 식량을 확보하기 위해 터키인들이 육지에 내렸고 그 두목들이 육지에 내려 자기들 노획물을 나누어 갖기 시작했어. 이 모든 것이 나에게는 느릿느릿 다가오는 죽음 같았어. 마침내 나와 레오니사를 나누어 가질 시간이 되자 이수프는 페딸라, 다른 함선의 두목 이름이 페딸라인데, 그에게 나와 함께 기독교인 여섯을 주었지. 네 사람은 노 젓기용으로, 아주 예쁘장하게 생긴 꼬르시까 소년 둘과 나는 레오니사 대신으로 말이야. 이렇게 나누고서 페딸라는 만족했어. 이런 일이 벌어지는 동안 나도 계속 거기 있었지만 그들이 하는 말을 전연 알아들을 수가 없었고, 그들이 하는 짓을 보면서도 그 나누는 방식은 도무지 알 수가 없었지. 페딸라가 내게 다가와서 이딸리아말로 이렇게 말해서야 알았어. '어이, 기독교 친구, 자네는 내 거야. 금화 2천 에스꾸도에 자네는 내게 배당되었지. 석방되고 싶으면 4천은 주어야 해. 아니면 여기서 죽든지.' 나는 저 기독교 여자도 당신 거냐고 물었지. 그는 아니라고, 이수프가 그녀를 갖게 되었다고 했어⋯⋯ 그녀를 자기 족속으로 만들어 결혼하려고 한다고. 그리고 그건 사실이었어. 터키어를 잘하는 노 젓는 포로 한 사람이 내게 말하기를, 이수프와 페딸라가 그렇게 이야기하는 소리를 들었다고 했지. 나는 나의 주인에게 되도록이면 그 기독교도 여자를 우리 것으로 데리고 있을 방도를 찾으라고, 내가 그녀 몸값으로 금화 1만 에스꾸도를 주겠다고 했지. 그는 그건 불가능하다고, 그러나 이수프에게 내가 그 기독교도 여자 몸값으로 그런 엄청난 금액을 제시했다는 말은 전해주겠다고 대답했어. 어쩌면 이득을 생각해서, 뜻을 바꾸어 그녀를 내줄 수도 있으리라는 거였지. 그렇게 하고 그는 자기 함선의 모든 사람들은 즉시 배에 오르라고 했지. 그는 자기 고향 베르베리아의 트리폴리 항구로 가고 싶어했지. 동시에 이수프는 비제르타로 갈 결심을 했어. 그리하여 모두들 아주 서둘러 배에 탔지. 마치 추격해오는 무서운 함선을 발견했을 때나 도적질할 배들이 나타났을 때처럼 바삐 서두르라고, 날씨가 폭풍이 올 것같이 변한다고 설쳐댔어. 레오니사는 육지에 있었지만 내가 볼 수 있는 곳은 아니었지. 그러나 우리는 배에 타러 갈 때 마주쳤어. 그녀의 새로운 주인이자 가장 새로운 애인이 그녀의 손을 잡고 데리고 갔지. 육지에서 함선으로 놓인 사다리를 올라가다가, 그녀가 눈을 돌려 나를 바라보았어. 내 눈도 그녀에게서 떨어지지 않았어. 그녀를 얼마나 사랑스럽고 고통스럽게 바라보았는지 어느새 내 두 눈에 구름과 안개가 끼어 시선이 흐려져 볼 수가 없었어. 나는 제대로 보지도 못하고 아무 감각도 없이 땅에 쓰러졌어. 나중에 들으니 레오니사도 나와 같이 충격을 받아 쓰러졌던 모양이야. 사다리에서 바다로 떨어진 그녀를 이수프가 바다로 뛰어들어 품에 안고 끌어냈다는 거지. 이런 이야기를 우리 주인이 함선 안에서 감각도 없는 상태로 거기 끌려온 내게 해주었어. 하지만 정신이 돌아왔을 때 나는 홀로 거기 남았고, 다른 함선은 다른 방향을 향해 우리로부터 멀어지고 있었지. 내 영혼의 절반을 싣고, 그러니까 말하자면 내 영혼을 온통 다 싣고 가버린 거지. 내 심장은 다시 안개로 덮였고, 나는 다시 나의 운명을 저주하며 차라리 나를 죽여달라고 소리쳤어. 내가 그렇게 감정을 못 이겨 몸부림치니까 주인이 내 소리를 듣다못해 화가 나서 커다란 몽둥이로 입을 다물지 않으면 치겠다고 나를 위협했어. 나는 눈물을 참고 한숨을 삼켰고, 그것들을 억누른 힘으로 내 영혼의 길을 파열시켜 이 비참한 육신을 끝장내기를 갈망했어. 그러나 운명이라는 것은 나를 그토록 막다른 골목으로 몰아넣는 것도 모자라서 나의 모든 대책과 처방의 희망을 다 앗아 모든 걸 끝내려고 작정한 듯했어. 순식간에 그토록 두려워하던 폭풍이 왔다고 외치는 소리가 들리더니, 남쪽에서 몰아치던 바람이 뱃머리 쪽으로 우리를 향해 달려들었어. 바람이 얼마나 맹렬하게 몰아치는지 바람이 배꼬리를 들어 원하는 대로 끌고 가도록 내버려둘 수밖에 없었어.

　함선 두목은 섬을 돌아 북쪽 해안 근방에 피난처를 만들 계획을 세웠어. 하지만 그의 생각과 정반대로 일이 벌어졌지. 바람이 하도 강력하게 덮쳐와서 열네시간 조금 더 지난 사이에 이틀 밤낮으로 우리가 항해해온 거리에서 우리가 떠난 섬으로부터 6, 7마장 떨어진 곳까지 밀려오고 말았던 거야. 그리고 아무 방책 없이 그 섬에 다시 휩쓸려 올라갈 수밖에 없었어. 얕은 해변도 아니고 죽을 지경으로 우리의 목숨을 위협하는 우뚝 솟은 바위들에 올라선 거야. 우리 옆에는 다른 함선이 보였는데, 거기에는 레오니사와 터키인들, 노 젓는 포로들, 바위에 부딪치지 않으려고 있는 힘을 다해 노를 저어대는 포로들이 보였어. 우리 배에 있는 사람들도 똑같이 애쓰고 있었는데, 다른 배의 사람들보다 더 성공적인 것 같았어. 다른 뱃사람들은 끈질기게 불어닥치는 바람과 폭풍에 지치고 마침내 힘에 겨워 노를 놓고 자포자기 상태였어. 그 배는 우리 눈앞에서 되는대로 떠밀려가다 어느 바위에 부딪쳤고 엄청난 충격을 받아 산산이 부서져버렸어. 날이 새기 시작했어. 빠져 죽는 사람들의 아우성이 엄청났고 우리 함선에서도 빠져 죽을까 공포에 떠는 사람들의 놀라움이 엄청났어. 우리 함선 두목이 하는 소리는 한마디도 알아들을 수가 없고 그 말에 따라 행동하는 사람도 없었지. 모든 뱃사람들이 유일하게 신경 쓰는 것은 손에서 노를 놓지 않으려는 안간힘뿐, 뱃머리를 바람 쪽으로 돌리고 두개의 닻을 바다에 던져 틀림없이 죽게 생긴 이 시간을 조금이라도 늦추려 애썼어. 그런데 모든 사람이 죽는다는 공포로 떨고 있었지만 나만은 반대였어. 나는 바로 얼마 전 이 함선으로부터 떠내려가버린 그 여인을 다른 세상에서 보리라는 헛된 희망으로 전함이 물밑으로 가라앉으려 하거나 바위에 부딪는 순간마다, 침몰의 늦어짐이 가장 고통스러운 죽음으로 수천년을 지나는 것 같았어. 우뚝 치솟은 파도가 함선 위 내 머리 위로 지나갈 때 나는 혹시 거기 불행한 레오니사의 육신이 떠오르는가 열심히 보았지.

오, 마하무드! 나는 지금 그 경악과 공포와 초조, 그 기나긴 고통의 밤에 겪은 모든 일을 하나하나 샅샅이 이야기해서 그대를 붙들고 싶지는 않아. 처음에 말했듯이 간단하게 내 불행을 이야기하려한 의도를 빗나가서는 안 되니까. 다만 자네에게 하고 싶은 이야기는, 하도 무서운 일들이 많이 일어나서 그때 죽음이 왔다면 내 목숨 하나 끝내는 것은 별문제도 아니었을 거라는 거야.

날이 밝자 전보다 더욱 무서운 기세로 폭풍이 닥쳐왔어. 배가 암초로부터 엄청 멀리 떨어져나와 크게 방향을 바꾼 것을 발견했어. 섬의 한끝에 와 있었지. 배가 섬을 우회하기 직전에 있는 것을 보고 기독교인들과 터키인들은 새로운 희망과 새로운 힘으로 일했고 여섯시간 뒤에 섬 끝을 돌자 바다는 좀더 부드럽고 조용해졌어. 우리는 더욱 쉽게 노를 이용할 수가 있었지. 섬을 방패로 해서 터키인들은 육지에 뛰어내렸어. 지난밤에 바위에 부딪혀 부서진 함선의 유물이라도 남았는가 보러 가기로 했지. 하지만 하늘은 나의 품에 레오니사의 몸을 안아볼 희망과 위안을 내려주지 않으셨어. 나의 운명의 별이 점지한 이 몸의 선량한 소원으로 그녀와 하나가 되고픈 그 불가능한 꿈을 깨기 위해서 비록 죽은 몸이라도, 산산이 부서졌어도 나는 그것을 보고 싶었는데 말이야. 그래서 나는 한 개 종자에게 내가 배에서 내려 그 몸을 찾게 해달라고, 혹시 파도에 쓸려 물가로 밀려왔는지 살펴봐야겠다고 간절히 부탁했지. 그러나 이미 말했듯이 하늘은 이 모든 것을 받아들이지 않았어. 바로 그 순간 다시 바람이 맹렬하게 불어젖히면서 그 섬의 보호도 아무 소용이 없게 되었으니까. 이걸 보더니 페딸라도 더이상 그렇게 자신을 뒤쫓고 몰아붙이는 운명의 신에 대항하려고 하지 않았어. 그는 앞돛대를 올려 돛을 펼치도록 명하고 뱃머리를 바다로 돌리고 배꼬리에 바람을 받게 했지. 두목 자신이 키를 잡고 넓은 바다로, 가는 길을 막을 아무런 장애도 없는 안전한 곳으로 달려나가게 했지. 노꾼들도 모두 제자리를 잡았고 모든 승무원들이 벤치에 앉거나 석궁 쏘는 구멍에 정렬해 앉아 있었어. 서 있는 사람이라곤 갑판장 하나였는데 그는 안전을 위해 배꼬리와 복도 사이 큰 기둥에 꼭 붙어 있었지. 함선은 날듯이 달려서 사흘 밤 사흘 낮이 지나자 뜨라빠나와 멜라소, 빨레르모의 정경을 지나서 메시나 등대 쪽으로 들어갔어. 배에 탄 사람들과 땅에서 바라보던 사람들이 경탄의 함성을 올렸지.

너무 장황하게 폭풍 이야기나 그 바람이 몹시도 끈덕졌다는 사설을 늘어놓고 싶지는 않고, 결국 내 말은, 우리는 그 길고 긴 방랑에 지치고 허기지고 녹초가 되었다는 거야. 우리는 시칠리아섬을 거의 다 내려가 베르베리아의 트리폴리에 도착했어. 거기에서 우리 주인은 동료 해적들과 노획물 계산을 해서 그들 몫을 나눠주기 전에 관례에 따라 5분의 1을 왕에게 바쳤지. 그러고는 늑막염에 걸렸는데 옆구리 통증이 얼마나 심했는지, 한 사흘 앓다가 지옥에 떨어지고 말았어. 그래서 트리폴리의 부왕이 그의 모든 재산을 관리하게 되었지. 자네도 알다시피 황제는 상속인 없이 사망한 사람의 모든 재산에 대해 상속자가 되니까. 이 두 사람이 우리 주인 페딸라의 모든 재산을 차지했고 나는 당시 트리폴리의 부왕이었던 사람의 차지가 되었지. 그는 그로부터 보름도 안 되어 키프로스의 부왕으로 임명한다는 특허장을 받았고, 그래서 그와 함께 나는 스스로를 구할 생각도 못 하고 여기까지 온 거야. 그는 페딸라의 군인들이 그에게 알려줬듯이 나는 귀족이니까 몸값을 주도록 구조 요청을 하라고 내게 여러번 말했어. 나는 한번도 그런 제의에 응하지 않았고, 그보다 내가 돈이 많으니 몸값을 낼 가능성이 높다는 얘기는 순 헛소리라고 그에게 말했지. 자네가 원하면, 마하무드, 자네에게 내 모든 생각을 말하겠네. 자네가 알아야 할 것은, 나는 어떤 형태건 나를 위로하려는 것이 있는 쪽으로는 마음이 향하지 않는다는 거야. 이 포로 생활과 함께 내 마음을 떠나지 않는 레오니사의 죽음에 대한 기억이 더해져서 나는 지금 어떤 것에도 즐거움을 느낄 수 없는 심정이네. 이것이 내가 바라는 것이야. 끊임없는 고통이 고통을 겪는 자를 끝내 죽음으로 모는 것이라면, 나의 고통은 어쩔 수 없이 그 길을 가겠구면. 정말 나의 뜻과는 상관없이 유지되고 있는 이 비참한 삶을 짧은 시일 안에 끝낼 수 있도록 나는 고통을 늦추지 않을 테니까.

오, 마하무드! 이것이 바로 슬픈 나의 사건이라네. 이것이 나의 한숨과 눈물의 이유라네. 이제 자네도 생각해보게. 내 오장육부 깊은 곳에서 한숨이 나올 만하지 않은가? 상처나고 목마른 내 가슴에 늘 탄식이 생겨날 만하지 않은가? 레오니사는 죽었고, 그녀와 함께 내 모든 희망도 죽었어. 비록 그녀가 살아 있는 동안에도 내가 가졌던 희망은 아주 가늘디가는 머리칼 하나로 겨우, 겨우 버티고 있었지만……"

리까르도는 이 '겨우'라는 말과 함께 혀가 헛바닥에 붙어 더이상 말을 할 수가 없었고 더이상 눈물을 멈출 수가 없었다. 눈물이, 흔히 하는 말로 홍수처럼 온 얼굴로 줄줄 흘러내려 땅이 홍건하게 젖어들 정도였다. 마하무드도 함께 눈물을 흘렸다. 그러다 그 슬픈 이야기의 쓰라린 기억 때문에 일어난 동요가 지나가자, 마하무드는 리까르도를 자기가 아는 가장 좋은 말로 위로하려고 했다. 그러나 리까르도가 먼저 말을 가로막으며 입을 열었다.

"자네가 해야 할 일은, 친구, 내가 어찌해야 할지 조언해주는 거야. 내가 불행하게도 우리 주인과 나와 이야기할 모든 사람들의 눈 밖에 났으니 어찌해야 하겠는가? 주인도 그 사람들도 나를 싫어하고 이 사람 저 사람 나를 따라다니며 죽이려 한다네. 그러니 이 고통 저 고통, 이 아픔 저 아픔이 합쳐져 얼마 안 가서 그토록 바라던 내 소원을 이룰지도 몰라. 죽음 말이야."

"이제야 자네가 솔직해지는구면." 마하무드가 말했다. "흔히 하는 이야기로 느낄 줄 알아야 말할 줄도 안다고, 비록 때때로 지나치게 느낌이 많으면 혀가 굳기도 하지만 말이야. 그러나 리까르도, 자네의 고통이 말이 되었건 말이 자네의 고통을 넘어서건 간에, 도움이 필요하거나 충고가 필요하면 언제든 나를 진짜 친구로 믿어주게나. 내가 아직 나이 어리고 철없이 이런 옷을 입고 있어서 내가 자네에게 제시하는 이 두가지 일이 의심스러운 소리로 들리겠지만, 자네가 걱정하는 대로 의심이 사실이 되는 일이 없도록, 그런 생각이 확실한 것으로 밝혀지는 일이 없도록 노력할게. 비록 자네는 조언이나 도움 받는 것을 싫어하지만, 그렇다고 자네에게 좋은 일을 조언하지 않을 수는 없지. 사람들은 환자에게 환자가 청하는 것이 아니라 몸에 좋은 것을 주지 않나? 이 온 도시에 민사 법관인 우리 주인보다 더 훌륭하고 능력 있는 분은 없고, 이 도시의 부왕으로 오시는 자네 주인보다 권력 많고 좋은 분도 없어. 사실이 이러하니, 나도 이 도시에서 가장 능력이 많은 사람이라고 할 수 있지. 우리 주인하고 무어든지 할 수 있으니까 말이야. 내가 하는 얘기는, 어쩌면 우리 주인에게 수작을 부려 그가 자네 주인이 되게 할 수 있다는 거야. 그래서 자네가 우리 부대에 있게 되면, 시간이 가는 대로 자네에게 무엇을 해줄 수 있을지, 위안을 찾고 싶거나 원하면 어떻게 도와줄지 해결 방법이 있을 거야. 그렇게 하는 것이 나에게는 이보다 더욱 좋은 삶을 찾는 길이 되겠지. 아니면 적어도 여길 떠날 때 더 안전한 삶을 찾는 길이거나 말이야."

"친구, 고마워." 리까르도가 대답했다. "마하무드, 나에게 이렇게 따뜻한 우정을 베풀어주다니. 비록 자네가 아무리 노력해도 결과적으로 나에게 이득이 될 중요한 일은 해줄 수 없으리라는 것도 분명히 알지만 말이야. 하지만 그런 문제는 제쳐두자구. 그리고 천막으로 가지. 보아하니 도시에 많은 사람들이 오는 것 같은데, 틀림없이 전임 부왕이 야영지에서 머물려고 나오는 모양이야. 우리 신임 주인에게 시내에 들어가 점검할 시간을 주려고 말이지."

"그렇군." 마하무드가 말했다. "그럼 이리 와, 리까르도. 환영 의례를 보자구. 자네도 보면 재미있을 거야."

"그거 잘됐군. 가세." 리까르도가 말했다. "어쩌면 자네가 필요할지도 몰라. 우리 주인의 포로들을 지키는 경비가 내가 없어진 것을 알아차렸을지 모르거든. 그 사람은 개종자인데, 꼬르시까 사람으로 마음씨가 그렇게 자비로운 사람은 아니야."

이 말과 함께 대화가 끝났다. 전임 고관이 도착함과 동시에 그들은 천막에 다다랐다. 신임 장관이 천막 입구로 그를 맞으러 나왔다.

통치를 마치고 떠나는 사람은 알리 바하였는데, 터키인들이 니꼬시아를 점령한 이래 수비군으로 있던 근위병들을 전부 대동하고 왔다. 한 500명 정도 되었는데, 두 날개 모양으로, 즉 두줄로 정렬하여 한쪽은 총을 들고 다른 한쪽은 반달 모양의 신월도를 빼들고 행진해왔다. 일행은 신임 고관 하산의 문에 다다르자 문을 에워쌌다. 알리 바하가 몸을 숙여 하산에게 절을 했고 하산은 고개를 약간 숙여 답례했다. 알리가 즉시 하산의 막사에 들어왔다. 터키인들은 하산을 아름답게 치장한 힘센 말 위에 올려 태웠다. 그리고 천막 주위로, 야영지의 넓은 공간으로 끌고 와서 자기 나라 말로 큰 소리로 외쳤다. "만세, 만세, 솔리만 황제 만세! 그의 명을 받은 하산 바하 만세!" 목소리를 가다듬어 이 말을 여러번 반복해서 외친 뒤 그를 알리 바하가 머물렀던 천막으로 모셔왔다. 알리 바하는 고관 하산과 함께 한시간 동안 단둘이서 천막 안에 머물렀다.

리까르도와 마하무드는 방에 틀어박혀 밀담을 나누면서 전임관 알리가 이미 시작한 도시의 공사들을 어떻게 하는 게 좋을 것인가 상의했다. 그로부터 얼마 뒤에 판관이 문 앞에 나와 차례로 아랍어, 그리스어, 터키어로 큰 소리로 외쳤다. 즉, 황제가 모든 청원과 정의를 지켜줄 키프로스의 부왕으로 보낸 하산 바하가 거기 있으니 전임관 알리 바하에게 항의할 일이 있거나 재판을 청하고 싶은 사람은 자유롭게 들어와 말하라고 했다. 근위병들이 정식 허가를 받아 천막 입구를 비워주었고 원하는 사람은 들어오도록 했다. 마하무드는 자기와 함께 리까르도를 들어오게 했다. 그는 하산의 하인이기 때문에 아무도 그가 들어가는 것을 막지 않았다.

기독교도인 그리스 사람들과 몇몇 터키인들이 재판을 청하러 들어왔다. 모든 청원이 별로 중요하지 않은 것들이라 판관은 대부분 서면 판결이나 회답, 재항변서 없이 처리해주었다. 모든 소송은 결혼 관련이 아니면 법을 따른다기보다는 상식적 판단을 따라 즉시 그 자리에서 해결해주는 것이 터키의 관습이기도 했다. 그리고 실제로 그렇듯이, 이런 야만인들 사이에서는 고관대작 한 사람이면 어떤 소송이건 판결할 능력이 있었다. 그는 손톱 하나 만지듯 간단히 살펴보고 입김 한번으로 선고를 내렸으며 선고를 받은 사람이 다른 법원에 상고를 한다거나 하는 일은 없었다.

이때 수위 한 사람이 들어왔다, 이 사람은 말하자면 터키식 경관으로, 그가 말하기를, 천막 앞에 유대인이 한 사람 있는데 아주 아름다운 기독교도 여자 하나를 팔러 왔다고 했다. 고관이 들여보내라고 명했다. 수위가 나갔다가 즉시 다시 들어왔는데, 그와 함께 한 점잖은 유대인이 베르베르 사람 옷을 입은 여인 하나의 손을 잡고 들어왔다. 아주 공들여 치장한데다 잘 어울리는 복장으로, 모로코나 페스의 제일 예쁜 무어족 여자들보다 더욱 예뻐 보였다. 아르헬의 여자들이 아무리 진주를 많이 달고 들어온다 해도 모든 아프리카 여자들보다도 그녀가 훨씬 더 예뻤다. 그녀는 호박으로 장식한 연지 빛깔 천으로 얼굴을 가리고 있었다. 드러난 발목 위로 두개의 고리가 보였는데 아랍어로 '마닐라스'라고 부르는 순금 발찌였다. 또한 아주 섬세한 비단 윗옷 사이로 언뜻언뜻 비치는 두 팔에는 진주가 많이 박힌 황금 팔찌를 차고 있었다. 전체적으로 그녀는 아주 부유해 보이고 화사하고 아름답게 치장하고 왔던 것이다.

그녀를 보고 첫눈에 감탄한 고관과 다른 관리들은 여러 질문을 하기 전에 유대인더러 그 기독교도 여인의 얼굴 가리개를 벗도록 하라고 했다. 그녀가 가리개를 벗자 주위 사람들을 눈부시게 하고 가슴 뛰게 하는 얼굴이 나타났다. 깜깜한 어둠 뒤에서, 꽉 막힌 구름 사이로 나타난 해처럼 열망하는 눈길들 위로 빛을 발했다. 그 기독교 포로 여인의 아름다움과 생기, 우아함이 그토록 찬연했던 것이다. 그러나 이 황홀한 빛을 보고 가장 큰 인상을 받은 것은 상처받은 리까르도였다. 누구보다 그 얼굴을 잘 아는 사람이 그였기 때문이다. 그녀는 바로 그토록 잔인한 그의 사랑의 여신 레오니사, 죽은 줄 알고 그렇게 쓰라린 눈물을 흘렸던 그 여자였다. 이 기독교도 여인의 놀라운 미모를 보고 전관 알리는 금세 완전히 빠져들었다. 동시에 그와 똑같은 사랑의 화살에 상처를 입은 것은 오늘 부임하는 하산이었다. 그리고 판관의 사랑의 상처도 예외일 수가 없었다. 판관은 누구보다 매혹되어 레오니사의 아름다운 눈으로부터 눈을 뗄 줄 몰랐다. 강력한 사랑의 힘을 불러일으키는 이 사건에서 알아야 할 것은 똑같은 순간에 이 세 사람의 가슴에서 단 한 가지 소망이 생겨났다는 것, 그 소망은 모두가 한결같이 그녀를 자기 것으로 만들어 행복을 맛보겠다고 굳게 다짐했다는 것이다. 그리하여 언제 어디서 어떻게 그 미녀가 유대인의 수중에 들어오게 되었는지 알아볼 생각도 않고 세 사람은 그 미녀의 값으로 얼마를 받으면 되겠느냐고 물었다.

욕심 많은 유대인은 금화 4천 도블라, 그러니까 총 2천 에스꾸도에 상당하는 금화를[3] 요구한다고 답했다. 그런데 그가 이 금액을 제시하자마자 알리 바하가 그 돈을 주겠다고 나섰고 지금 즉시 자기 천막으로 가서 계산을 하자고 했다. 그러나 하산 바하 또한 목숨을 거는 한이 있어도 그 미녀를 놓치지 않으려는 생각인지라 이렇게 말했다.

"나도 유대인이 요구하는 4천 도블라를 내겠소. 알리 자신도 내가 막강한 힘과 의무 때문이 아니라면 그의 흥정에 끼어들거나 그의 소망에 반할 뜻이 없음을 알겠지만, 내가 그 돈을 내는 데는 이

<hr>

3 도블라(dobla)는 당시 10뻬세따스(pesetas)에 상당하는 금화로, 이 대목에서 에스꾸도의 절반가량의 가치임을 짐작할 수 있다.

유가 있소. 즉, 우리 중 누구도 이 여자를 소유해서는 안 되고, 나는 오직 우리 황제 폐하께 바치기 위해 이 여종을 사려는 것이오. 황제 폐하의 이름으로 이 미녀를 사니, 감히 누가 내게서 이 여자를 빼앗는가 어디 한번 봅시다."

"내가 빼앗는 사람이 되지요." 알리가 말을 받았다. "나도 똑같은 목적으로 황제 폐하를 위해 사려 하니 말이오. 황제 폐하께 이 선물을 드릴 목적이라면 나한테 주시는 게 맞지요. 내가 그녀를 즉시 콘스탄티노플로 데리고 가는 게 더 편하고 또 폐하께서 그녀를 좋아하실지 의중을 알아보기에도 좋소. 하산, 당신도 알다시피 나는 이제 보직이 없는 몸으로 폐하를 모실 방법을 강구해야 할 처지요. 이 문제에 있어 당신은 적어도 3년 동안은 안전하지 않소? 오늘 이 부자 왕국 키프로스의 통치를 시작하니 말이오. 이런 이유로, 또한 제일 먼저 저 포로 여인의 몸값을 제시한 까닭으로 이제 정당한 것은, 오, 하산, 나에게 저 여자를 넘기는 거요!"

"나한테 더욱 감사해야 할 것은," 하산이 말했다. "나 자신 아무 이득을 생각하지 않고 그녀를 사서 황제 폐하께 보낸다는 점이오. 당신은 그녀를 편하게 데려가겠다고 했는데, 내가 전함 한척을 전부 나의 하인들과 나의 노꾼들로 무장시켜 모셔가도록 하지."

이 말에 알리는 당황하여 벌떡 일어서서 반달칼을 잡고 말했다.

"오, 하산, 나의 의도가 이 기독교도 여인을 황제 폐하께 데려가 소개하려는 것이거늘, 내가 먼저 말했으니 이 여자는 나에게 맡기는 게 옳고도 당연한 일이야. 당신이 딴생각을 한다면 내가 쥐고 있는 이 반월도로 나의 권리를 방어하고 당신의 만용을 벌하겠네."

이 다툼을 주의 깊게 보고 있던 판관은 두 사람 이상으로 흥분했고 그 기독교도 여자를 잃을까봐 두려웠다. 그는 이제 불붙은 저

거래의 큰불을 어떻게 빨리 진화하여 저 포로 여자를 차지할 것인가 궁리했다. 물론 자기의 음흉한 의도를 의심받아서는 안 되었다. 그리하여 판관은 벌떡 일어서 두 사람 사이를 가로막고 섰다. 그가 말했다.

"진정하세요, 하산. 그리고 당신, 알리도 조용히 좀 계세요. 능력껏 당신들의 의견 차이를 조정할 줄 아는 내가 여기 있습니다. 당신들 둘 다 의도한 바를 성취하도록 하고 폐하도 당신들 소원대로 잘 모시도록 하지요."

그들은 즉시 판관의 말을 따랐다. 고령인 그의 백발에 대한 존중이 그 못된 족속에게도 상당히 컸기에 더 어려운 일을 시켜도 따를 생각이었다. 판관은 말을 계속했다.

"알리, 당신은 황제 폐하를 위해 이 기독교도 여인을 원하고, 하산도 마찬가지요. 당신은 당신이 먼저 몸값을 주겠다고 손을 내밀었으니 그녀가 당신 거라고 하고, 하산은 반대 의견이구먼. 비록 그가 옳다고 근거를 댈 수는 없지만, 그러나 내 생각에는 그의 말도 당신과 똑같이 맞는 말인 것 같소. 똑같은 목적으로 기독교도 여인을 사겠다는 그의 뜻도 당신과 동시에 생겨났으니 말이오. 다만 당신이 유리한 것은 한발 앞서 사겠다고 제안한 것이지. 그런데 그것이 그를 배제하는 중요한 이유가 되어서는 안 되네. 그의 원래의 좋은 뜻을 함부로 저버릴 수는 없으니까. 그래서 내 생각에는 당신들이 이렇게 합의하는 게 좋을 것 같네. 그 미녀 종은 두 사람이 사도록 하게. 그리고 그 미녀는 황제 폐하를 위해 샀으니 그녀의 처분은 폐하께서 마음대로 하실 일이야. 하산, 당신이 2천 도블라를 내고 또한 알리도 2천 도블라를 내고, 미녀 포로는 내가 보호하도록 하지. 두 사람 이름으로 내가 콘스탄티노플로 그녀를 이송하겠네. 내가 이 일에 함께한다는 자체만으로도 무언가 보상이 있어야 하지 않겠나. 그래서, 나는 내 돈으로 그녀를 이송할 것을 제의하네. 폐하께 보내는 사람인 만큼 그에 걸맞은 의전과 권위를 갖추어야지. 여기서 일어난 모든 일과 두 사람이 폐하를 위해 봉사하는 마음으로 그녀를 보낸다는 뜻도 폐하께 편지를 써서 전하도록 하겠네."

사랑에 빠진 두 터키 관료는 뭐라고 반박할 구실도 힘도 뜻도 없었다. 비록 그길로 그녀를 보내는 것이 자기들의 뜻을 이루는 것이 아니라는 것을 알았지만 연장자인 고령 판관의 의견대로 일을 처리할 수밖에 없었다. 둘은 의심스러운 가운데서도 각자 마음속에 하나의 희망을 품었다. 그것은 자기들의 불타는 욕망의 목표에 어떻게든 가까이 갈 수 있으리라는 약속 같은 것이었다. 하산은 키프로스의 부왕으로 남아 있으니, 판관이 마침내 손을 들고 미녀 포로를 내줄 마음이 생기도록 그에게 많은 선물을 안길 참이었다. 알리는 자기를 돋보이게 하여 원하는 것을 반드시 얻고야 말리라는 계획을 세웠다. 두 사람은 각자 자기 계획이 확실하다는 생각에서 선선히 판관이 원하는 대로 따르기로 했다. 두 사람의 뜻과 동의를 얻어 즉시 미녀는 판관에게 넘겨졌다. 유대인에게는 두 사람이 각각 2천 도블라씩 지불했다. 유대인은 그녀가 입은 옷들은 주지 않겠다고 했는데 옷값이 또 2천 도블라는 더 나가기 때문이었다. 그리고 이는 사실이었다. 일부는 등허리에서 찰랑거리고 일부는 따아서 이마에 늘어뜨린 머리칼은 지극히 아름답게 엮은 진주 끈들로 장식한 것이었다. 발목과 손의 발찌, 팔찌에도 커다란 진주들이 가득 박혀 있었고 옷은 알말라파라고 하는 밝은 초록색 비단 두루마기로 금실로 수놓은 것이었다. 결과적으로 모든 사람들에게 유대인이 옷값으로 청한 금액은 예상보다 적었고, 판관은 두 고관보다 너그럽지 못한 것처럼 보일까봐 유대인에게 자기가 그 값을 지불하겠다고 나섰다. 현재의 모습 그대로 황제 폐하께 기독교도 미녀를 소개해드리고 싶다고 했다. 두 경쟁자들도 이에 찬성했는데, 각자는 그 포로와 옷, 그리고 모든 것이 곧 자기 것이 되리라고 믿었기 때문이었다.

이제 리까르도가 느낀 점을 이야기해야겠다. 자신의 영혼인 그녀가 경매에 부쳐져 이리저리 떠도는 것을 보고 그 순간에 그에게 떠오른 생각들, 그리고 사랑하는 보물을 찾았음에도 그녀를 잃게 된 역설적 상황 앞에서 그에게 밀어닥친 공포…… 리까르도는 자신이 자고 있는 것인지 깨어 있는 것인지 분간을 하기가 힘들었다. 그 장면을 보고 있는 자신의 두 눈을 믿을 수가 없었다. 영원히 못 볼 줄 알았던 그녀를 뜻밖에도 두 눈 앞에서 본다는 것, 그것은 그에게 불가능한 일로 보였기 때문이었다. 본다는 것! 이때 그의 친구 마하무드가 다가왔다. 리까르도는 그에게 물었다.

"저 여자 모르나, 친구?"

"모르는 여자야." 마하무드가 답했다.

"알아야지, 이 사람아." 리까르도가 다그쳤다. "그녀가 바로 레오니사야."

"그게 무슨 소리야, 리까르도?" 마하무드가 물었다.

"방금 들은 대로야." 리까르도가 말했다.

"그러면 자네는 입 다물어. 그 사실을 밝히지 마." 마하무드가 말했다. "운수 대통, 만사가 잘되어갈 것 같은 기미가 보인다, 이거야. 왜냐하면 그녀가 우리 주인의 수중에 들어왔거든."

"내가 그녀가 나를 볼 수 있는 쪽에 서 있는 것이 좋지 않을까?"

리까르도가 말했다.

"안 돼." 마하무드가 말했다. "그러면 그녀가 깜짝 놀랄 거야. 자네가 그녀를 안다거나 그녀가 자네를 아는 기미를 눈치채여서는 안 돼. 그렇게 되면 내 작전과 계획이 파투가 날 수 있다구."

"자네 의견을 따를게." 리까르도가 대답했다.

그리하여 그는 레오니사와 눈이 마주치는 것을 피해 다녔다. 이런 일이 벌어지는 동안 그녀는 줄곧 눈을 땅으로 떨어뜨리고 눈물을 흘렸다. 판관이 그녀 곁에 다가가 손을 잡고 마하무드에게 넘겼다. 그에게 명하기를, 그녀를 시내로 데려가 자기 아내 할리마에게 전하고 황제 폐하의 여종처럼 대하도록 하라고 말했다. 마하무드가 명령에 따라 리까르도를 혼자 두고 떠났다. 리까르도는 니꼬시아의 성벽이 시선을 가릴 때까지 자기 영혼의 별이 가는 길을 눈으로 좇고 있었다. 그런 뒤 그는 유대인에게 다가가서 어디서 그 기독교도 여인을 사게 되었으며, 어떻게 해서 그녀가 그의 수중에 들어오게 되었는지 물었다. 유대인은 빤따날레아섬에서 옆구리를 들이받혀 난파한 배를 타고 온 몇몇 터키인들에게서 그녀를 샀다고 대답했다. 리까르도는 더 물어보려고 했으나 고관들이 유대인을 부르러 사람을 보냈기 때문에 그만두었다. 고관들은 리까르도가 알고 싶어한 것과 같은 것을 듣고 싶어했다. 이렇게 해서 그는 유대인 친구와 작별했다.

천막촌에서 시내까지 가는 길에 마하무드는 이딸리아말로 레오니사에게 어디서 왔느냐고 물을 기회가 생겼다. 그녀는 유명한 도시 뜨라빠나에서 왔으며, 자신은 불운하기 짝이 없지만 부유한 귀족이라고 했다. 마하무드는 그녀에게 그 도시의 리까르도라는 이름의 부자이자 귀족인 신사를 아느냐고 물었다. 레오니사는 그 이름을 듣자 크게 한숨을 내쉬며 대답했다.

"예, 불행하게도 그분을 압니다."

"불행하게도라니, 무슨 뜻이에요?" 마하무드가 물었다.

"왜냐하면 그분이 나를 안 것이 그분의 불행이요 나의 불행이었기 때문이지요." 레오니사가 대답했다.

"그러면 혹시 같은 도시의 꼬르넬리오라는 이름을 가진 우아하게 생긴 신사, 대단히 용감하고 너그럽고 점잖으며 그 부모 또한 대단히 부자인 신사 한분도 아시나요?" 마하무드가 물었다.

"그분도 역시 압니다." 레오니사가 대답했다. "리까르도보다 그 이를 훨씬 더 잘 아는데, 제가 불행해지려고 그분을 안 거지요. 그런데 당신은 누구세요, 나리? 그분들을 다 알고 그분들의 안부를 내게 물으시니."

"저로 말하면," 마하무드가 말했다. "빨레르모 출신입니다. 여러 가지 사건과 사정이 있어서 제가 보통 입고 다니는 옷과는 다른 이런 차림을 했습니다만, 그 사람들을 알지요. 얼마 전까지 그 두 사람이 제 휘하에 있었거든요. 꼬르넬리오는 베르베리아의 트리폴리 무어족들에게 포로가 되어 한 터키인에게 팔렸는데, 그 터키인이 이 섬에 상품을 싣고 오면서 그를 데리고 왔지요. 그 터키인은 로도스의 장사꾼인데 꼬르넬리오에게 매우 만족하고 그를 신뢰해서 자기 전재산을 맡겼어요."

"그분은 그런 걸 잘 관리할 줄 아는 분이지요." 레오니사가 말했다. "자기 거라면 아주 잘 지킬 줄 아니까요. 그런데 나리, 리까르도는 어떻게, 누구와 이 섬에 온 거지요?"

"그는," 마하무드가 대답했다. "뜨라빠나의 해안가 정원에 있다가 한 해적에게 납치되어 그 해적과 함께 왔지요. 또한 그의 말이,

절대 나에게 그 이름을 밝히지 않았지만 한 귀한 아씨까지 그들이 납치했던데요. 리까르도는 여기 며칠간 자기 주인과 함께 있었어요. 그 주인이 알메디나 시에 있는 마호메트의 무덤을 방문하러 출발하려는 참에 리까르도가 너무 아프고 몸이 좋지 않아서, 그 주인이 나와 고향이 같다고 그 친구를 나에게 맡겼지요. 자기가 돌아올 때까지 그를 책임지고 치료하라고요. 혹시 자기가 못 돌아오면 콘스탄티노플로 그를 보내라더군요. 자기가 거기 있으면서 나에게 소식을 전하겠다고요. 하지만 하늘이 점지한 것은 다른 운명이었습니다. 운 나쁘게도 리까르도는 아무 사고도 없었는데 그후 며칠도 안 되어서 생을 마감하고 말았습니다. 항상 자기 목숨과 영혼보다 더 사랑한다던 레오니사를 부르면서 말이지요. 그의 말을 들으면, 레오니사라는 처녀는 옆구리를 들이받혀 섬에 난파한 배에 탔다가 물에 빠져 죽었다더군요. 리까르도는 항상 죽은 그녀를 생각하고 울며 애통해했어요. 그러다 마침내 죽을 지경이 되었던 거죠. 나는 그의 몸에 병이 있다는 걸 눈치채지 못했어요. 영혼이 아픈 표시도 없었고요."

"그러니 말해보세요." 레오니사가 말을 받았다. "나리가 말한 그 청년이 나리와 말을 나눌 때, 고향은 많으니 내 고향 출신이라고 하고 레오니사라는 이름을 들먹였나요? 그녀가 리까르도와 함께 납치당한 사건까지 전부?"

"그럼요, 그 이름을 불렀지요." 마하무드가 말했다. "그리고 나에게 이런저런 특징에 그런 이름을 가진 기독교도 여인 한 사람을 이 섬으로 이송한 일이 있느냐고 물었지요. 그 여인을 꼭 찾아 구하는 게 자기 소원이라고요. 그녀의 주인이 그녀가 자기 생각만큼 부자가 아니란 것을 깨닫거나 그녀와 한번 즐기고 나면 흥미를 잃을 테고, 그러면 그녀를 구할 수 있으니까요. 그녀의 몸값이 금화 300 내지 400에스꾸도를 넘지 않으면 그는 기꺼이 그 돈을 내겠다고 했어요. 왜냐하면 자기가 내내 그녀를 사모해왔기 때문이라고요."

"그녀는 별로 귀하지 않았나보네요." 레오니사가 말했다. "400에스꾸도도 못 나가다니요. 리까르도는 훨씬 관대하지요. 훨씬 용감하고 사려 깊어요. 그의 죽음의 원인이 된 사람으로서 용서를 빌어요. 제가 그 여자입니다. 죽은 줄 알고 리까르도가 울었던 그 불행한 여자가 저예요. 그가 살아 있다면 얼마나 좋을까요? 저의 불행을 아파하던 그가 그의 불행을 아파하는 제 마음을 보상으로 느꼈으면 얼마나 좋을까요? 그래요, 나리, 저는 꼬르넬리오에게도 별로 사랑받지 못했고 리까르도를 많이 울린 여자예요. 여러가지 이유로 이 모양 이 꼴로 처참한 몰골이 되었네요. 하지만 크나큰 위험 속에 살았어도 하늘의 은혜로 저 자신을 온전히 지켜왔고, 그래서 비참한 지경에서도 위안으로 여기고 있어요. 지금 저는 제가 어디 있는지도 몰라요. 제 주인이 누구인지도 모르고요. 제 역경과 비운이 저를 어떤 지경으로 만들지 몰라요. 그래서 나리께 간청하니, 혹시 기독교인의 피가 한방울이라도 흐르신다면 저의 이 고생길을 어찌해야 할지 조언을 좀 주세요. 하도 많은 놀라운 일들을 계속 겪다보니 저도 조금 용감해졌지만 그럼에도 이제 어떻게 대처해야 할지 모르겠어요."

그 말에 마하무드는 자기가 최선을 다해 재주와 힘이 닿는 데까지 그녀를 돕고 조언하겠다고 대답했다. 그리고 그녀를 산 두 고급 관리들이 각기 그녀 때문에 어떤 다른 생각을 가졌는지 알려주었다. 이제 그녀는 판관의 관리하에 있게 되었고 그분은 자신의 주인이기도 하다고, 주인의 명령으로 그녀를 터키 황제 셀림에게 소개

드리러 콘스탄티노플로 데려갈 거라고 했다. 그러나 그 일을 수행하기 전에, 그는 자기가 비록 나쁜 기독교인이지만 참된 하느님에게 희망을 걸고 있으며, 하느님은 그녀를 달리 되게 하실 수도 있다고 했다. 그러고서 그녀에게 조언하기를, 콘스탄티노플로 보내지기 전에 주인 판관의 부인 할리마의 수중에 있을 것이라며 그녀에게 잘하라고 했다. 마하무드는 할리마의 성격에 대해 알려주면서 이와 함께 도움이 될 만한 다른 일들도 일러주었다. 마하무드는 그녀를 판관의 집에 데려다놓고 할리마에게 남편의 전갈을 전했다.

무어족 여인 할리마는 레오니사가 아주 아름답고 잘 차려입은 것을 보고 환대해주었다. 마하무드는 리까르도에게 레오니사와 있었던 일을 이야기해줄 생각으로 천막촌으로 돌아갔다. 그를 만나서 하나하나 모든 이야기를 해주었다. 리까르도가 죽었다고 하자 레오니사가 무척 슬퍼했다는 대목에 이르렀을 때 리까르도의 눈에서는 눈물이 쏟아졌다. 마하무드는 또한 그녀가 어떤 감정을 갖고 있는지 보려고 거짓으로 꼬르넬리오의 포로 생활을 이야기하니, 그녀는 그냥 담담하게 굳은 표정으로 그의 이야기를 듣고 있었을 뿐이었다고 말했다. 모든 이야기는 아픔에 찬 리까르도의 가슴에 안정제이자 치료약처럼 느껴졌다. 그는 마하무드에게 말했다.

"마하무드, 친구, 지금 내게 기억나는 것은 내 아버지가 해주신 이야기야. 자네도 알듯이 그분은 아주 호기심이 많은 분이지. 내 아버지에게 그분이 항상 모시던 유럽 황제 까를로스 5세께서 얼마나 큰 명예를 주셨는지 들었겠지. 아버지가 이야기하시기를, 황제께서는 뒤니지에 계실 때 그곳을 서너개의 돛대를 가진 범선의 힘만으로 점령하셨다더군. 하루는 황제께서 야영지 천막 안에 계신데 사람들이 놀라우리만큼 어여쁜 무어족 여자 하나를 소개하러 데려왔어. 그녀가 천막으로 들어설 때 몇줄기 햇살이 쏟아져들어와 그녀의 머리칼에 닿았고, 그 미녀의 머리칼이 햇살과 경쟁이라도 하듯 황금빛으로 반짝였지. 무어족 여자들은 항상 까만 머리가 자랑인데 이것은 드문 경우였지. 듣자니 그때 천막 안에는 많은 사람들 사이에 에스빠냐 신사 두 사람이 있었다는군. 하나는 남쪽 안달루시아 사람이었고 다른 하나는 까딸루냐 사람이었어. 이 둘은 대단히 지체 높은 이들로 둘 다 시인이었다네. 그녀를 보자 감탄해서 안달루시아 사람은 민요조 노래 '꼬쁠라'를 읊조리기 시작했지. 어려운 화음과 각운을 맞춰가며 말이야. 그는 꼬쁠라 시구의 5행에 이르자 잠깐 멈추고 자신의 꼬쁠라에 끝맺음을 하지 않았어. 그 시를 끝맺는 데 필요한 각운이나 동음同音이 갑자기 떠오르지 않았던 거야. 그 옆에 있던 다른 신사가 시구를 듣고 있다가 그가 갑자기 멈추는 것을 보고는 마치 그 입에서 반쪽짜리 꼬쁠라를 훔쳐가듯 그 시를 이어갔지. 똑같이 동음으로 운을 맞추어서 말이야. 내가 그 아름답고 아름다운 레오니사가 고관의 천막으로 들어오는 것을 보았을 때 바로 그 장면이 생각났어. 그녀의 황금빛 머리칼에 햇살이 닿으니 햇빛을 무색하게 만들 뿐만 아니라 하늘의 별들조차 가려 온 세상을 어둡게 하는 듯했네."

"잘 알았으니 그만하게나." 마하무드가 말했다. "그만해, 친구. 리까르도, 자네의 아름다운 레오니사 칭찬은 입만 열면 도를 넘을까 두렵네. 기독교도의 예의를 차려 좀 점잖게 해야지. 이봐, 원하면 그 시구인지 꼬쁠라인지 좀 읊어보게. 더 재미있는 이야기는 그 다음에 계속하는 게 좋겠네."

"물론 그러고말고." 리까르도가 말했다. "내 다시 말하지만, 처음 다섯 구절은 앞사람이 했고 다음 다섯 구절은 다음 사람이 읊었는데 전부 즉흥으로 읊은 거야. 그건 이렇다네."

낮은 산언덕으로
해가 고개를 내밀듯
갑작스레 그 모습이
우리 눈을 홀리고
길들여 편하게 하네.

루비 같은 보석이
좀먹지 않듯, 그런
얼굴이 그대 얼굴,
마호메트의 독한 창이
내 심장을 도려내네.

"내 귀에도 좋아 보이는데." 마하무드가 말했다. "리까르도, 자네는 시를 읊을 때 훨씬 좋아 보여. 시를 짓거나 읊는 데는 좀더 냉정한 자세가 필요하잖아."

"그렇지만 또한," 리까르도가 대답했다. "부르며 우는 비가悲歌도 입을 모아 부르는 송가頌歌도 모두 시야. 하지만 이 문제는 제쳐두고, 말 좀 해봐. 이제 우리 일은 어떻게 하려고 하는 거야? 자네가 레오니사를 데려갔을 때 고관 나리들이 천막에서 협상을 했다는군. 나는 알아듣지 못했지만 그 자리에 있던 터키말을 잘 아는 베네찌아 출신 한 개종자가 그러더라구. 무엇보다도 필요한 것은 레오니사가 황제의 손에 들어가지 않게 작전을 짜는 일이야."

"맨 처음 해야 할 일은," 마하무드가 대답했다. "자네가 우리 주인의 수중으로 넘어오는 거야. 그런 뒤에 우리에게 가장 적당한 방법을 강구해보자구."

이때 하산의 기독교도 포로 감시병이 와서 리까르도를 데려갔다. 판관은 하산과 함께 시내로 갔고 며칠 안에 알리의 행정업무에 관한 보고문을 작성해 그가 콘스탄티노플로 떠날 수 있도록 보고문에 도장을 찍고 봉해서 주었다. 알리는 즉시 떠났다. 가면서 그는 판관에게 짧은 시일 내에 미녀 포로를 보내라고 당부를 거듭했다. 또한 황제 폐하께 편지를 써서 자기가 의도한 대로 포로를 잘 처분해주십사고 해달라고 했다. 판관은 그에게 모든 것을 약속했지만 속으로는 배신하겠다는 마음뿐이었다. 그의 가슴은 미녀 포로 때문에 불타서 재가 되어 있었던 것이다. 알리는 헛된 희망을 가지고 떠났고 하산 또한 희망을 버리지 못하고 남았다. 마하무드는 애를 써서 리까르도를 자기 주인의 수중에 들어가도록 했다. 리까르도는 날이 갈수록 레오니사를 그리는 마음에 한순간도 안정을 찾지 못했다. 그는 이름을 마리오로 바꾸었는데, 레오니사를 보기 전에 자신의 이름이 그녀의 귀에 들어가지 않도록 하기 위해서였다. 그녀를 보기는 지극히 어려웠다. 무어족은 극단적으로 질투심이 많아서 모든 남자 앞에서 자기 여자의 얼굴을 가리게 하기 때문이었다. 다만 기독교인들 앞에 나설 때는 그렇게 엄하게 단속하지 않았는데, 아마도 기독교인들이 포로여서 제대로 된 남자라고 보지 않기 때문인 것 같았다.

그러던 어느날 판관의 부인 할리마가 자기 하인 마리오를 보게 되었다. 그녀는 마리오의 모습을 보고 또 보아 기억에 남기고 가슴에 새겼다. 어쩌면 나이 든 자기 남편의 느른한 품에 만족하지 못해 쉽게 음흉한 생각이 일어난 것일지도 모른다. 할리마는 마찬가지로 레오니사 역시 그녀의 상냥한 성격과 얌전한 행동 때문에 금세 아주 마음에 들어했고 폐하의 보물로서 그녀를 대단히 존중하며 극진히 대했다. 할리마는 그녀에게 말하기를, 판관이 아주 잘생기고 우아한 말씨의 기독교인 포로를 집에 데려왔는데 자기 눈에는 평생에 그렇게 매력적인 남자는 본 적이 없다고 했다. 할리마는 그 사람을 '칠리비'라고 불렀는데, 그 말은 개종자인 마하무드와 같은 고향 사람으로 '신사'란 뜻이었다. 그녀는 그에게 끌리는 마음을 어떻게 전해야 할지 몰랐고, 그 기독교인은 그녀의 뜻에 별로 관심을 두지 않는 것 같았다. 레오니사가 그 포로의 이름을 물으니 할리마는 마리오라고 대답했다. 그 말에 레오니사가 대답했다.

"그 사람이 신사이고 그 고장 사람이라면 제가 알 텐데 마리오라는 이름을 가진 남자는 뜨라빠나에 없어요. 하지만 부인, 제가 그를 한번 보게 해주시면 이야기를 나눠보고 그 남자가 누구인지, 무슨 일을 시키는 게 좋을지 말씀드릴게요."

"그렇게 하지요." 할리마가 말했다. "금요일에 판관이 회교 사원에서 예배를 볼 때 그 남자 하인을 여기로 불러들일게요. 아씨가 그와 단둘이 이야기할 수 있을 거예요. 그리고 그에게 나의 소망을 넌지시라도 전할 수 있다면 가능한 한 가장 좋은 방법으로 해주세요."

할리마는 레오니사에게 이렇게 말했다. 그런 지 두시간도 되지 않아서 판관이 마하무드와 마리오를 불렀다. 할리마가 자기 속마음을 레오니사에게 털어놓은 것 이상으로 사랑에 빠진 늙은 판관은 두 하인에게 자기 마음을 털어놓았다. 자신이 어떻게 하면 그 기독교 미녀를 즐길 수 있을지, 그리고 그녀는 황제 폐하 것이니까 폐하께도 약속을 지킬 수 있을지 조언해달라고 했다. 자신은 그녀를 폐하께 그냥 드리느니 차라리 수천번 죽고 싶은 생각이라고 했다. 무어족 회교인이 그렇게 진정으로 자신의 열정을 고백하자 그 못지않게 열렬한 두 하인의 가슴에도 불이 붙었다. 주인의 생각과는 정반대의 뜻을 품고 있었지만 말이다. 그들은 이렇게 작전을 짜기로 했다. 마리오는 비록 그 미녀를 모른다고 했지만 같은 고향 사람이니까 먼저 손을 써서 그녀에게 판관의 사랑을 고백하고 구애하되, 이렇게 해도 소망을 이룰 수 없으면, 그녀가 판관의 수중에 있으니 억지로라도 뜻을 이룬다. 그런 뒤에 그녀가 죽었다고 말하면 그녀를 콘스탄티노플로 보내는 것을 면할 수 있으리라.

하인들의 의견을 듣고 판관은 대단히 만족했다. 그는 마하무드에게 즉시 하인 신분에서 해방해주겠다고 약속했고, 자기가 죽은 뒤에는 재산의 절반을 그의 몫으로 주겠다고도 했다. 동시에 마리오에게도, 자기가 원하는 것을 얻으면 석방해주고 부자가 되어 명예롭고 행복하게 고향에 돌아갈 수 있도록 해주겠다고 약속했다. 판관이 약속에 있어서 관대했다면 그 하인들은 큰소리를 쳤다고 해야겠다. 그들은 판관에게 자신들이 레오니사와 자유롭게 이야기하게만 해준다면 하늘의 달이라도 따다 바치겠다고 했다.

"내 언제든지 마리오에게 그런 편의를 봐주겠네." 판관이 말했다. "내가 할리마를 얼마 동안 친정에 가 있게 하겠네. 그 부모님은 그리스인으로 기독교도거든. 할리마가 집을 비우면 내가 문지기에게 명해 마리오를 안으로 들여보내게 하지. 마리오가 원하는 대로 언제든지 집 안에 들어갈 수 있도록 말이야. 그리고 레오니사에게는 원하면 언제든지 고향 친구와 마음껏 이야기해도 좋다고 하겠네."

이렇게 해서 리까르도에게 다시 행운의 바람이 불기 시작했다. 그 주인과 주인의 아내는 아무것도 모르고 그에게 좋은 일을 해주는 셈이었다.

셋 사이에 이런 약속을 하고 맨 처음 실행에 들어간 대상은 할리마였다. 여자는 천성이 변덕이 심한데다 자기 취향에 맞는 것이면 쉽게 결정하리라 생각했기 때문이다. 바로 그날 판관은 할리마에게 원하면 친정에 가 있으라고, 부모님과 원하는 대로 며칠 놀다가 오라고 했다. 그러나 그녀는 레오니사가 전해준 희망에 잔뜩 부풀어 있었기 때문에 물론 친정에 갈 마음이 없었고 마호메트의 상상의 천당이라도 가고 싶은 생각이 없었다. 그래서 남편에게 지금으로서는 그럴 생각이 없으며 그럴 마음이 생기면 말하겠노라고, 하지만 가더라도 기독교도 미녀 포로를 꼭 데리고 가겠다고 했다.

"그건 안 돼." 판관이 말했다. "황제 폐하의 보물이 아무 눈에나 뜨이면 안 되니까. 더구나 그녀가 기독교인들과 대화할 기회는 없도록 해야 해. 당신도 알다시피 폐하의 손에 들어가면 후궁에 가두고 그녀가 원하거나 말거나 터키 여자로 만들 테니까."

"그녀가 나와 다니는 거면," 할리마가 말을 받았다. "우리 부모님 댁에 있어도 상관없어요. 부모님과 대화를 나누는 것도 좋구요. 내가 그분들과 더 말을 많이 하지만 그렇다고 내가 착한 터키 여자가 아닌 것도 아니잖아요. 그리고 내가 친정에 가 있을 기간은 최대 4, 5일일 거예요. 왜냐하면 내 마음이 당신을 그렇게 오래 안 보고 자리를 비우는 것을 허락하지 않거든요."

판관은 아내를 반박해서 자기 의도를 의심할 계기를 만들어주고 싶지 않았고 이야기는 그렇게 끝났다.

그러다가 금요일이 왔다. 판관은 회교 사원에 갔다. 그는 한번 가면 네시간 뒤에나 돌아왔다. 할리마는 남편이 집 문턱을 나서는 것을 보자마자 마리오를 부르도록 시켰다. 하지만 마당 문을 지키는 꼬르시까 기독교인 문지기가 마리오를 들여보내주지 않아서 결국 할리마가 소리를 질러서 들여보내라고 해야 했다. 그렇게 해서 그는 어리둥절한 채 떨면서 마치 적 한 부대와 싸우러 오는 사람처럼 들어왔다.

레오니사는 전에 고관의 천막에 들어왔을 때와 똑같은 차림새를 하고 복도로 올라가는 커다란 대리석 계단 아래에 앉아 있었다. 팔을 무릎에 얹은 채 오른손으로 머리를 받치고 눈길은 마리오가 들어오는 반대 방향으로 향하고 있어서 그가 다가가는 중에도 그녀는 그를 보지 못했다. 리까르도는 들어가자마자 온 집 안을 눈으로 휘 둘러보았다. 사방에 조용한 침묵밖에는 아무것도 없었다. 그의 눈길이 마침내 레오니사가 있는 곳에 멈추었다. 한순간 사랑에 취한 리까르도의 머릿속으로 수많은 생각이 엄습해왔다. 갖가지 생각 때문에 그는 긴장하고 기뻐했다. 그의 생각에 스무발자국쯤, 아니면 조금 더 되는 거리에 자신의 행복과 기쁨이 있었다. 자신은 포로이고, 자신의 천국은 타인의 수중에 있었다. 마음속에서 그런 생각들이 뒤척이는 가운데 그는 조금씩, 즐겁고 슬프고 두렵고 힘들게 자기 즐거움의 원천의 중심으로 다가갔다. 문득 레오니사가 고개를 돌렸다. 그녀의 눈이 자신을 열렬히 바라보고 있는 마리오의 눈과 마주쳤다. 그러나 두 눈길이 마주쳤을 때, 그 결과는 두 마음이 느낀 표정과는 달랐다. 리까르도는 우뚝 멈춰섰다. 앞으로 발을 내딛을 수가 없었다. 레오니사는 마하무드의 이야기를 들어 리까르도가 죽은 줄 알았다가 뜻밖에 그가 살아 있는 것을 보자, 두려움과 놀라움에 그에게서 눈을 떼지 못하고 등을 돌리지도 못한 채, 네댓 계단을 뒤로 물러났다. 그리고 가슴에서 작은 십자가를 꺼내어 거기 몇번이고 키스하고는 귀신이나 딴 세상의 헛것을 본 것처럼 성호를 그었다.

리까르도는 당황해서 어쩔 줄 모르다가 겨우 정신을 차리고, 레오니사가 두려워하는 이유와 그 행동을 이해하고서 말했다.

"오, 아름다운 레오니사! 나도 마음 아파요, 마하무드가 내가 죽었다고 한 얘기가 사실이 아니라는 게. 죽었더라면 지금의 내 두려움을 면할 수 있을 텐데 말이에요. 당신이 줄곧 나에게 그토록 냉정하게 굴던 모습이 아직도 그 몸에 완전히 그대로이기 때문에 나는 두려워요. 마음을 진정해요, 아씨. 그리고 내려와요. 아직까지 내게 한번도 하지 않은 행동을 용감하게 해 보이시겠다면, 나에게 다가와요. 가까이 와보시면 내가 귀신의 몸이 아닌 것을 알 거예요. 리까르도예요, 레오니사, 리까르도란 말이에요. 아씨가 그토록 행운이 있기를 바라던 바로 그 사람이에요."

그 순간 레오니사가 입에 손가락을 댔다. 그걸 보고 리까르도는 입을 다물거나 좀더 조용히 말하라는 뜻인 것을 알았다. 그는 숨을 가다듬고 그녀에게 다가갔다. 그녀가 하는 말을 들을 수 있는 거리였다.

"조용히 말해요, 마리오. 지금 당신 이름은 이것인 것 같군요. 내가 당신에게 하는 말 이외에 다른 얘기는 하지 말아요. 할리마, 우리 여주인이 우리 이야기를 듣고 있는 것 같아요. 그리고 그녀가 지금 우리 이야기를 들었다면 우리는 영원히 다시 볼 수 없는 신세가 될 수도 있어요. 할리마가 당신을 사모하고 있어요. 자기 마음을 전해달라고 나를 중매쟁이로 쓴 거예요. 그녀의 소망에 부응하는 것은 마음보다 몸의 욕망을 채우는 것이 되겠지요. 당신이 원하지 않는다면 일부러라도 거짓말을 할 필요가 있어요. 나를 봐서라도, 그리고 여자의 고백을 무색하게 하지 않기 위해서라도 말이에요."

이 말에 리까르도가 대답했다.

"아름다운 레오니사, 그대가 내게 청하는 일이 내가 받들 수 없는 일일 줄은 한번도 생각도, 짐작조차 못 했어요. 하지만 그대가 이번에 청하는 일은 나를 일깨우는군요. 아무 데나 가볍게 마음을 주고 또 변하고 흔들리는 그런 것이 사람 마음인가요? 그러니까, 그렇게 무게 있는 일에 진실하고 명예 있는 어른에게 거짓말을 하는 것이 잘하는 일일까요? 그대 생각에 이런 일이 꼭 해야 하고 할 수 있는 것이라면 당신이 좋을 대로 하세요. 그대는 내 마음의 주인이니까요. 하지만 당신이 내게 한 첫번째 명령을 내가 어겼다고는 말할 수 없으니, 나는 내 명예를 지키는 목소리를 잠재우고 그대가 바라는 대로 할리마의 열정에 응하는 척하겠어요. 그렇게 해서 그대를 보는 축복을 지킬 수 있다면 말이지요. 그러니 그대는 내 대답을 뜻대로 지어내세요. 이것이 내가 할 수 있는 최대의 일일 테니, 이런 내 희생의 대가로 청컨대 부디 어떻게 그 해적들의 손에서 도망쳐나왔는지, 어떻게 당신을 판 유대인의 수중에 오게 되었는지 간단히 말해주어요."

"나의 불행한 이야기를 다 하려면," 레오니사가 대답했다. "시간이 더 있어야겠지요. 하지만 어떻든 무어라도 이야기해드리지요. 그러니까, 우리가 헤어진 뒤 하루 만에 이수프의 함선이 돌아왔어요. 강력한 바람을 맞아 빤따날레아섬으로 밀려온 거지요. 거기에서 또한 당신들의 전함을 보았지만 우리 배는 어쩔 수 없이 암초에 부딪치고 말았어요. 우리 주인은 눈앞에서 배가 부서지는 것을 보는 황급히 물이 가득 찬 물통 두개를 비우더니 물통 주둥이를 꼭 막고 밧줄로 서로 묶은 뒤, 두 물통 사이에 나를 실었어요. 그는 즉시 옷을 벗고 두 팔로 다른 물통 하나를 잡아 밧줄로 자기 몸에 묶고 같은 밧줄로 나의 물통들에 묶었지요. 그런 다음 크게 용기를 내서 바다에 뛰어들었어요. 자기 뒤로 나를 끌고 가려구요. 나는 뛰어들 용기가 나지 않았지만 다른 터키인이 이수프의 뒤로 나를 밀쳐서 바다에 던졌지요. 물속에서 나는 의식을 잃었고 깨어났을 때는 이미 육지에 있었어요. 두 터키인이 나를 품에 안고 땅을 향해 엎드리게 했고 나는 엄청나게 마신 물을 쏟아냈죠. 화들짝 놀라 눈을 떠보니 내 옆에 이수프가 머리가 부서져 누워 있었어요. 나중에 안 일이지만, 그는 육지에 닿으면서 머리를 바위에 찧었대요. 그렇게 그는 죽었지요. 동시에 터키인들이 나에게 말하기를 물에 빠져 거의 죽어가는 나를 밧줄로 육지로 끌어올렸대요. 그 난파한 함선에서 오직 여덟 사람만 살아남았다는군요.

그 섬에 여드레 동안을 있었어요. 터키인들은 나를 마치 자기들 누이나 그 이상이나 되는 듯이 존경과 성심을 다해 지켜주었어요. 우리는 한 동굴에 숨어 있었어요. 그들은 그 섬에 있는 기독교인 수비대가 내려와 포로로 잡아갈까 두려워했어요. 파도가 쓸어다가 바닷가에 던져놓은 전함에 실려 있던 젖은 건빵 같은 걸 먹고 버텼지요. 그 건빵도 밤이라야 주우러 갈 수 있었어요. 내게는 더욱 불운하게도 그 수비대는 대장이 죽은 지 며칠 안 되어 대장이 없는 상태였어요. 수비대라고 해야 군인 20명밖에 없었지요. 이 사실을 군대에서 해변가로 조개를 주우러 내려왔다가 터키인들에게 포로로 잡힌 한 소년에게서 알아냈지요. 여드레 만에 그 해변에 무어족 배 한척이 도착했어요. 그들이 말하는 소위 화물선이라는 거였지요. 그걸 본 터키인들은 숨어 있던 곳에서 나와 육지 가까이 다가온 배에 신호를 보냈어요. 하도 열심히 신호를 해대니 그들도 자기들을 부르는 사람들이 터키인들이라는 것을 알았지요. 터키인들은 자기들의 불행한 조난 사건을 이야기했고 무어족은 그들을 배에 받아주었어요. 그 배에는 한 유대인이 타고 있었는데 아주 부자 상인이었어요. 화물선의 모든 상품과 그보다 더 많은 것들이 모두 그의 소유였어요. 베르베리아에서 레반떼로 실어가는 화물이라는 것이 옷감이나 무어족의 까빠⁴ 같은 것, 그리고 다른 물건들이 좀 있었지요. 그 배를 타고 터키인들은 트리폴리로 갔어요. 가는 도중에 나를 유대인에게 팔았지요. 내 몸값으로 2천 도블라를 받았어요. 지나치게 비싼 값이었지요. 내게 품은 유대인의 사랑이 관대하게 돈을 쓰게 하지 않았나 싶어요.

터키인들을 트리폴리에 남겨놓고 배는 다시 여행을 시작했어요. 유대인은 얼굴에 철판을 깔고 집요하게 나에게 구애하기 시작했어요. 나는 그의 어리석은 욕망에 무시하는 태도를 취할 수밖에 없었죠. 욕심을 채우지 못해 쩔쩔매던 그는 어디든 기회만 있으면 바로 나를 팔아 처분할 결심을 했어요. 그러다 고급 관리인 알리와 하산 두 사람이 그 섬에 있는 것을 알았지요. 본래는 키오스섬에서 나 같은 상품을 팔 생각이었으나 거기에서처럼 여기서도 팔 수 있다고 생각해서 이리로 왔던 거예요. 그 고관대작들 중 아무에게나 나를 팔 생각이었지요. 그래서 지금 보듯이 나를 치장하고 옷을 입혀 나를 살 사람들의 마음을 끌려고 한 거예요. 나도 이 판관이 내가 두려워 마지않는 황제에게 선물로 가져가려고 나를 샀다는 걸 알아요. 여기에서 나는 당신이 죽었다는 거짓말을 들었죠. 지금 내가 말할 수 있는 것은, 내 말을 믿을지 모르겠지만, 그 얘기에 나는 정말 마음이 아팠어요. 그러나 나는 당신이 불쌍하기보다 차라리 다행이라고 생각했어요. 당신을 미워해서가 아니에요. 내가 사랑에

---

4 비바람이나 눈보라를 막기 위해 만든 두꺼운 천 또는 그것으로 만든 옷. 뽀르뚜갈어 capa에서 유래했다.

무감각하거나 무정하거나 배은망덕해서도 아니고, 당신의 슬픔이 드디어 끝나게 되었다는 생각 때문에요."

"그 말도 틀린 말은 아니네요, 아씨." 리까르도가 말을 받았다. "죽음이 그대를 다시 보는 나의 이런 행복을 막지 않았으니 말이에요. 지금 당신을 바라보는 이 즐거움과 영광의 순간은 내게 영원만이 가져다주는 축복보다, 죽음이나 삶이 가져다주는 어떤 축복보다 귀하게 느껴져요. 우리 주인은 판관이지요. 당신보다 더욱 많은 우여곡절 끝에 나도 이 사람의 손에 오게 되었는데, 그가 당신에 대해 가진 생각은 할리마가 나에게 갖는 생각과 같지요. 그는 나를 자기 생각의 통역관으로 임명했어요. 내가 그 일을 받아들인 것은 그 사람의 비위를 맞추려고 해서가 아니고 그대와 편하게 이야기할 수 있는 기회를 얻고 싶어서였어요. 레오니사, 우습게도 우리 둘의 불행이 우리를 이런 지경까지 오게 했네요. 그대도 알듯이 그대에게는 나로서는 불가능한 일을 청하게 만들고, 나에게도 똑같이 생각지도 않은 일의 중매쟁이가 되게 만들었으니까요. 이제 그 일은 내가 목숨을 걸고 이루어지지 못하게 만들겠어요. 지금은 그대를 보는 이 커다란 행복이 가장 값지니까요."

"당신께 뭐라고 해야 할지 모르겠어요, 리까르도." 레오니사가 말을 받았다. "당신 말대로 우리의 박복한 운명이 우리에게 가져다준 이 미로를 어떻게 헤쳐나가야 할지 모르겠어요. 다만 내가 아는 것은, 이런 경우에는 우리의 타고난 성격에는 전연 맞지 않더라도 시치미를 떼고 속임수를 써야 한다는 것이에요. 나는 할리마에게 당신에 관해 몇가지 거짓말을 해서 그녀가 초조해하지 않고 좀더 기다려보게 하겠어요. 당신도 내 문제에 관해 판관에게 적당히 말할 수 있을 거예요. 나의 명예를 지키고 나에 대한 그의 망상을 유지할 수 있는 가장 적당한 말을 찾아보세요. 나는 나의 명예를 당신의 손에 맡깁니다. 그 많은 역경을 치르고 그 많은 싸움과 고생을 겪었어도 나의 명예는 진실 그대로 온전하다는 것을 당신은 믿어도 좋습니다. 우리가 이야기를 나눌 기회를 찾기는 쉬울 테고, 나로서는 이렇게 함께 이야기하는 것이 엄청 좋아요. 그대가 고백한 구애의 뜻과 상관되는 일을 하지만 않는다면 말이에요. 그런 짓을 할 경우에는 그 순간에 바로 당신과 결별할 거예요. 당신이 내가 보석 몇 캐럿만큼의 가치가 없다고 생각하는 것은 싫어요. 나는 자유 상태에서도 하기 어려운 일을 포로 상태에서 용기 있게 해낼 거예요. 하늘의 은혜를 받아 나는 버리고 단련할수록 더욱 순수하고 깨끗해지는 황금처럼 살 거예요. 당신은 내가 당신을 보는 것이 예전처럼 성가시지 않다고 말씀드리는 것으로 만족하세요. 알려드리고 싶은 것은요, 리까르도, 나는 전에는 항상 당신이 거만하고 무뚝뚝한 줄 알았어요. 실제 자신보다 더욱 자신을 뽐내고 다닌다고요. 이제 내가 잘못 알고 오해한 것을 고백합니다. 당신을 겪어보니 사실은 내가 잘못 생각했음을 눈앞에서 보여주는군요. 이제 사실을 알았으니, 나는 명예로운 범위 안에서 당신에게 보다 인간적으로 대해야겠다는 생각이에요. 안녕히 가세요. 할리마가 우리 이야기를 들었을까 무섭네요. 할리마가 우리말을 약간 알아듣거든요. 적어도 이 말 저 말 섞어서 통하는 그런 정도는요."

"아주 적절하고 좋은 말이네요, 아씨." 리까르도가 대답했다. "그리고 한없이 감사드려요. 당신이 나를 잘못 알고 오해했다고 하시니 고마워요. 그 말을 존중하고 또 그대를 뵐 수 있게 해주신 것도 고맙습니다. 말씀하시듯이, 그리고 실제 나를 보아 아시듯이, 나는 아주 평범한 성격이지만 특히 그대를 사랑하는 마음은 얼마나 깊은지 모릅니다. 나를 대하실 때 선을 긋거나 제한을 두지 않으셔도 그 선은 아주 정중하게 지킬 겁니다. 더이상 바랄 게 없을 정도로요. 내가 판관을 말리는 일에 관해서는 걱정 안 하셔도 돼요. 아씨도 마찬가지로 할리마와 걱정 없이 지내세요. 다만 아실 것은, 그대를 보고 난 뒤에 내게는 하나의 희망이 생겼다는 것이고, 우리는 아주 확실하게 곧 원하는 자유을 얻을 것 같다는 거예요. 오늘은 이 정도로 하고, 편히 쉬세요. 그대와 멀어진 뒤, 다시 말해서 그들이 나를 당신에게서 떨어뜨린 뒤 기구한 운명으로 내가 여기까지 온 파란만장한 이야기는 다른 기회에 들려드리지요."

이 말과 함께 그들은 작별했다. 레오니사는 리까르도의 점잖음에 만족하고 기뻐했다. 리까르도도 레오니사의 입에서 냉정함 없는 말 한마디를 들은 데 대단히 행복하고 즐거웠다.

할리마는 자기 방에 틀어박혀 레오니사가 자신이 맡긴 일을 잘 처리해줄 것을 마호메트에게 빌고 있었다. 판관은 회교 사원에서 그의 아내가 기도하듯 자기 소원을 빌었고 레오니사에게 뜻을 잘 전하라고 시킨 하인이 좋은 대답을 가져오기를 목매고 기다렸다. 그것을 위해서라면, 할리마가 집에 있더라도 마하무드가 편의를 봐줄 것이었다. 레오니사는 할리마의 어리석은 사랑과 욕정에 불을 지폈다. 레오니사는 할리마에게 마리오가 그녀가 청한 요구를 모두 들어줄 거라는 대단히 희망적인 답을 가져다주었다. 그러나 그전에 먼저 월요일이 두번 지나야 한다고, 그 청년이 그녀보다 훨씬 더 원하고 있다는 생각을 갖기까지 시간이 필요하며 그렇게 시간에 제한을 두는 것은 그가 자신의 석방을 기원하는 기도와 서원을 해야 하기 때문이라고 했다. 할리마는 사랑하는 마리오의 이야기와 사과를 받아들이고 기뻐했다. 그녀는 그의 기도가 끝나기 전에 자기의 욕정만 풀게 해주면 그에게 자유를 주리라 생각했다. 그래서 레오니사에게 청하기를, 그 기다림의 시간을 줄이고 지체하는 시간을 짧게 해달라고 했다. 그러면 판관이 그의 몸값으로 얼마를 요구하든 그녀가 그 금액을 그에게 주겠다고도 했다.

리까르도는 자기 주인에게 대답을 전하기 전에 마하무드와 무어라고 해야 할지 상의했다. 둘 사이에 합의한 것은, 주인을 초조하게 해서 가능한 한 빨리 콘스탄티노플로 그녀를 데려가야 한다고 조언하자는 것이었다. 판관에게 가는 길에 욕심을 채우면 되지 않느냐, 황제 폐하와의 약속 이행에 있어서 곤란한 점은 다른 예쁜 여종을 하나 사면 된다고 했다. 그 여행에서 레오니사는 병들어 아픈 것처럼 꾀병으로 누워 있게 하고, 어느 밤에 사들인 기독교인 여종을 바다에 빠뜨린 뒤 그녀가 황제 폐하의 미녀 포로이고 죽었다고 말한다. 이렇게 할 수 있으면 진실은 결코 발각되지 않으리라. 그리고 판관은 폐하께 죄를 짓거나 폐하의 소망을 거스른 일이 없게 되리라. 더욱 오래 즐기기 위해서는 더욱 이익이 되는 적당한 계획을 짜면 된다는 조언이었다. 그 비루하고 늙은 판관은 자신의 열정에 눈이 멀어 하인들이 수천가지 엉터리 이야기를 해도 자신의 바람을 이룰 수 있는 계획이면 무엇이든 믿고 받아들일 지경이었다. 더구나 그의 생각에 하인들이 말하는 모든 일이 잘될 것 같았고 대단히 성공적일 것 같았다. 그리고 그것은 사실일 수도 있었다. 그 두 조언자들의 계획 가운데 가는 도중에 배를 훔치고 그의 미친 생각의 대가로 그를 바다에 빠뜨려 죽이자는 밀약이 없었다면 말이다. 그런데 판관에게는 또다른 난관이 닥쳤다. 그의 생각에는 그때까지 그에게 닥친 난관 중에서 제일 큰 문제였는데, 아내 할리마가 자기를 데려가지 않으면 절대로 그를 콘스탄티노플로 혼자 가게 내버려두지 않겠다고 나선 것이었다. 그러나 그 일은 신속하게 해결되었다. 판관이 레오니사 대신 죽게 될 기독교 여인으로 할리마를 쓰기로 한 것이다. 그가 죽음보다도 더욱 피해서 자유로워지고 싶은 존재가 아내였기 때문이다.

그가 그 문제를 쉽게 생각했다면, 마하무드와 리까르도 또한 똑같이 선선히 그렇게 하자고 했다. 이렇게 일이 확정되자, 바로 그날 판관은 할리마에게 콘스탄티노플로 갈 계획을 알렸다. 그는 저 기독교인 여자를 폐하에게 데려가고 그의 관대한 덕으로 카이로의 대판관이나 콘스탄티노플의 대법관 자리를 얻기를 기대한다고 했다. 할리마는 재빨리 남편에게 잘한 결정 같다고 말했는데, 리까르도를 집에 남겨두고 가리라 믿었기 때문이다. 그러나 판관이 확실히 말하기를 그 사람도 마하무드와 함께 대동하고 가겠다고 하자, 그녀는 생각을 바꾸어 처음 했던 말을 취소했고 결론적으로 자신을 데리고 가지 않으면 아무 데도 못 간다고 못 박았다. 판관은 그녀가 원하는 대로 하겠다고 기분 좋게 대답했다. 그로서는 무거운 짐인 그녀를 하루빨리 떨쳐버리고 싶었기 때문이다.

그사이 하산 또한 판관에게 산처럼 많은 황금을 줄 테니 그 미녀 종을 넘겨달라고 어지간히 애걸하고 있었다. 리까르도를 판관에게 그저 주고 말았는데, 그의 몸값이 금화 2천 에스꾸도는 될 테니 그 미녀를 넘겨주면 편의를 봐주겠다고 했다. 그는 판관에게 황제 폐하가 미녀 종을 찾으러 사람을 보내면 그녀가 죽었다고 말할 생각이라고도 했다. 그러나 이런 선물과 약속은 판관으로 하여금 한시 빨리 출발해야겠다는 마음을 더욱 부추길 뿐이었다. 하산의 불손한 제의와 허공에 헛된 희망의 누각을 짓는 할리마의 쓸데없는 소리와 그 자신의 욕정에 자극을 받아, 그는 20일 만에 15인승 쌍돛대 범선을 장만했다. 그 배에 멋진 행운의 돛을 달고 무어족과 그리스 기독교인 몇명을 태우고 자기의 전재산을 실었다. 할리마 역시 남겨둔 것 없이 모든 재물을 신고서 남편에게 자기 부모도 콘스탄티노플을 구경하게 모셔가면 좋겠다고 졸랐다. 할리마의 의도는 마하무드의 뜻과 같았다. 즉, 그와 리까르도와 도중에 쌍돛대 범선을 훔쳐 도망가는 것이었다. 그러나 그녀는 출항하기까지 그들에게 자기 생각을 밝히고 싶지 않았다. 그녀는 기독교인들의 땅으로 도망갈 생각이었다. 자신이 태어난 곳으로 돌아가 리까르도와 결혼하겠다는 속셈이었는데, 그도 그럴싸한 것이 많은 재산을 신고 가는데다 자기가 기독교인이 되면 리까르도가 자기를 아내로 맞이하는 것은 당연하리라는 생각이었다.

이때 리까르도는 다시 레오니사와 이야기하고 그녀에게 자기의 계획을 전부 밝혔다. 그녀는 할리마가 알려준 그녀의 생각을 말해주었다. 두 사람은 서로 비밀을 지키기로 하고 하느님의 가호를 빌면서 출항 날짜를 기다렸다. 그날이 다가오자 하산은 사람들을 대동하고 자기의 병사를 이끌고 해안까지 왔고 그들이 출항할 때까지 떠나지 않았다. 그는 쌍돛대가 시야에서 벗어날 때까지 눈을 떼지 못했다. 이 사랑에 빠진 무어족 관리가 내뿜는 한숨 바람이 사랑의 영혼을 신고 멀어져가는 돛들을 밀어내는 것 같았다. 하지만 오랜 시간 사랑 때문에 마음을 진정하지 못하던 그가 생각해낸 것은 이루지 못한 소망의 분노의 손에 자신이 죽지 않으려면 어찌해야 하는가였다. 오랜 생각 끝에 마침내 결심한 그는 작정한 일을 즉시 실행에 옮겼다. 그리하여 다른 항구에 준비해놓으라고 했던 17인승 범선 한척에 해병 50명을, 모두 믿을 만한 지인으로 그가 많은 선물과 약속으로 명령을 따르게 만든 사람들을 실었다. 그들에게 항로로 나아가 판관의 범선과 그의 모든 재산을 탈취하고 미녀 포로 레오니사만 빼고 배 안에 있는 모든 사람을 칼로 베라고 했다. 그 미녀를 그 쌍돛배가 싣고 가는 많은 재산들 중 제일 좋은 노획물로 삼을 것이며, 범선은 바다 밑바닥으로 가라앉히되 그 배가 없어졌다는 어떤 흔적도 남겨서는 안 된다고 명령했다. 약탈의 욕심이 그들의 발에 날개를 달고 가슴에 힘을 실었다. 모두들 그런 사건이 일어나리라고는 생각도 못 한 채 무장도 하지 않고 가고 있을 테니, 쌍돛배 사람들의 저항은 거의 없을 것이었다.

쌍돛배가 항해한 지 이틀이 지났다. 판관에게는 이틀이 아니라 두 세기가 지난 듯 길게 느껴졌다. 그는 첫날 즉시 자기의 결심을 실행에 옮기고 싶었던 것이다. 하지만 하인들이 조언하기를, 먼저 레오니사가 아파 누운 척하는 것이 더 적절하다고 했다. 그녀가 죽었다는 것이 그럴듯하게 보이게 하려면 며칠은 아파 누워 있어야 한다는 것이었다. 판관은 그냥 그녀가 갑자기 죽었다고 하고 하루 빨리 일을 끝내고 싶었다. 자기 아내를 처리하고 바작바작 자신의 애간장을 태우고 있는 불을 끄고 싶었다. 그러나 두 하인의 의견에 맞출 수밖에 없었다.

이때 벌써 할리마는 마하무드와 리까르도에게 자기 의도를 밝히고 그리스 알렉산드리아의 교차로나 아니면 아나톨리아의 성들에 들어갈 때 모든 걸 실행에 옮기기로 했다. 그러나 판관이 하도 재촉을 해대자 첫번째로 나타나는 적당한 지점 어딘가에서 일을 저지르기로 했다. 엿새 동안 항해하고 나자, 판관에게는 레오니사가 이만큼 아파 누워 있는 것으로 충분하다고 여겨졌다. 그는 하인들에게 다음날 할리마를 끝장내자고, 죽여 염을 해서 바다에 던지면서 황제 폐하의 미녀 포로라고 말하자고 했다.

드디어 그날이 밝았다. 마하무드와 리까르도의 계획대로라면 소원 성취의 날이며 아니면 그들의 마지막 날이었다. 갑자기 그들은 돛을 올리고 노를 저으며 빠르게 달려오는 범선 한척을 발견했다. 그들은 기독교인 해적들의 배일까 두려웠는데, 실제로는 그들이 무어족이든 기독교인이든 만나면 이쪽도 저쪽도 좋을 것이 없었다. 그들이 무어족이라면 일행은 포로가 될 테고 기독교인 해적이라면 비록 자유의 몸이 된다 해도 전재산을 빼앗기고 벌거숭이로 내던져질 것이기 때문이었다. 그러나 마하무드와 리까르도는 레오니사의 석방과 자기들 두 사람의 자유만으로도 충분히 행복했다. 그럼에도, 이 모든 생각과 상상 속에서도 문득 해적이라는 자들의 만행이 두려워졌는데, 해적질을 하는 사람들치고 어느 민족 어느 법을 가진 나라의 사람들일지라도 잔인하고 무지막지하지 않은 자들이 없었기 때문이다. 그들은 손에서 노를 놓지 않고 최선을 다하여 방어 자세를 취했다. 얼마 지나지 않아 그들에게 쳐들어오는 사람들이 보였고 그로부터 두시간도 안 되어 그들은 대포 앞에 마주 섰다. 이걸 보자 쌍돛배 사람들은 기가 죽어 노를 놓고 무기를 들고 기다렸다. 비록 판관만은 그 배가 터키 배니 우리에게 아무 해를 끼치지 않을 것이며 두려워할 것 없다고 했지만 나머지는 다들 무서워했다. 판관은 즉시 배 뒤에 평화의 백기를 꽂으라고 했다. 돈에 눈이 멀어 탐욕스럽게 별 방어기제도 없는 쌍돛배에 맹렬하게 덤벼드는 자들에게 보이려는 평화의 깃발이었다. 이때 마하무드가 고개를 돌려 보니 해 지는 서쪽에서 언뜻 보아 20인승 정도 되는 함선이 다가오는 것이 보였다. 그는 판관에게 이 사실을 알렸다. 노를 젓던 기독교인들 몇이 앞에 나타난 함선이 기독교인의 배라고 했다. 이 모든 것이 혼란과 공포를 가중시켜서 모두들 어찌할 바를 모르고 숨을 죽이고 있었다. 하늘이 그들에게 내리는 시련이라면 두려움 속에서 기다릴 수밖에.

내 생각에 그때 판관은 자신들의 배가 니꼬시아에 있는 걸 보고 자기 마음속 모든 희망을 걸었다가 몹시 혼란스러워하는 것 같았다. 그러나 잠깐 사이에 첫 함선이 나타나면서 그 혼란은 가셨다. 그 배는 평화의 깃발이고 종교의 의무고 아랑곳없이 맹렬하게 돌진해왔고, 판관의 쌍돛배는 금세라도 바다에 가라앉을 듯했다. 판관은 즉시 자신의 배를 공략한 사람들을 알아보았다. 그들은 니꼬시아의 군인들이었다. 판관은 무슨 일인지 짐작하고서 다 망했다고, 이제 죽었다고 생각했다. 만일 그 군인들이 죽이기보다 도둑질에 더 정신을 팔지 않았다면 정말로 아무도 살아남지 못했을 것이다. 그런데 그들이 도둑질에 정신이 팔려 부리나케 돌아다니고 있을 때 갑자기 한 터키인이 소리쳤다.

"비상! 비상! 기독교 배가 쳐들어온다."

그리고 그것이 사실이었다. 기독교식 휘장과 깃발을 단 배는 판관의 쌍돛배를 발견하자 맹렬하게 하산의 배를 공격하러 다가왔다. 그러나 다가오기 전에 한 사람이 뱃머리에서 터키말로 저 배가 무슨 배냐고 물었다. 이 배는 키프로스의 부왕 하산의 배라는 대답을 듣자 터키인이 말했다.

"아니, 그런데 어떻게 너희도 무슬림이면서 저 배를 무찌르고 도둑질하는 거냐? 거기 니꼬시아의 판관이 타고 가는 걸로 아는데?"

그 말에 그들은 자신들은 그 배를 점령하라는 명령을 받았다는 사실밖에는 모른다고, 자신들은 군인이자 복종하는 자들로서 명령을 따랐을 뿐이라고 했다.

알고 싶은 것을 알고 만족한 기독교식 휘장의 두번째 배의 선장은 하산의 배를 무찌르게 하고 판관의 배로 몰려갔다. 첫번째 싹쓸 이 공격으로 배에 있던 10명 이상의 터키인을 죽이고 곧바로 세차 게 배 안으로 몰려들어왔다. 그러나 그들이 배에 발을 딛자마자 판 관은 즉시 알아보았다. 자신에게 덤벼드는 자는 기독교인이 아니 라 바로 알리 바하였다. 그는 레오니사에게 홀딱 반해서 하산과 똑 같은 의도로 판관이 오기를 기다리고 있었던 것이다. 상대가 알아 보지 못하도록 자기 병사들에게 기독교인처럼 옷을 입혀서 노략질 이 발각되지 않도록 하고서 말이다. 판관은 사랑 때문에 배신한 그 의 의도를 알아차리자 소리쳐 그 사악함을 나무랐다.

"이게 무슨 짓이냐, 역적 알리 바하야! 어떻게 너도 무슬림이면 서(그 말은 같은 터키인이면서라는 뜻이다) 기도교인인 것처럼 나 를 수탈하는가? 무슨 악마에게 홀려서 이렇게 커다란 모독을 감행 했느냐? 여기 네놈이 온 것은 음탕한 정욕을 채우기 위함일진대, 어찌 감히 주인에게 반역을 도모하는가?"

이 말에 모두 무기 휘두르기를 멈추고 상대를 바라보고서 아는 사람들인 것을 눈치챘다. 모두가 같은 깃발 아래에서 함께 군대 생 활을 한 같은 대장 휘하의 군인들이었던 것이다. 판관의 저주 섞인 말을 듣자 병사들은 혼란에 빠져 칼날이 무뎌지고 기운이 빠졌다. 오직 알리만이 모든 것에 눈과 귀를 막고 판관에게 덤벼들었다. 그 가 칼로 머리를 얼마나 세게 내리쳤는지 판관의 머리를 감고 있던 두꺼운 두건이 아니었으면 틀림없이 머리가 둘로 쪼개질 뻔했다. 알리는 판관을 함선의 벤치 사이로 쓰러뜨렸다. 쓰러지면서 판관 이 소리쳤다.

"아, 이 잔인한 개종자, 우리 예언자의 적아! 너의 잔인성과 너의 큰 반역을 혼내줄 자가 아무도 없을 줄 아느냐? 이 저주받을 놈아,

어떻게 감히 마호메트의 수호자요 너의 판관인 나에게 무기를 들고 공격한단 말이냐?"

판관은 한마디 한마디에 힘을 주어 소리쳤다. 하산의 병사들은 이 말을 듣고 또한 이미 자기 것이라고 생각했던 포획물을 알리의 병사들이 앗아갈까 두려워하여 모든 것을 모험에 맡기기로 결심했다. 한 사람이 공격을 시작하자 모두가 따랐다. 그들은 용기와 원한에 차서 거세게 알리의 병사들에게 쳐들어갔다. 그들의 수가 자신들보다 훨씬 많았으나 순식간에 공격하여 몇명 안 되는 적은 수가 남게 되었다. 그러나 남은 자들이 되돌아와 죽은 동료들의 복수를 했다. 결국 하산의 병사들은 네명 정도 살아남았는데, 그나마 부상이 매우 심했다.

리까르도와 마하무드는 싸우는 이들을 지켜보고 있었다. 때때로 뱃고물 선실 바닥 문으로 머리를 내밀어 시끄러운 첫소리, 칼싸움의 굉음이 어떻게 끝이 나는가 살펴보았다. 터키인들이 거의 다 죽고 살아남은 자들도 상처가 심한 것을 보고 두 사람은 얼마나 쉽게 모든 걸 끝낼 수 있을지 알았다. 리까르도와 마하무드는 할리마의 아버지와 배를 저을 때 도와달라고 함께 태워온 할리마의 두 조카를 불러 그들과 함께 죽은 자들의 반달칼을 들고 "자유다, 자유다"를 부르짖으며 복도로 뛰어들었다. 대단히 운 좋게도 그리스 기독교인 노꾼들의 도움을 받아 상처 하나 입지 않고 모두의 목을 베어버렸다. 그런 다음 아무 방어도 하지 않고 있던 알리의 함선으로 건너가 그들을 항복시키고 거기 싣고 온 것들을 노획했다. 두번째 접전에서 맨 먼저 죽은 자가 알리 바하였다. 한 터키인이 판관의 복수를 하기 위해 재빨리 그를 칼로 찔러 죽였다.

리까르도의 조언에 따라 모두들 즉시 자기 배와 하산의 베에서 값나가는 것들을 알리의 함선으로 옮겨 실었다. 그 배가 제일 커서 화물 운송과 여행에 더 편리했기 때문이다. 노꾼들은 기독교인들이라 그들이 얻은 자유와 리까르도가 모두에게 나누어준 많은 물건에 대만족해서 자진해서 그들을 뜨라빠나나 원한다면 이 세상 끝까지라도 모셔다드리겠다고 했다. 마하무드와 리까르도는 이렇게 일이 잘 풀린 데 매우 기뻐했고, 할리마에게로 가서 그녀에게 만약 키프로스로 돌아가고 싶다면 배를 잘 준비시키고 꾸며줄 것이며 배에 싣고 가던 재산의 절반을 주겠다고 했다. 그러나 그녀는 그렇게 엄청난 재앙을 당하고도 아직 리까르도에게 품은 사랑과 애정을 버리지 못하고 있었다. 그녀는 그들과 함께 기독교의 땅으로 가겠다고 했고, 그런 결정에 그녀의 부모는 대단히 기뻐했다.

이윽고 판관이 겨우 정신을 차렸다. 그들은 갖은 방법을 다해 그를 치료해주고, 그에게도 역시 두가지 길 중 하나를 택하라고 했다. 그들과 함께 기독교를 따를 것인지, 그의 배를 타고 니꼬시아로 돌아갈 것인지. 그는 대답하기를, 운수가 기박하여 그 지경에 이르렀으나 자신에게 자유를 준 그들에게 감사하다고 했다. 그는 콘스탄티노플로 가서 황제 폐하께 하산과 알리로부터 당한 모독과 배신을 고하겠다고 했다. 하지만 할리마가 자신을 버리고 기독교인이 되려 떠난다는 것을 알자 그는 거의 정신을 잃을 뻔했다. 결국 그의 배를 고쳐 여행에 필요한 물자를 주고 그의 것이었던 재산 중 금화 얼마를 주었다. 판관은 모두와 작별하고 니꼬시아로 돌아갈 결심을 했다. 돛을 달고 항해를 시작하기 전에 그는 레오니사의 포옹을 받고 싶어했다. 그렇게 한번 포옹해주는 은덕과 은혜로 자기의 불행을 모두 잊겠다고 했다. 모두들 레오니사에게 그런다고 그녀의 명예에 흠이 가거나 하지는 않을 테니 그토록 그녀를 사랑한 그에게 그런 은혜쯤 베풀어달라고 간청했다. 레오니사는 그들의 요구를 받아들였다. 그러자 판관은 그녀에게 두 손을 자신의 머리에 올려달라고 청했다. 그럼으로써 자신의 상처가 치유되기를 희망했기 때문이다. 모든 것에서 레오니사는 그를 만족시켜주었다. 이렇게 한 뒤에 그들은 하산의 배에 구멍을 냈다. 시원한 동풍이 불어 이들을 도와주는 듯했고 돛을 올리고 모든 것을 바람에 맡기라고 하는 것 같았다. 판관의 배가 출발했고 짧은 시간 안에 배는 금세 시야에서 사라졌다. 판관은 눈물을 머금고 바람이 자기 재산과 자기 기쁨, 자기 아내와 사랑의 영혼을 싣고 가는 것을 바라보았다.

리까르도와 마하무드는 서로 다른 생각 속에 배를 저어가고 있었다. 육지에는 상륙할 생각이 없이 아늑한 항만 알렉산드리아의 정경을 지나, 돛을 내리지 않고 노를 이용할 필요도 없이 험한 꼬르푸섬에 다다랐다. 거기에서 급수를 한 그들은 머물지 않고 내처 악명 높은 아끄로세라우노스 암초를 지나 멀리서 비옥한 뜨리나끄리아의 곶 빠끼노를 발견했다. 그 곶을 보고 불멸의 섬 몰타를 보니, 그들은 날개 돋친 듯이 달려가고 있었다. 그 행운의 배는 그토록 빠르고 가볍게 항해하고 있었던 것이다.

마침내 그 섬을 빙 둘러 내려가서 그로부터 나흘 뒤에는 람뻬두사섬에 다다랐다. 레오니사는 그 풍경을 보고 벌벌 떨었는데 그 섬에서 난파당해 위험에 처했던 기억을 떠올렸기 때문이었다. 다음날은 그토록 그리던 사랑하는 고향땅이 눈앞에 나타났다. 가슴속에 즐거움이 새롭게 솟구쳤고 새로운 행복으로 마음과 정신이 요동쳤다. 인생에서 가장 행복한 순간 중의 하나였다. 그토록 긴긴 포로 생활 후에 무사히 건강하게 고국에 돌아올 수 있었다는 것은 엄청난 행복이었고 그와 함께 적들로부터 승리를 거두었다는 즐거움

또한 컸다.

함선에 색색깔의 비단 깃발이며 삼각기 들이 가득 든 상자가 있어 리까르도는 그것으로 만국기를 만들어 함선을 장식하도록 했다. 날이 새고 나서 조금 지나서였으리라. 그들은 시내에서 1마장이 좀 못 되는 곳까지 노를 저으며 때때로 즐거운 함성을 질러대며 항구에 다가가고 있었다. 갑자기 수많은 동네 사람들이 줄지어 나타났다. 아름답게 장식한 함선이 천천히 육지에 다다르자 온 동네 사람들이 한 사람도 남김없이 가까이서 구경하러 나왔던 것이다.

이러는 동안 리까르도는 레오니사에게 간청해서 처음 고관대작들 천막에 들어왔을 때처럼 곱게 치장하고 예쁜 옷을 입도록 했다. 부모와 친지들에게 재미있는 장난을 하고 싶다는 것이었다. 그녀는 그 말대로 치장하여 화려함에 화려함을 더하고 진주에 진주를, 아름다움에 아름다움을 더했다. 행복하면 아름다움이 더욱 커지는 법. 옷을 잘 차려입고 나니 새삼스레 황홀과 감탄이 절로 나왔다. 동시에 리까르도는 터키식으로 옷을 입었다. 마하무드도 마찬가지로 차렸고 모든 기독교인 노꾼들에게도 죽은 터키인들의 옷을 입도록 했다.

그들이 항구에 도착했을 때는 아침 여덟시쯤 되었다. 날씨는 맑고 고요했다. 모든 것이 그 즐거운 입항을 열심히 바라보고 있는 것 같았다. 항구에 들어가기 전에 리까르도는 전함의 대포를 쏘라고 했다. 복도의 대포 하나와 두개의 작은 포들이었다. 시에서도 여러 발의 대포 소리로 응답했다.

모든 사람들이 어리둥절해서 그 울긋불긋한 함선이 가까이 오기를 기다렸다. 그러나 가까이서 보니 그것은 터키 배였다. 뱃사람들이 모두 무어족처럼 하얀 터번을 두르고 있는 게 보였다. 사람들은 두려워하며 무슨 속임수가 있는지 의심해서 무기를 들었다. 시내에서 군대를 다녀온 사람들이 모두 항구로 모여들었고 말을 탄 사람들이 해안가로 줄줄이 늘어섰다. 그 모습을 보고 항구로 다가들던 배의 사람들은 대단히 만족했다. 해안가에 닻을 내리고 일제히 노를 놓고 한 사람씩 한 사람씩 행진하듯 육지에 발을 디뎠다. 그들은 기쁨의 눈물을 흘리며 몇번이고 그 땅에 입을 맞추었다. 그것은 그들이 그 전함을 가지고 도망해온 기독교인들이라는 것을 확실히 알려주는 표지였다. 모든 사람들 맨 뒤에 할리마와 그 아버지 어머니가 나왔다. 그녀와 두 조카들은 모두 이미 말했듯이 터키식 옷을 입고 있었다. 이 장면의 마지막은 아름다운 레오니사가 장식했다. 그녀는 전의 연지색 가운으로 얼굴을 가리고 리까르도와 마하무드가 그녀를 사이에 두고 모시고 나왔다. 그 장면이 그들을 바라보는 거기 모인 끝없이 많은 군중들의 시선을 끌었다.

그들은 육지에 다다르자 다른 사람들과 마찬가지로 땅에 엎드려 입 맞추었다. 이때 그들에게 그 도시의 시장이자 대장이 다가왔다. 그는 그들이 그 배의 모든 사람들 중에서 가장 중심 인물들인 것을 알았다. 그리고 눈길이 닿자마자 리까르도를 알아본 그는 크나큰 반가움으로 두 팔을 벌리고 달려갔다. 시장과 함께 꼬르넬리오와 그의 아버지, 레오니사의 가족과 친척, 리까르도의 가족과 친척 들이 나왔는데 그들 모두가 그 도시에서 가장 귀족들이었다. 리까르도는 시장을 껴안고 자신에게 보내는 축하의 인사에 화답했다. 꼬르넬리오의 손을 잡자 그도 리까르도를 알아보고 얼굴색이 창백해지면서 두려움에 떨기 시작했다. 동시에 리까르도는 레오니사의 손을 잡고 말했다.

"예의를 갖추어 여러분께 한 말씀 드리겠습니다. 시내에 들어가 교회로 가서 불행 속에서 우리를 구원해주신 이 커다란 은혜에 우리 주님께 감사를 올리기 전에, 제가 드리고 싶은 몇마디를 들어주시기 바랍니다."

그 말에 시장은 하고 싶은 말이 있으면 얼마든지 하라고, 모두들 그의 말을 조용히 즐거운 마음으로 듣겠노라고 했다. 거기 있는 대부분의 귀족들이 그를 에워쌌다. 리까르도는 목소리를 약간 높여 이렇게 말했다.

"여러분, 여러분도 기억하시리라 생각합니다. 몇달 전 살리나스 정원에서 제가 레오니사를 잃어버린 그 불행한 사건을 말입니다. 또한 제가 그녀를 자유의 몸으로 구해내기 위해 갖은 노력을 다했다는 것도 모두 잊지는 않으셨겠지요. 저는 저 자신을 구하기보다 먼저 그녀를 구하고자 몸값으로 제 전재산을 걸었습니다. 그러나 비록 이 재산은 저의 관대한 마음처럼 보이지만 그렇다고 저를 지나치게 칭찬해서도 안 되고 칭찬할 수도 없는 일이지요. 그것은 저의 모든 사랑과 영혼을 구하는 값이었으니까요. 그 뒤 지금까지 우리 둘에게 일어난 일은 저처럼 이렇게 혼란스러운 혀보다 더 차분한 이에게서 더 적당한 때에 들어봐야겠지요. 제가 지금으로서 드릴 수 있는 말은 여러가지 이상한 우여곡절 끝에, 우리의 재난을 해결하려는 수천가지 희망을 잃어버린 뒤에, 언제나 자비로운 하늘이 불경스러운 우리에게 자비를 베푸셔서 그토록 그리던 조국으로 돌려보내주셨다는 것입니다. 더구나 행복을 가득 싣고 재산까지 가득 채워서 말이지요. 그러나 오늘 저의 비할 데 없는 이 기쁨은 재산 때문도 아니요, 어렵게 얻은 자유 때문도 아닙니다. 평화와 전쟁 속에서도 항상 꿈꾸어온 그녀, 나의 달콤한 적의 자유의 기쁨 때문에 더욱 기쁩니다. 그녀가 자유의 몸이 되어 그녀의 영혼의 초상을 실제로 이렇게 이 눈으로 보게 되어서 저는 참으로 즐겁습니다. 더욱 즐거운 것은 고난 속에서 동료였던 사람들이 갖게 된 모든 즐거움 덕분입니다. 그들의 즐거움이 저의 즐거움입니다. 불행과 슬픔의 우여곡절은 사람의 성격을 바꾸고 용맹스러운 마음을 무력화시킨다고들 하지요. 그러나 제 찬란한 희망을 말살시키려 했던 사형집행관은 그걸 이루지 못했습니다. 우리는 보통의 인간이 가진 큰 용기와 온전한 마음으로 불행한 조난을 극복했습니다. 그리고 하늘은 저의 뜨겁고 끈질긴 부탁을 들어주었습니다. 이로써 하늘은 바꿀 수 있지만 타고난 기질은 바꾸지 못한다는 것이 증명되었지요. 그 기질 속에 튼튼히 뿌리내린 사람들에게는 말이지요. 그러나 시작한 이야기로 돌아가자면, 제가 드린 이 모든 이야기의 뜻은 그녀의 몸값으로 제가 전재산을 내놓았다는 것입니다. 저는 제 소망을 이루기 위해 마음을 다했고, 석방 계획을 꾸몄으며, 저보다, 제 목숨보다 오직 그녀를 위해 모험을 했습니다. 이 모든 것은 실제로 더욱 감사해야 할 다른 한 사람의 책임이 될 것입니다. 저는 그 사람이 되고 싶지 않습니다. 제가 바라는 것은 오직 지금 당신에게 보여주는 이 사람을 책임져달라는 것입니다."

이렇게 말하면서 그는 손을 들어 정중한 자세로 레오니사 얼굴의 가리개를 벗겼다. 마치 아름답고 밝은 해를 가리던 구름이 벗어지는 것 같았다. 리까르도는 말을 이어갔다.

"여기 보시는가, 오, 꼬르넬리오! 그대가 세상에서 아끼고 사랑할 만한 것 중에서 가장 사랑하리라 생각하는 보물을 전하겠네. 여기 보시는가. 그대, 아름다운 레오니사여! 그대가 항상 기억 속에 간직해온 그 사람을 드리리. 이것을 진정 내가 가진 너그러움으로 이해해주기 바라오. 이 너그러움에 비하면 내 재산이나 명예, 생

194

명은 아무것도 아니라오. 이 여자를 맞아들이시라, 오, 행복한 청년이여! 그리고 그대의 지혜가 세상에서 가장 큰 가치가 무엇인가를 알게 되면 그대를 세상에서 가장 행운아라고 생각해도 좋으리니, 그녀와 함께 하늘이 우리 모두에게 준 재산 중에서 내 몫을 다 그대에게 드리겠소. 아마도 충분히 금화 3만 에스꾸도 이상 될 줄로 아오. 이 모든 걸 마음대로 쓰시고 하느님 덕택에 자유롭고 편안하게, 오래오래 행복하시길 바라오. 이제 내게는 행복이 없소. 레오니사가 없으니 말이오. 나는 가난하게 남아도 좋소. 레오니사가 없는 몸에 생명만 넘치도록 많이 남았구려."

이렇게 말하고 그는 혀가 입천장에 붙기라도 한 듯이 입을 다물었다. 그러나 그로부터 얼마 지나지 않아 누가 입을 열기 전에 그가 말했다.

"아이고 맙소사, 하도 일이 많다보니 제 머리가 흐려졌나보네요! 여러분, 제가 선행을 하겠다는 소망 때문에 무슨 말을 하는 건지도 제대로 생각을 못 했네요. 누구도 남의 보물을 가지고 너그럽게 주고받을 수는 없는 법. 제가 무슨 법적 권리가 있어 레오니사를 남에게 줄 수 있습니까? 그러니까, 제 것이 되기에도 너무 먼 것을 어떻게 남에게 줍니까? 레오니사는 자신의 것이지요. 너무나 자신의 것이어서, 만수무강하시길 바라는 부모님이 안 계신다면 어떤 상대도 그녀를 마음대로 못 하지요. 그녀가 얌전한 아씨로서 저에게 진 빚이나 어떤 의무 같은 것을 생각하고 있다면, 이 자리에서 저는 그녀에게서 모든 의무를 지우고 없애드리겠습니다. 따라서 제가 조금 전에 한 말은 취소합니다. 꼬르넬리오에게는 아무것도 드리지 못합니다. 제가 할 수 없는 일이니까요. 다만 레오니사에게 바치기로 한 재산은 인정하겠습니다. 아무런 대가도 바라지 않습니다. 오직 저의 정직한 마음을 진실로 받아주기만 하면 됩니다. 그리고 믿어주십시오, 그녀의 비할 데 없는 정숙함과 커다란 용기, 끝없는 아름다움을 사모하는 사람으로서 제가 한번도 다른 생각을 품거나 다른 것을 바라지 않았다는 것을 말입니다."

이렇게 말하고 리까르도는 입을 다물었다. 그 말에 레오니사는 이렇게 대답했다.

"그대가 나에 대한 사랑으로 질투에 빠져 있는 동안 내가 꼬르넬리오에게 어떤 호의라도 베풀었다고 생각한다면, 오, 리까르도, 그때 나는 오직 우리 부모님의 명과 뜻을 따라 정숙하게 행동했을 뿐이라는 것을 알아주기 바랍니다. 부모님은 그가 나의 남편이 되도록 그의 마음이 움직이기를 기대하면서 그에게 잘해주기를 허락하셨지요. 그대가 이 해명에 만족한다면, 나의 정숙함과 조심성은 가까이서 그대에게 보여준 것만으로도 확실히 아실 거라 믿습니다. 이런 말을 당신에게 하는 것은, 리까르도, 나는 항상 나의 것이었고 부모 외에는 어느 누구에게도 얽매이지 않았다는 것을 알아달라는 뜻에서입니다. 이제 이 불초여식이 부모님께 예의를 갖추어 간절히 청하고 싶은 것이 있습니다. 당신의 그 큰 용기와 관대함이 나에게 베푼 뜻을 내가 마음대로 받아들일 수 있도록 허락해주십사 하는 것입니다."

그녀의 부모는 그녀에게 허락한다고 말했다. 딸의 사려 깊음을 믿고 그녀가 모든 일을 항상 자신의 명예와 지조를 지키는 방향으로 결정했기 때문이라고 했다.

"이렇게 허락하시면," 정숙한 레오니사가 말했다. "내가 배은망덕하기보다 다소 버릇없이 구는 것처럼 보여도 나쁘게 생각하지 말기 바랍니다. 오, 용감한 리까르도! 이제까지 어리둥절, 이럴까

저럴까 의심하여 혼란스러워한 이 마음이 결국 당신을 향하고 있음을 밝혀요. 이렇게 감사하는 모습을 보임으로써 나는 사람들에게 모든 여자가 무정하지만은 않다는 것을 알리고 싶네요. 나는 당신 거예요, 리까르도. 죽을 때까지 당신 것이 될게요. 내 남편이 되어주십사 청하는 이 손을 뿌리칠 만한 더 좋은 생각이나 마음이 당신에게 있지 않다면요."

리까르도는 이 말을 듣고 정신이 나갈 듯해 레오니사에게 어떤 말로도 대답할 수 없었다. 오로지 그녀 앞에 무릎을 꿇고 몇번이고 손을 끌어당겨 키스했을 뿐이다. 사랑에 찬 뜨거운 눈물이 손등을 적셨다. 꼬르넬리오는 마음이 아파 눈물을 흘렸다. 레오니사의 부모는 기쁨의 눈물을 흘렸다. 주변에 있던 사람들도 즐거움과 감탄의 눈물을 흘렸다…… 도시의 대주교이자 주교가 거기 있었기에 그들은 그의 허락과 축복 속에 교회로 향했고 시간을 줄여 바로 그 자리에서 결혼식을 올렸다. 온 시내에 기쁨이 넘쳤다. 그날 밤부터 여러 날 동안 수없이 많은 등불이 밝혀져 기쁨을 알렸다. 리까르도와 레오니사의 친척들은 큰 잔치와 놀이를 벌였다. 마하무드와 할리마는 개종하여 기독교 교회와 화해했고, 할리마는 리까르도의 아내가 되려던 소원은 불가능해졌지만 마하무드와 맺어진 것으로 만족했다. 리까르도는 할리마의 부모와 조카들에게 그들이 충분히 살 수 있도록 한몫씩 관대하게 나누어주었다. 결국 모두가 만족하고 자유롭고 행복했다. 리까르도의 명성은 시칠리아 경계를 벗어나 온 이딸리아반도에 '마음씨 좋은 연인'이라는 이름으로 방방곡곡 퍼져나갔고 지금까지도 레오니사가 낳은 여러 자손들에 의해 전해지고 있다. 레오니사가 보기 드문 정숙함과 사려 깊음, 덕성과 아름다움의 모범이었다는 명성과 함께 말이다.

린꼬네떼와 꼬르따디요에 관한 소설
Novela de Rinconete y Cortadillo

몰리니요 객줏집에서의 일이다. 객줏집은 까스띠야에서 안달루시아로 가는 길목에 있는 유명한 알꾸디아 들판의 끝에 있었다. 어느 더운 여름날 그 객줏집에 열네댓살쯤 되어 보이는 소년들이 모여 있었다. 이 아이나 저 아이나 열일곱살은 넘지 못하는 나이였다. 그중 둘은 아주 재치 있어 보이긴 했지만 찢어지고 너덜너덜한 옷을 입은 남루한 몰골들이었다. 까빠는 없이 삼베 바지에다 양말은 벌거벗은 맨살 양말이었다. 그들의 신발이 양말 대신이라고 해도 그럴 법했다. 왜냐하면 한 아이의 신발은 줄로 엮은 샌들로 하도 신고 다녀서 닳고 닳은 것이고, 또 한 아이의 것은 제법 큰 구멍이 숭숭 뚫린 구두인데 그것도 닳아서 밑창도 없었다. 모두 낡아서 신발이기보다는 족쇄 비슷한 모양새로 발에서 덜렁거렸다. 한 아이는 사냥꾼이나 쓰는 파란 두건을 쓰고 다른 한 아이는 띠 없는 모자를 썼는데, 그 모자는 꼭지는 낮고 챙은 넓었다. 한 아이는 어깨에 스카프처럼 가슴을 가로질러 휘감은 양털 가죽 색깔의 셔츠를 걸쳤고 등에는 끈으로 묶는 여행용 가방 같은 것이 묶여 있었다. 다른 아이는 배낭도 없이 맨몸으로 가슴에는 뭔가 불룩 나온 것이 보였는데, 자세히 보면 발로네스라고 하는 스카프식 칼라로서 기름으로 풀을 먹였는데 찢어지고 실이 빠져서 너덜너덜한 넝마나 누더기 같았다. 발로네스에 싸여 타원형의 카드 몇장이 들어 있었는데, 하도 카드놀이를 해서 가장자리가 해진 것을 더 오래 쓰려고 깎아내서 그런 모양으로 된 것이었다. 두 아이 모두 햇볕에 타서 많이 그을렸고 손톱이 길었다. 손들은 별로 깨끗하지 못했다. 한 소년은 자루 달린 단검을 가졌고 다른 한 소년은 보통 날이 서너개로 카우보이 칼이라고 부르는 칼자루가 노란 칼을 가졌다.

그 둘은 객줏집에 딸린 현관이나 현관 곁방 같은 데서 낮잠을 잘까 해서 나온 참이었다. 서로 마주 보고 앉아 한살쯤 더 나이 먹어 보이는 큰 아이가 더 어려 보이는 작은 아이에게 말했다.

"당신은 어느 고장에서 오셨습니까, 신사 양반? 그리고 어느 방향으로 가시는 길인지요?"

"신사님, 나의 고향은 모릅니다. 어디로 가는 길인지도 모르고요." 질문을 받은 아이가 대답했다.

"그런데요," 큰 아이가 말했다. "당신은 하늘에서 내려온 것 같지는 않으신데요. 그리고 여기는 당신이 정착할 만한 곳이 아닙니다. 억지로라도 더 가셔야 할 것 같네요."

"그래요," 작은 아이가 말했다. "하지만 내가 한 말은 사실 그대로입니다. 내 고향은 더이상 내 고향이 아니에요. 거기에 나와 관련된 거라곤 내 아버지밖에 안 계신데 아버지는 나를 아들로 생각하지 않으시거든요. 의붓어머니도 계시지만 그분은 나를 데려온 자식으로 알지요. 내가 가는 길은 닥치는 대로입니다. 누가 이 비참한 목숨을 지탱하는 데 필요한 것만 주면 거기에 머물면 되지요."

"그럼 하실 줄 아는 일이 있습니까?" 큰 아이가 물었다.

작은 아이가 대답했다.

"아는 거라고는 토끼처럼 달리는 거, 사슴처럼 뛰어오르는 거, 그리고 가위질은 아주 섬세하게 잘하지요."

"그거 아주 좋은 기술이군요, 대단히 이롭고 유용한 거예요." 큰 아이가 말했다. "그런 기술이면 당신에게 푸짐하게 교횟밥이나 먹을 것을 줄 교회지기가 반드시 있을 거구먼요. 수난의 날의 전날 성주간의 목요일을 위해 기념비에 커다란 종이꽃을 잘라 만들게 시킬 테니까요."

"제가 잘하는 일은 그런 일이 아니고요." 작은 아이가 말했다. "내 아버지가 하느님의 은덕으로 양복장이에다가 양말 짜는 직공이어서 저에게 토시 잘라 짜는 법을 가르쳐주셨거든요. 토시라는 것은 한쪽을 자른 긴 양말로 보통은 각반이라고 부르지요. 사실 나는 그걸 하도 잘 잘라서 숙련기술자로 시험을 볼 정도였어요. 그러다보니 운수도 반쪽으로 잘려 궁지에 몰렸는지 모르겠구먼요."

"그게 모두 다 좋은 데 쓰일 수 있다니까요." 큰 아이가 말했다. "내가 항상 듣기로 좋은 기술이란 가장 쓸모없는 기술이라는 거예요. 더구나 당신은 아직 젊으니 운수를 바꿀 수도 있지요. 하지만 내 눈이 귀신이라 속일 수 없는데, 당신은 틀림없이 또 무슨 숨겨놓은 기술이 있을 거예요. 보여주고 싶어하지 않는 어떤……"

"있긴 있지요." 작은 아이가 말했다. "하지만 당신이 잘 지적하셨듯이 대중에게 내놓을 것은 아니지요."

그 말에 큰 아이가 말을 받았다.

"내가 당신에게 말하는데, 나도 큰물에서나 노는 가장 비밀스러운 청년들 중의 하나예요. 당신이 나한테 편하게 가슴을 열고 말할 수 있게 당연히 먼저 내 비밀을 말씀드리지요. 보아하니 우리가 좋은 인연으로 여기서 만난 것 같고 그보다 더욱이는 오늘부터 우리 인생 끝나는 날까지 정말 진실한 친구가 될 것 같은 생각이 드네요. 신사 양반, 나는 푸엔프리다 출신이에요. 훌륭한 여행객들이 끊임없이 지나다니기로 유명한 고장이지요. 내 이름은 뻬드로 델 린꼰이오. 내 아버지는 고명한 가문의 사람으로 십자군운동의 사제요. 말하자면 귀족 문장을 가지고 다니는, 속인들이 말하는 면죄부 파는 양반이라는 말이지요. 나는 얼마 동안 아버지 조수로 일했는데 그 기술을 잘 배웠어요. 면죄부 팔아넘기는 일에서 잘한다고 으스대는 누구에게도 뒤지지 않을 정도였지요. 아무튼 면죄부 자체보다 면죄부를 파는 돈에 더욱 맛을 들이고 있었던 터라, 어느날 돈주머니 하나를 훔쳐 끌어안고 함께 마드리드에 떨어졌습니다. 거기서 주어진 편안한 생활을 즐기다가 며칠 안 되어 자루 속 돈을 다 꺼내 쓰고 말았지요. 돈주머니는 새신랑의 손수건보다 더 쭈글쭈글해지고 나는 빈털터리가 되었어요. 게다가 돈을 관리하던 사람이 나를 뒤쫓아와 체포했어요. 그는 인정사정없었어요. 비록 내가 미성년이라 감옥의 문고리 걸쇠에 묶어놓고 한동안 등판을 매질하는 것으로 만족했지만요. 나는 인내심 있는 사람이라 어깨를 움츠리고 꾹 참고서 매라는 매는 다 맞았지요. 그러고는 마드리드에서 4년 동안 추방당했는데 하도 급하게 추방당한 터라 타고 갈 말도 구할 새가 없었어요. 내 귀중품 중에서 가장 유용할 것처럼 보이는 것들만 꺼내왔죠. 그중의 하나가 이 카드들이에요. (그러면서 그는 이미 말했듯이 가슴에 차고 온 것들을 펼쳐 보였다.) 이것들로 마드리드부터 여기까지 오는 도중의 객줏집이며 여인숙에서 생활비를 벌었지요. 카드놀이로 노름을 하면서 말이에요. 비록 당신 보기에는 이 카드들이 다 닳아 형편없어 보이겠지만 카드를 아는 사람에게는 마술 같은 효력을 발휘하지요. 손 밑에 에이스 한장 남아 있지 않게 꼼짝 못 하게 하거든요. 당신이 카드놀이를 좀 아시면 첫 판에 에이스 한장 확실히 가진 사람이 얼마나 유리한지 아시겠지요. 그렇게 되면 1점이나 11점을 가진 것이 되는데, 이런 이점을 가지고 21점 따면 이기는 '베인띠우나' 카드놀이를 하면 돈은 물주가 따는 거지요. 이 놀이 외에도 어느 대사 집 요리사에게서 배운 건데, '끼놀라스'라는 카드놀이의 속임수가 몇가지 있어요. 또한 '안다보바'라는 놀이도 잘 알지요. 그러니까 당신이 가위질로 각반 자르는 기술 시험을 보려 했듯이 나도 카드놀이 학문에는 도가 텄다고 할 수 있지요. 이 기술 하나면 확실히 나는 굶어 죽지는 않을 거예요. 하다못해 사창가를 간다 해도 잠깐 한판 놀며 시간을 보내고 싶어하는 사람들이 있거든요. 이걸 가지고 우리 둘이 여기서 한번 시험해보자 치면, 그물을 쳐놓고 어쩌다 얼뜨기 마부 같은 새 한마리가 걸려드는가 보자구요. 그러니까 내 말은, 우리 둘이 진짜로 베인띠우나 카드놀이를 하는 척하자구요. 그러다 누군가 세번째로 끼어들면 그 친구가 돈이나 '머니'를 놓고 가게 되는 거지요."

"그거 최고군요." 작은 아이가 말했다. "게다가 당신 인생에 대해서 이렇게 이야기해주시니 참으로 감사합니다. 그러니 나도 내 이야기를 숨겨서는 안 되겠군요. 짧게 말씀드리면 이렇습니다. 나는 메디나 델 깜뽀와 살라망까 사이에 있는 성스러운 고장에서 태어났습니다. 내 아버지는 양복장이이고 그 일을 나에게 가르쳤지요. 가위질 말이에요. 나는 재주가 좋아서 한걸음 더 나가 핸드백까지 만들었어요. 그러다 좁은 시골에서의 삶이 싫고 의붓어머니의 사랑 없는 짓거리가 싫어서 고향을 떠나 똘레도로 왔지요. 나만의 기술을 닦으려구요. 거기서 크게 성공했어요. 눈이 100개 달린 그리스 신화 속 감시자 아르고스가 지키고 있다고 해도 수녀 모자함이든 옆구리에 차는 주머니든 내 손가락이나 가위가 안 닿은 물건이 없었지요. 그 도시에 4개월 있는 동안 어디 잡혀 있었거나 쇠고랑 차고 놀란 일도, 누가 고자질해서 혼난 일도 없었어요. 사실 한 여드레 되던 무렵 어떤 이중 스파이가 내 재주를 시장에게 이야기했어요. 내가 대단하다는 이야기를 들은 시장은 흥미를 느껴 나를 보고 싶어했어요. 하지만 나는 천한 사람이라 그렇게 엄숙한 사람들하고는 대하기가 싫어서 그분을 안 만나려고 했어요. 그래서 황급히 그 도시를 떠났지요. 타고 갈 말도, 땡전 한푼, 돌아올 마차나 짐수레조차도 없이 말이에요."

"그런 일은 지워버리자구." 린꼰이 말했다. "이제 우리가 서로 알게 되었으니, 그런 대단한 사람들이나 오만한 사람들 이야기는 해서 뭐 하겠나? 우리는 땡전 한푼, 신을 신발조차 없었다고 편하게 고백하자구."

"그럽시다." 디에고 꼬르따도가 대답했다. 작은 아이 이름이 꼬르따도였다. "린꼰 당신이 말씀하셨듯이 우리 우정은 영원할 테니 성스럽고 칭송받을 만한 예를 갖추어 시작하십시다."

그러고서 꼬르따도는 벌떡 일어나 린꼰을 껴안았다. 린꼰도 그를 부드럽게 꼭 안았다. 그리고 즉시 자기가 말한 카드를 꺼내 둘은 베인띠우나 놀이를 하기 시작했다. 아주 깨끗하고 편안하게, 기름때나 사악한 속임수 따위는 없이…… 얼마 치지 않아 꼬르따도도 스승 린꼰처럼 선뜻 에이스를 꺼내들 줄 알게 되었다.

이때 마부 하나가 객줏집 현관 문턱에 땀을 식히러 나왔다가 자기도 끼어 치고 싶다고 했다. 그들은 아주 반갑게 그를 맞아들여 채 반시간도 안 되어 12레알 22마라베디를 땄다. 그것은 마부로서는 창을 열두번 맞은 것과 같고 2만 2천 톤의 고통을 받은 것과 같았다. 마부는 그들이 소년들이니 노름을 해서는 안 되는 녀석들이라 여기고 돈을 빼앗으려고 했다. 그러나 그게 아니었다. 한 아이가 손에 자루 단검을 잡고 다른 아이가 노란 칼자루의 칼에 손을 댔다. 그리고 그를 하도 무섭게 을러대서 그의 동료들이 뛰어나오지 않았더라면 틀림없이 끔찍한 일이 벌어질 뻔했다.

이때 어쩌면 같은 길로 말을 탄 행인들 한 무리가 지나갔다. 그들은 반마장쯤 앞에 있는 알깔데 객줏집에서 낮잠이나 자다 갈까 하던 중이었다. 마부가 소년 둘하고 싸움을 벌이는 걸 보고 그들을 뜯어말리고는 소년들에게 혹시 세비야를 가는 길이라면 자기들을 따라오라고 했다.

"저희도 그리로 가려 했습니다." 린꼰이 말했다. "무엇이든지 시키실 일이 있으면 저희가 어르신들을 모시겠습니다."

소년들은 더이상 머뭇거리지 않고 노새들 앞에 뛰어들어 그들과 함께 가버렸다. 얻어터진 마부는 화가 나서 어쩔 줄 몰라했다. 그러는 사이, 소년들은 몰랐지만 그들의 이야기를 엿듣고 있던 객줏집 여주인은 그 악동들, 그 '삐까로'들이 그들 나름대로 교양이 있는 걸 보고 놀랐다. 그리고 그 마부에게 악동들이 가져온 카드는 조작된 것들이라고 말하는 걸 들었다고 하자, 마부는 분해서 수염을 쥐어뜯으며 그들을 따라 여인숙으로 가서 자기 돈을 되찾겠다고 했다. 자기 같은 어른을 두 소년이 속이는 것은 가장 비열한 짓이며 엄청난 모독이라는 것이었다. 그의 동료들이 따라가지 말라고 그를 막아서며 그의 무능과 바보짓을 사람들에게 알리지 않기 위해서라도 그렇게 해서는 안 된다고 했다. 그렇게들 이야기하니까, 그것이 마부를 위로해준 것은 아니지만, 그는 결국 어쩔 수 없이 가만있을 수밖에 없는 꼴이 되었다.

그러는 동안 꼬르따도와 린꼰은 길을 가면서 행인들을 어찌나 착하게 잘 모셨는지 행인들은 대부분의 길을 가는 동안 소년들을 말 엉덩이 쪽에 태워주었다. 여러번 반쯤 주인인 그들의 여행가방에 손을 댈 기회가 있었지만 소년들은 스스로에게 그런 짓을 용납하지 않았다. 그들은 그토록 가보고 싶던 세비야를 가는 이런 좋은 기회를 놓치고 싶지 않았다.

이렇게 해서 도시의 입구에 다다랐을 때는 저녁 종이 울릴 무렵이었다. 세관 문 근방에서 행상들이 세금 납부와 등록 때문에 지체하자 꼬르따도는 참지 못하고 자기를 말 뒤에 싣고 오던 동행 중 한 프랑스인의 가방인지 핸드백인지에 손을 댔다. 주머니칼 하나로 가방에 길고 깊게 상처를 내자 가방 속이 훤히 들여다보였다. 그는 좋은 셔츠 두장과 해시계, 수첩 하나를 슬쩍했는데 막상 물건을 살펴보고서는 별로 기분이 좋지 않았다. 프랑스인이 그 가방을 말 엉덩이에 싣고 왔으니 그런 소소한 물건이 들어 있으리라고는 생각지 않았던 것이다. 그래서 다시 한번 손을 넣어 뒤져볼 뻔했으나 그러지 않았다. 가방에 아무것도 없다면 이미 눈치챘을 것이고 나머지는 잘 살펴보았다고 생각했기 때문이다.

거기까지 그들을 먹여주고 데려다준 사람들의 물건을 훔치기 전에 그들은 행상들과 작별했다. 그리고 다음날 아레날 대문 밖에서 열리는 싸구려 벼룩시장에서 셔츠를 팔아서 은화 20레알을 벌었다. 이렇게 하고서 그들은 시내를 둘러보러 갔다. 세비야 대성당의 웅장함과 화려함이 놀라웠다. 상선에 뱃짐 싣는 때여서 부둣가에는 사람들이 엄청나게 모여 있었다. 강에는 전함이 여섯척 떠 있었다. 그 모습을 보자 한숨이 절로 나왔는데, 자신들이 저지른 죄 때문에 끌려가 그 안에서 노 젓는 형을 살며 평생 갇혀 있을 것이 두려웠기 때문이다. 그 근방에서 많은 소년 소녀 들이 광주리를 들고 돌아다니는 것이 보였다. 소년들은 그들 중 하나에게 그게 어떤 일인지, 얼마나 고생스러운지, 돈은 얼마나 버는지를 물어보았다.

질문을 받은 아스뚜리아스에서 온 소년 하나는 그 일이 아주 편하고, 세금을 안 내며, 어떤 날은 은화 5레알, 어떤 날은 6레알의 수입이 있다고 했다. 그것으로 왕처럼 떵떵거리며 산다고, 보증금 내고 섬길 주인을 찾아다닐 필요 없이 원하는 시간에 편안히 먹고 마실 수 있다고 했다. 온 도시의 아주 작은 술집이라도 언제든지 일은 있으니까 말이다.

두 친구에게는 그 아스뚜리아스 소년의 이야기가 상당히 괜찮게 들렸고 그 일이 그렇게 나빠 보이지 않았다. 그 일을 하면 어느 집에나 편하게 들락거릴 수 있으니 그들의 직업인지 도둑질인지를 은밀하고 안전하게 하기에는 안성맞춤 같아 보였다. 그들은 즉시 그 일을 하기 위해 필요한 물건들을 사기로 결심했다. 그 일은 시험을 보지 않아도 할 수 있었다. 그 아스뚜리아스 친구에게 무엇을 사야 하느냐고 물으니 그는 깨끗한 작은 자루를 각자 하나씩 새것으로 사고 각기 세개의 야자나무 이파리로 만든 광주리를 사는데, 두개는 큰 것, 한개는 작은 것을 사서 거기에 고기와 생선, 과일을 나누어서 넣고 자루에는 빵을 넣으라고 일러주었다. 그리고 그는 어디서 그것들을 파는지도 가르쳐주었다. 그들은 프랑스인으로부터 슬쩍한 것들을 판 돈으로 모든 필요한 것을 샀다. 그리고 두시간 뒤에는 그 일에서 광주리 들기를 연습하고 자루 놓기를 배운바, 졸업장을 탈 수 있었다. 그들의 두목께서는 가야 할 점포들을 가르쳐주었다. 아침에는 대정육점과 산 살바도르 광장에 가고, 생선이 들어오는 날은 어시장과 꼬스따니야에 가야 한다. 매일 오후에는 부두에 가고 목요일은 장이 서니까 장에 간다.

두 친구는 이런 가르침을 전부 외웠다. 그리고 다음날 아침 일찍부터 산 살바도르 광장에 자리를 잡았다. 그들이 거기 도착하자마자 같은 일을 하는 여러 청년들이 그들을 에워쌌다. 그들이 가진 자루와 광주리들이 새것이어서 광장에서 초짜라는 티가 났다. 청년들은 그들에게 수천가지 질문을 했다. 그들은 모든 질문에 침착하게 고분고분 대답했다. 이때 군인 하나와 반쯤은 학생처럼 보이는 젊은이가 다가왔다. 이 두 신참의 광주리 청소와 마수걸이를 좀 해달라는 청을 받고서 학생 같아 보이는 사람이 꼬르따도를 불렀다. 군인은 린꼰을 불렀고.

"이거 하느님 덕택에, 반갑구먼." 두 사람이 말했다.

"이 일이 시작이 좋네요." 린꼰이 말했다. "나리께서 첫 손님이시구먼요."

그 말에 군인이 대답했다.

"내가 물건을 좀 사러 왔으니 마수가 나쁘진 않을 거야. 내가 연애 중인데, 나의 여주인의 친구들에게 오늘 잔치를 베풀어야 하거든."

"그러시다면 손님 마음대로 일을 시키십시오. 제 몸도 마음도 이 광장 것을 전부 지고 갈 만큼 튼튼합니다. 필요하시다면 제가 요리를 도와드릴 수도 있습니다. 좋은 마음으로 기꺼이 해드리겠습니다."

소년이 기분 좋게 시원시원하게 나오자 군인은 만족했다. 그는 소년에게 혹시 하인으로 일할 생각이 있으면 자기가 이 고생스러운 일에서 해방시켜주겠노라 했다. 그 말에 린꼰은 오늘이 이 일의 첫날인지라 그렇게 빨리 그만두고 싶지는 않다고, 최소한도 이 일이 좋은지 나쁜지 알아보기나 하겠다고 말했다. 그리고 약속드리건대, 이 일이 정 마음에 안 들면 어디 높은 승려를 모시기보다 당신께 가겠다고 말했다.

군인은 웃고서 그에게 짐을 잔뜩 지우고 자신이 사랑하는 귀부인의 집을 보여주고서 그 집을 잘 알아두라고 했다. 앞으로 또 그녀에게 무얼 보낼 일이 있으면 자기가 이렇게 데리고 올 필요가 없도록 말이다. 린꼰은 성실히 모시고 잘해드리겠다고 약속했다. 군인은 그에게 동전 서푼을 주었다. 그는 혹시라도 다른 기회를 놓치지 않으려고 다시 한달음에 광장으로 달려갔다. 이렇게 부지런해야 한다는 것도 아스뚜리아스 친구가 알려준 것이다. 또한 그는 작은 생선을 가져갈 때는 그것이 청어인지 정어리인지 넙치인지 알아야 하며, 생선을 들어서 그날 쓸 것을 직접 조금 맛을 보고 좋은지 나쁜지 가늠하라고, 그러나 이런 짓은 아주 재빠르게 조심해서 해야 하며 그래야 신용을 잃지 않는다고도 했다. 신용이라는 것이 그 일에서 가장 중요하다는 것이었다.

린꼰이 하도 빨리 돌아와서 꼬르따도는 똑같은 자리에 있었다. 꼬르따도는 린꼰에게 다가가서 장사가 잘되었느냐고 물었다. 그는 동전 세개를 내보였다. 꼬르따도는 손을 가슴에 집어넣더니 주머니를 하나 꺼냈다. 지난 시절에는 호박 같은 보석을 담았을 것으로 보이는 주머니가 볼록했다. 그가 말했다.

"그 고명하신 학생께서 이걸로 내게 지불하셨어요. 그리고 동전 두개도요. 하지만 당신이 가지고 있어요, 린꼰. 혹시 앞으로 무슨 일이 있을지 모르니까요."

꼬르따도가 은밀하게 그에게 그걸 건네주고 난 뒤였다. 그 학생이 땀에 흠뻑 젖어 죽을 둥 살 둥 정신이 빠져 돌아오는 꼴을 보았다. 그는 꼬르따도를 보더니 이러이러한 모양을 한 주머니를 혹시 본 적 있느냐고 묻는다. 거기 순 금화로 15에스꾸도, 은화 3레알, 2마라베디 넘는 동전에다 잔돈도 넣어두었는데 주머니가 없어졌다는 것이다. 그는 혹시 자기가 물건을 사러 다니는 동안에 그 주머니를 가져갔느냐고 꼬르따도에게 물었다. 그 물음에 꼬르따도는 완전히 시치미를 떼고서 놀라거나 얼굴색 하나 변하지 않고 말했다.

"그 주머니에 대해서 제가 아는 거라곤 그걸 잃어버리지는 않으셨을 거라는 겁니다. 당신께서 조심성 없이 어디다 두지 않으셨다면 말이지요."

"내 말이 그 말이오. 아이고, 내 정신이야!" 학생이 대답했다. "내가 정신없이 어디다 놓아둔 모양이오. 내가 그걸 도둑맞았다니까!"

"그게 제 말이에요." 꼬르따도가 말했다. "하지만 죽지 않은 바에야 모든 일은 해결할 방법이 있지요. 당신께서 취해야 할 제일로 중요한 방법은 오로지 인내심을 갖는 겁니다. 하늘이 무너지란 법은 없으니까요. 하루가 가면 또다른 하루가 오기 마련이고, 하나를 받으면 다른 것을 빼앗기지요. 시간이 가면 주머니를 가져간 자가 참회하고 당신께 찾아올 수도 있고, 이자를 붙여서 되돌려줄 수도 있잖아요."

"나도 이자를 붙여서 용서해야겠구먼요." 학생이 대답했다.

그러자 꼬르따도는 이어서 말했다.

"더구나 도둑질을 하면 교황청에서 발급한 파문장이나 엄한 형벌을 받을 테니, 어떻든 일은 잘되게 되어 있어요. 사실 저라면 그 주머니를 가져간 당사자가 되고 싶지는 않지만요. 당신께서 그런 교회의 성스러운 명령을 받는다면 당신의 물건을 훔치고서 근친상간이나 신성모독 같은 큰 죄를 범한 것처럼 죄책감을 느낄 테니까요."

"어떻게 이런 신성모독죄를 저지르는지!" 이 말에 학생이 괴로운 목소리로 말했다. "비록 나는 사제가 아니고 수녀 몇명을 모시는 교회지기지만 그 주머니의 돈은 교회의 헌금이라구요. 나의 친구인 사제 한 사람이 준 돈으로 세례받은 성스러운 돈이라니까요."

"그놈은 빵 대신 제 죄나 먹고 살라지요." 이 순간 린꾼이 말했다. "제가 돈을 빌려드릴 수 없어 유감이에요. 최후의 심판이 있으니 마지막에는 그놈도 전부 죗값을 치를 거예요. 감히 교회 헌금을 무시하고 훔쳐간 흉악한 놈도 그때는 누구와 거래를 해야 하는지 알겠지요. 그런데 교회지기님, 제발 말씀 좀 해보세요. 해마다 수익을 얼마나 올립니까?"

"제기랄, 수익을 올린다고? 내가 지금 수익 올리는 이야기 하게 됐어?" 교회지기가 엄청나게 화가 치밀어 말을 받았다. "이봐요, 형씨, 뭐 좀 알면 말해주고 아니면 나는 갈 테요. 가서 여기저기 주머니를 잃어버렸다고 떠들고 다닐 테요."

"그것도 나쁜 방법 같지는 않네요." 꼬르따도가 말했다. "하지만 당신도 알아야 할 것이, 그 주머니의 모양과 특징을 잊지 말고 말해야 하고, 거기 든 돈이 정확히 얼마인지도 말해야 한다는 거예요. 한푼이라도 실수하면 세상이 끝나도 그 주머니는 안 나타날 거예요. 이건 제가 점쟁이로서 드리는 말이에요."

"그런 건 걱정 안 해도 돼요." 교회지기가 대답했다. "그런 것은 내 머릿속에 교회 종 치는 일만큼이나 꼭 박혀 있어요. 눈곱만큼도 실수는 없을 거예요."

이렇게 말하고 그는 땀을 닦기 위해 호주머니에서 수실 달린 손수건을 꺼냈다. 그의 얼굴에서는 무슨 증류기처럼 땀이 비 오듯 쏟아지고 있었다. 그 손수건을 보자마자 꼬르따도는 그를 자기 밥이라고 찍었다. 그래서 교회지기가 자리를 뜨자 꼬르따도는 그를 따라갔다. 계단이 있는 그라다스에서 그를 따라잡은 꼬르따도는 그를 불러 한쪽 구석으로 데리고 간 뒤 터무니없는 소리를 늘어놓기 시작했다. 그의 주머니를 도둑맞은 것과 되찾는 일에 대해 밑도 끝도 없는 헛소리를 주워섬긴 것이다. 그것은 한편으로 교회지기에게 희망을 주는 이야기이기도 해서, 한번 시작하면 절대로 결론이 안 나는 얘기임에도 불쌍한 교회지기는 입을 헤벌린 채 정신없이 빠져들었다. 아무래도 그 말을 이해할 수 없자 그는 두번 세번 반복해서 설명해달라고 했다.

꼬르따도는 그의 얼굴을 찬찬히 바라보며 그의 눈에서 눈을 떼지 않았고 교회지기도 똑같이 꼬르따도의 말에 매달려 그를 바라보았다. 이렇게 그가 정신없이 자신의 말을 듣고 있는 걸 보고 꼬르따도는 자기의 작업을 끝낼 때가 온 것을 알았다. 그는 교회지기의 호주머니에서 슬쩍 손수건을 깨내고는 그와 작별했다. 헤어지면서 그는 교회지기에게 오후에 같은 장소로 자기를 보러 오라고 말했다. 지금 자기 생각에는 자기와 똑같은 일을 하고 키도 비슷한 아이 하나가 도둑인 듯한데, 이 일은 조만간 며칠 내로 알아봐서 꼭 밝혀내겠다고 했다.

이 말에 교회지기는 약간 위안을 얻고 꼬르따도와 헤어졌다. 꼬르따도는 린꼰이 있는 곳으로 돌아왔는데, 린꼰은 조금 떨어진 곳에서 꼬르따도가 하는 짓을 다 보고 있었다. 그런데 그들 조금 뒤쪽으로 광주리장사를 하는 다른 소년이 있다가 그 또한 거기서 일어난 일을 다 보았다. 꼬르따도가 린꼰에게 손수건을 넘겨주는 것을 보고 그가 그들에게 다가와서 말했다.

"이봐요, 멋쟁이 아저씨들, 당신네들도 손버릇이 안 좋은 사람들이죠?"

"무슨 말인지 모르겠는데요, 멋쟁이 양반." 린꼰이 말했다.

"말귀를 못 알아듣는다고요, 밤이슬 맞는 아저씨들?[1]"

"우리는 밤이슬도 낮 이슬도 안 맞는구면요."[2] 꼬르따도가 말했다. "무슨 다른 이야기가 있으면 말해보시고, 아니면 안녕히 가세요."

"내 말을 못 알아들어요?" 그 소년이 말했다. "그러면 아저씨들이 이해하시도록, 내 은수저로 물 떠마시듯 확실히 말씀드리지요. 내 말은, 아저씨들도 고명하신 도둑 나리들이시냐는 거예요. 하긴, 내가 무엇 때문에 이런 걸 묻고 있는지 모르겠네요. 당신들이 도둑이 확실하다는 걸 다 아는데 말이에요. 하지만 말해보세요. 어떻게, 모니뽀디오 씨의 세관에는 가지 않았나요?"

"이 고장에서는 도둑질도 세금을 바치고 하나요, 멋쟁이 양반?" 린꼰이 물었다.

---

1 원문은 señores murcios(밤 박쥐, 밤도둑)라는 은어인데 murcio에는 무르시아(Murcia) 지방 사람이라는 뜻도 있다.
2 이 말의 동음이의 때문에 세르반떼스 특유의 말놀이가 가능해진다. 여기서 꼬르따도는 "Ni somos de Teba ni de Murcia(우리는 떼바 출신도 무르시아 출신도 아니구면요)"라고 말을 피한다. 역자는 이것을 우리말 놀이로 바꾸어 옮겼다.

"세금을 바치지 않으려면," 소년이 대답했다. "적어도 모니뽀디오 씨 앞에서 등록이라도 해야지요. 그분은 우리 도둑들의 아버지요 스승이시고 보호자시니까요. 그러니까 당신들에게 충고하는데, 어서 나와 함께 그분께 복종 서약을 하러 가십시다. 안 그러고 감히 그분 허락 없이 훔치거나 도둑질하다간 크게 혼날 거예요."

"내가 생각하기로는," 꼬르따도가 말했다. "도둑 직업은 자유직인 줄 알았는데요. 관세나 매상세는 면제고, 설사 낸대도 모두 합쳐서 목이나 등판 얻어맞기 정도고 말이지요. 하지만 고장마다 관습이 다르니 상황이 그렇다면 우리도 여기 관습을 따라야겠지요. 우리는 지금 세상 최고의 나라에 있으니 그 법도 세상에서 최고로 합리적인 법이겠지요. 그러면 당신이 우리를 당신이 말한 그 신사분이 계시다는 데로 좀 인도해주시오. 당신이 말하는 걸 듣고 나도 벌써 짐작은 했는데, 그분은 대단히 품성이 좋고 관대하시며 더구나 우리 일에 능하고 날쌔시다면서요."

"어디 품성 좋고 관대하고 날쌔다뿐이에요?" 소년이 대답했다. "그분은 대단한 분이에요. 우리 대장이자 아버지의 책임을 맡으신 지가 4년이 되었는데요, 겨우 4명이 목 잘려 죽고 30명 정도가 태형을 맞았고 62명이 전함 노 젓는 형을 살게 되었지요."

"사실은요, 선생," 린꼰이 말했다. "그런 죄목들을 들으면 우리는 지금 꿈을 꾸거나 날아다니는 것 같은 생각이 들어요."

"날아다니기보다 걸어가면서 시작합시다. 가면서 내가 하나하나 설명해드리지요." 소년이 대답했다. "입속의 빵처럼 꼭 알아야 할 필요가 있는 몇가지를 말이에요."

이에 따라 소년은 그들에게 소위 도둑들의 비밀 언어, 은어를 가르쳐주었다. 가는 길이 길었으니 그 이야기도 짧은 것은 아니었다.

대화 중에 린꼰이 그 길잡이 소년에게 물었다.

"당신도 혹시 도둑이신가요?"

"그럼요." 그가 대답했다. "나는 하느님을 섬기고 좋은 사람들을 모시기 위해서 도둑질을 하지요. 비록 많이 배우지는 못했지만요. 나는 아직 견습 과정에 있습니다."

그 말에 꼬르따도가 말을 받았다.

"세상에 하느님 섬기고 좋은 사람 모시는 도둑이 있다는 소리는 처음 듣는데요."

그 말에 소년이 대답했다.

"이봐요, 나는 신학이니 흰소리는 못 합니다. 내가 아는 것은 사람마다 자기 직업 가운데서 신실하게 하느님을 찬양할 수 있다는 거예요. 더구나 그게 모니뽀디오 씨께서 모든 자식과 부하 들에게 내린 명령이라면요."

"그건 틀림없이," 린꼰이 말했다. "선하고 성스러운 명령일 것 같네요. 도둑들이 하느님을 섬기도록 하다니요."

"너무나 성스럽고 선해서," 소년이 말을 받았다. "우리 기술인지 예술인지에서 그보다 더 훌륭한 방법이 있을지 모르겠네요. 그분이 명령한 것은 우리가 훔친 것들 중에서 얼마 정도의 헌물로, 우리 도시에 있는 가장 성스러운 성상의 등잔 기름 비용에 보태는 거예요. 우리는 이런 선행으로 대단히 좋은 효험을 봤지요. 일전에는 한 소도둑이 '로스노' 두마리를 훔쳤는데, 그가 너무 삐쩍 마르고 열병에 걸려서 아무 짓도 안 했다고 부인한 것도 아닌데 '안시아'를 세번밖에 받지 않았어요. 우리 도둑질을 업으로 하는 사람들은 이런 일은 착한 신앙심 덕택이라고 하지요. 그는 형 집행인의 첫번째 정신 빼기 고문도 견뎌내기 힘든 상태였거든요. 그런데 내 생각

에 방금 말한 몇가지에 대해 당신들이 궁금해할 것 같으니 설명할
게요. 아프기 전에 미리 약을 먹듯이 당신들이 묻기 전에 내가 먼
저 말하겠다는 거예요. 당신들이 알아야 할 것은, 소도둑이란 소만
아니라 가축을 훔치는 도둑이란 뜻이고, '안시아'는 물고문이고,
'로스노'는 당나귀 울음소리니까 당나귀라는 뜻이지요. 그리고 '첫
번째 정신 빼기'란 형 집행인이 우리를 밧줄로 묶어 우선 몇바퀴 돌
리는 고문을 말합니다. 또 더 있어요. 우리는 일주일 내내 요일마다
나누어 우리의 기도문으로 기도합니다. 우리들 대부분은 금요일에
는 도둑질을 안 합니다. 그리고 토요일에는 성모 마리아를 연상시
키는 마리아라는 이름을 가진 여자와는 대화를 안 합니다."

"진짜 모두 주옥같은 계율들이네요." 꼬르따도가 말했다. "그런
데 말해봐요. 지금 말한 속죄의식 외에 또다른 상납이나 헌물이 있
나요?"

"상납이라고는 말할 수 없어요." 청년이 말했다. "우리가 훔친
물건은 여러 몫으로 나누기 때문에 그것은 불가능하니까요. 각자
수고한 대로 관리하는 사람들까지 모두가 자기 몫을 가져가기 때
문에 원래 훔친 사람은 상납이란 걸 할 수가 없어요. 더구나 우리
는 절대 고해성사를 하지 않기 때문에 그 비슷한 일을 하라고 시킬
사람도 없어요. 그리고 혹시 파문장이 나온다 해도 우리에게까지
는 소식이 닿지 않아요. 교회에 모인 사람들 가운데서 엄청난 수익
을 거둘 게 아니라면 우리는 사제들이 파문장을 읽는 시간에 교회
에 들어가지 않도록 조심하거든요."

"아니, 그렇게 지내면서 당신은 당신들 삶이 착하고 성스럽다고
하는 거예요?" 꼬르따도가 따졌다.

"그럼 어디 악한 데가 있나요?" 소년이 말을 받았다. "진짜 더 악

한 것은 이단자나 개종자, 아니면 아버지나 어머니를 죽인 놈, 아니면 소돔 사람들처럼 성 난동꾼이 아니겠어요?"

"'성 난동꾼'이 아니라 '성 문란자'[3]겠지요." 린꼰이 말했다.

"바로 그 말이에요." 소년이 말했다.

"그건 다 악한 놈들이지요." 꼬르따도가 말했다. "그런데 아무튼 지금은 우리의 운명이 이 도둑형제단에 들어가기로 되어 있으니, 당신은 멀더라도 걸음을 빨리 떼시지요. 그렇게 은덕이 많은 분이라고 하시니 그 모니뽀디오라는 분을 만나뵙고 싶어 죽겠네요."

"곧 그 소원이 이루어질 겁니다." 소년이 말했다. "여기부터 벌써 그 집이 보이기 시작하네요. 당신들은 문 앞에서 기다리고 계세요. 나는 들어가서 그분이 시간이 있는가 보고 올게요. 지금이 그분이 늘 사람들을 접견하시는 시간이거든요."

"그거 잘되었네요." 린꼰이 말했다.

소년은 약간 앞서가서 별로 좋아 보이지 않는, 흉한 모양을 한 허름한 집 하나로 들어갔다. 둘이 문에서 기다리고 있으니 그가 곧 나와서 그들을 불렀다. 그들이 들어가자 그 길잡이 소년이 벽돌을 깐 작은 마당에서 기다리라고 했다. 붉은 벽돌은 아주 깨끗하고 반질반질해서 가장 선명한 진홍 물감을 뿌린 듯했다. 마당 한쪽에는 길이가 3피트 정도 되는 벤치가 있었고 다른 쪽에는 뚜껑이 달린

---

3 여기서 또다시 소리의 유사성을 활용한 세르반떼스의 말놀이가 나온다. 도둑이 'sodomita'(성서에서 성 문란, 남색, 동성애 유행으로 파멸했다는 소돔 혹은 그 소돔의 사람)를 "solomico"(등심살)로 잘못 말하고 있다. 린꼰이 고쳐 말해주는 재미있는 대목을 역자는 '성 난동꾼'과 '성 문란자' 정도로 우리말 놀이로 바꾸었다. 말놀이가 자주 쓰이는 것으로 보아 이 액자소설은 『돈 끼호떼』 2부의 문체를 연상시킨다. 즉 이 소설은 『돈 끼호떼』 1권 출판 이후, 1605년 이후의 후기작이라는 추론이 가능하다.

물통이, 그 위에는 물통만큼이나 꼭 필요한 쪽박이 있었다. 또 한구석에는 부들자리가 하나 있고 중간에 화분이 하나 놓였는데, 세비야에서는 꽃단지나 '마세따'라고 부르는 박하 비슷한 꽃들이 피어 있었다.

소년들은 모니뽀디오 씨가 내려오시는 동안 집 안의 귀중품이나 가구들을 열심히 살펴보았다. 그가 좀 늦는 것을 보고 린꼰은 용기를 내어 마당에 면한 두개의 조그만 방 중 낮은 방에 들어갔다. 그 방에서 못 네개로 벽에 걸려 있는 펜싱칼 두자루와 코르크로 된 방패 두개를 보았다. 뚜껑도 덮개도 없는 궤가 하나 있었고 바닥에는 부들자리 세장이 깔려 있었다. 앞벽에는 인쇄 상태가 아주 나쁜 성모상이 붙어 있고 그 아래로 야자나무 잎으로 만든 광주리 하나가 놓여 있었다. 벽에는 흰색 도기가 박혀 있었는데, 린꼰이 추측하기로 광주리는 동냥해온 것이나 헌물을 넣는 통으로 쓰이고 도기는 세례할 물을 담는 것 같았다. 그리고 그것이 사실이었다.

이러고 있을 때 그 집으로 두 청년이 들어왔다. 모두 스무살쯤 되어 보이는 학생 차림의 청년들이었고, 그로부터 얼마 안 있어 광주리를 든 두 소년, 그리고 한 맹인이 들어왔다. 아무도 말 한마디 없이 마당을 이리저리 돌아다니기 시작했다. 얼마 안 있어 상복 같은 헐렁한 옷을 입은 두 늙은이가 들어왔다. 그들은 안경을 쓰고 있었고 상당히 엄숙하고 권위 있어 보였는데 각기 손에 헤아릴 때 소리가 나는 묵주를 들고 있었다. 노인들 뒤로 치마폭이 넓은 드레스를 입은 노파가 들어왔다. 노파는 아무 말도 없이 응접실로 가더니 세례수를 적신 후에 신심 깊은 태도로 성상 앞에 무릎을 꿇고 한참 뒤에 먼저 바닥에 키스했고 두 팔과 눈을 들어 하늘을 여러 번 우러른 뒤 일어서서 광주리에 헌금을 넣었다. 그리고 다른 사람들과 함께 마당으로 나갔다. 결국 잠깐 동안에 마당에는 각기 옷이 다르고 직업이 다른 열네 사람 정도가 모였다. 맨 마지막에 도착한 사람들은 울긋불긋한 차림의 씩씩한 두 청년이었는데, 콧수염이 길고 모자챙과 칼라는 넓고 색깔 있는 양말에 폭이 넓은 커다란 각반을 차고 있었다. 보통 이상의 긴 칼에, 단도 대신 각기 권총을 차고 허리띠에는 방패를 길게 늘어뜨리고 있었다. 그들은 들어오자마자 눈을 비스듬히 흘기며 린꼰과 꼬르따도를 바라보았다. 낯선 얼굴이라 경계하는 눈치였다. 그러다가 마침내 두 친구에게 다가와서는 형제단 소속이냐고 물었다. 린꼬네떼는 그렇다고 하고 귀하들을 잘 모시겠다고 했다.

　바로 이 순간에 모니뽀디오 씨가 내려오셨다. 그는 그 성스러운 집단이 그렇게나 기다리고 좋아하는 사람으로 나이는 마흔네살이나 마흔다섯살쯤 되어 보였다. 키가 크고 가무잡잡한 얼굴에 미간이 좁고 짙은색 수염이 무성한데다 새까만 두 눈은 움푹 들어간 모습이었다. 셔츠 차림으로, 열어젖힌 가슴팍에는 털이 많아 거의 숲 같았다. 헐렁한 상복 같은 까빠를 발까지 덮어쓰고, 발에는 중국식 비단슬리퍼 같은 구두를 신고 있었다. 발목까지 덮는 길고 통이 넓은 무명 바지가 두 다리를 가리고 있었고, 모자는 전형적인 불한당들이 쓰는 모자로 위는 종 모양으로 솟았고 차양이 넓었다. 등과 가슴을 이어 멜빵을 두르고 거기에 무어족 명장 뻬리요의 명검처럼 넓고 짧은 칼을 차고 있었다. 두 손은 털북숭이에 손가락은 짧고 굵었고 손톱들은 얇고 뭉툭했다. 다리는 거의 보이지 않았지만 발은 비정상적으로 컸고 엄지발가락에는 툭 불거져나온 뼈가 보였다. 사실 그는 세상에서 가장 촌스럽고 기형인 야만인이었다. 그와 함께 두 친구의 안내를 맡았던 소년이 내려와 린꼰과 꼬르따도의 손을 잡고 그들을 모니뽀디오 앞에 인사시켰다.

"이 사람들이 어르신께 말씀드렸던 착한 두 소년들입니다. 어르신께서 기를 좀 꺾어주시면 우리 무리에 들어와도 좋을 재목인 것을 아실 겁니다."

"내 아주 기꺼이 그렇게 하지." 모니뽀디오가 대답했다.

아, 그런데 내가 모니뽀디오가 어떻게 내려왔는지 말하는 것을 잊었구나. 모두가 기다리고 있던 그 순간에 그가 내려오자 모두 한참 동안 깊은 경의를 표했다. 그 씩씩한 두 청년만 예외였다. 그들은 슬쩍 모자를 벗어 인사했을 뿐, 그들 사이 말로 반쯤 도자기 유약을 바른 듯 번들번들한 모습으로 곧 다시 마당 한쪽을 돌아다녔다. 다른 한쪽으로는 모니뽀디오가 산책을 하기 시작했다. 그는 새로 온 아이들에게 직업과 고향, 부모들에 대해서 물었다.

그 말에 린꼰이 대답했다.

"직업은 이미 말씀드린 셈이지요. 어르신 앞에 왔으니까요. 고향은 말씀드린대도 중요할 것 같지 않습니다. 우리 부모에 대한 것도 말이지요. 뭐 영광스러운 사제가 되기 위해 보고를 드리는 것도 아니니까요."

그 말에 모니뽀디오가 대답했다.

"그거 정말 신중한 대답이구나, 얘야. 네 말대로 그런 것은 숨기는 게 정말 옳은 일이야. 운명이라는 것이 늘 좋은 쪽으로만 흘러가는 것이 아니니 법원 서기의 등록 장부에 기록이 남아 좋을 게 없지. 예를 들면 누구누구의 아들, 어디 사는 누구로 어느날 교수형당함, 또는 태형을 받음, 아니면 그 비슷한 것이 쓰여 있으면 최소한도 점잖은 귀에 듣기가 안 좋잖아? 그래서 다시 말하지만, 가장 자신에게 이로운 기록은 고향을 밝히지 않고, 부모 이름을 숨기고,

자신의 이름도 바꾸는 것이지. 비록 우리 사이에서는 무어든 숨기는 게 있어서는 안 되겠지만 말이야. 지금 내가 알고 싶은 것은 단지 너희 두 사람 이름뿐이야."

그러자 린꼰이 자기 이름을 말했고 꼬르따도도 말했다.

"그럼 지금부터는," 모니뽀디오가 말했다. "나의 뜻이요 나의 마음이니, 너 린꼰은 '린꼬네떼', 그리고 너 꼬르따도는 '꼬르따디요'로 부른다. 그 이름들이 안성맞춤이야. 너희들의 나이와 조건, 우리 계율에도 맞으니까. 그 계율에 따라 우리는 우리 집단 동료들의 부모의 이름을 알 필요가 있어. 우리는 우리의 돌아가신 분들과 우리를 위해 선행을 베푸시는 분들의 영혼을 위해 해마다 일종의 미사를 드리는 관습이 있거든. 훔친 것의 일부를 미사를 드리는 분께 공물로서 보수를 드리지. 그리고 이런 미사는 미사를 드리는 거나 공물을 바치는 거나 모두 아까 말한 영혼들에게 공양 기도의 효험을 발휘해서 우리를 보호해주는 눈들이 되는 거야. 즉, 우리를 변호해주는 변호사나, 우리에게 단속을 경고해주는 경찰이나, 매질할 때 우리를 불쌍하게 봐주는 형 집행인이나, 우리 중 누군가 길거리로 도망칠 때 도둑을 쫓는 패들이 뒤쫓아오며 '도둑이야, 도둑 잡아라, 잡아라!' 하면 중간에 서서 가로막고 '불쌍한 놈 놔줘요. 지독하게 재수 없는 인생이구먼요! 내버려둬요, 언젠가 그 죄 벌 좀 받을 테니!' 하는 좋은 분들 말이야. 또한 우리를 도와주는 이들로 감방에서나 전함 노 젓는 형벌에서 우리를 도와주는 여자들이 있지. 우리를 세상에 내보낸 우리 어머니와 아버지 들도 우리를 도와주신 분들이야. 판관, 법원 서기도 좋으신 분들이지. 사람이 좋은 일만 하고 다니면 처벌할 범죄도 없고 큰 형벌을 때릴 죄도 없을 것 아냐? 그러니까 내가 말한 이 모든 분들을 위해서 우리 형제들은 해마다 기념식을 올리지, 가능한 한 최대로 화려하고 최고로 엄숙하게."

"참말이지," 이제 새로운 이름을 확실히 받아들인 린꼬네떼가 말했다. "모니뽀디오 어르신, 어르신이 지니신 그 탁월하게 높고 깊은 재능과 사고는 우리가 들은 것 중에서 최상입니다. 우리 부모가 아직 살아 계시지만 죽어 무덤에서 만나뵙게 되면 즉시 이 최고로 행복하고 잘 보호해주는 형제단에 대한 소식을 말씀드리겠습니다. 그리하여 그분들의 영혼을 위해 기도나 고행을 하고 어른신이 말씀하신 기념식을 '최대로 화려하고 최고로 엄숙하게' 올리시도록 말이지요. 또한 어르신이 지적하신 것처럼 그렇게 화려하고 어색하게[4] 하지는 않더라도요."

"아무렴, 그래야지. 그러지 않으면 내 가족이 아니지." 모니뽀디오가 말을 받았다. 그리고 길잡이를 불렀다.

"이리 와봐, 간추엘로. 보초들은 서 있나?"

"예," 이름이 간추엘로인 길잡이 친구가 말했다. "보초 셋이 잘 살펴보고 있습니다. 기습당할 걱정은 없어요."

"그럼 우리 하던 일로 돌아가서," 모니뽀디오가 말했다. "얘들아, 너희의 성향과 능력에 맞는 일을 주려면 너희가 할 줄 아는 것이 무엇인지 내가 좀 알아야겠다."

"저는," 린꼬네떼가 말했다. "카드를 가지고 속임수를 좀 쓰지요. 말하자면 야바위를 하는 거죠. 눈썰미가 좋아 카드 뒤에 표를 해놓고 치거나 이것저것 카드놀이 속임수는 다 상당히 잘합니다.

---

4 원문에서는 solenidad(엄숙)라고 했다가 좀더 평범한 말로 soledad(고독)라고, 세르반떼스 특유의 말놀이를 한다. 역자는 유사한 우리말 놀이로 '엄숙-어색'으로 옮겼다.

카드 어디든 짐짓 긁어놓아 패를 미리 알고 친다든지, 그밖에 기가 막힌 야바위짓을 다 알고요, 어디서 패를 가를지 표시하고 치는 것 정도는 식은 죽 먹기지요. 셋이 칠 때 둘이 짜고 치는 것은 저 유명한 나뽈리의 야바위꾼도 못 따라올 걸요. 남의 패 바꿔치기도 남의 돈 바꿔치기 하듯 귀신처럼 잘하지요."

"전부 초짜 기술들이구먼." 모니쁘디오가 말했다. "그 모든 게 오래된 야바위 기술들이지. 하도 유명해서 초짜라도 그걸 모르는 사람은 없어. 그런 기술을 쓰는 건 카드놀음에 백지여서 한밤중 넘어가면 그만 죽여줍쇼 하는 백치에게나 통하지. 하지만 세월이 가서 배우면 다 알게 될 거야. 그 기본 지식을 바탕으로 대여섯가지 교육을 더 받으면 이름 높은 진짜 야바위꾼이 되거나 아주 도사가 될지도 몰라."

"모든 것을 어르신의 분부와 동료들의 뜻에 따라 봉사하겠습니다." 린꼬네떼가 말했다.

"그럼 너 꼬르따디요, 너는 무얼 아는가?" 모니쁘디오가 물었다.

"저도" 꼬르따디요가 대답했다. "야바위를 하는데요, 손가락 두개 넣어 동전 다섯개 빼내는 기술을 알아요. 그리고 남의 호주머니에서 아주 정확하고 약삭빠르게 돈 빼내는 재주가 있지요."

"더 아는 것은?" 모니쁘디오가 물엇다.

"아, 제가 죄가 많아서, 별로 아는 게 없네요." 꼬르따디요가 대답했다.

"그렇게 슬퍼할 것 없다, 얘야." 모니쁘디오가 말을 받았다. "여기가 배로 치면 항구요 사람에게는 학교라, 여기 오면 물에 빠질 이유도 없고 성공하지 못할 이유도 없어. 네게 가장 알맞은 것을 배워나가면 되는 거야. 그런데 용기는 어떤가? 너희 다들 용기는 있나?"

"용기야 없을 리 없지요, 저희가." 린꼬네떼가 말했다. "아주 많지 않겠습니까? 우리 기술과 직업에 상관되는 일이라면 어떤 일에라도 뛰어들 용기가 있습니다요."

"그럼 됐다." 모니뽀디오가 대답했다. "하지만 내가 원하는 용기는 고통을 참을 수 있는 용기야. 필요하면 대여섯번쯤 물고문을 당해도 입을 열지 않을 용기, '이 입이 내 입이다'라고도 말하지 않을 용기 말이야."

"모니뽀디오 어르신," 꼬르따디요가 말했다. "저희도 물고문이 무엇인가는 압니다요. 무엇이든 자신 있습니다. 저희는 무지하지 않습니다. 감옥에 가서 혀를 잘못 놀리면 모가지가 잘린다는 것 정도는 알고 있지요. 참으로 용감한 놈에게 하늘이 백작이니 후작이니 작위는 주지 않지만 엄청난 은혜는 베풀지요. 세상에 글자가 이다, 아니다밖에 없는 것처럼 혀 놀림에 삶과 죽음을 맡겨놓지요!"

"그만, 더이상 필요 없네!" 이때 모니뽀디오가 말했다. "너희는 방금 한 말로 통과야. 너희가 날 설득했어. 내 인정하지. 어쩔 수 없구먼. 당장 너희를 상급 형제로 받아들이겠다. 그리고 견습기간 일년도 봐주지."

"저도 그런 생각이구먼요." 용감한 부하 하나도 찬성했다.

그리하여 거기서 이야기를 듣고 있던 모든 사람들이 이구동성으로 찬성했고, 모니뽀디오에게 청하기를 즉시 그들이 자기들 형제단의 특권을 누릴 수 있도록 허락해달라고, 그들의 신중하고 잘어울리는 태도로 보아 그럴 자격이 있다고 했다.

모니뽀디오는 모두의 의견을 받아들여 그 순간부터 기꺼이 그특권을 부여하노라고, 그들에게 특권을 잘 받아들여 존중하라고 말했다. 그 특권이란 첫번째로 훔친 것에 대한 세금이나 반년간 수익에 대한 세금을 면제해주는 것과, 일년 동안 갖가지 소소한 잡무를 면해주는 것이었다. 또한 그들은 돈 대는 사람들의 부탁으로 다른 큰형의 징수금을 감옥이나 집에 전해주지 않아도 되었다. 그들은 물 타지 않은 와인을 실컷 마실 수 있었고 두목에게 허가받지 않더라도 언제 어디서든 잔치를 벌일 수 있었다. 게다가 동료의 일원으로서 그들은 큰형들이 벌어온 전체 수익에서 한몫을 받을 수도 있었다. 이 신참들은 다른 모든 특권과 더불어 이것을 최고의 특권으로 받아들였고, 선사받은 모든 것에 대해서 최고로 정중하게 감사의 뜻을 전했다.

이때 한 소년이 숨을 헐떡거리며 달려들어와 소리쳤다.

"유랑자들 잡는 경찰이 우리 집을 향해 오고 있어요! 하지만 쇠고랑 같은 것은 갖고 있지 않아요."

"소란 떨지 마라." 모니뽀디오가 말했다. "그 경찰은 친구야. 절대 우리를 해치러 오는 일은 없어. 내가 나가서 이야기하고 올 테니 모두들 조용히 하고 있어."

이 말에 모두들 냉정을 되찾고 조용해졌다. 다들 상당히 놀랐던 것이다. 모니뽀디오가 문으로 나가 경찰을 만났고 한참 그와 이야기를 나누고 들어와 말했다.

"누가 오늘 산 살바도르 광장 담당이었나?"

"저예요." 두 친구를 안내해온 소년이 말했다.

"그런데 어떻게," 모니뽀디오가 말했다. "호박 넣는 주머니 얘기를 나한테 보고하지 않았나? 어떤 사람이 오늘 아침 거기서 잃어버렸다는군. 금화 15에스꾸도, 은화 2레알, 동전 둘과 얼마인지 모를 푼돈이 들어 있었다는데?"

"사실은," 길잡이 소년이 말했다. "오늘 그 주머니가 없어졌지만 제가 훔친 건 아닙니다. 누가 그걸 가져갔는지 짐작이 가지 않아요."

"나한테 꼼수 쓰지 마." 모니뽀디오가 말했다. "경찰이 달라고 하니 그 주머니를 찾아내야 해. 저 경찰은 내 친구고 우리에게 한 해에도 수천가지 은혜를 베풀거든."

소년은 다시 자기는 결단코 그 주머니 일은 모른다고 맹세했다. 모니뽀디오가 분통을 터뜨리기 시작했다. 눈에서 벌건 불똥이 튀는 것 같았다. 그가 말했다.

"우리 규율을 아주 조금이라도 어기고 장난질을 치면 목숨을 내놓아야 할 줄 알아! 그 주머니 찾아내! 도둑 세금을 안 내려고 숨기면 내가 그에 상응하는 무서운 벌을 내릴 테다. 그리고 우리 집의 나머지 사람들도 혼날 줄 알아. 왜냐하면 무슨 일이 있어도 이 경찰은 기분 좋게 돌아가야 하니까."

길잡이 소년은 자신은 결단코 훔친 일이 없다고 욕을 하며 다시 맹세했다. 그는 그 주머니를 자기 눈으로 보지도 못했으니 어떻게 훔칠 수 있었겠느냐고 따졌다. 이런 말이 모니뽀디오의 화를 머리 끝까지 치밀게 했고 그 모습에 모여 있던 모든 사람들이 자기들의 훌륭한 규정과 계율이 깨진다고 법석이었다.

린꼬네떼가 그 분쟁과 소란을 보니 화가 나서 쩔쩔매는 두목을 진정하고 만족시켜주는 것이 좋을 것 같았다. 그는 친구 꼬르따디요와 의논하여 합의를 보고 나서 교회지기의 주머니를 꺼내서 말했다.

"그만하세요, 여러분. 이것이 그 주머니입니다. 그 경찰이 밝힌 액수 중 한푼도 부족하지 않습니다. 오늘 내 친구 꼬르따디요가 손을 좀 썼지요. 같은 주인에게서 손수건 하나도 덤으로 훔쳤고요."

즉시 꼬르따디요가 손수건을 꺼내 펼쳐 보였다. 그걸 보고 모니뽀디오가 말했다.

"'착한 호인' 꼬르따디요, 앞으로 너를 이런 이름과 별칭으로 부르기로 하지. 손수건은 네가 가져라. 그리고 이런 대만족스러운 봉사에 대한 대가는 내가 치를 테니 그 주머니는 경찰이 가져가도록 하자구. 교회지기가 그의 친척이라니 일이 제대로 되게 해줘야지. '닭 한마리 다 준 사람에게 닭다리 하나 떼주는 것은 별게 아니다' 라는 속담도 있잖아? 저 착한 경찰이 엄청 엄살을 떠는구먼. 우리가 날마다 100배씩 갚아준 은혜를 입고도 말이야."

모두들 합의해서 새로 들어온 두 친구의 양반다운 행동거지와 두목의 판단과 결정을 승인하기로 했다. 두목은 경찰에게 주머니를 돌려주러 나갔다. 그리고 꼬르따디요는 착한 호인 돈 알론소 뻬레스 구스만처럼 '착한 호인'이라는 별칭을 다시 확인받았다. 구스만은 자신의 유일한 아들의 목을 베도록 따리파의 성벽으로 칼을 던진 공로로 그런 별칭을 얻었다.

모니뽀디오는 돌아오는 길에 잔뜩 화장을 한 두 아가씨와 함께 들어왔다. 입술이 빨갛고 가슴도 분으로 하얗게 칠했는데 양모 망또를 덮어쓰고 부끄럼 없이 아주 쾌활한 모습이었다. 린꼬네떼와 꼬르따디요가 보니 표가 확 나는 것이 사창가의 여자들인 것을 속일 수 없었다. 그들은 들어오자마자 두 팔을 벌리고 한 여자는 치끼스나께에게, 다른 여자는 마니뻬로에게 갔다. 이 둘은 사나운 깡패들로 마니뻬로라는 이름은 그 친구가 한쪽 팔에 '마니(손)' '뻬로(철)', 즉 철제 의수義手를 하고 있기 때문에 붙은 별명이었다. 그는 법의 판결에 따라 손 하나를 잘리는 형을 받았던 것이다. 청년들은 대단히 즐거워하며 그녀들을 껴안고서 큰 목구멍을 적실 뭐라도 좀 가져왔느냐고 물었다.

"안 가져올 리가 있나요, 야바위 아저씨?" 한 여자가 대답했다. 그녀 이름은 가난시오사였다. "얼마 안 있으면 당신의 똘마니 실바또가 올 거예요. 가득 채운 빨래 광주리를 들고서요."

그리고 그게 사실이었다. 바로 그때 홑이불로 덮은 빨래 광주리를 들고 한 소년이 들어왔던 것이다.

실바또가 들어오자 모두들 즐거워했다. 모니뽀디오는 즉시 방에서 부들자리 하나를 꺼내오도록 지시하고 마당 한가운데 펴고 모두들 둥그렇게 둘러앉아 주린 배를 채우며 일하는 데 가장 좋은 방법을 얘기해보자고 했다. 이 말에 성상 앞에서 기도를 드리던 노파가 말했다.

"모니뽀디오, 아들아, 나는 잔치 같은 거 즐길 만한 정신이 아니란다. 지난 이틀 동안 현기증이 나서 거의 미칠 지경이다. 더구나 낮이 되기 전에 나의 기도를 끝내고 물의 성모님과 산또 아구스띤의 십자가 앞에 촛불을 바치러 가야 해. 눈이 오든 폭풍우가 치든 꼭 켜놓아야 하거든. 내가 여기 온 건 엊저녁에 레네가도와 센또삐에스가 나에게 빨래 광주리 하나를 가져와서야. 지금 것보다 좀더 큰 것인데 흰옷을 가득 넣어서 말이야. 그 잿물이며 뭐며 다 정성으로 가져온 거지. 그런 가난뱅이들은 땀이나 때를 뺄 시간도 없나보지. 그 사람들 숨을 헐떡거리며 얼굴에 땀을 물처럼 흘리는데 땀방울이 얼마나 굵은지, 마치 물 뚝뚝 떨어지는 미나리 같았지. 그걸보니까 참 마음이 아프더라. 그들은 정육점에서 양고기 몇 킬로그램을 저울로 달아 판 목축업자를 따라가는 길이라고 하더구먼. 은화를 잔뜩 담은 목축업자의 가죽 주머니에 손을 좀 써볼까 기회를 노리면서 말이야. 내 양심이 완벽하다는 것을 믿고 그들은 광주리에서 옷을 꺼내지도, 헤아려보지도 않았어. 이렇게 하느님 덕택에 나의 정직한 소망이 이루어진 거지. 나는 광주리에 손가락 하나 안 댔고 모두 원래 그대로 멀쩡하니까 우리 모두 법에 쫓기지 않고 감옥에 가는 일도 없을 거야."

"우리 모두 다 믿지요, 어머니." 모니뽀디오가 말을 받았다. "광주리는 거기 그대로 두세요. 제가 초저녁에 가서 안에 든 것을 헤아려보고 모두에게 자기 몫을 나누어줄게요, 항상 하는 것처럼 정확하게."

"그야 네가 알아서 하던 대로 처리하려무나, 아들아." 노파가 말했다. "그러고 보니 내가 늦겠다. 무어 마실 것 좀 주려무나. 이 배 좀 달래줘야지. 계속 기함할 지경으로 돌아다녔구나."

"무얼 좀 많이 드셔요, 어머니!" 이때 가난시오사의 동료인 에스깔란따라는 이름의 아가씨가 말했다.

그러고는 광주리를 열었다. 가죽으로 된 술통이 보였는데 와인이 두말쯤 들어 있었다. 코르크로 만든 통도 있었는데, 한 사람 분량은 너끈히 들어갈 만했다. 에스깔란따는 그 통을 채워 그 신앙심 깊은 노파의 손에 쥐여주었다. 그녀는 두 손으로 잔을 들고 먼저 술거품을 좀 마신 뒤에 말했다.

"많이 따랐구나, 에스깔란따야. 하지만 힘이 있으면 뭐든 다 마셔야지."

그러고는 입술에다 대고 숨도 안 쉬고 단번에 통에 있는 것을 다 배에 들이켜넣었다. 다 마신 뒤에 그녀가 말했다.

"저 유명한 와인의 고장 과달까날 것이로구나. 이 와인 양반이 어딘가 석횟가루 맛이 나네. 복 받을 거다, 얘야, 네가 나에게 마실

복을 주었으니. 그런데 내가 아침을 안 먹고 마셔서 속이 안 좋을까 걱정이구나."

"괜찮을 거예요, 어머니." 모니뽀디오가 대답했다. "삼년이나 된 와인이거든요."

"제발 그랬으면 좋겠구나." 노파가 대답하고서 덧붙였다.

"이봐라, 얘들아, 어디 동전이 좀 있는가 찾아봐라. 기도드리려면 초를 사야 하는데 광주리 소식 가져오느라고 좋아서 어찌나 서둘렀는지 집에다 지갑을 두고 왔구나."

"제게 가진 게 있어요, 삐뽀따 아씨(이것이 그 착한 노파의 이름이었다)." 가난시오사가 대답했다. "자, 받으세요, 여기 동전 두개예요. 한개는 저를 위해서 초 하나 사서 산 미겔 성상께 놓아주세요, 아씨. 두개 사실 수 있으면 또 하나는 산 블라스 성상께 바쳐주시구요. 그분들이 저를 변호하고 보호해주시거든요. 그러고도 남는 하나가 있으면 산따 루시아께도 놓아드리면 좋겠네요. 제 눈 때문에 그분도 모시거든요. 하지만 오늘은 더는 잔돈이 없네요. 그러나 다음날에는 모든 분을 모실 기회가 오겠지요."

"아주 잘하는 거다, 얘야. 인색한 사람이 되지 말아야 해. 죽기 전에 자기 앞에 촛불 들고 가는 게 정말 중요한 거야. 죽은 뒤에 후계자나 유언 집행인이 촛불 놓아주기를 기다리지 말고 말이야."

"삐뽀따 어머니 말씀이 옳아요." 에스깔란따가 말했다.

그러더니 주머니에 손을 넣어 동전 하나를 꺼내 노파에게 주면서 어머니 생각에 가장 유익하고 감사드려야 할 성자들께 촛불 두개를 켜달라고 했다. 삐뽀따는 떠나면서 그들에게 말했다.

"재미있게 놀아, 얘들아, 지금이 한창 놀 때란다. 늙어지면 그때는 젊을 때 놀지 못하고 허송세월한 것을 울게 될 거야. 지금 나처럼 말이다. 너희들 기도하면서 하느님께 나에게도 복을 내려달라고 해주렴. 나도 나 자신과 너희 모두를 위해서 기도할게. 하느님께서 우리의 이 위험한 삶에서 경찰이나 검찰에게 놀라는 일 없이 이대로 편안하고 잘살게 해달라고 말이야."

노파는 이렇게 말하고 떠났다.

노파가 가고 나자 모두들 부들자리에 둘러앉았다. 가난시오사가 홑이불을 식탁보로 깔았다. 그녀가 광주리에서 맨 처음 꺼낸 것은 커다란 무단이었다. 그리고 오렌지와 레몬이 열두개씩 두묶음, 튀긴 명태조각이 가득한 커다란 솥 하나, 플랑드르산 치즈 반쪽에 유명한 올리브가 든 냄비, 새우 요리와 엄청나게 많은 가재, 고추에 절인 풍조목 열매로 만든 입맛 돋우는 음식과 저 유명한 간둘의 새하얀 빵 세덩어리. 점심 먹는 사람이 열네명쯤 되었으리라. 누구 하나 빠짐없이 노란 칼자루의 칼을 빼들었다. 린꼬네떼도 자기의 칼 하나를 어설프게 꺼내들었다. 서열 높은 두 늙은이와 길잡이 소년이 꿀통 같은 코르크통에 와인을 따르는 일을 맡았다. 그러나 그들이 오렌지를 공략하려 하자마자 문 두들기는 소리에 모두 화들짝 놀랐다. 모니뽀디오는 모두 조용히 하라고 하고 아랫방에 들어가 방패 하나를 끌어당겨 들고 칼을 잡았다. 그리고 문으로 가서 긴장으로 떨리는 소리로 말했다.

"누구냐?"

밖에서 대답이 들렸다.

"아무도 아니고 저예요, 모니뽀디오 어르신. 따가레떼예요. 오늘 아침 보초요. 여기 동글이 훌리아나가 왔는데, 머리를 헝클어뜨리고 울면서 왔어요. 무슨 난리를 당한 것 같구먼요."

이때 방금 말한 소녀가 흐느끼면서 다가왔다. 모니뽀디오는 그녀가 온 것을 알고 문을 열었다. 따가레뗴에게는 보초 위치로 다시 돌아가라고, 다음부터는 소란 떨지 말고 좀 덜 시끄럽게 보고하라고 주의를 주었다. 보초는 그리하겠다고 했다. 동글이가 들어왔다. 다른 여자애들과 비슷한 또래에 비슷한 일을 하는 소녀였다. 그녀는 머리가 헝클어지고 둥그런 얼굴은 멍투성이로 마당에 들어오자마자 기절하여 바닥에 쓰러졌다. 가난시오사와 에스깔란따가 그녀를 보살피려 다가갔다. 가슴의 단추를 끄르니 시커먼 피멍투성이였다. 얼굴에 물을 뿌리자 정신이 돌아온 그녀는 울며 소리쳤다.

"저 파렴치한 도둑놈에게 천벌이 내리소서! 저 비겁한 날치기, 저 더러운 서캐투성이 삐까로에게! 내가 저 교수형 당할 걸 제 턱의 수염만큼이나 수없이 많이 빼내주었건만…… 아이고, 이 재수 없는 팔자! 내가 누굴 위해 꽃 같은 나이, 내 청춘을 바치고 인생을 망쳤는지 보라구! 이 평생 불치병에 걸린 양심도 없고 개만도 못한 악랄한 녀석아!"

"진정하거라, 동글아." 모니뽀디오가 말했다. "모든 걸 바로잡아 줄 내가 있지 않니. 네가 왜 억울한지 말 좀 해봐라. 내가 너를 위해 무작정 복수에 나서는 것보다 네가 이야기하는 게 더 낫지. 어디, 너의 기둥서방하고 무슨 일이 있었다면, 그리고 정말 복수를 원한다면, 다른 건 필요 없고 입만 열어라."

"무슨 기둥서방?" 홀리아나가 말을 받았다. "기둥을 볼라치면[5] 차라리 지옥에 가서 보겠우. 양떼 앞에서는 사자고 남자들 앞에서는 순한 양인 그 남자가 그때도 내 기둥서방이라면 말이오. 그런 놈하

─────────────────

5 원문에서 모니뽀디오는 respecto(존경, 기둥서방)라는 말을 쓰고 있으나 동글이는 그 말을 비꼬아 다른 뜻으로 respectada(존경받는)라는 동음어를 쓴다. 세르반떼스 말놀이가 늘 그렇듯이 소리는 같으나 뜻이 다른 재미있는 어법이다.

고 내가 한 상에서 밥을 먹고 한곳에서 잠을 자요? 지금 보시듯이 그놈이 나를 이 꼴로 만들어놓기 전에 차라리 사자나 재규어에게 뜯어먹히고 말겠소!"

그러고서 그녀는 순간 치마를 올렸다. 무릎까지, 아니 그보다 좀 더 위까지 곳곳이 피멍투성이였다.

"나를 이렇게 만들어놓았소." 그녀가 말을 이었다. "그 인간도 아닌 레뽈리도라는 놈이, 제기랄, 나에게 빚은 엄청 져놓고 말이오. 그런데 왜 이랬다고 생각하세요? 제기랄, 내게 이럴 만한 무슨 이유가 있었나요? 천만에요, 아니에요, 난 아무 짓도 안 했어요. 그놈이 노름하다 돈 잃고 은화 30레알을 달라고 뚜쟁이 까브리야스를 나한테 보냈어요. 나는 24레알 이상은 안 주었지요. 내가 애쓰고 고생해서 그 돈을 벌었으니, 하늘에 대고 말하지만 내 젓값은 깎아주셔야죠. 그런데 내가 그렇게 예의 바르게 굴고 좋은 일 했는데 그 보상이 이거예요. 그놈은 짐작에 내가 가지고 있던 돈을 빼돌렸다고 생각하고, 오늘 아침 왕의 전답 뒤에 있는 들판으로 나를 끌고 가더니 거기 올리브나무 사이에서 나를 벌거벗기고 허리띠로 얼마나 두들겨패던지 내가 아주 그냥 죽을 뻔했지 뭐예요. 사슬도 무엇도 아니고 허리띠로 말이지요. 내 그 망할 놈이 평생 칼과 독한 족쇄 차는 꼴을 봐야지…… 이 이야기의 진짜 산 증거가 지금 보는 이 피멍들이에요."

그녀는 다시 한번 고래고래 소리치며 경찰을 불러달라고 했다. 이에 모니뽀디오와 거기 있던 모든 깡패들은 잘못을 바로잡겠다고 약속했다.

가난시오사는 그녀의 손을 잡고 위로했다. 자기가 가진 가장 좋은 보석을 기꺼이 그녀에게 주겠다고, 자기도 사랑하는 사람과 살면서 그런 일이 일어날 수 있기 때문이라고 했다. 그녀가 말했다.

"왜냐하면 자네도 알아야 할 것이, 동글이 동생, 알는지 모르겠지만, 서로 사랑하면 벌을 주기도 하는 법이야. 그런 망할 놈들이 우리를 벌주고 때리고 차고 하는 것도 우리를 사랑하기 때문이야. 아니라면 자네, 제발 고백해봐. 레뽈리도가 자네를 벌주고 쓰러뜨린 뒤 한번이라도 자네를 더 애지중지하고 어루만지지 않던가?"

"한번뿐인가요?" 그 울보 소녀가 대답했다. "수천번 껴안았죠. 자기와 함께 자기 여인숙으로 가준다면 손가락이라도 내놓겠다던데요 뭐. 나를 그렇게 두들겨패놓고 그 눈에서 거의 눈물이 쏟아질 것 같더라구요."

"틀림없이 그랬을 거야." 가난시오사가 말을 받았다. "스스로 자네를 어떻게 그런 꼴로 만들었을까 보면서 마음 아파 울었을 거야. 그런 친구들은 잘못을 저질러놓고 뒤늦게 뉘우치거든. 이제 두고 봐, 동생, 우리가 여기서 떠나기 전에 그가 자네를 찾으러 올 거야. 그리고 양처럼 온순한 모습으로 고개 숙이고 지난 일에 대해서 용서를 빌 거야."

"정말이지," 모니뽀디오가 말을 받았다. "그 비겁한 놈이 자기가 저지른 잘못에 대해서 먼저 확실하게 속죄를 하지 않으면 이 문으로 못 들어오지. 함부로 가여운 동글이의 얼굴과 몸에 손을 대다니. 동글이는 돈벌이나 깨끗함에 있어서 여기 앞에 있는 가난시오사와도 뒤로 가라면 서러워할 사람인데, 내가 강제로라도 속죄하게 하지 않을 것 같아?"

"에구머니나!" 이때 홀리아나가 말했다. "그런 말씀 마세요, 모니뽀디오 어르신. 그 빌어먹을 놈 욕하지 마세요. 너무 나쁜 놈이어서, 내 가슴의 젖꼭지보다 더 사랑하는구면요. 내 친구 가난시오사가 그 사람을 변호하면서 한 말에 내가 정신이 바짝 드네요. 사실 나는 지금 가서 그 사람을 찾아올까 해요."

"그래서는 안 돼. 내 충고 들어." 가난시오사가 말을 받았다. "그렇게 하면 그는 더 기고만장해지고 속임수가 늘어서 죽은 몸에다 하듯 온갖 짓을 할 거야. 잠자코 있어, 동생. 두고 보라구, 내가 말한 것처럼 그는 얼마 안 있어서 후회하고 반성하고 찾아올 거야. 오지 않으면 우리가 편지를 쓰자, 종이에 시를 적어서. 그러면 더욱 속이 쓰릴걸."

"그건 그래!" 동글이가 말했다. "나도 수천가지 쓸 게 많아!"

"필요하면 내가 비서가 되지." 모니뽀디오가 말했다. "내 비록 아직까지 시를 쓴 적은 없지만, 사나이가 마음먹고 팔을 걷어붙이면 눈 깜짝할 사이에 한 2천편은 써내지 않겠어? 게다가 시가 제대로 안 나오면, 나한테 이발쟁이 위대한 시인 친구가 하나 있거든. 운율 맞추는 건 언제든 식은 죽 먹기일 거야. 그러니 지금 할 일은 이미 시작한 점심이나 끝내는 거지. 어떻든 일은 풀리게 마련이니까."

동글이 홀리아나는 두목 어르신께 기꺼이 복종하기로 했다. 그리하여 모두들 '잔치잔치 열렸네'로 돌아갔다. 잠깐 사이에 광주리는 바닥을 보이고 가죽 주머니만 남았다. 늙은이들은 무한대로 마셨다. 젊은이들은 충분히 마시고, 부인들은 넘치게 마셨다. 모든 게 바닥나자 두 노인들은 이제 가겠노라고 허락을 청했다. 모니뽀디오는 즉시 그러시라고, 우리 형제단에 이익이 되는 일을 보고 듣거나 건의사항이 있으면 제때에 와서 말해달라고 부탁했다. 그들은 그 말을 마음에 새기겠다고 하고 떠났다.

이들이 가고 나서 린꼬네떼는 그 나름대로 궁금한 게 많아, 모니뽀디오에게 죄송하지만 한가지 물어볼 게 있다고, 즉 우리 공동체에 그런 백발의 엄숙한 분들이 오시는 게 무슨 도움이 되느냐고 물었다. 모니뽀디오는 대답하기를, 그분들은 그들의 은어로 '눈에 불 켜고 다니는 말벌들'이라고 부르는데, 낮에 온 도시를 돌아다니면서 어느 집에 밤에 손을 좀 볼 데가 있을까 눈에 불을 켜고 엿보고 다닌다고 했다. 게다가 정부계약사무소나 화폐청에서 돈을 꺼내오는 사람들을 따라가 돈을 어디로 가져가 어디에 보관하는지까지 보고 온다는 것이다. 그것을 알게 되면 그 집의 벽 두께를 가늠해서 어디에다 굴집, 말하자면 구멍을 넣지 쉽게 들어갈 수 있는 적당한 지점을 물색한다고 했다. 결론적으로 그분들은 우리 형제단에 무척 도움이 되는 필요한 사람들이라고 했다. 그분들은 자기들 노력으로 훔치게 되는 총 수익 중 5분의 1을 황제 폐하가 금고에서 돈 꺼내가듯 가져간다. 그러나 어떻든 대단히 진실하고 점잖은 분들이며 명성과 행복을 누리며 인생을 즐기고 있다고, 자신들의 양심과 하느님을 두려워하는 삶을 살며 이상하리만큼 열심히 날마다 미사를 드리러 간다고 했다.

"특히 방금 여기서 떠난 두분은 그분들 중에서 가장 사려 깊은 노인들이야. 그분들은 우리들 세율에 따라 자신들에게 돌아가는 몫보다 적게 가져가셔도 만족하지. 여기 있는 다른 두분은 도둑인데, 그때그때 집을 옮겨다니며 시내 모든 집의 입구와 출구를 알고 어떤 집이 좀 털 것이 있고 없는지도 다 꿰고 계시지."

"모두 최고시군요." 린꼬네떼가 말했다. "저도 이 유명한 형제단에 무언가 도움이 되는 사람이 되고 싶어요."

"좋은 소망은 항상 하늘이 도와주지." 모니뽀디오가 말했다.

이런 이야기를 나누고 있을 때 누가 문을 두드렸다. 모니뽀디오가 나가서 누구냐고 물으니 어떤 목소리가 대답했다.

"문 열어주세요, 모니뽀디오 어르신. 레뽈리도구먼요."

이 목소리를 동글이가 듣고는 하늘 높이 소리치며 말했다.

"문 열지 말아요, 모니뽀디오 어르신. 저 네로 같은 폭군, 저 오까냐의 호랑이 같은 놈에게는 문 열어주지 말아요."

그런다고 모니뽀디오가 레뽈리도에게 문을 안 열 사람이 아니었다. 동글이는 그가 문을 열어줄 태세인 걸 보자 벌떡 일어나 뛰듯이 방패가 있는 방으로 들어가더니 문을 잠그고 안에서 큰 소리로 외쳤다.

"저놈, 저 흉측한 상판대기 내 코앞에서 꺼지라고 그래! 저 순진한 사람 때려잡는 형 집행인, 저 몸 파는 비둘기들 등쳐먹는 놈!"

쇠손이와 치끼스나께가 레뽈리도를 붙들고 있었다. 그는 무슨 짓을 해서든 동글이가 있는 방으로 들어가려 했으나 자기를 놓아주지 않자 방문 밖에서 소리쳤다.

"이제 더이상 안 그럴게, 성질 난 내 여보야. 제발 좀 진정하고, 어디 결혼 좀 해보자꾸나!"

"내가 결혼을 해, 이 썩을 놈아?" 동글이가 대답했다. "이봐, 누구보고 헛소리야? 네가 감히 나하고 결혼을 해? 그건 네 생각이지! 너하고 결혼하느니 차라리 죽은 해골하고 결혼하겠다!"

"아, 바보야!" 레뽈리도가 말을 받았다. "이제 그만하자구. 지금도 늦었어. 이봐, 화 더 키우지 마. 내가 이렇게 차분하게 말하잖아. 나 이렇게 고개 숙이고 들어온 것 보이지? 참말이지 제기랄, 내 화가 머리꼭지까지 올라가면 화가 꺼지는 것보다 그 뒤가 더 나쁘다구! 우리 둘 다 성질 좀 가라앉히자. 귀신이 잡아먹기 좋으라고 성질을 내냐?"

"잡혀먹히기만 하니? 내가 아주 저녁까지 잡수시고 가게 할란다." 동글이가 말했다. "더이상 내 눈 안 보이는 곳으로 귀신이 널 잡아가게."

"내가 뭐라던?" 레뽈리도가 말했다. "참말이지 제기랄, 몸 파는 비둘기야, 내가 성질 나면, 비록 돈 한푼 못 받아도 전부 확 불어버릴 테다!"

이 말에 모니뽀디오가 말했다.

"내 앞에서 정도를 넘으면 안 되지. 동글이는 나올 거야. 네 공갈이 무서워서가 아니라 나를 봐서. 모든 게 잘될 거야. 서로 사랑하는 사람끼리의 싸움은 화해하면 더 큰 기쁨이 되거든. 내 말 좀 들어봐라, 훌리아나, 우리 동글아! 여기 밖으로 나오렴, 제발. 내가 레뽈리도에게 무릎 꿇고 용서를 빌라고 할게."

"그 남자가 그렇게만 한다면," 에스깔란따가 말했다. "우리 모든 여자들이 그 남자 편이 되어서 훌리아나더러 밖으로 나오라고 빌 거예요."

"이게 내 사람의 뜻을 수치스럽게 꺾는 방식이라면," 레뽈리도가 말했다. "깡패들이 군대처럼 몰려와도 나는 동의하지 않을 거예요. 하지만 동글이가 좋아하는 방식이라면 무릎 꿇는 정도가 문제겠어요? 그녀를 섬기겠다고 이마에 못이라도 박겠습니다."

이 말에 쇠손이와 치끼스나께가 웃었다. 레뽈리도는 자기를 놀리는 웃음이라고 생각해서 크게 화를 내며 말했다.

"누구든 우리가 한 말이 동글이가 나를 싫어하고 내가 동글이를 싫어해서라고 생각하고 비웃거나 할 셈이면 그건 오해야. 그런 모든 비웃음은 오해고 실수라고!"

쇠손이와 치끼스나께는 레뽈리도가 그렇게 재수 없이 으스대는 것을 보고 못마땅해서 서로 마주 보았다. 모니뽀디오는 이걸 막지 않으면 불상사가 일어나리라 눈치채고 그들 중간에 서서 한마디 했다.

"더이상 나가면 안 돼, 신사님들. 여기서 큰소리를 죽이고 속으로 삭여. 지금 한 말 때문에 손이 허리춤에 가서는 안 되니까 누구도 제멋대로 굴지 않도록 해."

"우리가 확실히 아는 것은," 치끼스나께가 말했다. "우리는 그런 훈계 따위는 하지도 않았고 비웃지도 않았다는 거죠. 만약 그런 말을 했다고 넘겨짚는다면 헛소리 잘하는 손으로 동네방네 북 치고 장구 치고 떠들고 다니겠네요."

"북은 여기도 있어요, 치끼스나께 씨." 레뽈리도가 말을 받았다. "또한 필요하다면 북 아니라 방울까지 흔들어댈 거구먼요. 그러니까 내 말은, 우리 일을 두고 비웃는 놈은 사기꾼이라는 거예요. 내 말이 틀렸다면 날 따라와요. 칼바닥 한번 쓰지 않고도 무슨 말 했는지 뱉어내게 해주지."

이렇게 말하고서 레뽈리도는 문밖으로 나가려고 했다.

동글이가 그 말을 듣고 있다가 그가 화가 나서 가버리려고 하자 불쑥 뛰어나와서 소리쳤다.

"저 사람 잡아요. 가지 못하게 해요. 안 그러면 우리한테 한 성질 부릴 거예요. 화가 나서 가는 거 안 보여요? 용감하기 내기하면 저 유명한 깡패 유다라니까요! 이리 돌아와, 세상에 잘난 놈아. 사랑해!"

그러고는 그를 막아서며 까빠를 세게 붙들어 잡았다. 모니뽀디오도 다가와 그를 말렸다. 쇠손이와 치끼스나께는 화를 내야 할지 말아야 할지 몰라 레뽈리도가 하는 대로 가만있었다. 레뽈리도는 동글이와 모니뽀디오가 간청하는 걸 보자 돌아서서 말했다.

"친구끼리는 절대 친구를 화나게 하거나 비웃어서는 안 되지. 더구나 서로 화가 나 있는 걸 보고는 말이야."

"여기 그런 친구 없어요." 쇠손이가 말했다. "여기 다른 친구를 비웃거나 화나게 할 친구 없다구요. 그러니까 우리는 모두가 친구예요. 친구들끼리 손잡읍시다."

이 말에 모니뽀디오가 한마디 했다.

"여러분이 정말 친구답게 잘 얘기했구먼. 그럼 우리 친구로서 서로 손잡지."

그들은 서로 악수했다. 그러자 에스깔란따가 굽 높은 구두를 벗어 북처럼 치기 시작했다. 가난시오사는 마침 거기 있던 새 야자나무 빗자루를 긁어대며 소리를 냈다. 비록 거칠고 쉰 소리지만 구두 소리와 어우러졌다. 모니뽀디오는 접시 하나를 깨서 두개의 캐스터네츠 조각으로 만들어 손가락 사이에 끼고 가볍게 딱딱거리면서 구두 소리, 빗자루 소리를 받아 박자를 맞추었다.

린꼬네떼와 꼬르따디요는 새로 창조된 빗자루 음악에 너무나 놀라고 감탄했다. 그때까지 그런 장면은 본 일이 없기 때문이다. 쇠손이가 그걸 알아채고 그들에게 말했다.

"빗자루 음악이 기가 막히지요? 얼마나 멋진지 몰라요. 세상에서 가장 날렵하고 가장 간편한 악기로, 가장 싸구려로 음악을 만들어내다니. 진짜로 내가 언젠가 한 학생이 하는 말을 들었는데, 지옥에서 사랑하는 아내 에우리디케를 끌어낸 오르페우스도, 돌고래에 올라타 노새를 빌려 타고 오는 기사처럼 바다에서 나온 아리온도, 100개의 대문과 또 그만큼 많은 후문을 가진 대도시를 만든 위대한 음악가도 이보다 더 훌륭한 음악을 창조하진 못했을 거라 하더군요. 이렇게 구하기 쉽고 이렇게 연주하기 쉽고 줄도 키도 조율할 필요가 없는 멋진 악기라니 말이에요. 사람들 이야기가 이 도시의 한 멋쟁이가 이걸 발명했다는데, 그는 자기가 음악의 영웅이라고 떵떵거리고 다닌다나 뭐라나……"

"정말 저도 그렇게 생각해요." 린꼬네떼가 대답했다. "하지만 이제 우리 음악가들이 부르는 노래를 들어보자구요. 가난시오사가 침을 뱉는 걸 보니 노래를 하고 싶은 표정이네요."

그리고 그것이 사실이었다. 모니뽀디오가 그녀에게 유행하는 민요 세기디야 몇곡을 불러달라고 청했다. 하지만 노래를 먼저 시작한 것은 에스깔란따였다. 그녀는 끊어질 듯 가는 목소리로 이런 노래를 불렀다.

　　이국풍 멋쟁이 씩씩한 세비야 청년에게
　　온 마음속이 살짝 탔다네.

가난시오사가 노래를 이어받았다.

　　파란 색깔 멋쟁이 청년에게
　　빠지지 않을 정열의 여인은 누구?

그러자 모니뽀디오가 엉터리 캐스터네츠를 빠르게 딱딱거리며 읊었다.

　　두 애인이 싸우다가 화해를 했다네.
　　화가 엄청 났다면, 새 정은 더욱 크네.

동글이도 그 재미를 가만히 보내고 싶지 않아 다른 구두 한짝을 벗어들고 춤판에 뛰어들었고 다른 여자들 노래를 따라 이렇게 불렀다.

멈추어요, 성난 사람아, 더 때리지 말아요.
잘 생각해봐요, 그것이 바로 당신 살이에요.

"적당히들 불러요." 이때 레뽈리도가 말했다. "그리고 좋을 것도 없는 지난 이야기는 뭐 하러 해요? 과거는 과거고, 다른 새 길로 가면 되죠."

이렇게 줄줄이 이어지니 시작된 노래는 쉽게 끝날 것 같지 않았다. 그런데 갑자기 급하게 문을 두들기는 소리가 있었다. 모니뽀디오가 서둘러 누구인가 보러 나갔다. 보초가 길 끝에 경찰서장이 나타났다고 말했다. 서장 앞에 또르디요와 세르니깔로 같은 부하들이 오고 있었다. 그 소리를 듣자 안에 있던 사람들은 모두 야단법석, 다급해져서 동글이와 에스깔란따는 구두를 거꾸로 신었다. 가난시오사는 빗자루를 놓았다. 모니뽀디오도 캐스터네츠를 놓았다. 모든 음악이 당황스러운 침묵 속에 멈추었다. 치끼스나께는 벙어리가 되었다. 레뽈리도는 기절한 듯했다. 쇠손이는 긴장으로 얼굴이 창백해졌다. 잽싸게 어떤 사람은 이쪽으로, 다른 사람은 저쪽으로 사라졌다. 어떤 자들은 옥상으로, 다른 자들은 지붕으로 달아났다. 또는 위쪽을 통해 다른 거리로 도망쳤다. 한번도 이런 대포가 때아닌 순간에 터진 일이 없었다. 이런 갑작스런 벼락 소리도 없었다. 그렇게 정신 팔고 있던 비둘기떼를 경찰이 들이닥쳐 놀라게 하고 난리 피운 일은 없었다. 경찰서장이 온다는 소식에 거기 모여 있던 착한 무리는 경악했고 두 견습생 린꼬네떼와 꼬르따디요는 어찌할 바를 몰라 가만히 있었다. 그 갑작스런 폭풍우가 어떻게 몰아칠지 지켜보며 기다릴 뿐이었다. 얼마 안 있어 보초가 다시 들어와 서장이 수상하게 보거나 아무 의심도 안 하고 무표정하게 그냥 지나쳐갔다고 알렸다.

모니뽀디오가 이런 보고를 듣고 있을 때 한 청년 신사가 문에 도착했다. 흔히 하는 말로 촌사람 복장이었다. 모니뽀디오는 그에게 자기와 함께 들어가자고 하고 치끼스나께와 레뽈리도, 쇠손이를 불러오라고 사람을 보냈다. 다른 사람들은 아무도 숨은 곳에서 나오지 말라고 했다. 린꼬네떼와 꼬르따디요는 마당에 있었기 때문에 방금 도착한 신사와 모니뽀디오가 나누는 대화를 다 들을 수가 있었다. 그 신사는 모니뽀디오에게 자기가 지시한 일이 왜 그렇게 잘못되었느냐고 물었다. 모니뽀디오는 뭐가 어떻게 되었다는 소린지 아직 모르겠다고, 그러나 그 일을 믿고 맡긴 사람이 있는데 그 사람이 알아서 잘하리라 생각했다고 대답했다.

그때 치끼스나께가 내려왔다. 모니뽀디오는 열네번 칼침을 놓으라고 지시한 일은 제대로 잘 수행했느냐고 물었다.

"어떤 거요?" 치끼스나께가 되물었다. "교차로에 있던 상인 건 말인가요?"

"그거요." 그 신사가 말했다.

"그 일은요," 치끼스나께가 대답했다. "내가 엊저녁에 그 사람 집 앞에서 기다렸거든요. 그 사람이 기도 시간 전에 왔기에 나는 가까이 가서, 이 눈으로 그 얼굴을 똑똑히 보았죠. 얼굴이 하도 작아서 그 얼굴에서 열네번 칼침을 놓을 자리를 찾기는 불가능 중에 불가능이었어요. 나는 약속한 것을 이행하거나 지식받은 것을 실행하기에 불가능한 것을 알고는……"

"'지식받은 것'이 아니라 '지시받은 것'이겠지요, 당신이 하고 싶은 말은." 그 신사가 말했다.

"그게 그 말이에요." 치끼스나께가 대답했다. "내 말은, 그 사람 얼굴이 좁고 작아서 예상만큼 칼침이 들어가지 않을 것 같기에, 내가 간 것이 헛걸음이 안 되도록 그 사람 하인에게 칼질을 했다는 거예요. 그 칼침은 틀림없이 예상보다 더 많이 놓았을 겁니다."

"내가 더 바란 것은," 신사가 말했다. "그 하인에게 열네번 칼침을 놓는 게 아니라 그 주인에게 첫번부터 일곱번까지 찌르는 거요. 결국 당신은 나한테 약속한 대로 제대로 이행하지 않은 거요. 하지만 상관없소. 계약금으로 준 금화 30두까도 정도 가지고 크게 손해 볼 것은 없으니까. 당신들에게 정중히 감사드리오."

이렇게 말하고 신사는 모자를 벗어 인사한 뒤 가려고 돌아섰다. 그러나 모니뽀디오는 그가 입고 온 가짜 까빠를 잡고 말했다.

"잠깐 멈추시오, 이 양반아. 약속은 지켜야지. 우리는 우리의 약속을 아주 명예롭게, 덤까지 보태서 지켰소. 그러니 우리 계약에서 20두까도가 모자라오. 그 돈을 주거나 그만큼 값나가는 물건을 주기 전에는 당신은 이 집에서 못 나가오."

"그러니까 어르신네는 이런 것을 가지고 약속을 지켰다고 하는 거요?" 신사가 대꾸했다. "주인에게 칼질을 하라니까 하인에게 칼질을 해놓고?"

"신사님은 계산도 잘하시는구려!" 치끼스나께가 말했다. "그러니 아마 저 유명한 속담쯤 기억하시겠지요? 마누라가 고우면 처갓집 말뚝 보고 절한다고?"[6]

"그런 속담이 지금 뭐가 맞는다고 끌어오는 거요?" 신사가 말을 받았다.

"같은 말 아닌가요?" 치끼스나께가 말을 이었다. "마누라가 미우면 처갓집 말뚝도 밉다고? 그러니까 마누라는 당신이 미워하는 그 상인이고, 그 하인은 처갓집 말뚝이죠. 그 처갓집 말뚝을 뽑으면 곧 마누라를 치는 셈이고. 그러니 당신 빚은 청산된 거요. 원한 대로 빚 청산이 실행되었으니까, 말꼬리 잡고 잔소리하지 말고 얼른 돈이나 내놓으라고요."

"내 말이 결단코 그 말이야." 모니뽀디오가 말을 받았다. "내가 하려던 말을 입에서 빼갔네, 이 친구 치끼스나께. 자네가 여기서 한 말이 모두 내 말이야. 그러니까 당신, 멋쟁이 신사님, 당신 위해 일한 친구들에게 점수 가지고 따지지 말자구. 내 충고를 듣고 즉시 일한 값을 지불해. 다시 한번 그 주인에게 칼침을 놓으라고 시킬 거면, 그 얼굴에 몇번이나 놓을 수 있을지 계산이나 하고 시키고. 벌써 다 낫고 있을 거라는 것도 생각하우."

"정말 그렇다면," 신사가 대답했다. "내 기꺼이 기분 좋게 첫번째 거, 두번째 거 다 내겠소."

"그럼 더이상 걱정하지 말아요." 모니뽀디오가 말했다. "더구나 우리는 기독교인이오. 치끼스나께가 그 얼굴에 칼침은 정확하게 숫자 헤아려서 놓을 거요. 아주 날 때부터 가지고 태어난 것처럼 말이오."

"그렇게 확약해준다면," 신사가 대답했다. "밀린 대금 20두까지도 값으로 이 목걸이를 받으시오. 그리고 다음번 칼질 값으로는 40두

---

6 에스빠냐 속담 '벨뜨란이 좋으면 그의 개도 좋다'를 비슷한 우리 속담으로 옮겼다. 이어지는 말들은 그 연속선상에 있다.

까도를 드리겠소. 목걸이는 은화 1천 레알 정도는 나갈 테니 잔금으로 충분할 거요. 그리고 내가 어림잡아보건대, 많지는 않아도 한 열네번 정도는 칼침을 더 놓을 필요가 있는 것 같구려."

이러면서 그는 조그만 고리들로 만든 목걸이를 풀어 모니뽀디오에게 주었다. 그 색깔이나 무게로 보아 연금술로 만든 가짜 금은 아닌 게 확실했다. 모니뽀디오는 목걸이에 아주 만족해서 예의를 갖추어 받았다. 어르신은 매우 교양 있는 사람이었기 때문이다. 그 일은 치끼스나께가 책임지고 그날 밤 안으로 실행하기로 했다. 그 신사는 만족해서 돌아갔다. 모니뽀디오는 숨어서 떨고 있던 사람들을 모두 불렀다. 모두들 내려오자 모니뽀디오는 그들 중간에 서서 망또의 두건에 넣고 있던 장부를 꺼내더니 린꼬네떼에게 읽으라고 주었다. 어르신은 글을 읽을 줄 몰랐기 때문이다. 장부를 펼치니 첫장에 이런 말이 쓰어 있었다.

이번 주에 찔러야 할 칼질들 기록
첫째, 교차로의 상인에게. 대가는 금화 50에스꾸도. 30에스꾸도는 선금으로 정히 인수함. 집행자 치끼스나께.

"내 생각에 더는 없을 것 같다, 애야." 모니뽀디오가 말했다. "계속 읽어봐. '몽둥이질 기록'이라 쓴 데가 있나 봐."
린꼬네떼는 장부를 넘겨보았다. 다른 장에 '몽둥이질 기록'이라 쓴 것이 보였고 그 밑에 이렇게 적혀 있었다.

알팔파 광장의 술장수에게 대형 몽둥이질 12대. 1대마다 1에스꾸도. 정히 8대는 시행함. 기간 6일 내. 집행자 쇠손이.

"그 항목은 지워도 되겠네요." 쇠손이가 말했다. "오늘 밤에 결과를 가져올 테니까요."

"더 있느냐, 얘야?" 모니뽀디오가 물었다.

"예, 또 있네요." 린꼬네떼가 대답했다. "이렇게 쓰였어요."

곱사등이 양복장이, 별명 '분홍 방울새'라는 자에게 대형 몽둥이질 6대. 목걸이를 놓고 간 귀부인의 청원. 집행자 데스모차도.

"이거 아주 놀라운데." 모니뽀디오가 말했다. "어떻게 이 항목이 지워지지 않고 있지? 틀림없이 데스모차도가 어디 몸이 좋지 않은 가보구먼. 기한이 벌써 이틀이나 지났는데 이 일을 손대지 않고 있다니……"

"제가 어제 그를 우연히 만났는데," 쇠손이가 말했다. "곱사등이가 아파서 집에 틀어박혀 있었기 때문에 그 일을 수행하지 못했대요."

"나도 정말 그랬을 거라 생각해." 모니뽀디오가 말했다. "데스모차도는 참 좋은 일꾼이거든. 그런 정당한 사유가 없었다면 더 큰 일도 꼭 완수했을 친구야. 더 있느냐, 얘야?"

"더는 없구먼요." 린꼬네떼가 말했다.

"그럼, 다른 데를 넘겨봐." 모니뽀디오가 말했다. "거기 '일반적 해코지들'이라는 데를 봐."

린꼬네떼는 더 앞으로 넘겼다. 그러자 다른 쪽에 이렇게 쓰여 있었다.

일반적 해코지들.

알아야 할 것들: 즉, 호리병으로 때리기, 송진 바르기, 이교도라고 욕하고 간통했다고 그 집 문에 죄목을 적어 못 박기, 학생들 사이 욕하기, 놀라게 하기, 소란 피우기, 거짓 칼침 놓기, 괴문서 만들어 퍼뜨리기, 기타 등등.

"그 밑에는 뭐라고 했어?" 모니뽀디오가 물었다.

"'집에다 송진 바르기……'라고 써 있는데요." 린꼬네떼가 말했다.

"그 집 이름은 읽지 마." 모니뽀디오가 말을 받았다. "우린 그게 어딘지 알고 나는 이 가벼운 벌주기의 필수요원이자 집행자니까. 우린 선금으로 금화 4에스꾸도를 받았지. 총액은 8에스꾸도고."

"그러네요." 린꼬네떼가 말했다. "여기 정확히 그렇게 적혀 있네요. 그리고 한참 더 아래에 '간통 못 박기'가 있구요."

"그것도 더 읽지 마." 모니뽀디오가 말했다. "집이 어디니 그런 거 말이야. 모욕을 주는 걸로 충분하니까 공표하지는 말자구. 그건 쓸데없이 양심의 짐이 될 뿐이야. 수고한 대가로 돈만 준다면 내 정말 수천가지 욕을 해대고 못을 백개라도 박겠어. 맹세라도 할 수 있다니까."

"이거 집행자는," 린꼬네떼가 말했다. "코쟁이인데요."

"그 건은 다 하고 돈도 다 받았어." 모니뽀디오가 말했다. "그거 말고 더 있는가 살펴봐. 내 기억이 맞는다면, 20에스꾸도짜리 놀라게 하기 한건이 있을 거야. 그중 절반은 받았고 그 일의 집행자는 우리 단체 전부야. 집행 기간은 이번 한달 내내지. 그건 빗금 하나 빠뜨리지 않고 글자 그대로 지켜질 거야. 오래전부터 지금까지 우리 도시에서 집행된 사건 중에서 가장 훌륭한 사건 중의 하나가 될 거야. 그 장부 이리 줘, 얘야. 이제 더이상 없는 거 나도 알거든. 그리고 요즘 일이 아주 시원찮다는 것도 알지. 하지만 이때가 지나면 또 좋은 때가 오겠지. 그러면 우리가 바라는 것보다도 할 일이 더 많아질 거야. 하느님의 뜻이 아니면 이파리 하나도 안 움직이지. 우리도 누가 억지로 복수하게 할 수는 없어. 더구나 사람은 누구든지 자기 나름으로는 용감하고, 자기 힘으로 싸워 해결할 수 있는 거면 어떤 해코지도 돈 주고 시키려 하지 않지."

"맞습니다." 이 말에 레뽈리도가 말했다. "하지만 보세요, 모니뽀디오 어르신, 우리한테 시키시려는 일이 늦어지고 있네요. 생각보다 빠르게 더위가 찾아오고 있고요."

"지금 해야 할 일은," 모니뽀디오가 대답했다. "모두들 제자리로 돌아가는 거야. 일요일까지는 아무도 자기 자리를 뜨면 안 돼. 우리는 일요일에 여기 이 장소에서 다시 모일 거야. 아무도 갈취하지 않고 우리한테 떨어진 것들을 모두 나누어 가져야지. 착한 호인 린꼬네떼와 꼬르따디요에게는 구역을 배정해주겠다. 시 외곽의 또르레 데 오로부터 알까사르 성곽 후문까지 일요일까지 맡도록 해주지. 거기는 여자들처럼 꽃 들고 앉아서 편히 일할 수 있는 데야. 나는 겉보기보다 더 능력 없는 어리석은 사람들을 알아. 날마다 은화 빼고 동전으로 20레알 이상 버는 사람도 알지. 그것도 네장이 모자라는 카드 한벌로 말이야. 이 구역은 간추엘로가 너희에게 가르쳐줄 거야. 너희가 산세바스띠안이나 산뗄모까지 영역을 넓혀본대도 큰 탈은 없을 거야. 비록 다른 사람 구역에는 안 들어가는 게 딴따라 법이기는 하지만 말이야."

둘은 자신들에게 베풀어준 은혜에 감사하며 모니뽀디오의 손에 키스했고 그들의 직무를 아주 열심히, 조심성 있고 성실하게 수행하겠다고 약속했다.

이때 모니뽀디오가 까빠 두건에서 접힌 종이 한장을 꺼냈다. 거기에는 동료들의 명단이 적혀 있었다. 그는 린꼬네떼에게 그의 이름과 꼬르따디요의 이름을 거기 적으라고 말했다. 하지만 잉크병을 찾을 수 없자 그에게 그 종이를 주고 가져가서 처음 가게를 발견하면 이름들을 쓰도록 했다. 내용은 '린꼬네떼와 꼬르따디요, 부하들. 둘 다 견습생 아님. 린꼬네떼는 카드놀이 야바위꾼, 꼬르따디요는 물건 사는 척 훔치기 선수', 그리고 연월일을 적고 '부모 이름과 고향 이름은 적지 않음'이라고 적으라고 했다. 이러고 있을 때, 늙은 말벌들 중 하나가 들어와 말했다.

"내가 당신들에게 한마디 전하러 왔는데, 내가 방금 그라다스에서 말라가 늑대를 우연히 만났거든. 그놈이 나한테 말하기를, 자기가 최고 기술자가 되어 왔다는 거야. 지금 당장 악마가 카드를 들고 온다고 해도 한판으로 깨끗이 돈을 딸 수 있다는 거지. 지금은 아주 고생하고 혼나고 오는 길이라서 여기 곧장 등록하러 와서 여느 때처럼 복종의 예를 올리지는 않겠지만 일요일에는 틀림없이 이리 올 거라고 하데."

"나는 늘 확신하고 있었어." 모니뽀디오가 말했다. "그 늑대놈이 자기 기술에서 최고가 될 거라고 말이야. 그 두 손은 카드 속임수에서 인간에게 기대할 수 있는 최고의 솜씨와 적용력을 가지고 있거든. 한 사람이 자기 일에서 탁월한 전문가가 되려면 연습할 수 있는 훌륭한 도구를 가져야 하고 동시에 그걸 배우는 재능이 있어야 해."

"또 내가 만난 사람은," 노인이 이어 말했다. "유대인 녀석이었어. 띤또레스 거리의 어느 객줏집에서 만났는데, 승려 복장을 하고 있더라구. 그 유대인이 거기 묵으러 갔다가 같은 객줏집에 뻬루를 다녀온 두 벼락부자가 머물고 있다는 소식을 들었다는 거야. 그래서 그 사람들하고 카드 한판 벌여볼까 염탐하러 왔던 거겠지. 적은 돈으로 시작해도 하다보면 판이 커지니까. 그 녀석도 일요일 전체 모임에는 빠지지 않고 와서 신상보고를 하겠대."

"그 유대인 녀석도," 모니뽀디오가 말했다. "대단한 도둑이야. 아는 게 엄청 많아. 안 본 지가 오래됐네. 그 녀석이 우리를 멀리한 건 잘못한 거야. 정말이지 그 행동 고치지 않으면 내가 그 녀석 도둑 왕위를 빼앗을 수도 있어. 그 도둑놈은 터키놈의 명령밖에는 따르지 않아. 우리 어머니보다 라틴어나 문자를 많이 아는 것도 아니지. 그밖에 새로운 거 더 있습니까?"

"없어, 최소한 내가 아는 한은." 노인이 말했다.

"좋습니다." 모니뽀디오가 말했다. "이 푼돈은 너희가 가져라." 그래서 은화 40레알쯤 되는 돈을 거기 모인 모두가 나누어 가졌다. "그리고 일요일에는 아무도 빠져서는 안 돼. 전리품 중에 빠진 게 있어서도 안 되고."

모두 그에게 다시 감사했다. 레뽈리도와 동글이, 에스깔란따와 쇠손이는 서로 부둥켜안았고 가난시오사와 치끼스나께도 껴안았다. 그들 모두는 그날 밤 일이 끝난 뒤에 뻬뽀따 집에서 보기로 했다. 모니뽀디오도 그리로 와서 아까 얘기했던 잿물 바구니도 살피겠다고, 그전에 송진 바르기도 즉시 이행하고 장부에서 지워버리겠다고 했다. 두목은 마지막으로 린꼬네떼와 꼬르따디요를 껴안고 축복해주고 작별했다. 모두의 건강과 안전을 위해서 절대로 한군데 숙소를 정하거나 자리 잡지 말라고 당부하기도 했다. 간추엘로가 그들을 안내하고 자리를 가르쳐주었다. 그는 일요일에 빠지지 말라고 다시 말해주면서 자기 생각에는 그날 모니뽀디오가 그들의 직무와 관련된 지침을 가르쳐줄 것 같다고 했다. 그 말과 함께 그는 가버렸다. 두 친구는 그날 본 것들이 모두 놀라울 따름이었다.

린꼬네떼는 아직 어리지만 머리가 좋았고 이해가 빨랐다. 아버지와 다니면서 면죄부 일을 할 때 좋은 말씨도 배웠기 때문에 그는 모니뽀디오와 그의 무리, 그리고 성스러운 형제단의 다른 사람들이 쓰는 단어를 생각하고 배를 잡고 웃었다. '조찬 기도'라고 말할 걸 '조난 기도'라고 한다든지,[7] 훔친 것에 대한 '배당'을 준다는 말을 '부상'을 준다고 한다든지, 동글이가 레뽈리도를 로마의 네로로 부른다든지, 이르까니아를 오까냐로 부른다든지, 그밖에 수천가지 말도 안 되는 말들이 우습기 짝이 없었다. 그는 동글이가 자신이 24레알을 버느라 고생했으니 하늘이 그걸로 자기 죗값을 상쇄해주리라고 생각하는 것이 특히 재미있었다. 이런저런 더욱 최악이거나 비슷한 일들이 아주 웃겼는데, 그들이 기도나 신심에 부족함이 없기 때문에 틀림없이 죽어서 천국에 가리라는 믿음은 감동스럽기까지 했다. 그렇게 온통 도둑질을 하고 사람을 죽이고 하느님을 모독하며 산 인생들인데 말이다. 착한 노파 삐뽀따의 일도 모두 우스웠다. 훔친 잿물 바구니를 자기 집에 감춰놓고 성상들 앞에 초를 밝히러 간다는 것이나, 그럼으로써 옷 입고 신 신고 천국에 가리라는 생각이 말이다. 그러나 모니뽀디오가 그토록 야만적이고

---

7 여기서 또다시 세르반떼스 특유의 비슷한 소리에 다른 뜻을 가진 단어를 활용한 말놀이가 보인다. 린꼬네떼는 이 대목에서 라틴어 같은 유식한 고어를 모르는 무식한 삐까로들의 말투를 비웃고 있다. 역자는 유사한 소리의 우리말을 이용해 자유롭게 옮겼다.

촌스럽고 냉혈한인데도 모두 그를 존경하고 그에게 복종하는 모습은 무엇보다 놀라웠다. 그는 그 건장한 도둑의 장부에서 읽은 여러 가지 항목들을 떠올리고 그 착한 동료들이 수행하는 여러가지 일들을 생각해보았다. 이 모든 것을 곰곰이 생각해보면, 결론적으로 저 유명한 세비야 시의 법이 집행되는 과정이 얼마나 허술한지. 그렇게 유해하고 인간의 천성에 반하는 삶을 사는 사람들이 도시 한 구석에서 떳떳하게 살고 있으니 말이다. 린꼬네떼는 친구에게 그런 사악하고 타락한, 한편 자유로우면서도 불안하고 나태한 생활에 너무 오래 몸담지 말자고 충고할 생각이었다. 하지만 그럼에도 불구하고 어떻든 나이가 어리고 경험이 없는지라 거기서 몇달 더 지냈는데, 그동안 겪은 일을 다 이야기하려면 기나긴 글이 필요하리라. 따라서 다른 기회에 그들의 삶과 그들의 스승 모니뽀디오의 기적 같은 이야기를 하기로 한다. 그 불량한 학교의 학생들에게 일어나 사건들은 모두 깊이 생각해야 할 일들이고, 앞으로 그런 인생 이야기를 읽는 사람들에게 경고와 모범의 교훈으로 삼을 만할 것이다.

에스빠냐 태생 영국 여자에 관한 소설
Novela de la española inglesa

영국인들이 에스빠냐 남쪽 도시 까디스를 침략해 가져간 노획물 중에 끌로딸도라는 영국 신사이자 소함대 지휘관이 런던으로 데려간 일곱살 정도 되는 여자아이가 있었다. 이 일은 사령관 레스떼 백작 모르게, 전체 명령을 어기고 벌어진 일이었다. 백작은 그 부모에게 아이를 돌려주기 위해 황급히 그 여자아이를 찾도록 명했다. 백작 앞에서 그 부모가 자기 딸이 없어졌다고 하소연하였기 때문이다. 부모는 간청하기를, 백작이 점령지의 재산만 압류하고 주민은 자유롭게 해준다고 선포했으니 가난해지는 것에 더해 그 부모 눈의 빛이나 다름없고 온 도시에서 가장 아름다운 아이인 딸애를 빼앗기는 불행을 겪을 수는 없다고 했다.

　백작은 전함대에 포고령을 내리고, 누가 데려갔든 그 여자아이는 목숨을 걸고 되찾아오라고 명했다. 하지만 아이를 자기 배에 숨겨놓은 끌로딸도는 어떤 명령도 받아들이지 않고 어떤 위협이나 처벌도 두려워하지 않았다. 여자아이는 이름이 이사벨이었는데, 끌로딸도는 그 아이의 비할 데 없는 아름다움에, 기독교적 정숙함의 한도 내에서지만, 마음이 쏠려 있었다. 마침내 그 부모는 아이를 잃어버렸다. 가늘 수 없는 슬픔 속에서 그들은 떠났다. 그리고 끌로딸도는 더할 수 없이 즐겁게 런던에 도착했고 가장 훌륭한 전리품으로 그 예쁜 아이를 아내에게 선사했다.

다행스럽게도 끌로딸도 집안은 모두가 은밀한 가톨릭 신자들이었다. 비록 대중 앞에서는 그들 여왕의 종교관을 따르는 척했지만 말이다. 끌로딸도에게는 아들이 하나 있었는데, 이름이 리까레도였다. 그는 나이가 열두살로, 그 부모의 교육으로 하느님을 두려워하고 사랑하며 가톨릭 신앙의 진리에 독실했다. 끌로딸도의 아내 까딸리나는 고상하고 덕망 있는 귀부인으로 기독교인이었다. 그녀는 이사벨에게 흠뻑 빠져 그애를 친딸처럼 키우면서 사랑하고 가르쳤다. 그 여자아이는 타고나기를 영리해서 가르치는 대로 모두 곧잘 알아들었다. 많은 사랑을 받고 긴 세월을 사는 동안 차츰 그애는 진짜 부모가 주던 사랑을 잊었다. 그러나 그렇다고 부모를 전적으로 잊은 것은 아니고 실은 부모가 그리워서 한숨지은 적도 여러번이었다. 영어를 배웠지만 에스빠냐어를 잊지는 않았는데, 끌로딸도가 세심한 사람이라 비밀리에 에스빠냐 사람들을 집에 데려와 아이와 이야기하게 해주었기 때문이다. 이렇게 해서 아이는 이미 말했듯 모국어를 잊지 않으면서도 영어를 런던에서 태어난 것처럼 잘하게 되었다.

그 부부는 아이에게 귀족 처녀가 알아야 할 집안일이며 수놓기 등 모든 것을 가르친 뒤에 글쓰기와 읽기도 중간 이상으로 잘하도록 가르쳤다. 그러나 이사벨이 무엇보다 잘하는 것은 한 여자가 정식으로 연주할 수 있는 모든 악기 다루기였다. 그녀는 음악성이 완벽하다고 할 정도로 뛰어나서 악기 연주와 함께 하늘이 내려준 최상의 목소리로 노래하니, 그녀가 찬양할 때마다 사람들은 넋을 잃고 좋아했다.

이 모든 매력, 더러는 배우고 더러는 타고난 재주가 서서히 그 집 아들 리까레도의 가슴에 불을 지피기 시작했다. 그녀는 리까레도를 주인의 아들로서 섬기고 좋아했지만 말이다. 처음에 그의 사랑은 즐겁고 좋은 감정이었다. 그는 비할 데 없이 아름다운 이사벨을 보는 것이 참 좋았고 그녀의 매력과 대단한 재능에 마음이 이끌렸다. 그는 그녀를 누이동생처럼 사랑했다. 그의 욕망은 점잖고 선량한 정도를 벗어나지 않았다. 그러나 이사벨이 커가자, 그녀가 열두 살 때 처음 불이 붙은 리까레도의 좋아하는 마음과 선한 생각, 그녀를 바라보는 즐거움은 그녀를 원하고 소유하고 싶은 이글이글 불타는 욕망으로 변했다. 그것은 다른 무엇이 아니라 명예로운 방법으로 그녀의 남편이 되고 싶은 소망이었다. 비할 데 없이 굳은 이사벨라(그들은 그녀를 그렇게 불렀다)의 정조 관념 때문에 다른 방법은 기대할 수도 없는데다 그의 귀족 신분과 이사벨라를 존중하는 그의 마음에는 어떤 나쁜 생각도 뿌리내릴 수 없었기 때문이다. 리까레도는 수천번이나 자기의 소망을 부모에게 밝힐까 생각해보았다. 그러나 또 수천번 자신의 소망을 스스로 인정할 수가 없었다. 왜냐하면 그도 부모가 자기를 스코틀랜드의 어느 부유한 귀족 처녀와 결혼시키려고 정성을 들이고 있는 것을 알고 있었기 때문이었다. 그 처녀도 그들처럼 은밀한 가톨릭이었다. 그리고 그도 잘 알듯이, 귀족 처녀에게 주기로 약조해놓은 것을 웬 여종(이런 명칭으로 이사벨라를 부를 수도 있다면)에게 줄 수 없다는 것은 명백한 사실이었다. 그리하여 자기의 귀중한 소망을 성공적으로 실현하기 위해 어떤 길을 택해야 할지 어찌할 바를 모르고 생각에 잠겨 하루하루를 보내다보니, 리까레도는 거의 삶을 망칠 지경으로 건강이 나빠졌다. 그러나 자신의 아픔에 어떤 형태로라도 치유책을 찾지 않고 그대로 죽어간다는 것은 가장 큰 비겁인 것 같아, 그는 용기를 내서 자신의 뜻을 이사벨라에게 고백하려고 마음먹었다.

집안사람들은 모두 사랑하는 리까레도가 병들자 혼란스러워하며 슬픔에 잠겼다. 그의 부모는 특히나 극도로 슬퍼했는데, 다른 자식이 없는데다 그는 지혜롭고 덕이 많고 품성도 훌륭했던 것이다. 의사들은 그가 무슨 병인지 가늠하지 못했다. 그도 감히 자신의 사랑의 병을 밝힐 수 없었다. 마침내 자신의 소망을 이루기가 몹시 어려울 거라는 생각 때문에 속이 터질 지경이 되자, 리까레도는 어느날 이사벨라가 심부름하러 들어온 기회를 틈타 기절할 듯 더듬거리는 어조로 말했다.

"아름다운 이사벨라, 너무도 훌륭한 그대의 마음씨와 품성, 그지극한 아름다움 때문에 지금 나는 보시듯이 이 꼴이오. 세상에서 상상할 수 없는 더 큰 고통의 손아귀에 내 목숨을 맡기길 바라지 않는다면, 그대가 나의 이 소중한 소망에 답을 주기 바라오. 내 소원은 그대를 우리 부모 몰래 나의 아내로 맞이하는 거요. 우리 부모는 그대가 얼마나 훌륭한지 나는 아는 장점을 몰라, 나에게는 목숨처럼 귀중한 이 행복을 거부하실까 두렵소. 그대가 나의 여자가 되어주겠다고 약속하면, 물론 나도 맹세하겠소. 진정한 가톨릭 신자로서, 나는 그대의 사람이 되겠다고 약속하오. 비록 내가 그대와 행복을 누리는 것이 결혼 전에는 쉽지 않겠지만, 교회와 우리 부모의 축복을 받기 전이라도 그대가 나의 여자라는 확신만 가지고도 내 건강은 충분히 되찾을 수 있고 내가 바라는 순간이 올 때까지 즐겁고 기쁘게 살 것 같소."

리까레도가 이런 말을 하는 동안 이사벨라는 눈을 내리깔고 듣고 있었다. 그 순간 그녀의 순결함이 그녀의 아름다움과 함께 더욱 빛났고 그녀의 정숙함과 얌전한 자태가 돋보였다. 이윽고 리까레도가 입을 다물자 그녀는 얌전하게 예의를 갖추어 이렇게 말했다.

"리까레도, 혹독한 하늘의 징벌인지 은혜인지, 알 수 없는 극단적 운명의 장난이 나를 우리 부모에게서 빼앗아 그대의 부모에게 주었지요. 그후 나는 이 댁에서 나에게 베풀어준 은혜에 한없이 감사하고 있습니다. 나는 절대 내 뜻이 지금 부모의 뜻을 벗어나지 않게 하리라 마음먹었습니다. 그분들의 뜻에 어긋나는 것이라면 좋게 생각하지 않는 것은 물론, 그대가 내게 주려 하는 이 엄청난 은혜 또한 불운의 씨앗으로 여길 것입니다. 그대의 지혜가 나를 그대가 사랑할 만한 행복한 여인으로 선택했다면, 그분들이 나를 받아들여주시는 것이 나의 행복한 운명이라면, 그때는 내가 나의 마음을 그대에게 바치리라는 것을 믿어주세요. 그러나 그때가 올 때까지, 설사 그때가 오지 않는다 해도, 그대는 소망하기를 그치고 기다려주세요. 하늘이 그대에게 모든 축복을 내려주는 것이 내 영혼의 가장 큰 소망이라는 것을 아는 것으로 위안을 삼아주세요."

여기에서 이사벨라의 정숙하고 사려 깊은 말은 침묵 속으로 들어갔다. 그리고 그 순간부터 리까레도의 건강이 회복되기 시작했다. 그가 병들어 누워 있음으로 해서 꺾였던 그 부모의 희망도 되살아나기 시작했다.

둘은 예의 바르게 작별을 했다. 남자는 눈에 눈물을 머금었고, 여자는 리까레도의 마음이 그렇게나 자신에 대한 사랑에 빠져 있는 것을 보고 감탄했다. 부모들 눈에는 기적과도 같이 병상에서 일어난 리까레도는 더이상 자기 마음을 숨길 생각을 하지 않았다. 그래서 어느날 어머니에게 마음을 털어놓았고 긴 대화 끝에 그는 이사벨라와 결혼시켜주지 않으면 그녀를 거절하는 것이나 자기에게 죽음을 주는 것이나 마찬가지 일이라고 간절하게 말했다. 그는 이사벨의 덕성과 장점을 하늘까지 띄워올려서 그 어머니는 이사벨라가 자기 아들을 남편으로 데려가는 것이 꼬임에 넘어간 것이라는 생각까지 들 지경이었다. 그 어머니는 아들에게 좋은 말로 희망을 전하고, 자신이 찬동했듯이 그 아버지도 기꺼이 찬동하게 하겠다고 말했다. 그리고 그렇게 되었다. 남편에게 아들이 한 이야기를 그대로 전하자 그 얘기는 남편을 쉽게 감동시켰고, 아들이 그토록 원하는 것을 그 아버지도 좋아하게 되었다. 거의 약조를 맺은 스코틀랜드 처녀와의 결혼은 못 하게 되었다는 구실을 만들어냈다.

이때 이사벨라는 열네살이고 리까레도는 스무살이었다. 이렇게 푸르고 꽃다운 나이에 그들의 사려 깊음과 특별한 덕성은 거의 노인만큼이나 성숙한 데가 있었다. 그날이 다가오려면 나흘이 남아 있었다. 리까레도의 부모가 자식에게 결혼이라는 성스러운 굴레에 목을 매이도록 정해준 그날 말이다. 부모들은 이 결혼을 포로였던 이사벨라를 자기들의 딸로 받아들이는 대단히 현명하고 행복한 선택으로 생각했고 리까레도를 스코틀랜드 처녀와 결혼시키면 들어올 많은 재산보다 이사벨라의 덕과 훌륭한 품성을 더 큰 결혼지참금으로 여겼다. 예복은 이미 갖춰입었다. 초대받은 친척들과 친구들도 왔다. 여왕에게 그 결합을 고하는 일만 남았는데, 고명한 혈족 사이에서는 여왕에게 고하고 허락받지 않고는 어떤 결혼도 이루어질 수 없기 때문이었다. 그러나 허락이 떨어질 것은 의심의 여지가 없었고, 그래서 그 신청이 늦어졌다. 그런데 모든 일이 이런 상태에 있을 때, 즉 결혼식까지 나흘이 남은 날 오후에 여왕의 비서 한 사람이 이 모든 즐거움과 흥을 깨버렸다. 여왕이 끌로딸도에게 전하기를, 다음날 아침에 그 에스빠냐 까디스의 포로 여인을 자기 앞에 데려오라는 것이었다. 끌로딸도는 폐하께서 시키는 일이니 아주 기꺼이 그렇게 하겠다고 대답했다. 여왕의 비서는 떠났고, 그 가족들은 가슴마다 놀라움과 두려움과 혼란이 가득했다.

"아아!" 까딸리나 부인이 소리쳤다. "여왕께서 내가 이 아이를 가톨릭 방식으로 키웠다는 걸 아시고, 그것 때문에 우리 집 사람 전체가 가톨릭이라는 걸 아시게 되면 어쩐담! 만약 여왕께서 포로로 여기 와서 8년 동안 배운 것이 무엇이냐 물으시면, 저 벌벌 떠는 불쌍한 아이가 아무리 사려 깊다고 해도 무슨 말을 한들 우리가 벌을 받지 않을 수가 있을까?"

그 말을 듣고 이사벨라가 그녀에게 말했다.

"그런 두려움으로 걱정하지 않으셔도 됩니다, 어머니. 저는 그 순간 하늘이 제게 적당한 말을 가르쳐주시리라 믿습니다. 하느님의 성스러운 자비로 부모님들이 벌받지 않을 뿐만 아니라 오히려 충분한 이득이 돌아가도록 해주실 겁니다."

리까레도는 무슨 불길한 사건을 예감이라도 한 듯 떨고 있었다. 끌로딸도는 자신의 큰 두려움을 가라앉히고 용기를 낼 방법을 찾았는데, 그 방법이란 하느님에 대한 큰 믿음과 이사벨라의 신중함뿐이었다. 그는 가능한 한 모든 방법으로 자신들을 가톨릭이라고 벌주는 일은 면할 수 있도록 하느님께 간절히 빌었다. 비록 그들 정신은 순교라도 받아들일 준비가 되어 있었지만 연약한 육신은 그 쓰라린 고통의 길을 거부하고 있었던 것이다. 이사벨라는 부모에게 거듭거듭 몇번이고 안심하시라고, 자기 때문에 그렇게 두려워하고 걱정하시는 일은 일어나지 않을 것이라고 말했다. 그러나 그녀는 다음날 질문을 받으면 어떻게 대답해야 할지 몰랐음에도 불구하고 한가지 분명하고 생생한 희망을 품고 있었는데, 자신이 부모에게 좋은 쪽으로 잘 대답할 수 있으리라는 것이었다.

그들은 그날 밤 많은 것에 대해서 심사숙고했다. 특히 여왕이 그들이 가톨릭이라는 것을 알았다면 그렇게 부드러운 전갈을 보내지 않았을 것이라는 데 생각이 미쳤다. 그런 사실로 볼 때 여왕은 단지 이사벨라를 보고 싶어 부른 거라는 것, 그녀의 비할 데 없이 아름다운 모습이라든지 재주를 온 도시 사람들이 다 보고 들어 아니 그 소식이 여왕의 귀에 들어갔으리라는 것이 그들의 추측이었다. 그러나 그들이 여왕에게 그녀를 미리 소개하지 않은 것은 죄일 수밖에 없었다. 그런 경우 그들이 할 수 있는 최선의 변명은 그 여자아이가 그들 수중에 들어왔을 때부터 아들 리까레도의 아내로 정해서 그런 것이라고 말하고 용서를 비는 것이었다. 그러나 그렇게 해도 여왕의 허락 없이 결혼시키려 했다는 것은 큰 죄는 아니라도 죄가 될 수 있었다.

이런 생각들로 그들은 서로를 위로했다. 그리고 이사벨라가 포로 차림을 해서는 안 되고 한 여인으로서 초라하게 옷을 입어서도 안 되며, 자기 아들 같은 귀족의 약혼자로서 그에 걸맞게 화려한 차림을 하도록 하자고 합의했다. 이렇게 결정하고서 다음날 그들은 이사벨라를 에스빠냐식으로 옷을 입혔다. 황금빛 예쁜 안감을 대고 속이 보이게 양 갈래로 트인 파란 비단 두루마기를 입혔다. 양 갈래에 S자로 진주를 박고 전부를 아름다운 보석들로 수놓은 것이었다. 다이아몬드로 된 허리띠며 목걸이에 에스빠냐 귀부인풍의 부채, 그녀의 숱 많고 긴 금발에는 다이아몬드와 진주를 엮은 머리장식을 썼다. 이렇게 호사스런 치장과 우아한 몸매, 기적 같은 아름다움을 지닌 채 그녀는 어여쁜 마차에 타고서 그날 런던에 모습을 드러냈다. 그녀를 바라보는 모든 사람들의 눈과 마음이 매혹되어 그녀를 좇았다. 그녀와 함께 끌로딸도와 그 아내, 그리고 리까레도가 마차를 탔고, 수많은 고명한 친척들은 말을 타고 갔다. 끌로딸도는 포로인 그녀에게 이 명예스러운 행차를 베풀어주고 싶었는데, 그래야 여왕도 그녀를 자기 아들의 정혼자로 대할 것이기 때문이었다.

궁전에 다다른 그들은 여왕이 있는 큰 응접실로 들어갔다. 상상하기 어려울 만큼 아름다운 모습을 뽐내며 이사벨라가 크고 넓은 응접실로 들어섰다. 일행은 두발자국에서 멈춰섰고 이사벨라 혼자 앞으로 나아갔다. 그녀가 나타나자 고요하고 맑은 밤에 쏜살같이 하늘을 날아가는 찬란한 유성이나 새 아침에 두 산들 사이로 갓 얼굴을 내민 햇살 같았다. 그 아름다운 모습은 사랑의 신이 거기 있는 모든 사람의 영혼을 불태우리라 예고하는 떠돌이별 같았다. 그녀는 지극히 겸손하고 예의 바른 모습으로 여왕 앞에 나아가 무릎을 꿇고 영어로 말했다.

"폐하, 소녀에게 손을 내밀어주시고 인사를 받으소서. 소녀로서는 이렇게 위대하신 폐하를 뵙게 되어 더할 수 없이 커다란 행복입니다."

여왕은 말 한마디 없이 한참 동안 그녀를 내려다보고 있었는데, 나중에 시녀에게 말하기로 마치 자기 앞에 별들 가득한 하늘이 내려앉은 것 같았다고 했다. 그 별이란 이사벨라가 입은 옷을 장식한 수많은 진주와 다이아몬드이고, 그녀의 고운 얼굴과 눈동자는 해와 달, 그리고 그녀의 모습 전체는 아름다움의 새로운 기적이었다. 여왕과 있던 귀부인들은 모두 눈을 크게 뜨고 뚫어져라 이사벨라를 훑어보았다. 어떤 여자는 그녀의 빛나는 눈동자를 칭찬했고, 어떤 이는 고운 얼굴색을, 또 어떤 이는 그 우아한 몸매를, 또다른 이는 그 달콤한 목소리를 칭찬했다. 또 한 여자는 순전히 부러움 때문에 한마디 했다.

"에스빠냐 여자가 참 아름답기는 한데 그 옷이 마음에 안 드는구면."

한참 동안 침묵을 지키던 여왕이 마침내 이사벨라를 일어나라고 하고서 말했다.

"에스빠냐어로 하거라, 아가씨야. 나도 잘 알아듣는단다. 나도 그 말이 좋거든."

그리고 끌로딸도를 돌아보며 말했다.

"끌로딸도, 이 보물을 그토록 오랫동안 숨겨놓고 있었다니 그대는 나한테 잘못을 저질렀네. 보석이 하도 좋아 욕심이 나서 그런 모양이구면. 하지만 법으로는 나의 것이니 그대는 반드시 이 아이를 나에게 되돌려주어야겠어."

"폐하," 끌로딸도가 대답했다. "모두 지당한 말씀이십니다. 저는 모든 것이 저의 죄임을 폐하께 고합니다. 이 보물을 여왕 폐하의 눈에 보여드리기에 알맞도록 완벽한 상태로 보존한 것이 죄라면 말입니다. 이제 성숙하여 더 좋은 모습으로 폐하께 데려왔으니, 이사벨라가 저의 아들 리까레도의 아내가 되고 높으신 폐하께 이 둘의 이름으로 제가 바칠 수 있는 모든 것을 바치는 것을 윤허하시길 바랍니다."

"그 이름까지 내 마음에 드는구나." 여왕이 대답했다. "'에스빠냐 여인' 이사벨라라 부르면 어울리겠구나. 나로 하여금 더이상 완벽한 여인이 생각나지 않도록 말이야. 그런데 끌로딸도, 내가 알기로 그대는 내 허락 없이 이 아이를 그대 자식과 약혼시켰다고 하던데?"

"그것이 사실입니다, 폐하." 끌로딸도가 대답했다. "그러나 그것은 저와 제 선대가 과거 우리 왕실에 바친 여러 훌륭한 공적에 비추어볼 때 이 결혼 허가보다 더 어려운 일일지라도 폐하께서 높으신 은덕으로 허가해주시리라 믿었기 때문입니다. 더구나 저의 자식은 아직 결혼을 한 것도 아닙니다."

"그 스스로 그럴 자격을 얻을 때까지 그는 이사벨라와 결혼할 수 없을 거야." 여왕이 말했다. "내 말은, 이 일에 그대의 봉사와 선대의 공적들을 이용하지 않기를 바란다는 걸세. 그 스스로 나에게 봉사할 준비를 하고 이 보석을 얻을 만한 값진 일을 해야지. 나도 이 보석이 내 친딸처럼 좋거든."

이 마지막 말을 듣자마자 이사벨라는 여왕 앞에 다시 무릎을 꿇고 에스빠냐어로 아뢰었다.

"고귀하신 여왕 폐하, 그런 칫값 치르기라면 불행이기보다는 오히려 행복으로 받아들여야 할 줄로 압니다. 폐하께서는 이미 저를 딸이라는 이름으로 불러주셨으니, 이런 선물을 받고 무슨 재앙인들 두려워하며 무슨 행운인들 기대하지 않겠습니까?"

이사벨라가 하는 말이 모두 지극히 우아하고 품위 있어서 여왕은 그녀를 몹시 사랑하게 되었다. 그리하여 그녀를 자기 시녀로 명하고 시종관인 대부인에게 넘겨 이사벨라에게 궁에서의 생활 수칙을 가르치도록 했다.

이것을 보자 이사벨라를 빼앗기는 것이 자기 목숨을 앗기는 것이나 다름없는 리까레도는 그만 정신을 잃을 지경이 되었다. 너무 놀라고 당황한 그는 덜덜 떨면서 여왕 앞에 무릎을 꿇고 엎드려 말했다.

"제 부모와 제 선조들이 우리 왕실에 봉사하면서 그랬듯이, 제가 폐하를 모시는 일에는 아무 대가도 보상도 필요하지 않습니다. 그러나 폐하께서 좋으시다면, 저는 새로운 소망과 열정으로 폐하를 모시고 싶습니다. 제가 어떤 방법으로 어떤 일을 해서 폐하께서 제게 주신 의무를 다하는 걸 보여드릴 수 있을지 알고 싶습니다."

"지금 배 두척이" 여왕이 말했다. "출전 준비를 하고 있다. 나는 이들 함대의 장군으로 란삭 남작을 임명했다. 이제 두척 중 한척의 지휘관으로 그대를 임명한다. 그대의 타고난 혈통이 그대의 어린 나이의 부족함을 보완해주리라고 나는 확신한다. 내가 그대에게 베푸는 이 은혜를 명념하라. 내가 이번에 그대에게 기회를 주니, 그대가 누구인지를 보여 그대의 여왕에게 봉사하라. 그대의 재능과 인격의 훌륭함을 보이라. 그리고 내 생각에 그대 자신이 선택한 소망을 걸고 최대의 성과를 얻어오길 바란다. 이사벨라는 나의 보호하에 있을 것이다. 비록 그녀는 자신의 정숙함이 스스로를 지키는 진짜 보루라는 표정이다만. 그대에게 하느님의 가호가 있기를. 짐작건대 그대는 사랑을 품고 떠나니, 그대의 전공戰功에 대한 커다란 상을 내가 약속해주마. 전장에 나간 그의 군대에 수만명의 애인 있는 병사들을 가진 왕은 행복할지라. 그 병사들은 자신들의 승리의 보상이 사랑하는 이와의 행복임을 알고 기대할 테니 말이다. 일어서라, 리까레도. 그리고 이사벨라에게 할 말이 있으면 지금 하거라. 출발이 내일이니까."

리까레도는 자신에게 베푼 큰 은혜에 감사하며 여왕의 손에 키스했다. 그리고 곧장 이사벨라 앞에 가서 무릎을 꿇었다. 그녀에게 말을 건네고 싶었지만 말이 나오지 않았다. 가슴이 막히고 무언가 목에 걸린 듯 그의 혀를 묶고 있었다. 그는 차오르는 눈물을 여왕 앞에서 숨기려고 애썼으나 그럴 수가 없었다. 여왕이 말했다.

"우는 것을 부끄러워하지 마라, 리까레도. 이런 상황에서 그대 가슴의 사랑스런 표정을 보였다고 잘못이라고 여기지 마라. 그 한가지는 적과 싸우는 일이고, 다른 한가지는 사랑하는 사람과 헤어지는 일이지. 이사벨라, 리까레도를 안아주고 축복해주어라. 그의 사랑은 그렇게 달래줄 만하지."

이사벨라는 남편으로서 사랑하는 리까레도가 그렇게 낙담한 데 가슴 아팠고 여왕이 그에게 명하는 말을 이해할 수 없었다. 그러나 이해보다 눈물이 앞서 슬픔 외에는 아무것도 의식하지 못한 채 꼼짝도 하지 않고 울기만 했다. 그런 그녀의 모습은 마치 석고상이 울고 있는 듯했다. 사랑하는 두 사람의 가슴 아파하는 모습은 주변 사람들의 눈물을 자아냈다. 끝내 리까레도와 이사벨라는 말 한마디 없이 헤어졌다. 끌로딸도와 그와 함께 온 사람들은 여왕께 경의를 표하고 슬픔과 연민으로 가득 찬 응접실을 나왔다.

이사벨라는 마치 방금 부모를 묻고 온 고아처럼 남겨졌다. 그녀는 새로운 주인이 첫 주인이 기르고 가르쳐준 습관을 바꾸라고 할 것 같아 두려웠다. 결국 그녀는 그렇게 남았고, 그로부터 이틀 뒤에 리까레도는 배를 타고 떠났다. 많은 생각 중에 두가지 고민이 그를 사로잡았다. 하나는 이사벨라를 당당히 자기 사람으로 만드는 데 유리하도록 전공을 세워야 한다는 것이었고, 다른 하나는 자신의 가톨릭 신자로서의 신조를 지키려면 아무 전공도 세울 수 없다는 것이었다. 가톨릭 신자로서 그는 자신의 믿음에 반해 칼을 빼들 수 없었는데, 만약 그렇게 하지 않으면 그는 비겁한 자로 비난받거나 배신자 가톨릭교도라는 것이 들통날 것이었다. 이 모든 일이 그의 목숨을 위협하고 그의 소망과 의도를 가로막기에 충분했다. 그러나 결국 그는 가톨릭 신자로서의 의무에 연인으로서 하고 싶은 일을 뒤로 미루기로 했다. 그리고 충심으로 하늘에 빌기를, 용감하고 참된 가톨릭 신자로서 여왕을 만족시키고 이사벨라를 얻을 기회를 달라고 기도했다.

두 전함은 순풍을 만나 6일 동안을 항해하며 아조레스제도에 있는 떼르세이라섬 경로를 따라갔다. 그 지역에는 언제나 동양 식민지에서 온 뽀르뚜갈 배라든지 아니면 항로에서 벗어난 중남미 배들 몇척이 기항하고 있었다. 그런데 7일째 되는 날에 아주 맹렬한 역풍이 불어닥쳤다. 지중해에서는 남풍이라 하는데 대양주 오세아니아 바다에서는 다른 이름을 가진 바람이었다. 이 바람은 너무 거세고 끈질겨서 어느 섬에라도 정박하지 않으면 도리 없이 에스빠냐까지 흘러갈 판이었다. 히브랄따르해협 입구 가까이에서 그들은 함선 세척을 발견했다. 한척은 강력하고 큰 배였고 다른 두척은 조그마했다. 리까레도는 저 앞에 보이는 배 세척을 공격할 것인지 알아보기 위해 장군의 배에 가까이 갔다. 그러나 장군의 배에 다다르기도 전에 선두 발판 위에 검은 깃발이 달려 있는 것을 보았다. 조금 더 가까이 가자 그 배에서 나팔이며 트럼펫을 부는 소리가 들렸다. 장군이나 최고위 장교 중 하나가 사망했다는 확실한 신호였다. 이것은 참으로 놀라운 일이었다. 리까레도가 물어보니 그들은 장군께서 출항한 이래 전에 없던 폭풍에 휩싸였던 지난밤에 뇌일혈로 급사했으며, 그러니 리까레도에게 그 배로 옮겨와 지휘해달라고 요청하는 것이었다. 모두들 슬퍼했으나 리까레도는 속으로 기쓰지 않을 수 없었다. 장군이 죽어서가 아니라 여왕의 명에 따라 장군의 부재시에 자신이 두 배를 모두 지휘할 수 있게 되었기 때문이었다. 그는 급히 기함에 승선했다. 그 배의 어떤 사람들은 죽은 장군을 애도하며 울었고 다른 사람들은 새 사령관을 반겼다. 그러나 모두 즉시 그에게 충성을 맹세했고, 간단한 예식을 통해 리까레도를 총사령관으로 모시고 환호했다. 하지만 이러고저러고 할 시간이 없었다. 그들이 발견한 세척의 배 중 두척이 큰 배와 떨어져서 그들의 전함을 향해 다가오고 있었기 때문이다.

그들은 즉시 그 배들이 전함인 것을 알았다. 반달을 그린 깃발을 걸고 있는 것으로 보아 터키 배들이었다. 그것을 보자 리까레도는 무척 기뻤다. 하늘의 덕택으로 저 전함들을 포획한다면 가톨릭 신앙을 거스르지 않고도 대단한 성과를 얻는 것이기 때문이었다. 두 터키 전함이 이쪽의 영국 배들을 정찰했다. 그러나 리까레도의 배들은 영국 국기가 아니라 에스빠냐 깃발을 달고 있었는데, 그들의 정체를 숨기기 위해서였고, 또한 해적선으로 보여서도 안 되기 때문이었다. 터키인들은 에스빠냐 배가 식민지에서 오는 상선들이라 생각하고 쉽게 항복시킬 수 있을 것으로 여겨 서서히 다가오고 있었다. 리까레도는 작전을 세워 그들이 함포 사정거리에 들어올 만큼 가까이 오도록 내버려두었다가 정확한 시점에 적함 중 한 척의 옆구리를 들이받고 다섯발의 함포를 쏘아 그 배의 중간을 정통으로 맞혔다. 엄청난 충격으로 그 배는 두쪽으로 갈라졌고 즉시 한쪽 옆으로 기울더니 적함은 도리 없이 침몰하기 시작했다. 다른 적함은 그런 최악의 재난을 보고 황급히 밧줄을 던져 큰 적함의 옆면 아래에 붙였다. 그러나 리까레도의 배들은 빠르고 가벼운지라 들어가고 나가는 것이 노 젓듯 쉽게 움직였다. 그들은 함포를 모두 장전하고 적의 배를 따라가며 계속해서 쏘아댔다. 부서진 적함의 사람들은 자신들의 배를 단념하고 황급히 성한 적함에 올라타려 애를 썼다. 리까레도는 성한 적함이 부서진 적함의 사람들을 돕는 것을 보고 십자포화를 퍼부어 그 배가 돛도 노도 사용할 수 없게 만들었다. 그 배에 타고 있던 터키인들은 틈을 보아 큰 적함으로 피신했는데, 방어전을 하기 위해서가 아니라 그저 목숨을 구하기 위해서 도망친 것이었다. 그 적함들에 실려 있던 기독교인 노예들은 쇠고랑을 부수고 쇠사슬을 풀어헤치고 터키인들과 한데 섞여 큰 적함에 올랐는데, 배 옆쪽으로 올라가는 통에 리까레도의 함포들이 그들을 목표물처럼 쏘아댔다. 리까레도는 터키인과 기독교인 모두에 대해 사격 중지를 명했으나, 터키인들은 이미 대부분이 죽은 뒤였고 살아남은 자들도 기독교인들의 반란으로 자신들의 무기에 박살이 나고 말았다. 영국 배를 에스빠냐 배라고 생각한 기독교인들은 이 기적 같은 자유의 회복에 환호했다. 마침내 거의 모든 터키인들이 죽은 뒤에, 갑판에 올라선 몇몇 에스빠냐 사람들은 리까레도의 사람들을 동포라고 생각하여 올라와 승리의 열매를 누리라고 큰 소리로 외쳤다.

리까레도는 그들에게 에스빠냐어로 그 배가 무슨 배냐고 물었다. 그들은 그 배가 동양 식민지로부터 오는 뽀르뚜갈 배라고 대답했다. 향신료, 진주, 다이아몬드 등 금화 100만 이상의 값나가는 물건들을 싣고 있었으나 폭풍우를 만나 거의 다 부서졌고 무기도 대포도 모두 바다에 던져버렸으며 사람들은 목마름과 배고픔 때문에 병들고 죽어가고 있었다고 했다. 그들 중 두 전함은 해적 아르나우트 마미[1]의 것으로, 하루 전에 아무 방비도 없던 배 한척을 포획하여 끌고 오던 중이라고 했다. 또한 그들은 그 배는 두 터키 고관에게 그 많은 보석과 재산을 넘기지 않기 위해 가까이 있는 라라체강에 집어넣어놓으려고 저인망으로 끌고 가던 거라 했다.

리까레도는 그들에게 만약 자신이 거느린 이 두 함선이 에스빠냐 배라고 생각했다면 속은 것이며 이 배들은 영국 여왕의 배라고 말해주었다. 이런 소식을 들은 사람들은 깜짝 놀라 두려워했다. 하나의 올가미에서 벗어나니 또다른 올가미에 걸렸구나 하는 생각에서였다. 그러나 리까레도는 그들에게 해코지하지 않을 테니 아무 걱정 말라고, 일부러 방어하려고만 하지 않는다면 틀림없이 석방해주겠다고 말했다.

"방어라니 가당치도 않습니다." 한 에스빠냐 사람이 대답했다. "이미 말했듯이, 이 배에는 함포도 없고 다른 무기도 없어요. 우리는 장군님의 관대함과 신사도에 기댈 수밖에 없는 실정입니다. 터키인들의 그 지독한 포로 생활에서 우리를 해방시켜준 분이 이 훌륭한 구조의 은혜를 계속 베푸시길 바라는 것은 당연한 일이지요. 장군님의 선행으로 장군님은 세상 곳곳에서 유명해지실 거예요. 이 기록할 만한 승리와 관대함을 우리가 적으로서 두려워하기보다 오히려 기대한 것이라는 소문이 나면 말이지요."

리까레도에게도 이 에스빠냐 사람의 말이 나쁘게 들리지 않았다. 그는 부하들의 충고를 받아들여, 기독교인들을 모두 또다른 불행한 사고의 위험 없이 에스빠냐로 보내려면 어떻게 해야 할 것인가, 그들의 수가 많으니 또 봉기할 배짱이 생기면 어찌할 것인가

---

1 알바니아 출신의 개종자 해적으로 세척의 터키 군함을 가지고 있었으며, 1575년 세르반떼스가 타고 있던 전함 '솔'을 공격했다. 이 사건으로 세르반떼스는 포로가 된다. Miguel de Cervantes, *Novelas ejemplares*, Edición de Harry Sieber, Cátedra, Madrid 1984, sexta edición, 254~55면 참조.

의논했다. 여러 의견이 있었다. 그중 하나는 그들을 한 사람씩 리까레도 측 배에 태운 뒤 갑판 밑으로 내려오게 하여 모두를 죽이고 그 큰 전함을 런던으로 걱정 없이 무사히 끌고 가는 방법이었다.

그 방법에 대해 리까레도가 말했다.

"하느님이 우리에게 많은 재산을 주시는 큰 은혜를 베푸셨는데, 그런 은혜를 그렇게 잔인하고 배은망덕한 방식으로 보답하고 싶지는 않소. 작전과 노력으로 해결할 수 있는 일을 칼로 해결하는 것은 옳지 않소. 그러니까 내 생각은 어느 기독교인도 죽여서는 안 된다는 것이오. 내가 그들을 그렇게 사랑해서라기보다 나는 나 자신을 훨씬 더 사랑하기 때문이오. 더욱이 나는 오늘의 공적에 동료가 되셨던 여러분과 나에게 용감한 자들이라는 명성과 함께 잔인한 자들이라는 평판이 주어지는 것을 바라지 않소. 용감함과 잔인함은 한번도 더불어 조화로웠던 적이 없기 때문이오. 지금 해야 할 일은 그들 배 한척의 함포를 모두 저 커다란 뽀르뚜갈 함선으로 옮기는 것이오. 그들 배에 다른 무기나 물자를 남기지 말아야 하오. 그리고 그들 배를 아군과 떨어지지 않게 하여 모두 영국으로 데려가고 에스빠냐 사람들은 에스빠냐로 돌려보낼 것이오."

리까레도의 제안에 아무도 반대하는 사람이 없었으며 몇 사람은 그가 참으로 지혜롭고 용감하고 대범하다고 생각했다. 또다른 사람들은 마음속으로 필요 이상으로 가톨릭 신앙이 깊다고 평가했다. 결국 이렇게 결정한 리까레도는 50명의 함포병과 함께 뽀르뚜갈 함선으로 갔다. 함선에는 거의 300명이 있었는데 모두들 화승총에 불을 붙이고 있었다. 적의 다른 함선에서 도망온 자들이었다. 리까레도는 즉시 무기를 수거하고 함선 등록증을 내놓으라고 했다. 배 위에서 처음 말을 걸었던 자가 등록증은 함선의 해적이 가져갔는데, 모두 물에 빠져 죽었다고 했다. 이제 키를 정상으로 돌려 두 번째 배를 큰 함선에 기대고서 고패의 힘을 이용해 빠른 속도로 닻을 감아올리고 작은 배의 함포들을 큰 배로 옮겨 실었다.

그후 리까레도는 기독교인들에게 짧게 연설하여 그들이 비워진 배로 건너가도록 명령했다. 그 배에 더 많은 사람들이 한달 이상 살 수 있을 정도로 넉넉하게 식량과 물자를 실어주었다. 그리고 다들 배에 오르기 시작하자 자기 편 배에서 가져오게 한 돈에서 각자에게 에스빠냐 금화 4에스꾸도씩을 나눠주어 가까운 육지에 도착해서 쓰도록 했다. 멀지 않은 곳에 아빌라와 깔뻬의 높은 산들이 보였던 것이다. 그들은 자신들에게 베풀어준 은혜에 한없이 감사했다. 그들이 막 출항하려는 참에 갑판에서 처음 대답했던 사람이 리까레도에게 말했다.

"용감하신 대장님, 저를 에스빠냐로 보내지 말고 영국으로 데려가주시면 더욱 행복하게 생각하겠습니다. 에스빠냐는 비록 제 조국입니다만 거기에서 떠난 지 엿새밖에 되지 않았고, 돌아가봐야 저에게는 더 많은 슬픔과 고독밖에 다른 일이 없을 것 같습니다. 아셔야 할 것이, 15년 전에 있었던 까디스 침략으로 저는 딸 하나를 잃었습니다. 영국인들이 영국으로 데려간 것으로 생각됩니다. 저는 그 딸과 함께 제 노년의 안식과 제 눈의 빛을 잃었습니다. 제 눈은 딸을 잃은 뒤 세상에서 아무것도 마음에 드는 것을 보지 못했답니다. 딸도 잃고 재산도 많이 잃은 그 커다란 불행이 저를 절망에 빠뜨렸습니다. 더이상 장사도 하기 싫어졌지요. 저는 그동안 장사를 해서 온 도시에서 가장 부자 장사꾼이라는 명성을 얻었는데 말입니다. 그리고 그게 사실이었지요. 수천 수억이 넘는 신용증권 외에도 저희 집 대문 안의 재산만 해도 금화 5만 두까도 이상 나갔으니까요. 이 모든 걸 잃었습니다. 그러나 제 딸을 잃은 데 비하면 이 모든 걸 잃은 것은 아무것도 아니지요. 지극히 개인적인 이런 온갖 불행 뒤에는 궁핍한 삶이 저를 지치게 만들었습니다. 너무 힘들어서, 저기 앉아 있는 저 슬픈 여인 제 아내와 저는 멕시코나 중남미로 갈 결심을 했습니다. 에스빠냐에 흔히 있는 마음씨 좋은 가난뱅이들의 도피처가 거기니까요. 그래서 엿새 전에 흔히 통보함이라고 부르는 배를 탔습니다. 그리고 까디스를 떠나자 이들 두 해적선과 마주쳐 포로로 잡혔지요. 그로써 우리의 재난이 더욱 커지고 우리의 불행이 더욱 확실해졌습니다. 만약 해적들이 저 뽀르뚜갈 함선을 포획하지 않았더라면 일은 더욱 커졌을 겁니다. 당신께서도 보았듯이, 이런 일이 일어나기 전까지 그 배가 해적들을 거기 잡아두었으니까요."

리까레도는 그의 딸 이름이 무엇이냐고 물어보았다. 이사벨이라는 것이 그 에스빠냐 사람의 대답이었다. 이 대답으로 리까레도는 혹시나 했던 것이 사실임을 알아차렸다. 그 이야기를 한 사람은 바로 그가 사랑하는 이사벨라의 아버지였던 것이다. 그는 그 딸에 대한 몇가지 소식을 전하기 전에, 아주 즐거운 마음으로 그와 부인을 런던으로 모시고 가겠다고, 거기 가면 원하던 소식을 들을 수 있을 거라고 대답했다. 그리고 그들을 즉시 선장실로 옮겨오도록 하고, 뽀르뚜갈 배에는 보초며 해병 들을 충분히 배치했다.

리까레도는 그날 밤에 닻을 올렸고 최대한 에스빠냐 해변에서 빨리 멀어지도록 애를 썼다. 석방된 포로들을 실은 배가 에스빠냐 해변에 닿아 그들의 일을 알릴 수도 있었기 때문이었다. (석방된 포로들 중에는 20명의 터키인들도 있었는데, 리까레도는 그들에게도 자유를 주었다. 신분이 높고 마음이 너그러워 보였기 때문으로,

그는 가톨릭교도에게 갖는 것과 같은 사랑의 마음에서가 아니라 자신의 관대함의 결과라는 것을 보여주기 위해 에스빠냐 사람들에게 첫번째로 터키인들을 자유롭게 해달라고 요청했다. 터키인들은 모두 그에게 대단히 감사하다는 표정을 지어 보였다.)

바람은 순항을 약속하는 듯 거세게 불더니 이내 잠잠해졌다. 바다가 고요해지자 영국인들에게는 공포의 폭풍이 몰아닥쳤다. 그들은 리까레도와 그의 어울리지 않는 관대함 때문에 석방된 자들이 에스빠냐에 그 사건을 알릴 수 있다고 걱정했다. 어쩌면 항구에서 대기 중이던 무장한 대형 범선들이 그들을 잡으러 나올 수도 있다고, 무서운 고난에 빠져 패망하는 지경에 이를지도 모른다고 했다. 리까레도도 그 말이 옳을 수 있음을 잘 알았으나 좋은 말로 모두를 설득하여 진정하도록 했다. 바람이 더욱 그들을 안심시켰다. 다시 시원하게 내려부는 바람에 모든 돛폭을 활짝 펼쳤고 그들은 돛을 내리거나 조절할 필요도 없이 아흐레 만에 런던이 보이는 곳까지 도착했다. 그 배로 승승장구해서 돌아왔지만 거기 없는 사람도 30명쯤 되었다.

리까레도는 장군의 죽음 때문에 즐거운 표정으로 항구에 들어서고 싶지 않았다. 그리하여 즐거움과 슬픔을 섞어, 때로 나팔을 불어 즐거움을 나타내고 또 때로 트럼펫 소리로 슬픔을 나타냈다. 북을 즐겁게 쳐대고 놀라운 무기를 두들기다가 또 비탄에 찬 피리로 화답했다. 한 돛대에는 거꾸로 된 반달들이 뿌려진 깃발을 올리고 다른 돛대에는 검고 긴 깃발을 걸었다. 깃발들의 끝이 물에 닿아 일렁거렸다. 마침내 이런 모습으로 리까레도는 런던의 강에 자기 배와 함께 들어섰다. 뽀르뚜갈 배는 수위가 낮은 강에서 떠 있기가 어려워 그대로 바다에 남겨두었다.

이렇게 대조적인 모습을 강가에서 바라보던 많은 사람들은 긴장했다. 그들은 몇개의 휘장으로 작은 배가 란삭 남작의 배라는 것을 알았지만 어떻게 다른 배가 바다에 남아 있는 저 큰 배로 바뀌었는지 알 수 없었다. 그러나 용감한 리까레도가 빛나는 위용으로 무장한 채 작은 배에서 뛰어내리자 모든 의구심이 사라졌다. 리까레도는 그를 따르는 수많은 사람들을 기다려 함께 왕궁으로 갔다. 거기에서는 여왕이 복도에 서서 배들의 소식을 기다리고 있었다.

  이사벨라는 여왕과 또다른 귀부인들과 함께 있었다. 그녀는 영국식 옷을 입고 있었는데 에스빠냐 옷처럼 영국 옷도 그녀에게 잘 어울렸다. 리까레도가 도착하기에 앞서 다른 사람이 와서 리까레도의 도착 소식을 알리자 이사벨라는 리까레도란 이름만 듣고도 가슴이 요동쳤고 그가 오는 길에 좋은 소식을 가져올지 기대와 두려움에 차 떨고 있었다.

  리까레도는 키가 크고 균형 잡힌 몸집에 잘생긴 남자였다. 가슴받이, 목받이, 팔받침, 허리받이가 달린 갑옷에, 11개의 풍경이 새겨지고 금색으로 도금한 밀라노의 문장으로 무장한 모습이 그를 바라보는 모든 사람에게 참으로 그럴듯하게 보였다. 머리에는 투구 같은 것은 쓰지 않았고 챙이 넓은 황갈색 모자에 목둘레에는 수없이 다양한 깃털들이 넓은 칼라처럼 펼쳐져 있었다. 무척 아름다운 멜빵에 넓은 칼을 매달고 스위스식 목이 긴 양말을 신고 있었다. 어떤 이들은 이런 치장과 기백 넘치는 걸음걸이를 전쟁의 신 아레스에 비하는가 하면 또다른 사람들은 그 얼굴의 아름다움에 이끌려 아프로디테 같다고도 했는데, 이는 그렇게 치장한 아레스를 약간 비웃는 말이었다. 마침내 여왕 앞에 다가간 그는 무릎을 꿇고 말했다.

"고명하신 폐하, 폐하의 행운에 힘입어 저의 소원을 성취하고자, 란삭 장군께서 뇌일혈로 사망하신 뒤 저는 폐하의 관대한 명령에 따라 그분을 대신하여 전투에 임했습니다. 운 좋게도 곧 두척의 터키 전함이 큰 배를 끌고 오는 것을 발견하여 저는 그 배를 향해 돌격했습니다. 폐하의 군사들은 여느 때처럼 잘 싸워서 해적의 배들을 침몰시켰습니다. 저는 고귀하신 폐하의 이름으로 터키인들에게서 도망친 기독교인들에게 자유를 주었고 그들을 우리 배 하나에 태워 보냈는데, 오직 에스빠냐 여자 하나와 남자 하나를 데려왔습니다. 그들이 자진해서 폐하를 뵙고 싶어했기 때문입니다. 큰 함선은 뽀르뚜갈의 동방 식민지에서 온 배들 중 하나로, 이 배가 폭풍을 만났기에 터키인들이 힘 들이지 않고 아무 수고 없이 굴복시켜 수중에 넣었던 것입니다. 이 배를 타고 온 몇몇 뽀르뚜갈 사람들의 말을 들으면, 배에 싣고 온 향신료와 진주, 다이아몬드 등의 상품 가격만 해도 금화 100만이 넘는다고 합니다. 하늘 덕택에 그중 아무것에도 손대지 않았고 터키인들조차 만져보지 못한 그대로 오직 폐하를 위해 지키고 간직할 수 있었습니다. 폐하께서 저에게는 오직 단 하나의 보석만 주시오면 다른 열척의 배라도 빚으로 알고 가져오겠사옵니다. 그 보석은 폐하가 약속하신바 저의 착한 이사벨라입니다. 이 보석 하나만으로 저에게는 폐하께 바친 봉사의 넘치는 보상이 될 것이옵니다. 또한 폐하께서 이 보석을 제게 주시면 끝없는 그 모든 은혜의 일부라도 갚기 위해 앞으로도 헌신할 것입니다."

"일어나거라, 리까레도." 여왕이 말했다. "그대가 생각해야 할 것은, 내가 그녀를 몹시 사랑하므로, 그녀를 그대에게 주기로 하면 그 배에 실어온 것 정도가 아니라 동방 식민지에 남은 모든 것을 가져온다 해도 그 값을 다 치를 수가 없다는 것이지. 그대에게 그녀를 주는 것은 내가 그대에게 약속을 했기 때문이야. 또한 그녀는 그대에게 어울리고 그대 또한 그녀에게 어울리기 때문이지. 그대의 품격만으로도 그녀를 가질 만해. 그대가 나를 위해 함선의 보석을 간직해왔다면, 나 또한 그대를 위해 그대의 보석을 잘 지켜왔다네. 비록 내가 그대의 것을 그대에게 돌려주는 것이 별일 아닌 것 같다 해도 나는 이렇게 하는 것이 그대에게 커다란 은혜를 베푸는 것임을 알고 있네. 열렬히 바라는 보물은 그것을 얻는 사람의 마음에 그만큼 소중하고 귀한 것으로 여겨지는 법이야. 그것은 영혼처럼 소중하니, 그 가치로 말하면 온 세상에 그만큼 비싼 것이 없지. 이사벨라는 그대 것이야. 그녀가 저기 있지 않나? 이제 원하면 언제든지 그대가 완전히 가질 수 있고 그녀 또한 승낙할 거야. 자네의 사랑에 값할 만한 분별을 지녔으니까. 그리고 그대가 그녀를 친하게 가까이할수록 더욱 그 깊은 가치를 알게 되겠지. 이런 것을 나는 은혜라고 부르고 싶지 않아. 그냥 친애하는 이들끼리의 우정 관계지. 왜냐하면 그녀에게 은혜를 베풀 수 있는 것은 나뿐이니까 말이다. 이만 어서 가서 쉬고 내일 나를 보러 오도록 하게. 그대의 전공에 대해서 상세히 더 듣고 싶구나. 그리고 자진해서 나를 보러 오고자 했다는 그 두 에스빠냐 사람들도 데려와 소원을 풀어주도록 하게."

리까레도는 자신에게 베풀어준 여왕의 큰 은혜에 감사하며 여왕의 손에 키스했다. 여왕이 방에서 나가자 귀부인들이 그를 에워쌌다. 그녀들 중의 하나가 이사벨라와 아주 친한 탄시라는 소녀로 모든 여자들 중에서 가장 재미있고 자유로운 여자였다.

"이게 다 무엇이에요, 리까레도? 이건 어떤 무기예요? 혹시 여기 그대의 적들과 싸우러 올 생각은 아니셨지요? 사실 여기 우리는 모두 당신의 친구들이거든요. 이사벨라만 빼고요. 그녀는 에스빠냐 여자니까 당신께 좋은 마음이 없는 게 당연하지 않나요?"

"그녀에게 혹시라도 저에게 좋은 마음이 있었는지 기억해보라고 하시지요." 리까레도가 말했다. "혹시 제가 기억이 난다면 말이지요. 저는 그녀에게 좋은 마음이 있을 거라 생각합니다. 그렇게 품위 있고 지혜로우며 보기 드문 아름다움을 가지신 분에게 배은망덕이라는 추한 마음이 들어 있지는 않겠지요."

그 말에 이사벨라가 대답했다.

"리까레도 님, 저는 당신의 것입니다. 제게서 원하시는 대로 환대와 모든 기쁨과 만족을 누리세요. 저에게 주신 모든 칭송을 보상해드리겠습니다. 그리고 저에게 베푸시려는 은혜도 감사히 받아들이겠습니다."

리까레도와 이사벨라, 그리고 귀족 아씨들 사이에 이런저런 정숙한 이야기들이 오가는 동안 그녀들 가운데서 나이가 어린 아가씨 하나가 리까레도를 이모저모 살펴보았다. 그의 허리받이 아래 뭐가 있는지 들춰보고, 칼도 만져보고, 어린 소녀의 순진함으로 그의 무기들을 거울로 가까이 가져가서 비춰보기도 했다. 그리고 그가 가고 난 뒤에 귀족 아씨들을 돌아보고 말했다.

"이제 보니 그 전쟁이라는 것이 아주 근사한 것인가봐요. 여자들 사이에서도 무장한 남자가 저렇게 멋져 보이니 말이에요."

"멋져 보이기만 해?" 탄시가 말을 받았다. "리까레도를 보라구. 세상에, 태양이 바로 땅으로 내려와 그런 옷을 입고 거리로 걸어가는 것 같지 않아?"

그 어린 아가씨의 말과 탄시의 터무니없는 비유를 듣고 모두들

깔깔대고 웃었다. 한편에서는 리까레도가 왕궁에 오면서 무장을 하고 온 것을 예법에 크게 어긋난다고 비난하며 쑥덕대는 사람들도 없지 않았다. 비록 다른 사람들은 그것이 군인으로서의 우아한 용맹성을 보여주는 용납할 만한 행동이라고 말하기도 했지만.

리까레도는 부모와 친척, 친구, 지인 들로부터 따뜻한 사랑의 영접을 받았고, 그날 밤 런던에서는 그 대단한 사건으로 즐거운 축제가 열렸다. 이때 이미 이사벨라의 부모는 끌로딸도의 집에 있었다. 리까레도는 자신의 부모에게 그들이 누군지 말해주면서 그러나 이사벨라에 관한 얘기는 자기가 직접 말할 때까지 절대 하지 말아달라고 부탁했다. 그의 어머니 까딸리나와 집안의 모든 하인들도 이부탁을 들었다. 바로 그날 밤 수많은 작은 배, 큰 배 들과 함께 그 배들을 바라보는 수많은 눈들 앞에서 그 큰 배의 짐을 부리기 시작했는데, 여드레가 걸려도 그 배의 뱃속에 숨겨두었던 그 많은 향신료며 후추와 풍성한 상품들을 다 부려놓을 수가 없을 정도였다.

그날 밤이 지나고 다음날 리까레도는 궁전으로 이사벨라의 아버지와 어머니를 모시고 갔다. 그 부모에게 영국식 옷으로 갈아입도록 하고, 여왕께서 그들을 보고 싶어한다고 했다. 여왕은 귀족 아씨들에 둘러싸여 이사벨라를 옆에 두고 리까레도를 기다리고 있었다. 리까레도로서는 정말 기쁘게도 이사벨라는 궁전에 처음 들어올 때 입었던 옷 그대로 입고 있었는데 그때보다도 더 아름답게 보였다. 이사벨라의 부모는 그렇게 어마어마하고 멋진 것들이 가득한 궁전에 놀라고 감탄하고 있었다. 그러다 눈길이 이사벨라에게 닿았으나 그들은 그녀를 알아보지 못했다. 비록 가슴은 그렇게 가까이 있는 행복을 예상이라도 하듯 설명할 수 없는 기쁨에 쿵쿵 뛰기 시작했지만 말이다. 리까레도는 그들을 슬프게 할 수 있으니 너무 놀라게 하지 않으려고, 기이한 기쁨을 주려고 했지만 부모는 어리둥절할 수밖에 없었다. 여왕은 리까레도가 무릎 꿇는 것을 말리고 일어나서 이런 경우를 위해 준비되어 있는 의자에 앉도록 했다. 이는 여왕의 높은 지체로 보아 범상치 않은 대우였고 여러 질투심 어린 수군거림을 낳았다. 누군가 다른 사람에게 말했다.

"리까레도는 오늘 그에게 내주신 의자에 앉지 않고 자기가 가져온 후추 위에 앉네."

다른 사람도 다가와 한마디 했다.

"선물이 많으면 바위도 녹인다고, 지금 흔히 하는 말이 사실이 되는구먼. 리까레도가 가져온 선물이 우리 여왕님의 냉정한 가슴을 부드럽게 녹였어."

또다른 사람도 다가와 한마디 했다.

"이제 저렇게 의자에 앉았으니 또 두어 사람 이상 귀찮게 헐뜯으러 오겠구먼."

그게 사실이었다. 여왕이 그렇게 영예롭게 리까레도를 환대하자 그것이 동기가 되어 이를 보고 있던 많은 사람들의 가슴에 시기심이 생기기 시작했다. 왕이 총애하는 측근에게 베푸는 은혜는 질투쟁이의 심장을 가르는 창이 아닌 게 없으니까. 여왕은 리까레도가 해적 함선들과 전투한 상황을 자세하게 알고 싶어서 그는 더욱 상세히 그 이야기를 해드렸다. 승리는 그의 병사들의 힘세고 용맹스러운 팔뚝과 하느님의 덕택이라며 모두에게 공을 돌렸고 특히 다른 군인들보다 더욱 공이 많았던 몇몇의 행적을 들어 이야기했다. 그러자 여왕은 모두에게 감사하고 특히 공적이 많은 이들을 치하했다. 터키인과 기독교인 들에게 폐하의 이름으로 자유를 주었다고 이야기하는 대목에서 그는 이사벨라의 부모를 가리키면서 말했다.

"저기 있는 저 남녀가 제가 어제 폐하께 폐하를 뵙고 싶어한다고 말씀드린 이들입니다. 저들은 폐하의 위대함을 알아 저더러 자기들을 좀 데려가달라고 간절히 청해서 데려왔습니다. 저들은 까디스 출신인데, 제가 들은 바로, 그리고 제가 자세히 보고 관찰한 결과 그곳에서 귀족이고 중요한 사람들이었던 것 같습니다."

여왕은 그들을 가까이 오도록 했다. 이사벨라는 눈을 들어 그 에스빠냐 사람들이라는 이들을 쳐다보았다. 더구나 까디스 출신이라고 하니 혹시 자기 부모를 아는가 물어보고 싶었다. 이사벨라의 눈길이 그 어머니에게 닿았다. 그녀는 발을 멈추고 좀더 찬찬히 어머니를 살펴보았다. 이사벨라의 기억 속에서 어떤 어렴풋한 흔적이 깨어나기 시작했다. 그 흔적이란 앞에 있는 저 여인을 예전 어느 때에 본 것 같다고 느껴지는 무엇이었다. 그녀의 아버지도 똑같은 혼돈 속에 있었지만 그는 그 딸의 두 눈이 자신에게 보여주는 진실을 감히 믿을 만한 용기도 결단력도 없었다. 리까레도는 그들 세 사람이 어리둥절하고 의혹에 빠져 있는 표정과 몸짓의 정경을 찬찬히 지켜보고 있었다. 그들은 서로 아는 것 같기도 하고 모르는 것 같기도 하다는 생각 속에서 어쩔 줄 몰라하고 있었다. 여왕은 그 부모가 너무 놀라고 긴장한 것을 알았다. 이사벨라도 초조하고 불안해서 자꾸 머리를 매만지고 진땀을 쏟는 것을 보았다.

이때 이사벨라가 자기 어머니가 아닐까 생각하는 이에게 이야기를 좀 해주시기를 청했다. 어쩌면 귀는 자신의 눈이 본 의혹을 명확하게 풀어줄지도 몰랐기 때문이다. 여왕은 이사벨라더러 그분들께 에스빠냐어로 무슨 연유로 리까레도가 준 자유를 사양했느냐고 물어보라고 명했다. 자유야말로 가장 소중한 것으로, 이성을 가진 사람뿐만 아니라 비이성적인 동물들까지도 제일 중요하게 여기는 것인데 말이다.

이 모든 말을 이사벨라가 그 어머니에게 물었다. 그러나 그 어머니는 말 한마디 하지 못했다. 정신을 놓고 반쯤 쓰러질 듯 이사벨라에게 다가오더니 궁중에서 지켜야 하는 법도도 그 자리가 주는 두려움도 아랑곳없이 손을 들어 이사벨라의 오른쪽 귀를 만졌고, 거기 있는 까만 점을 발견했다. 그 점은 혹시나 했던 의혹을 확인해주는 표지였다. 그녀가 틀림없는 자기 딸 이사벨라라는 것을 알고는 그 어머니가 그녀를 껴안으며 큰 소리로 외쳤다.

"아이고, 사랑하는 우리 딸! 아이고, 내 영혼의 어여쁜 보물아!" 그러고는 더이상 말을 잇지 못하고 이사벨라의 품속에 쓰러졌다.

그녀의 아버지도 점잖은 것 못지않게 정이 많은 사람이라 무어라 말하기보다 눈물을 흘리며 감정을 표현했다. 눈물이 계속해서 그 근엄한 얼굴과 수염을 적시며 흘러내렸다. 이사벨라는 어머니의 얼굴에 자기 얼굴을 대고 눈길은 아버지에게로 향한 채 열심히 바라보았다. 그 눈길에서 그녀 영혼에서 우러나온 기쁨이 보였다. 여왕은 이 광경에 크게 감동해서 리까레도에게 말했다.

"내 생각에는, 리까레도, 그대의 사려 깊은 계획이 이런 광경을 만든 것 같구나. 그러나 이런 것이 꼭 알맞은 방법이라고 할 수는 없겠지. 왜냐하면 어떤 갑작스러운 기쁨은 갑작스런 슬픔처럼 사람을 죽일 수도 있거든." 이렇게 말하며 여왕은 이사벨라를 돌아보고 그녀를 어머니로부터 떨어지도록 했다. 그 어머니는 얼굴에 물을 뿌린 뒤에야 제정신으로 돌아왔다. 정신을 차린 그녀는 조금 뒤 여왕 앞에 무릎을 꿇고 말했다.

"폐하, 저의 지나친 행동을 용서하소서. 이 사랑의 보물을 찾은 기쁨이 너무 커서 정신을 잃은 정도는 아무것도 아니었습니다."

여왕은 그 말이 옳다고 대답했고 이사벨라가 부모에게 여왕의 말을 통역했다. 여왕은 그 부모에게 명해서 궁전에 머물면서 천천히 시간을 가지고 딸을 보고 즐기도록 했다. 리까레도는 대단히 기뻐했다. 그리고 다시 한번 여왕에게 자신이 자격이 되면 그녀를 자기에게 주겠다고 한 약속을 이행해주십사 간청했다. 또한 만일 자신이 자격이 안 된다면 자기의 소망을 성취할 자격을 얻을 수 있는 일에 종사할 수 있도록 명을 내려주십사 청했다. 여왕은 리까레도가 그 자신에 대해서 만족하고 자신의 용기에 자신만만함을 알아차렸다. 그의 실력을 알아보기 위한 또다른 시험은 불필요했다. 그리하여 그로부터 나흘 안에 그의 소망을 이루어줄 것이며 두 사람의 결합을 가능한 대로 영예롭게 해주겠다고 말했다.

이런 말에 리까레도는 여왕 앞에서 물러나 이들과 작별했다. 이제 이사벨라를 잃을 걱정 없이 드디어 소원이 이루어진다는 생각에 대만족을 느끼며 기쁨으로 가슴이 부풀었다.

시간이 흘러갔지만 그가 바라는 만큼 빨리 흐르지는 않았다. 앞으로 이루어질 약속을 희망으로 사는 사람들은 항상 시간이 게으름의 발로 기어가고 있다고 느끼며 시간에 왜 날개가 없는지 안타까워한다. 그러나 결국 그날이 왔다. 리까레도가 자신의 소원에 마침표를 찍는 것이 아니라 이사벨라에게서 새로운 매력들을 발견해서, 그것이 가능하다면, 그녀를 더욱 사랑하게 될 그날이. 하지만 그의 행운의 배가 순풍을 만나 원하는 항구로 잘 항해해가고 있던 그때에, 역풍이 아니라 폭풍이 일어나 수천번 빠져 죽을까 걱정하게 되는 일이 생겼다.

사건의 발단은 여왕의 시종관이라는 여자가 자기 밑에 이사벨라를 데리고 있었던 것이다. 그 아들 아르네스또 백작은 스물두살로, 그는 고귀한 혈통에다 그 어머니가 여왕과 엄청난 친분이 있어 늘 자신을 과시하며 잘난 척했다. 그러니까 적절하고 온당하게 행동한 것이 아니라 믿는 구석에 기대어 오만하게 위세를 부리는 짓들을 해댔던 것이다. 그런데 이 아르네스또라는 자가 마음에 불이 붙도록 이사벨라에게 반하게 되었다. 얼마나 빠져들었는지 이사벨라의 눈빛 한번에 그의 영혼이 불타는 듯했다. 그는 리까레도가 없던 긴 시간 동안 몇번이고 그녀에게 좋아한다는 신호를 보냈으나 이사벨라는 결코 받아들이지 않았다. 사랑에 빠진 초기에는 몇번의 냉대와 천대로도 사랑이라는 사업을 포기하기가 십상이다. 아르네스또에게는 이런 일이 반대로 작용했다. 이사벨라가 수백번 알아듣게 거절했는데도, 그는 질투 때문에 더 열정에 불이 붙고 그녀의 정숙함 때문에 오히려 더 명예심에 자극받았다. 그는 리까레도가 여왕의 뜻에 따라 이사벨라를 차지하게 될 것 같자, 곧 그녀가 남의 아내가 되리라는 생각에 비관하여 자살할 마음을 먹었다. 그러나 그렇게 불명예스럽고 비겁한 결단에 이르기 전에 그 어머니에게 간청하기를 부디 여왕에게 자신이 이사벨라를 아내로 맞이할 수 있도록 부탁해달라고, 그러지 않으면 죽음이 자신의 생명의 문을 두들기고 있다고 생각해달라고 말했다. 시종관은 아들의 말을 듣고 크게 놀랐다. 그 어머니는 아들의 충동적 성격과 끈질기게 집착하는 그의 편집증에 가까운 욕망을 아는지라 자식의 사랑이 어떤 불행한 사고로 끝이 날까봐 정말로 두려웠다. 어떻든 자식의 행복을 위하고 그를 구하려는 어머니의 본능으로 시종관은 여왕께 말씀드려보겠다고 아들에게 약속했다. 말을 한다고 여왕이 자신이 한 약속을 깨는 그런 불가능한 일이 이루어지리라는 희망이 있어서가 아니라, 아들의 마지막 결단을 그만두게 하는 일을 포기할 수는 없었기 때문이었다.

그날 아침 이사벨라는 여왕의 명으로 감히 이 붓이 다 이야기하지 못할 만큼 아름답게 차려입었다. 여왕은 손수 함선이 실어온 값이 금화 2만 두까도 정도 나가는 가장 좋은 진주 목걸이를 그녀의 목에 걸어주었고 손에는 6천 두까도 정도 나가는 다이아몬드 반지를 끼워주었다. 귀족 아씨들도 얼마 안 있어 다가올 결혼식이라는 축제에 대한 기대감에 한껏 흥분해 있을 때였다. 시종관이 들어와 여왕 앞에서 무릎을 꿇고 간청하기를, 앞으로 이틀만 더 이사벨라의 결혼식을 연기해달라고 빌었다. 폐하께서 그런 은혜를 베풀어주신다면 자신이 폐하를 위해 봉사한 모든 노고에 대한 전적인 보상으로 여기겠노라고 했다.

여왕은 먼저 왜 그렇게 간절히 이 결혼의 연기를 요청하는지를 알고 싶어했다. 그것이야말로 자신이 리까레도에게 약속한 바와 정면으로 배치되는 것이었기 때문이다. 그러나 시종관은 그녀가 청한 연기를 허락해주실 때까지 여왕이 그토록 알고 싶어하는 요청의 이유를 말씀드릴 수가 없다고 버텼다. 마침내 시종관은 원하는 대답을 얻은 후에야 여왕에게 자기 아들의 사랑 문제를 이야기했고, 이사벨라를 아내로 맞게 해주지 않으면 아들이 절망에 빠져 죽거나 무슨 일을 저지를까 정말로 무섭다고 말했다. 또한 이틀간의 연기를 청한 것은 폐하께서 자기 아들에게 어떤 적당한 방편을 열어주시지 않을까 기회를 가져보자는 뜻이었다고 했다.

여왕은 왕명으로 약속하지 않았다면 아무런 고려 없이 약속을 철회하고 리까레도에게서 자신이 준 희망을 빼앗아 이 곤경을 무마할 수도 있지만 왕명으로 약속한 이상 어떤 중요한 방해가 있더라도 리까레도의 희망을 좌절시킬 수는 없다고 대답했다. 시종관은 이 대답을 자기 아들에게 전했다. 아들은 한순간도 머뭇거리지 않고 사랑과 질투에 이글거리는 마음으로 완전무장을 하고는 힘센 말을 타고서 끌로딸도의 집 앞에 얼굴을 내밀었다. 그는 커다란 목소리로 리까레도에게 창문으로 얼굴을 내밀라고 소리쳤다. 리까레도는 그때 화려한 신랑 복장을 차려입고 결혼식에 필요한 수행원들을 데리고 궁으로 향하려는 찰나였다. 하지만 외치는 소리를 들었고, 소리치는 사람이 자신이 누구인지를 밝힌데다 그런 모습으로 왔으니, 놀라서 창문으로 내다보았다. 아르네스또 백작이 그를 보자 말했다.

"리까레도, 내가 하는 말을 찬찬히 잘 들으시오. 우리 주인이신 여왕께서 당신에게 폐하를 모시라고 했고, 세상에 둘도 없는 이사벨라를 얻을 만한 공적을 세우라고 명하셨소. 당신은 가서 배들을 황금으로 가득 채워 돌아왔지. 그것으로 이사벨라를 얻을 자격을 얻으려고 말이야. 그러나 비록 여왕께서 당신에게 그런 약속을 하셨다 할지라도 그것은 궁중에서 당신밖에 그런 훌륭한 사람이 없다고 믿으셨기 때문이야. 이사벨라를 잘 섬기고 훌륭한 작위로 그녀의 배필이 될 자격을 가진 사람이 당신뿐이라고? 천만에, 그것은 여왕께서 잘못 생각하신 거지, 아마도. 내가 이런 생각을 갖게 된 것은, 내가 알아본바 당신은 이사벨라를 가질 만한 공덕을 쌓지 못했고 어떠한 공적으로도 그녀를 갖는 커다란 행복에 맞먹을 수 없기 때문이야. 따라서 내 말은, 당신은 그럴 자격이 없다는 거야. 당신이 내 말을 반박하고 싶다면, 내 죽음을 걸고 당신에게 결투를 신청하지."

백작이 입을 다물었다. 리까레도가 대답했다.

"내가 당신과 결투하러 나갈 일은 결코 없을 거요, 백작나리. 고백하건대, 나 자신 이사벨라를 사랑할 자격이 없을 뿐 아니라 오늘 세상에 사는 어떤 남자도 자격이 있다고 보지 않습니다. 그러니 당신이 무어라 주장하든 간에 다시 말하자면, 당신의 결투는 나와 상관없습니다. 하지만 그럼에도 불구하고 당신이 감히 함부로 결투를 신청하였으니 그것을 응징하기 위해 내 받아들이지요."

이 말과 함께 리까레도는 창문을 떠나 황급히 무기를 청했다. 그의 가족이며 그와 동반하여 왕궁에 가려고 왔던 친구와 친지 들이 화들짝 놀라 난리가 났다. 아르네스또 백작이 무장한 것을 보고 그가 고함을 지르며 결투를 신청한 것을 들은 많은 사람들 중에는 여왕께 이 사건을 이야기하러 간 이도 있었다. 여왕은 경비대장을 시켜 즉시 아르네스또 백작을 체포하러 보냈다. 대장은 어찌나 서둘러 달려왔는지 리까레도가 막 집에서 나오는 때에 맞춰 도착했다. 리까레도는 배에서 내릴 때 입었던 갑옷으로 무장하고 아름다운 말 위에 앉아 있었다.

백작은 대장을 보자 금세 무엇 때문에 왔는지 알아차렸다. 그는 체포되지 않을 요량으로 리까레도를 향해 소리쳤다.

"이봐, 리까레도, 지금 우리를 방해하러 온 게 보이지? 나를 벌할 생각이 있으면 나를 찾아와. 나도 당신을 혼내주기 위해 꼭 찾아갈 테니까. 우리 둘이 서로 찾으니 쉽게 만날 거야. 그때까지 우리 소망의 실행은 접어두자구."

"좋아." 리까레도가 대답했다.

이때 대장이 경비병과 함께 백작에게 다가갔다. 그는 폐하의 명이니 체포에 응하라고 했다. 백작은 그에 응하면서 그러나 반드시 다른 곳이 아닌 여왕 앞으로 데려가달라고 했다. 대장은 응낙하고 경비병들로 백작을 에워싸고 궁으로 데려가 여왕 앞에 세웠다. 여왕은 시종관으로부터 그 아들이 이사벨라를 무척 사랑한다는 얘기를 들었고, 이어 시종관은 눈물을 흘리며 자기 아들 백작을 용서해달라고, 아직 젊고 사랑에 빠져 이렇게 큰 잘못을 저지른 것이라고 애원했다.

아르네스또가 여왕 앞으로 다가갔다. 여왕은 그에게 말 한마디하지 않고 칼을 빼앗으라고 한 뒤 첨탑에 가두라고 명했다.

이 모든 일은 이사벨라와 그 부모를 무척 괴롭게 했고 겨우 조용해졌던 그들의 바다는 다시 혼란에 빠졌다. 시종관은 여왕에게 자기 가족과 리까레도 가족 사이에 벌어질지도 모를 불행한 사태를 방지하려면 이사벨라를 에스빠냐로 보냄으로써 그 원인을 없애야 한다고 말했다. 원인이 사라지면 두려워하는 결과도 없을 것 아니냐는 것이었다. 이 말에 덧붙여서 그녀는 이사벨라가 독실한 가톨릭 신자로서 자기가 아무리 설득해도 가톨릭 신앙을 전혀 굽히지 않았다고 말했다. 그 말에 여왕은 바로 그런 점 때문에, 그 부모가 가르쳐준 법에 변함없이 충실하기 때문에 이사벨라를 더욱 사랑한다고 말했다. 또한 그녀를 에스빠냐로 보내는 문제는 생각지도 말 것이며, 그녀의 아름다운 모습과 많은 매력과 미덕을 여왕은 무척 좋아하고, 그날이 아니면 다른 날이라도 틀림없이 자기가 약속한 대로 그녀를 리까레도에게 아내로 주겠노라고 말했다.

여왕의 이런 결정에 시종관은 너무나도 실망하여 대답할 말이 없었다. 이사벨라가 없어지지 않는 한 아들과 리까레도 사이에 안도나 평화의 희망이 있을 수 없다는 생각을 굳힌 후, 그녀는 가장 잔인한 짓 중 하나를 저지르기로 결심했다. 어떻게 아들의 집착을 누그러뜨려 리까레도와 화해하게 만들 수 있을까 하는 고민이 이

끌어낸 그 해결 방법은, 실제 그녀의 성격이 그렇기도 했지만 잔혹하기 짝이 없었는데, 독약으로 이사벨라를 죽이겠다는 것이었다. 어떤 귀족 여인과 마찬가지로 그녀의 그런 결심, 생각은 신분으로나 처세로나 결코 해서는 안 되는 짓이었다. 그러나 여자란 대부분 일단 결심하면 당장 일을 저지르는지라, 그녀는 바로 그날 오후 이사벨라에게 지금 느끼는 심장의 고통에 좋다고 꾸며서 독을 먹였다.

그것을 먹고 얼마 지나지 않아 이사벨라는 혀와 목구멍이 붓기 시작했고 입술이 시커멓게 변하고 목이 쉬었다. 눈이 흐려지고 가슴이 조이는 듯 답답해졌다. 모든 것이 독약을 먹은 징후가 분명했다. 귀족 아씨들이 여왕에게 몰려가 지금 일어나고 있는 일을 이야기하고 시종관 여인이 그런 나쁜 짓을 한 것이 틀림없다고 고했다. 여왕이 그 사실을 믿기까지는 오래 걸리지 않았다. 여왕은 즉시 이사벨라를 보러 갔다. 그녀는 거의 숨을 쉬지 못하고 있었다.

여왕은 황급히 의사들을 부르게 했고 의사들이 오는 동안 이사벨라에게 전통적으로 해독에 좋다는 일각수 뿔 말린 가루를 먹이고 위대한 왕세자들이 위급 상황에서 치료제로 쓰는 여러 해독제도 가져왔다. 의사들이 도착했고 그들은 여왕에게 시종관이 어떤 종류의 독약을 먹였는지 밝히도록 할 것을 청했다. 아무도 다른 사람 아닌 그녀가 독을 먹인 것이 분명하다는 것을 의심하지 않았기 때문이다. 그녀는 독약을 밝혔고, 의사들은 그 정보를 활용해 효과적으로 처방할 수 있었다. 좋은 약과 하느님 덕택으로 이사벨라는 살아났다. 아니, 적어도 살아날 희망이 보였다.

여왕은 시종관을 체포해 궁 안의 좁은 방에 가두도록 했다. 죄에 상당하는 벌을 내릴 생각이었다. 비록 시종관은 이사벨라를 죽이는 것이 땅에서 가톨릭 신자를 하나 없앰으로써 하늘에 희생을 바치는 일이며, 또 그로 인해 자기 아들의 싸움을 끝내는 일이라고 변명했지만 말이다.

리까레도는 이 슬픈 소식을 듣고 거의 정신을 잃고 쓰러질 뻔했다. 그것이 그가 할 수 있는 모든 것이었다. 그는 슬픔에 찬 말을 중얼거리며 한탄에 잠겼다. 마침내 이사벨라는 목숨을 건졌다. 그러나 자연은 목숨을 살리면서 그녀를 눈썹도, 속눈썹도 없고 머리칼조차 없는 여자로 바꾸어놓았다. 얼굴은 붓고 얼굴색은 창백하고 피부는 벗어지고 눈은 진물투성이가 되었다. 어찌나 추한 모습이 되었는지, 그때까지가 기적 같은 아름다움이었다면 이제는 추한 괴물 그 자체였다. 그런 변화가 어찌나 끔찍했는지, 그녀를 아는 사람들은 차라리 독약이 그녀를 죽인 것보다 그런 꼴로 남은 게 더 큰 불행이라고 생각할 정도였다. 그러나 이 모든 것에도 불구하고 리까레도는 여왕에게 그녀를 자기 집으로 데려가게 해달라고 애원했다. 그녀를 향한 큰 사랑이 그녀의 몸뿐만 아니라 영혼까지 이해한 것이다. 이사벨라가 육체의 아름다움을 잃었다 해도 그녀의 그 한없이 고운 마음씨는 잃어버릴 수 없는 것이기 때문이었다.

"그래야지." 여왕이 말했다. "그녀를 데려가거라, 리까레도. 거친 나무 상자에 감춰진 가장 아름다운 보석을 데려간다고 생각하려무나. 내 그대가 그녀를 내게 데려왔을 때의 모습 그대로 그녀를 주고 싶었는데, 누가 이럴 줄 알았으랴. 하지만 이제는 어쩔 수 없는 것. 나를 용서해다오. 그런 못된 죄를 저지른 시종관에게 주는 형벌이 조금이라도 위안이 되었으면 한다만……"

리까레도는 여왕에게 시종관의 죄를 사하고 그녀를 용서해달라고 간절히 말했다. 여왕은 더 큰 죄라도 용서할 정도로 사죄하고 마침내 이사벨라와 그녀 부모를 리까레도에게 인도했다. 그는 그들을 자기 집으로, 그러니까 리까레도 부모의 집으로 데려갔다. 여왕은 이사벨라에게 예쁜 진주와 다이아몬드에 다른 보석들과 여러 옷가지를 하사했는데, 그것만 보아도 여왕이 얼마나 이사벨라를 사랑하는지를 알 수 있었다. 이사벨라의 추한 모습은 두달째 그대로였고 본디의 아름다움으로 돌아올 것 같은 낌새도 보이지 않았다. 그러나 이 기간이 지나고 나니, 피부가 벗어지면서 점차 본래의 아름다운 살결을 되찾기 시작했다.

이러는 동안 리까레도의 부모는 이사벨라가 본모습으로 돌아오기는 불가능하다고 보고 스코틀랜드 처녀를 데려올 결심을 했다. 이 아가씨는 이사벨라보다 먼저, 리까레도는 알지도 못하는 사이에 그와 결혼하기로 약속된 여자였다. 부모는 이 새로운 신부의 아름다움이 나타나면 아들이 지난 신부의 잃어버린 아름다움을 잊을 거라고 생각했다. 그러면 이사벨라와 그 부모에게 지난날 잃어버린 재산 전부를 보상할 만한 돈을 주고 함께 에스빠냐로 돌려보낼 생각이었다. 이 모든 것은 리까레도 모르게 계획된 것이었다. 한달 반이 지났을 때, 새로운 신부가 문으로 들이닥쳤다. 그녀는 그녀대로 이사벨라 다음으로 아름다운 모습이었다. 이전의 이사벨라는, 늘 그랬듯이 온 런던에 그만큼 아름다운 여자는 없었으니까. 리까레도는 느닷없이 그 처녀가 나타나자 깜짝 놀랐고 그녀가 온 것을 보고 이사벨라가 치명적인 영향을 받을까봐 두려웠다. 그는 이 두려움을 진정하러 이사벨라의 침실로 가서 그녀의 부모가 있는 앞에서 말했다.

"나의 사랑하는 이사벨라, 내 부모님이 나를 너무 사랑한 나머지, 내가 당신을 얼마나 좋아하는지 잘 알지 못하고서 우리 집에

스코틀랜드 처녀를 데려왔어요. 그녀는 내가 당신이 얼마나 소중한지 알기 전에 부모님이 나와 결혼시키려고 정해놓았던 처녀예요. 부모님은 이 처녀의 아름다운 얼굴을 보면 내 마음에서 당신의 모습이 지워지지 않을까 생각하신 것 같아요. 하지만 이사벨라, 나는 당신을 사랑한 그때부터 육체적 욕망을 채우는 것을 목적으로 하는 그런 사랑과는 다른 사랑을 알게 되었어요. 비록 당신의 육체적 아름다움이 나의 모든 감각을 사로잡은 것은 사실이지만, 당신의 그 한없이 고운 마음씨가 내 영혼까지 포로로 만들었어요. 그래서 아름답기에 당신을 사랑했던 내 마음은 당신이 추한 모습이라도 사랑하게 되었어요. 이제 이것이 진실인 것을 확인하려 하니, 자, 그 손을 내게 주어요."

그녀가 오른손을 내밀었다. 그는 그 손을 맞잡고 말을 이었다.

"기독교도인 내 부모님이 가르쳐주신 가톨릭 신앙의 믿음으로, 또는 그 믿음이 필요한 만큼 완벽하지 못하다면 로마 교황께서 지키는 신앙의 이름으로 맹세합니다. 나의 온 마음으로 알고 믿고 고백하노니, 우리 말을 들으시는 진정한 하느님의 이름으로 당신에게 약속하노니, 오, 이사벨라, 나의 영혼의 절반이여! 내가 당신의 남편이 되리다. 당신이 나를 그 드높은 자리에 끌어올려준다면 나는 지금부터 당장 당신 것이오."

이사벨라는 가슴을 졸이며 리까레도의 말을 듣고 있었다. 그녀의 부모는 아찔해져 정신을 잃을 듯했다. 그녀는 뭐라 해야 할지 몰라 리까레도의 손에 수없이 입 맞추기만 했다. 그리고 눈물 섞인 목소리로 당신을 나의 것으로 받아들이며 나 또한 당신을 종으로서 섬기겠다고 말했다. 리까레도는 그녀의 흉한 얼굴에 입술을 갖다 댔다. 아름다웠을 때는 감히 다가가지 못한 얼굴이었다.

이사벨라의 부모는 이 혼약을 끝없는 사랑의 눈물로 축하했다. 리까레도가 자신의 계획을 밝혔다. 그는 그들에게 스코틀랜드 여인과의 결혼을 연기할 방법을 찾겠다고 하면서, 자신의 아버지가 그들을 에스빠냐로 보내주겠다고 제안하면 거절하지 말라고 했다. 또한 그들이 까디스나 세비야로 가서 2년만 기다려주면, 약속하건 대 하늘이 자신을 살아 있게만 해준다면 반드시 2년 안에 그들과 함께하겠다고 말했다. 만약 그 기간이 지나도 자신이 나타나지 않 는다면 도저히 극복할 수 없는 어떤 장애로, 아마도 죽음 때문에 그리된 것을 믿어달라고 했다.

이사벨라는 2년만이 아니라 남은 일생 동안, 그가 더이상 그녀를 그의 것으로 생각하지 않는다는 것을 알 때까지 언제까지나 그를 기다리겠다고 대답했다. 왜냐하면 그녀가 그런 사실을 알게 되는 순간 그것은 바로 그녀의 죽음일 테니까. 이런 사랑의 말을 나누며 다시 모두 눈물바다가 되었다. 마침내 리까레도는 방을 나서면서 다시 말하기를, 자신의 양심의 가책에 따라 먼저 로마에 다녀오기 전까지는 그 스코틀랜드 처녀와 결혼하지 않겠다고 부모에게 말하겠다고 했다. 그는 부모와 스코틀랜드 처녀의 친척들 앞에서 이 문제를 얘기했다. 그 스코틀랜드 여인은 이름이 끌리스떼르나였는데 친척들까지 그녀를 동반하고 와 있었다. 그들은 모두가 가톨릭 신자들이었기 때문에 그의 말을 쉽게 믿을 수 있었다. 끌리스떼르나는 리까레도가 돌아올 때까지 일년의 기간을 주면서 시아버지 집에서 기다리겠다고 쾌히 승낙했다.

이렇게 결정하고 약속이 된 뒤 끌로딸도는 리까레도에게 여왕께서 허락하시면 이사벨라와 그 부모를 에스빠냐로 보낼 결심이라고 말했다. 어쩌면 모국의 공기가 이미 낫기 시작한 그녀의 건강을 더 빨리 회복시켜주리라는 것이었다. 리까레도는 자기의 은밀한 계획을 들키지 않기 위해 아버지에게 좋을 대로 하시라고 무심하게 대답했다. 다만 부탁하기를, 여왕께서 이사벨라에게 주신 재산과 보석은 아무것도 빼앗지 말아달라고 했다. 끌로딸도는 그러겠다고 약속하고 바로 그날 아들을 끌리스떼르나와 결혼시키는 일과 이사벨라와 그녀의 부모를 에스빠냐로 보내는 일의 허락을 구하러 여왕에게 갔다. 여왕은 이 모든 것에 만족하면서 끌로딸도의 결정에 대해 아주 적당한 조치라고 말했다. 그리고 바로 그날 변호사들과 협의 없이, 재판에 부치지도 않고 시종관에게 형을 선고하여 더이상 시종관직에 봉사하지 못하게 하며, 이사벨라에게 금화 1만 에스꾸도를 주도록 했다. 또한 아르네스또 백작은 결투죄로 영국에서 6년간 추방하도록 했다. 그후 나흘도 되지 않아 리까레도는 계획대로 망명을 시작하려는 참이었고 이미 돈도 다 마련되어 있었다. 여왕은 런던에 사는 한 부자 상인을 불렀다. 그는 프랑스인이었는데 프랑스, 이딸리아, 에스빠냐에 지점을 가지고 있었다. 여왕은 그에게 금화 1만 에스꾸도를 주고, 그 돈을 에스빠냐의 세비야나 다른 도시에 있는 이사벨라의 아버지가 찾을 수 있게 어음을 써주도록 했다. 상인은 이 일로 이윤이 생길 것을 알고 여왕에게 말하기를, 자신의 지점의 다른 프랑스 상인을 통해 이자를 뺀 금액을 틀림없고 안전하게 전하겠다고 약속했다. 상인은 빠리에 편지를 써서 그 어음이 영국이 아니라 프랑스에서 발행되도록 했다. 교회의 명령으로 영국과 에스빠냐 두 왕국 간에는 통상적인 소통이 불가능했기 때문이다. 그 빠리 상인의 조언에 따르면 날짜 없이 서명만 있는 어음만 갖고도 세비야의 상인이 이사벨라의 아버지에게 즉시 돈을 지급하리라는 것이었다. 여왕은 상인의 보증을 받고 그 돈이 확실하게 지급될 것을 믿었다. 여왕은 이것만으로 만족하지 않고 다음날 프랑스로 출발하기로 되어 있는 플랑드르 배의 선주를 부르게 했다. 그 배가 에스빠냐와 사이가 좋지 않은 영국이 아니라 프랑스에서 출발했다는 증거로 승객 명부를 확보해 에스빠냐에 입항 허가를 받도록 하기 위함이었다. 또한 여왕은 선주에게 부디 이사벨라와 그녀 부모를 잘 돌봐줄 것이며, 그들이 처음 도착하는 에스빠냐 항구에 안전하게 내려주도록 당부했다.

선주는 여왕이 만족하도록 물론 잘하겠다고 대답하고 그들을 리스본이건 까디스건 세비야건 어디든 원하는 곳에 내려주겠다고 했다. 상인의 어음 발행 증명서를 받고 나서 여왕은 끌로딸도에게 전하기를, 여왕이 하사한 옷이며 보석 어느 것도 빼앗지 말고 이사벨라에게 다 주도록 했다. 다음날 이사벨라와 그녀 부모가 여왕에게 작별을 고하러 왔다. 여왕은 아주 친절하고 애정 어린 태도로 그들을 맞았고 상인의 증명서와 여행에 필요한 돈과 물품 등 많은 선물을 주었다. 이사벨라는 마음을 끄는 말씨로 여왕에게 감사했다. 그녀는 언제나 여왕으로 하여금 무엇이든 해주고 싶도록 만들었다. 그녀는 귀족 아씨들과도 작별인사를 나누었다. 아씨들은 그녀에게 이제 미모를 잃었으니 떠나지 않아도 되지 않겠느냐고 했다. 이제 남자들이 그녀의 미모와 덕성을 자기 것으로 만들려고 시기 질투를 해대는 일은 없을 테니까 말이다. 여왕은 그들 세 사람을 포옹하고 선주에게 그들을 부탁하며 행운을 빌었다. 이사벨라에게는 에스빠냐에 도착 즉시 잘 갔는지, 건강한지 프랑스 상인을 통해 알려달라고 했다. 여왕과 작별한 이사벨라와 그 부모는 바로 그날 오후 배를 타고 떠났다. 이사벨라가 모든 사람들에게 사랑을 많이 받았기에 끌로딸도와 그의 부인, 집안사람들 모두 눈물 바람을 했다. 이 이별의 순간에 리까레도는 함께 있지 않았다. 슬픔을 드러내고 싶지 않아 바로 그날 친구 몇몇이 가는 사냥에 따라 나갔던 것이다. 까딸리나 부인은 떠나는 이사벨라에게 항해에 필요한 여러 귀중품을 주고, 한없이 껴안고 펑펑 울면서 몇번이고 편지하라고 부탁했다. 이사벨라와 그녀의 부모도 모든 것에 감사를 표했다. 모두 많이들 울었지만 그들을 기분 좋게 떠나게 해주었다.

그날 밤 함선은 돛을 달고 떠났다. 순풍에 힘입어 프랑스에 도착했고 거기서 에스빠냐 입국에 필요한 서류를 확보해 순항을 거듭한 끝에 그로부터 30일 안에 까디스 항만으로 들어섰다. 이사벨라와 부모는 거기에서 내렸다. 그 도시의 모든 이들이 아는 사람들이라 다들 크게 기뻐하며 그들을 맞아주었고 이사벨라를 찾은 것에 대해 많은 축하를 해주었다. (리까레도의 관대함으로 석방된 포로들에게서 사건을 알게 된 뒤에) 그들을 포로로 잡은 무어족으로부터 석방된 것이나 영국인들로부터 자유를 찾은 데 대해서도 무척 기뻐했다.

이때 벌써 이사벨라는 그녀의 본디 아름다움을 되찾을 희망의 기미를 크게 보이기 시작했다. 그들은 달포 남짓 까디스에 머물며 항해의 여독을 풀고 건강을 회복한 뒤 세비야로 갔다. 프랑스 상인이 발행한 어음에 따라 금화 1만 에스꾸도를 지급받기 위해서였다. 세비야에 도착한 뒤 열흘이 지나 어음 위탁 상인을 만나 런던의 프랑스 상인의 편지를 주니 그 상인은 그것을 알아보고 확인했다. 그는 그러나 빠리에서 수표와 공문이 오기까지는 돈을 줄 수 없으니 현재로서는 기다려야 한다고 했다.

이사벨라의 부모는 산따 빠울라 수녀원 앞에 있는 저택 하나를 빌렸다. 그 성스러운 수녀원에는 그들의 유일한 조카딸이 수녀로 있었던 것이다. 목소리가 아주 아름다운 수녀였다. 그들이 거기 집을 얻은 것은 조카딸이 가까이 있어서이자 또한 이사벨라가 리까레도에게 그녀를 찾아 세비야에 오면 산따 빠울라 수녀원의 수녀인 사촌이 집을 알려줄 거라고 했기 때문이었다. 그녀는 자기 사촌을 찾으려면 다른 건 필요 없고 수녀원에서 목소리가 제일 아름다운 수녀만 찾으면 된다고 말했는데, 이런 특징으로 해서 모두가 그 수녀를 알기 때문이었다. 40일이 걸려 빠리에서 두 사람이 공문을 가져왔고, 프랑스 상인은 이사벨라에게 1만 에스꾸도²를 지급했다. 이사벨라는 부모에게 그 돈을 전했고, 그 돈과 이사벨라의 수많은 보석들 중 얼마를 팔아서 만든 상당한 돈을 가지고 그녀 아버지는 다시 상인의 일을 시작했다. 그가 큰 재산을 잃은 것을 알고 있던 사람들은 다들 놀라워했다. 마침내 몇달 안 되어 그는 자기의 잃어버린 신용을 되찾았고, 이사벨라의 아름다움도 본디 모습을 되찾았다. 이렇게 해서 아름다운 여자라면 모두들 에스빠냐 태생 영국 여자에게 월계관을 돌리게 되었다. 이 이름 때문이든 그녀의 아름다움 때문이든 온 도시에 그녀를 모르는 사람이 없었다. 그리고 세비야의 프랑스 상인을 통해 이사벨라와 부모는 영국 여왕에게 잘 도착했다는 안부 편지와 폐하로부터 받은 크나큰 은혜에 대한 감사와 복종의 뜻을 전했다. 동시에 끌로딸도와 부인 까딸리나에게도 편지를 했는데, 이사벨라는 그들을 아버님 어머님이라고 부르고 부모는 어르신들이라고 불렀다. 여왕으로부터의 답장은 없었으나 끌로딸도와 그의 부인으로부터는 답장이 와서 그들이 무사히 도착한 것을 축하했다. 또한 그들은 편지에서 아들 리까레도가 그

---

2 원문에는 금화 ducado로 되어 있으나 앞에서 여러번 '에스꾸도'(escudo)라고 했기에 수정했다. 세르반떼스에게 빈번한 착각으로 보인다.

들이 배를 타고 떠난 다음날 프랑스로 떠나고 말았다는 소식을 전했다. 아마 거기에서 그의 마음의 가책을 덜고 평안히 할 다른 나라들로 갔을 거라고 하면서 이 말에 이어 깊은 사랑과 많은 선물에 대한 이야기도 덧붙여 전했다. 이사벨라는 예의 바르고 사랑에 찬 감사의 답장을 썼다.

이사벨라는 리까레도가 영국을 떠난 것이 에스빠냐로 그녀를 찾으러 오기 위함임을 즉각 알아차렸다. 이사벨라는 희망에 부풀어서 세상에서 가장 행복한 나날을 보냈고 훌륭하게 지내려 노력했다. 리까레도가 세비야에 도착하면 그녀의 집을 찾기 전에 그녀의 훌륭한 품행의 명성이 그의 귀에 먼저 들어가기를 원했던 것이다. 그녀는 수녀원에 가는 일이 아니면 거의 집 밖으로 나가지 않았고 수녀원에서 베푸는 대사면 잔치 외에는 즐거움이란 없었다. 자기 집과 수녀원을 오가며 십자가의 성스러운 계절 사순절 금요일에는 예수 부활을 생각하며 참회의 마음으로 걸었고, 다가오는 성신의 7일은 속죄의 마음으로 걸어다녔다. 강에는 한번도 나가본 일이 없었고 뜨리아나로 건너가지도 않았다. 따블라다 들판에서 즐거운 잔치가 벌어져도 가본 일이 없었다. 낮에는 헤레스 대문에서, 날씨가 맑으면 산세바스띠안 문에서 헤아릴 수 없이 많은 사람들이 축제를 즐겼으나 그녀는 세비야에서 벌어지는 흔한 축제나 잔치에도 나가보지 않았다. 그녀는 모든 것을 리까레도를 기다리는 순정한 소망과 기도, 숨어 사는 생활에 바쳤다. 이렇게 그녀가 조용히 숨어 사는 것은 동네 바람둥이 청년들뿐만 아니라 한번 그녀를 본 많은 사람들의 마음을 태웠다. 이런 이유로 그녀가 사는 거리에 밤에는 음악이 흐르고 낮에는 거니는 무리가 끊이질 않았다. 이렇게 이쪽은 보여주지 않으려고 하고 저쪽에서는 보고 싶어하는 사람이 많을수록 중매쟁이들의 이득이 커질 수밖에 없었다. 중매쟁이들은 저마다 자기가 유일하게 이사벨라에게 구애하는 데 거들 수 있는 사람임을 약속하곤 했다. 더러는 소위 마술이라는 것을 사용해보려는 사람도 없지 않았는데, 마술이라고 해야 엉터리 사기에 불과하지만 말이다. 그러나 이 모든 수선 속에서도 이사벨라는 바다 한가운데 있는 바위 같아서 만져지기는 해도 파도에도 바람에도 끄떡하지 않았다.

일년 반이 지났다. 리까레도가 약속한 2년이라는 꼭 이루어질 수밖에 없는 희망의 기한이 가까울수록 이사벨라의 마음은 더욱 초조하게 그를 갈망하게 되었다. 상상 속에서 그녀는 그가 곧 다가올 것 같은 생각이 들었고, 벌써 눈앞에 있는 것 같을 때도 있었다. 그러면 그녀는 무슨 일로 그렇게 늦었느냐고 묻기도 했다. 그녀의 귀에 그의 사과가 들리는 듯하고 그녀가 다 용서한다고 말하고 그를 껴안으려 할 때, 마음 깊이 그를 환영하려는 바로 그때, 까딸리나 부인의 편지가 그녀 손에 들어왔다. 50일 전에 런던에서 쓴 편지로, 영어로 쓰인 것을 에스빠냐어로 읽어보면 이런 사연이었다.

"사랑하는 딸아, 너도 리까레도의 하인 기야르떼를 잘 알겠지. 전에 편지로 전했듯이 네가 떠난 다음날 리까레도는 프랑스를 거쳐 다른 지역으로 여행을 떠났는데, 그가 리까레도를 수행했단다. 그뒤 우리는 열여섯달 동안 그애 소식을 전혀 못 들었는데, 이 기야르떼가 바로 어제 우리 집 문에 당도했구나. 그가 가져온 소식은 아르네스또 백작이 프랑스에서 리까레도를 기습하여 죽였다는 것이었다. 딸아, 그애 아버지와 나, 그리고 그애의 장래 아내가 그 소식을 듣고 어떠했겠는가를 상상해보렴. 내가 이런 말을 하는 것은 우리의 불행에 조금도 의심할 나위가 없기 때문이다. 끌로딸도와 내가 너에게 다시 한번 간청하니, 사랑하는 딸아, 진심으로 하느님께 리까레도의 영혼을 지켜주십사 빌어주렴. 너도 알다시피 그애는 너를 그토록 사랑했으니 그런 은혜는 받을 만하지 않느냐. 또한 우리 주님께 우리에게도 인내와 좋은 죽음을 주실 것을 빌어다오. 우리도 너와 너의 부모께서 부디 만수무강하시기를 기도하마."

그 글씨와 서명으로 보아 이사벨라로서는 남편의 죽음을 믿지 않을 수 없었다. 그녀는 하인 기야르떼를 너무나 잘 알았고 그가 진실한 사람인 것도 알았다. 그가 그런 죽음을 거짓으로 꾸며낼 이유가 없었다. 더구나 그 어머니 까딸리나 부인이 거짓으로 그렇게 슬픈 소식을 전할 이유도 없었다. 아무리 생각하고 곱씹어봐도 그녀의 생각 속에서 그 불행한 소식이 사실이 아닐 거라는 결론은 나오지 않았다.

편지 읽기를 마친 이사벨라는 눈물도 흘리지 않고 고통스런 마음의 표시도 없이 침착한 얼굴로, 마음을 가라앉히고 자리에서 일어나 기도소로 들어갔다. 그리고 성스러운 십자가 앞에 무릎을 꿇고 수녀가 되겠다고 맹세를 했다. 더이상 약혼한 여자가 아니고 남편을 잃은 여자가 되었으므로 수녀가 될 수 있기 때문이었다. 그녀의 부모는 그 슬픈 소식이 그들에게 준 아픔을 모른 척 점잖게 숨겼다. 쓰라린 고통 속에 있는 이사벨라를 위로하고자 해서였다. 그러나 그녀는 마치 거의 고통을 만끽하듯이 이미 내린 성스러운 종교적 결단으로 마음을 가라앉히고 부모를 위로했다. 그녀가 부모에게 자기 뜻을 밝히자, 부모는 그녀에게 리까레도가 오겠다고 정한 2년이 지나기 전에는 그 생각을 실행에 옮기지 말 것을 조언했다. 그때가 되면 리까레도의 죽음이 사실이라는 것이 증명될 테고 그러면 그녀는 보다 확신을 가지고 수녀로 신분을 바꿀 수 있으리

라. 이사벨라는 그 조언을 따르기로 했다. 2년을 다 채우기까지는 여섯달 반이 남아 있었다. 그 기간 동안 그녀는 견습 수녀로서 수행하고 수녀원에 들어갈 준비를 했다. 사촌이 수녀로 있는 산따 빠울라에 들어가기로 했다.

정해진 2년이 지나 수녀복을 입을 날이 되었다. 이 소식은 온 시내로 퍼져서 눈으로 이사벨라를 알던 사람들과 명성만으로 그녀를 알던 사람들이 수녀원을 가득 메웠다. 이사벨라의 집에서 수녀원까지는 거리가 얼마 되지 않았다. 그녀의 아버지는 친구들을 초대하고 친구들은 또다른 사람들을 초청해서, 이런 경우 세비야에서 본 것 가운데 제일 동반자가 많고 영예스러운 행사가 이사벨라에게 베풀어지는 셈이 되었다. 행사에는 보조 신부와 예지자, 대주교 대리는 물론 도시에서 작위를 가진 모든 원로들이 다 모였다. 여러달 동안 일식으로 가려져 있던 이사벨라라는 아름다움의 태양을 보고자 하는 모두의 소망이 그토록 컸던 것이다. 보통 수녀복을 입으러 가는 처녀들은 가능한 한 가장 화려하고 멋진 옷을 차려입고 가서 세상의 모든 화려함과 아름다움을 다 던져버리는 것이 관례였다. 이사벨라도 가능한 한 가장 화려하게 치장하고자 하여, 영국 여왕을 보러 갈 때 입은 그대로 차려입었다. 이미 우리는 그 옷이 얼마나 화려하고 아름다운가 말한 바 있다. 값비싼 진주들과 그 유명한 다이아몬드가 목걸이와 허리띠에서 번쩍이며 빛을 발했다. 이렇게 우아하게 꾸민 모습으로 모두들 하느님이 주신 아름다움을 칭송하는 이사벨라가 집에서 걸어나왔다. 수녀원이 가까워서 마차나 호화롭게 장식한 수레를 타지 않기로 했는데, 모여든 사람이 하도 많아서 마차를 타고 가지 않은 것이 후회스러울 지경이었다. 수녀원으로 가는 길에 전혀 빈틈이 없었던 것이다. 어떤 사람들은 그녀의 부모를 축복했다. 다른 사람들은 그런 지극한 아름다움을 내리신 하늘에 감사했다. 어떤 사람들을 발을 곤추세워 그녀를 보려고 했다. 또다른 사람들은 한번 본 뒤에 다시 한번 보려고 더 앞으로 달려나갔다. 그 가운데 제일 열심히, 눈에 띄게 이런 짓을 하는 사람이 있었다. 그가 하도 열심이어서 많은 사람들의 눈이 그에게로 쏠렸다. 그는 막 석방된 듯 포로 복장을 한 남자였다. 가슴에 뜨리니다드, 즉 삼위일체 훈장을 달고 있었는데 이는 구세주회 신부들의 후원으로 구조되었다는 표지였다. 이사벨라가 이미 원장 수녀와 다른 수녀들이 관례에 따라 십자가를 들고 그녀를 맞으러 나와 있는 수녀원 현관에 발을 들여놓는 순간, 이 포로가 큰 소리로 외쳤다.

"멈춰요, 이사벨라, 거기 서요! 내가 살아 있는 한 당신은 수녀가 되어서는 안 돼."

이 목소리에 이사벨라와 부모는 눈을 돌렸다. 그들을 향해 있는 힘을 다해 사람들을 헤치고 다가오는 한 포로가 보였다. 그가 머리에 쓰고 있던 둥그렇고 파란 베레모가 떨어지자 헝클어진 곱슬곱슬한 금발이 드러났다. 분홍빛에 하얀 눈 같은 낯빛이 그를 외국인으로 보이게 했다. 그는 허우적대고 비틀거리며 넘어졌다 일어나기를 거듭하면서 이사벨라가 있는 곳으로 다가왔다. 그리고 그녀의 손을 잡으며 말했다.

"나를 알아보겠소, 이사벨라? 나는 당신 남편 리까레도요."

"알고말고요." 이사벨라가 말했다. "당신이 귀신이 아니라면, 나의 평온을 뒤흔들러 온 귀신이 아니라면……"

그녀 부모 또한 그를 붙잡고 찬찬히 살펴보다가 그 포로가 리까레도인 것을 알아보았다. 그는 눈물을 흘리며 이사벨라 앞에 무릎을 꿇었다. 그녀가 아는 차림과 너무 달라 자기를 알아보지 못하거나 둘 사이에 주고받은 언약과 너무 어울리지 않는 이 야박한 운명을 장애로 생각하지 말아달라고 애원했다. 이사벨라는 그가 죽었다고 전해준 리까레도 어머니의 편지로 인해 받은 충격을 떠올리면서도, 이 순간 자신의 눈을 더 믿고 싶었고 눈앞의 살아 있는 증거에 더 믿음이 갔다. 그리하여 그 포로를 끌어안고 말했다.

"틀림없이 그대가 나의 주인이에요. 그대가 나의 신앙의 결단을 막을 수 있는 유일한 분이에요. 의심의 여지 없이 그대가 나의 진정한 남편이에요. 그대는 내 기억 속에 아로새겨지고 내 마음속에 간직되어 있거든요. 그대, 나의 주인이여, 그대의 어머니이신 그분이 내게 쓰신 편지에서 그대가 죽었다고 하셨을 때, 나는 그 자리에서 목숨을 끊지 않은 이상 차라리 내 삶을 신앙에 바치기로 선택했고, 이제 수녀원에서 내 남은 생을 보내려 막 그곳으로 들어가려던 참입니다. 하지만 하느님께서 그걸 막고 이렇게 다른 길로 가라고 하시니, 나로서는 머뭇거릴 이유도 없고 또 우리가 그래서도 안 되지요. 나의 주인이여, 우리 부모님 집으로 가요. 이제 그곳은 당신의 집이니, 거기에서 우리의 성스러운 가톨릭 신앙이 요구하는 계율에 따라 나의 모두를 그대에게 바칠게요."

거기 모여든 사람들이 모두 이들의 이야기를 듣고 놀라고 감동했다. 원장 수녀와 대주교 대리와 예지자, 보조 신부 들은 이게 다 무슨 일인지, 저 외국인은 누구이며 웬 결혼 얘기인지 즉시 설명해주기를 청했다. 이에 이사벨라의 아버지가 답하기를, 그 사연은 이야기하려면 길어서 여기가 아닌 다른 장소에서 할 이야기라고 했다. 그리고 사연을 듣고 싶은 분은 여기서 가까운 자기 집으로 발길을 돌려주기를 청하면서 거기에서 모두 말씀드리겠다고, 진실을 알면 모두 그 이상하고 거룩한 사연에 놀라실 거라고 했다. 이때 거기 모여 있던 이들 중 한 사람이 목소리를 높여 말했다.

"여러분, 이 청년은 위대한 영국 해적이오. 내가 이 사람을 아오. 이분이 2년 조금 더 전의 어느 때인가 아르헬의 해적들에게서 식민지에서 오는 뽀르뚜갈 함선을 포획한 그분이오. 틀림없이 바로 그분인 것을 내가 아오. 왜냐하면 이분이 나에게 자유와 돈을 주고 에스빠냐로 돌아오게 해주셨으니까요. 나에게뿐만 아니라 다른 300명의 포로들에게도 그렇게 해주셨소."

이 말에 사람들이 흥분해서 수런거리기 시작했고 모두들 그 얽히고설킨 사연을 알고 싶은 열망이 커졌다. 마침내 시의 주요 인사들, 대주교 대리와 보조 신부 등이 이사벨라와 동행하여 그녀 아버지의 집으로 돌아갔다. 수녀들은 어리둥절한 가운데 슬퍼 울음을 터뜨렸다. 아름다운 이사벨라와 동료로 함께할 기회를 놓친 슬픔이라고나 할까. 집으로 돌아온 이사벨라는 모두를 커다란 응접실에 앉도록 했다. 리까레도가 기꺼이 말을 받아 이야기를 하려고 했지만, 그의 생각에는 얌전한 이사벨라의 입과 혀에 그 일을 맡기는 것이 더 좋을 것 같았다. 그의 입은 아직 능숙하게 에스빠냐어를 하기에는 부족했으니까.

모두가 조용히 집중해 귀 기울이는 가운데 그녀는 이야기를 시작했다. 그 이야기를 내가 간략하게 줄여서 말하면, 끌로딸도가 까디스에서 그녀를 훔쳐간 날로부터 그녀가 다시 돌아와 마을에 들어온 날까지 일어난 모든 일들에 대한 이야기였다. 리까레도가 터키인들과 벌인 싸움들, 기독교인들을 잘 대접하고 석방해준 리까레도의 관대함, 두 사람이 서로 아내와 남편이 되기로 한 언약, 2년의 약속, 그가 죽었다는 소식, 그 소식이 그녀에게는 확실한 것으로

여겨져, 다들 보았듯이 수녀가 되기로 결심하는 지경에 이르렀다
는 이야기까지. 그녀는 영국 여왕의 너그러움을 기렸고 리까레도
와 그 부모의 가톨릭 신앙에 대해서도 말했다. 그리고 마지막으로
리까레도에게 런던을 떠난 뒤 지금까지 무슨 일이 있었는지, 지금
포로복을 입고 있는 사연이라든지 후원으로 구조되었다는 표지 등
에 대해서 이야기하도록 했다.

"그럼 짧게나마 제가 겪은 곤경에 대해 이야기하겠습니다." 리
까레도가 말했다.

"제가 런던을 떠난 것은 끌리스떼르나와 결혼하지 않기 위해서
였습니다. 그녀는 스코틀랜드 처녀이자 가톨릭 신자로, 이사벨라
에게도 이야기했듯이 우리 부모는 저와 그녀를 결혼시키려고 했
지요. 그래서 저는 하인 기야르떼를 데리고 런던을 떠났습니다. 우
리 어머니 편지에서 제가 죽었다는 소식을 전한 그 하인 말입니다.
저는 프랑스를 건너 로마로 갔습니다. 거기에서 제 영혼이 기쁨을
찾았고 저의 신앙도 힘을 얻었습니다. 저는 교황 성하의 발에 키스
했고 가장 높은 청죄 사제께 고해성사를 했습니다. 그분은 저의 죄
를 사해주셨고 제가 고해와 속죄를 했다는 증명서를 주셨습니다.
세상에서 가장 자비로운 우리 교회에 제가 복종했다는 증명서지
요. 그런 뒤에 저는 그 성스러운 도시의 수없이 많은 성지를 방문
했습니다. 제가 가지고 있던 금화 2천 에스꾸도 중에 1,600에스꾸
도를 환전상에게 주니 그는 그 돈에 대한 신용장을 로마에 있던 피
렌쩨 사람 로끼라는 친구를 통해 발행해주었지요. 에스빠냐에 갈
생각으로 400에스꾸도를 남겨가지고 저는 제노바를 향해 떠났습
니다. 거기에 에스빠냐로 갈 영주의 전함 두척이 있다는 소식을 들
었거든요. 저는 기야르떼와 아꽈뺀덴떼라는 지방에 도착했습니다.

그 지방은 로마에서 피렌쩨로 가는 도중에 있는 교황의 마지막 영지이지요. 저는 어느 여인숙인가 객줏집인가에서 내렸는데, 거기에서 저의 철천지원수 아르네스또 백작을 만나고 말았습니다. 그는 위장을 하고 숨어서 하인 넷과 로마로 가고 있던 것 같았습니다. 가톨릭 신앙이 있어서라기보다 그저 호기심으로 가보는 것이었겠지요. 저는 그가 저를 알아보지 못한 것을 확신하고 하인과 방에 틀어박혀 있었습니다. 깜깜해지면 다른 여인숙으로 옮길 결심을 하고 있었지요. 하지만 옮기지 않았습니다. 왜냐하면 백작이나 그 하인들이 틀림없이 저를 알아보지 못한 듯 대단히 무관심했거든요. 저는 저녁을 방에서 먹고 문을 잠갔습니다. 칼을 준비해놓고 하느님의 가호를 빌었습니다. 하인은 잠이 들었지만 저는 눕고 싶지 않았고 의자에서 반쯤 졸고 있었어요. 그러나 한밤중이 조금 지나자 누군가 저를 깨웠어요. 저를 영원히 잠재울 뻔한 네개의 권총이 깨운 것이었지요. 나중에 안 일이지만, 백작과 하인들이 저를 향해 총을 쏘았답니다. 그들은 저를 죽였다고 생각하고 미리 준비해둔 말을 타고 떠나버렸어요. 객줏집 주인에게는 제가 귀족이니 적절히 묻어주라고 하고 가버렸답니다.

저의 하인은, 나중에 객줏집 주인이 한 말을 들으면, 요란한 소리에 놀라 잠이 깨어 두려워서 마당으로 나 있는 창으로 몸을 던졌대요. '아이고, 이런 불행이! 우리 주인이 죽었네!' 하면서 객줏집을 뛰쳐나갔단 말이지요. 얼마나 공포에 떨었는지 그는 아마 런던까지 쉬지 않고 갔을 겁니다. 그 사람이 제 죽음의 소식을 전했지요. 여인숙 사람들이 몰려왔고 제가 총 네발을 맞고 여기저기 많은 총알들이 박혀 있는 것을 발견했지요. 그러나 모든 총알이 스쳐지나갔고 한발의 상처도 치명적인 것은 없었습니다. 저는 고해신부를 청해서 가톨릭 신자로서 세례를 받았습니다. 그러나 차츰 건강을 회복했지요. 그곳 사람들은 제가 원하는 모든 것을 해주고 상처를 치료해주었어요. 저는 내내 길을 떠날 만한 상태가 아니었지만 두달이 지나자 제노바로 떠날 수 있었습니다. 거기에서 배라고는 노 젓는 작은 배 두척밖에 찾을 수 없었습니다. 저와 다른 두 에스빠냐 귀족들이 그 배들을 세냈고, 배 한척은 앞서가며 길을 찾도록 하고 다른 한척에는 우리가 탔습니다. 이렇게 해서 우리는 해안 가까이로 항해를 계속했습니다. 그러다 뜨레스 마리아스라고 불리는 프랑스 해변의 한 지점에 다다랐는데, 우리 앞의 배가 항로를 찾는 중에 만 한쪽에서 갑자기 터키 전함 두척이 나타난 거예요. 그들이 우리를 덮쳤는데, 그들 배 한척은 바다에, 다른 한척은 가까이에 있어서 우리의 퇴로를 막고 우리를 포로로 잡았습니다. 그 해적들은 우리를 벌거벗기고 우리 작은 배에 실은 것을 남김없이 약탈한 다음 배는 바다에 가라앉히지 않고 해안으로 떠내려가게 했어요. 그들 말이, 그 작은 배들은 다음에 다른 '물건'을 끌어올 때 쓸 데가 있을 거라고 했지요. 그 '물건'이란 그들이 기독교인들에게서 포획한 전리품을 부르는 용어예요. 저의 포로 생활이 얼마나 쓰라렸는지는 충분히 짐작하시겠지요. 특히 아쉬웠던 것은 1,600에스꾸도 신용장과 함께 양철 상자에 넣어 가지고 다니던 로마에서 받은 증명서를 잃어버린 것이었습니다. 그러나 운 좋게도 그 상자는 어느 에스빠냐 기독교인 포로의 손에 넘어가게 되었고 그가 그 물건들을 보관해두었지요. 그것이 터키인들 손에 들어갔더라면 그들은 제 몸값으로 최소한 그 신용장의 액수 정도는 요구했을 거예요. 그들은 그 신용장이 누구 것인지 알아냈을 테니까요.

그들은 우리를 아르헬로 데려갔는데, 우리는 거기에서 지극히 성스러우신 산띠시마 뜨리니다드 신부님들이 구조활동을 하고 계시는 것을 알았지요. 그분들을 만나 제가 누구인가를 말하니 그분들은 제가 외국인임에도 자비를 베푸셔서 이렇게 구해주셨습니다. 제 몸값으로 300두까도를 냈지요. 100두까도는 즉시, 그리고 200두까도는 후원금을 실은 배가 구세주회 신부님을 구하러 돌아오면 주기로 했어요. 그 신부님은 자기가 가져온 돈보다 더 많은 돈을 쓴 탓에 4천 두까도를 주기로 약속하고 아르헬에 잡혀 있었거든요. 그 신부님들은 너무도 온정이 넘치는 탓에 다른 이들을 구해 자유롭게 해주려고 자신들의 자유를 저당 잡히고 포로로 대신 붙들려 있기도 했어요. 저는 자유를 얻은 행복에다 덤으로 잃어버린 상자와 신용장, 증명서까지 되찾았지요. 저를 구해주신 그 성스러운 신부님께 그걸 보여드리고, 제 몸값으로 내주신 금액에 더해 500두까도를 드리기로 했습니다. 인질로 잡혀 있는 그분의 몸값에 보태시도록요. 그러고도 거의 일년이 걸려서야 후원금을 실은 배가 돌아왔어요. 그해 동안 제게 일어난 일을 이야기하려면 또 새로운 긴 이야기가 될 거예요. 다만 제가 이야기할 것은, 앞서 말한 대로 제가 다른 기독교인들과 함께 석방해준 20명의 터키인 중 한 사람이 저를 알아봤다는 거예요. 그 사람은 정말 감사할 줄 아는 선량한 사람이어서 저의 정체를 털어놓으라고 하지 않았지요. 만약 터키인들이 그들 함선 두척을 바다에 침몰시키고 식민지에서 온 커다란 배를 빼앗은 자가 저라는 것을 알았다면, 저를 터키 황제 앞에 데려가든지 죽였을 겁니다. 그 위대한 황제 앞에 끌려갔다면 저는 평생 석방되지 못했을 게 분명하지요. 마침내 구세주회 신부님께서 저와, 풀려난 다른 50명의 기독교인들과 함께 에스빠냐로 오시게 되었습니다. 우리 모두는 발렌시아에서 행진을 했고 거기서

부터 각자 가고 싶은 길로 떠났지요. 석방의 배지인지 문장인지를 달고서요. 그것이 이 복장입니다. 저는 오늘 이 도시로 왔어요. 제 아내 이사벨라를 보고 싶은 크나큰 열망뿐이었습니다. 즉시 이 수녀원이 어디 있는지 물었지요. 거기 가면 아내의 소식을 알 수 있을 테니까요. 수녀원에서 벌어진 일은 다들 보셨지요. 이제 남은 일은 이 증명서를 보여드리는 것입니다. 제 희한한 이야기가 진짜 사실인 것을 알려주는 것은 이것들밖에 없지요. 기적 같은 진실입니다."

이렇게 말하면서 그는 즉시 양철 상자에서 그 증명서를 꺼내 대주교 대리 신부의 손에 놓았다. 그는 대법관과 함께 그것을 살펴보고 리까레도의 말이 그대로 사실임을 인정하지 않을 수 없었다. 게다가 하늘이 도와서 그 사실을 더욱 확인할 수 있었는데, 그 자리에 피렌쩨의 상인이 와 있었기 때문이다. 바로 이 사람이 1,600두까도의 신용장을 발행한 것이었으니, 상인은 그 신용장을 보여달라 했고, 그것을 보자 맞는다고 확인하고서 즉시 인수하겠다고 했다. 그는 여러달 동안 이 신용장에 대한 연락이 오기를 기다리고 있었다는 것이었다. 이 모든 일이 놀라움과 놀라움, 감탄에 감탄의 연속이었다. 리까레도는 구세주회 신부님을 위한 자금으로 약속했던 500두까도를 드리겠다고 말했다. 보조 신부는 리까레도와 이사벨라, 그 부모를 포옹하고 가장 정중하고 예의 바른 말로 감사를 표했다. 거기 있던 다른 성직자들도 기뻐하고 감사했다. 그리고 이사벨라에게 이 모든 이야기를 써서 남기기를 청했다. 그래야 대주교님도 읽으실 테니까. 이사벨라는 그러겠다고 약속했다.

이 이상한 사연을 들으며 한참 조용했던 사람들이 침묵을 깨고 이 위대한 기적에 대해 하느님께 찬양을 드리기 시작했다. 아주 어린 아이부터 나이 든 사람까지 모두 이사벨라와 리까레도, 그리고 그 부모를 축하했다. 또한 보조 신부에게 두 사람의 결혼을 명예롭게 축원해달라고 청하면서 모두가 그날부터 8일 동안 축원기도를 올리겠다고 했다. 보조 신부는 기쁜 마음으로 축원하고, 그로부터 8일 동안 결혼 축원식에 참여한 도시의 가장 중요한 인사들과 함께 기도했다.

이런 일 저런 일 하고많은 일을 겪은 끝에 이사벨라의 부모는 딸을 되찾고 재산을 회복했다. 이사벨라는 그토록 힘든 많은 역경에도 불구하고 큰 덕성과 하늘의 은총으로 리까레도 같은 귀족 남편을 맞이하게 되었고, 그 남편과 더불어 산따 빠울라 수녀원 앞의 빌린 집에서 오늘도 살고 있다. 부부는 나중에 부르고스의 신사 에르난도 데 시푸엔떼스라는 이름의 후손에게서 그 집을 샀다.

이 소설은 덕의 힘이 얼마나 강한가, 아름다움의 힘이 얼마나 훌륭한가를 우리에게 가르쳐준다. 이 두 미와 덕[美德]이 함께하면, 또는 그 각각이라도 심지어 원수들까지도 사랑에 빠지게 하기에 충분하기 때문이다. 그리고 어떻게 하늘이 큰 고난과 역경 속에서도 우리를 가장 큰 행복으로 인도하는가를 배운다.

(2권으로 이어집니다)

고전의 새로운 기준, 창비세계문학

오늘날 우리는 인간의 존엄과 개성이 매몰되어가는 시대를 살고 있다. 물질만능과 승자독식을 강요하는 자본주의가 전지구적으로 확산되면서 현대사회는 더 황폐해지고 삶의 질은 크게 훼손되었다. 경제성장만이 최고의 선으로 인정되고 상업주의에 물든 문화소비가 삶을 지배할수록 문학은 점점 더 변방으로 밀려나고 있다. 삶의 본질을 성찰하는 문학의 자리가 위축되는 세계에서는 가진 자와 못 가진 자 할 것 없이 모두가 불행할 수밖에 없다.

이 시대야말로 인간답게 산다는 것의 의미가 무엇인지 근본적인 화두를 다시 던지고 사유의 모험을 떠나야 할 때다. 우리는 그 여정에 반드시 필요한 벗과 스승이 다름 아닌 세계문학의 고전이라는 점을 강조한다. 고전에는 다양한 전통과 문화를 쌓아올린 공동체의 경험이 녹아들어 있고, 세계와 존재에 대한 탁월한 개인들의 치열한 탐색이 기록되어 있으며, 새로운 세상을 꿈꾸는 아름다운 도전과 눈물이 아로새겨 있기 때문이다. 이 무궁무진한 상상력의 보고이자 살아 있는 문화유산을 되새길 때만 개인의 일상에서 참다운 인간적 가치를 실현하고 근대적 삶의 의미와 한계를 성찰하는 지혜를 얻을 수 있을 것이다.

 '창비세계문학'은 이러한 문제의식에서 출발한다. 세계문학의 참의미를 되새겨 '지금 여기'의 관점으로 우리의 정전을 재구성해야 할 필요성이 그 어느 때보다 절실하다. '정전'이란 본디 고정된 목록으로 존재하는 것이 아니라 그때그때 주어진 처소에서 새롭게 재구성됨으로써 생명을 이어가는 것이다. 우리는 먼저 전세계 문학들의 다양성과 차이를 존중하면서 국가와 민족, 언어의 경계를 넘어 보편적 가치에 기여할 수 있는 가능성에 주목하고자 한다. 근대를 깊이 성찰한 서양문학뿐 아니라 아시아와 라틴아메리카, 중동과 아프리카 등 비서구권 문학의 성취를 발굴하고 재평가하는 것 역시 세계문학의 지형도를 다시 그리려는 창비의 필수적인 작업이 될 것이다.
　여러 전집들이 나와 있는 세계문학 시장에서 '창비세계문학'은 세계문학 독서의 새로운 기준이 되고자 한다. 참신하고 폭넓으면서도 엄정한 기획, 원작의 의도와 문체를 살려내는 적확하고 충실한 번역, 그리고 완성도 높은 책의 품질이 그 기초이다. 독서시장을 왜곡하는 값싼 유행과 상업주의에 맞서 문학정신을 굳건히 세우며, 안팎의 조언과 비판에 귀 기울이고 독자들과 꾸준히 소통하면

서 진정 이 시대가 요구하는 세계문학이 무엇인지 되묻고 갱신해
나갈 것이다.

  1966년 계간 『창작과비평』을 창간한 이래 한국문학을 풍성하게
하고 민족문학과 세계문학 담론을 주도해온 창비가 오직 좋은 책
으로 독자와 함께해왔듯, '창비세계문학' 역시 그러한 항심을 지켜
나갈 것이다. '창비세계문학'이 다른 시공간에서 우리와 닮은 삶
을 만나게 해주고, 가보지 못한 길을 걷게 하며, 그 길 끝에서 새로
운 길을 열어주기를 소망한다. 또한 무한경쟁에 내몰린 젊은이와
청소년들에게 삶의 소중함과 기쁨을 일깨워주기를 바란다. 목록을
쌓아갈수록 '창비세계문학'이 독자들의 사랑으로 무르익고 그 감
동이 세대를 넘나들며 이어진다면 더없는 보람이겠다.

2012년 가을
창비세계문학 기획위원회
김현균 서은혜 석영중 이욱연 임홍배 정혜용 한기욱

창비세계문학 76

모범소설집 1

초판 1쇄 발행/2020년 2월 5일
초판 2쇄 발행/2020년 4월 7일

지은이/미겔 데 세르반떼스
옮긴이/민용태
펴낸이/강일우
책임편집/정편집실 양재화
조판/P.E.N.
펴낸곳/(주)창비
등록/1986년 8월 5일 제85호
주소/10881 경기도 파주시 회동길 184
전화/031-955-3333
팩시밀리/영업 031-955-3399 편집 031-955-3400
홈페이지/www.changbi.com
전자우편/lit@changbi.com

한국어판 ⓒ (주)창비 2020
ISBN 978-89-364-6476-9 03870